고독한 자의 외침

중국 루쉰연구 명가정선집 05

고독한 자의 외침

초판 인쇄 2021년 6월 20일 **초판 발행** 2021년 6월 30일
글쓴이 황젠 **옮긴이** 엄영욱 **펴낸이** 박성모 **펴낸곳** 소명출판 **출판등록** 제13-522호
주소 서울시 서초구 서초중앙로6길 15, 2층
전화 02-585-7840 **팩스** 02-585-7848 **전자우편** somyungbooks@daum.net **홈페이지** www.somyong.co.kr

값 24,000원 ⓒ 소명출판, 2021
ISBN 979-11-5905-237-8 94820
ISBN 979-11-5905-232-3 (세트)

중국 루쉰 연구
명가 정선집

05

고독한 자의 외침

THE CALL OF THE LONELY MAN

황젠 지음 | 엄영욱 역

중국 루쉰연구 명가정선집

일러두기

• 이 책은 허페이(合肥) 안후이대학출판사(安徽大學出版社)에서 2013년 6월에 출판한 중국
  루쉰연구 명가정선집 『中國需要魯迅』을 한글 번역하였다.

• 가급적 원저를 그대로 옮겼으며, 설명이 필요한 경우에는 '역주'로 표시하였다.

'중국 루쉰연구 명가정선집'을 펴내며

린페이林非

    100년 전인 1913년 4월, 『소설월보小說月報』 제4권 제1호에 '저우춰周逴'로 서명한 문언소설 「옛일懷舊」이 발표됐다. 이는 뒷날 위대한 문학가가 된 루쉰이 지은 것이다. 당시의 『소설월보』 편집장 윈톄차오惲鐵樵가 소설을 대단히 높이 평가해 작품의 열 곳에 방점을 찍고 또 「자오무焦木·부지附志」를 지어 "붓을 사용하는 일은 금침으로 사람을 구해내는 것이라 할 수 있다", "전환되는 곳마다 모두 필력을 보였다", 인물을 "진짜 살아있는 듯이 생생하게 썼다", "사물이나 풍경 묘사가 깊고 치밀하다", 또 "이해하고 파악해 문장을 논하고 한가득 미사여구를 늘어놓기에 이르지 않은" 젊은이는 "이런 문장을 본보기로 삼는 것이 아주 좋다"라고 말했다. 이런 글은 루쉰의 작품에 대한 중국의 정식 출판물의 최초의 반향이자 평론이긴 하지만, 또 문장학의 각도에서 「옛일」의 의의를 분석한 것이다.

    한 위대한 인물의 출현은 개인의 천재적 조건 이외에 시대적인 기회와 주변 환경에서 비롯되기도 한다. 1918년 5월에, '5·4' 문학혁명의 물결 속에서 색다른 양식의 깊고 큰 울분에 찬, '루쉰'이라 서명한 소설 「광인일기狂人日記」가 『신청년新靑年』 월간 제4권 제5호에 발표됐다. 이로써 '루쉰'이란 빛나는 이름이 최초로 중국에 등장했다.

    8개월 뒤인 1919년 2월 1일 출판된 『신조新潮』 제1권 제2호에서

'기자'라고 서명한 「신간 소개」에 『신청년』 잡지를 소개하는 글이 실렸다. 그 글에서 '기자'는 최초로 「광인일기」에 대해 평론하면서 루쉰의 "「광인일기」는 사실적인 필치로 상징주의symbolism 취지에 이르렀으니 참으로 중국의 으뜸가는 훌륭한 소설이다"라고 말했다.

이 기자는 푸쓰녠傅斯年이었다. 그의 평론은 문장학의 범위를 뛰어넘어 정신문화적 관점에서 중국 사상문화사에서의 루쉰의 가치를 지적했다. 루쉰은 절대로 단일한 문학가가 아닐 뿐 아니라 중국 근현대 정신문화에 전면적으로 영향을 끼친 심오한 사상가이다. 그래서 루쉰연구도 정신문화 현상의 시대적 흐름에 부응해 필연적으로 일어난 것이고, 시작부터 일반적인 순수 학술연구와 달리 어떤 측면에서는 지난 100년 동안의 중국 정신문화사의 발전 궤적을 반영하게 됐다.

이로부터 루쉰과 그의 작품에 대한 평론과 연구도 새록새록 등장해 갈수록 심오해지고 계통적이고 날로 세찬 기세를 많이 갖게 됐다. 연구자 진영도 한 세대 또 한 세대 이어져 창장의 거센 물결처럼 쉼 없이 세차게 흘러 중국 현대문학연구에서 전체 인문연구에 이르기까지 하나의 큰 경관을 형성했다. 그 가운데 주요 분수령은 마오둔茅盾의 「루쉰론魯迅論」, 취추바이瞿秋白의 『루쉰잡감선집魯迅雜感選集』·서언序言, 마오쩌둥毛澤東의 「신민주주의론新民主主義論」, 어우양판하이歐陽凡海의 「루쉰의 책魯迅的書」, 리핑신李平心(루쩌魯座)의 「사상가인 루쉰思想家的魯迅」 등이다. 1949년 이후에 또 펑쉐펑馮雪峰의 「루쉰 창작의 특색과 그가 러시아문학에서 받은 영향魯迅創作的特色和他受俄羅斯文學的影響」, 천융陳涌의 「루쉰소설의 현실주의를 논함論魯迅小說的現實主義」과 「문학예술의 현실주의를 위해 투쟁한 루쉰爲文學藝術的現實主義而鬪爭的魯迅」, 탕타오唐弢의 「루쉰 잡문의 예술적 특징

魯迅雜文的藝術特徵」과 「루쉰의 미학사상을 논함論魯迅的美學思想」, 왕야오王瑤의 「루쉰 작품과 중국 고전문학의 역사 관계를 논함論魯迅作品與中國古典文學的歷史關係」 등이 나왔다. 이 시기에는 루쉰연구마저도 왜곡 당했을 뿐 아니라, 특히 '문화대혁명' 중에 루쉰을 정치적인 도구로 삼아 최고 경지로 추어 올렸다. 그렇지만 이런 정치적 환경 속에서라고 해도 리허린李何林으로 대표된 루쉰연구의 실용파가 여전히 자료 정리와 작품 주석이란 기초적인 업무를 고도로 중시했고, 그 틈새에서 숨은 노력을 묵묵히 기울여왔다. 그래서 길이 빛날 의미를 지닌 많은 성과를 얻었다. 결론적으로 루쉰에 대해 우러러보는 정을 가졌건 아니면 다른 견해를 담았건 간에 모두 루쉰과 루쉰연구의 존재를 무시할 수 없다.

귀중한 것은 20세기 1980년대 이후에 루쉰연구가 사상을 제한해온 오랜 속박에서 벗어나 영역을 확장해 철학, 사회학, 심리학, 비교문학 등 새로운 시야로 루쉰 및 그의 생애와 작품에 대해 더욱 심오하고 두텁게 통일적이고 종합적으로 연구하며 해석하게 됐고, 시종 선두에 서서 중국의 사상해방운동과 학술문화업무의 발전을 촉진시키기 위해 불멸의 역사적 공훈을 세웠다. 동시에 또 왕성한 활력과 새로운 지식구조, 새로운 사유방식을 지닌 중·청년 연구자들을 등장시켰다. 이는 중국문학연구와 전체 사회과학연구 가운데서 모두 보기 드문 것이다.

그래서 이 연구자들의 저작에 대해 총결산하고 그들의 성과에 대해 진지한 검토를 하는 것이 매우 필요한 일이 되었다. 안후이安徽대학출판사가 이 무거운 짐을 지고, 학술저서의 출판이 종종 적자를 내고 경제적 이익을 얻을 수 없는 시대에 의연히 편집에 큰 공을 들여 이 '중국 루쉰연구 명가정선집中國魯迅研究名家精選集' 시리즈를 출판해 참으로 사람을 감격하게 했다. 나는 그들의 노력이 수포로 돌아갈 리 없고, 이 저작들이 중국의 루쉰연구학술사에서 틀림없이 중요한 가치를 갖고 대대로 계승돼 미래의 것을 창조해내서 중국에서 루쉰연구가 더욱 큰 발전을 이룰 것을 굳게 믿는다.

　이로써 서문을 삼는다.

2013년 3월 3일

횃불이여, 영원하라

지난 100년 중국의 루쉰연구 회고와 전망

1913년 4월 25일에 출판된 『소설월보』 제4권 제1호에 '저우춰'로 서명한 문언소설 「옛일」이 발표됐다. 잡지의 편집장인 윈톄차오는 이 소설에 대해 평가하고 방점을 찍었을 뿐 아니라 또 글의 마지막에서 「자오무·부지」를 지어 소설에 대해 호평했다. 이는 상징성을 갖는 역사적 시점이다. 즉 '저우춰'가 바로 뒷날 '루쉰'이란 필명으로 세계적인 명성을 누리게 된 작가 저우수런周樹人이고, 「옛일」은 루쉰이 창작한 첫 번째 소설로서 중국 현대문학의 전주곡이 됐고, 「옛일」에 대한 윈톄차오의 평론도 중국의 루쉰연구의 서막이 됐다.

1913년부터 헤아리면 중국의 루쉰연구는 지금까지 이미 100년의 역사를 갖게 됐다. 그동안에 사회적 상황의 변화로 인해 수많은 곡절을 겪었음에도 불구하고, 그러나 여전히 저명한 전문가와 학자들이 쏟아져 나와 중요한 학술적 성과를 냈음은 물론 20세기 1980년대에 점차 중요한 영향력을 지닌 학문인 '루학魯學'을 형성하게 됐다. 지난 100년 동안의 중국의 루쉰연구사를 돌이켜보면, 정치적인 요소가 대대적으로 루쉰연구의 역사과정에 커다란 영향을 끼쳤음을 볼 수 있다. 그래서 우리도 정치적인 각도에서 중국의 루쉰연구사 100년을 대체로 중화민국 시기와 중화인민공화국 시기로 구분할 수 있다.

중화민국 시기(1913~1949)의 루쉰연구는 중국의 100년 루쉰연구의 맹아기와 기초기라고 말할 수 있다. 비공식 통계에 따르면, 이 기간

중국의 간행물에 루쉰과 관련한 글은 모두 96편이 발표됐고, 그 가운데서 루쉰의 생애와 관련한 역사 연구자료 성격의 글이 22편, 루쉰사상 연구 3편, 루쉰작품 연구 40편, 기타 31편으로 나뉜다. 이런 글 가운데 비교적 중요한 것은 장딩황張定璜이 1925년에 발표한 「루쉰 선생魯迅先生」과 저우쭤런周作人의 『아Q정전阿Q正傳』 두 편이다. 이외에 문화 방면에서 루쉰의 영향이 점차 확대됨에 따라 점차 더욱더 많은 평론가들이 루쉰과 관련한 연구에 몰두하기 시작해 1926년에 중국의 첫 번째 루쉰연구논문집인 『루쉰과 그의 저작에 관하여關於魯迅及其著作』를 출판했다.

　중국의 100년 루쉰연구의 기초기는 중화민국 난징국민정부 시기(1927년 4월~1949년 9월)이다. 비공식 통계에 따르면, 이 기간에 중국의 간행물에 루쉰과 관련한 글은 모두 1,276편이 발표됐고, 그 가운데 루쉰의 생애 관련 역사 연구자료 성격의 글 336편, 루쉰사상 연구 191편, 루쉰작품 연구 318편, 기타 431편으로 나뉜다. 중요한 글에 팡비方壁(마오둔茅盾)의 「루쉰론魯迅論」, 허닝何凝(취추바이瞿秋白)의 「『루쉰잡감선집魯迅雜感選集』・서언序言」, 마오쩌둥毛澤東의 「루쉰론魯迅論」과 「신민주주의적 정치와 신민주주의적 문화新民主主義的政治與新民主主義的文化」, 저우양周揚의 「한 위대한 민주주의자의 길一個偉大的民主主義者的路」, 루쭤魯座(리핑신李平心)의 「사상가인 루쉰思想家魯迅」과 쉬서우창許壽裳, 징쑹景宋(쉬광핑許廣平), 펑쉐펑馮雪峰 등이 쓴 루쉰을 회고한 것들이 있다. 이외에 또 중국에서 출판한 루쉰연구 관련 저작은 모두 79권으로 그 가운데 루쉰의 생애와 사료연구 저작 27권, 루쉰사상 연구 저작 9권, 루쉰작품 연구 저작 9권, 기타 루쉰연구 저작(주제 연구 및 집록류輯錄類 연구 저작) 34권이다. 중요한 저작에 리창즈李長之의 『루쉰 비판魯迅批判』, 루쉰기념위원회魯迅紀念委員會가 편집한 『루쉰선생기념집魯迅先生紀念集』, 샤오훙蕭紅의 『루쉰 선생을 추억하며回憶魯迅先生』, 위다푸郁達夫의 『루쉰 추억과 기타回憶魯迅及其他』, 마오둔이 책임 편집한 『루쉰을 논함論魯迅』, 쉬서우창의 『루쉰의 사상과 생활魯迅的思想與生活』과 『망우 루쉰 인상기亡友魯迅印象記』, 린천林辰의 『루쉰사적고魯迅事迹考』, 왕스징王士菁의 『루쉰전魯迅傳』 등이 있다. 이 시기의 루쉰연구가 전체적으로 말해 학술적인 수준이 높지 않다고 해도, 그러나 루쉰 관련 사료연구, 작품연구와 사상연구 등 방면에서는 중국의 100년 루쉰연구를 위한 기초를 다졌다.

중화인민공화국 시기에 루쉰연구와 발전이 걸어온 길은 비교적 복잡하다. 정치적인 요소의 영향을 받았기 때문에 여러 단계로 구분된다. 즉 발전기, 소외기, 회복기, 절정기, 분화기, 심화기가 그것이다.

중화인민공화국 '17년' 시기(1949~1966)는 중국의 100년 루쉰연구의 발전기이다. 신중국 성립 이후 당국이 루쉰을 기념하고 연구하는 업무를 매우 중시해 연이어 상하이루쉰기념관, 베이징루쉰박물관, 사오싱紹興루쉰기념관, 샤먼廈門루쉰기념관, 광둥廣東루쉰기념관 등 루쉰을 기념하는 기관을 세웠다. 또 여러 차례 루쉰 탄신 혹은 서거한 기념일에 기념행사를 개최했고, 아울러 1956년에서 1958년 사이에 신판 『루쉰전집魯迅全集』을 출판했다. 『인민일보人民日報』도 수차례 현실 정치의 필요에 부응해 루쉰서거기념일에 루쉰을 기념하는 사설을 게재했다. 예를 들면 「루쉰을 배워 사상투쟁을 지키자學習魯迅, 堅持思想鬪爭」 (1951년 10월 19일), 「루쉰의 혁명적 애국주의의 정신적 유산을 계승하자繼承魯迅的革命愛國主義的精神遺産」(1952년 10월 19일), 「위대한 작가, 위대한 전사偉大的作家 偉大的戰士」(1956년 10월 19일) 등이다. 그럼으로써 학자와 작가들이 루쉰을 연구하도록 이끌었다. 정부의 대대적인 추진 아래 중국의 루쉰연구가 점차 발전하기 시작했다.

비공식 통계에 따르면 이 기간에 중국의 간행물에 발표된 루쉰연구와 관련한 글은 모두 3,206편이다. 그 가운데 루쉰의 생애 관련 역사 연구자료 성격의 글이 707편, 루쉰사상 연구 697편, 루쉰작품 연구 1,146편, 기타 656편이 있다. 중요한 글에 왕야오王瑤의 「중국문학의 유산에 대한 루쉰의 태도와 중국문학이 그에게 끼친 영향魯迅對於中國文學遺産的態度和他所受中國文學的影響」, 천융陳涌의 「한 위대한 지식인의 길一個偉大的知識分子的道路」, 저우양周揚의 「'5·4' 문학혁명의 투쟁전통을 발휘하자發揚"五四"文學革命的戰鬪傳統」, 탕타오唐弢의 「루쉰의 미학사상을 논함論魯迅的美學思想」 등이 있다. 이외에 또 중국에서 출판된 루쉰연구와 관련한 저작은 모두 162권이 있고, 그 가운데 루쉰의 생애와 사료연구 저작은 모두 49권, 루쉰사상 연구 저작 19권, 루쉰작품 연구 저작 57권, 기타 루쉰연구 저작(주제 연구 및 집록류 연구 저작) 37권이다. 중요한 저작에 『루쉰 선생 서거 20주년 기념대회 논문집魯迅先生逝世二十周年紀念大會論文集』, 왕야오의 『루쉰과 중국문학魯迅與中國文學』, 탕타오의 『루쉰 잡문의 예술적 특징魯迅雜文的藝術特徵』, 펑쉐펑의 『들풀을 논함論野草』, 천바이천陳白塵이 집필한 『루쉰魯迅』(영화 문학시나리오), 저우샤서우周遐壽(저우쭤런)의 『루쉰의 고향魯迅的故家』과 『루쉰 소설 속의 인물魯迅小說裏的人物』 그리고 『루쉰의 청년시대魯迅的青年時代』 등이 있다. 이 시기의 루쉰연구는 루쉰작품 연구 영역, 루쉰사상 연구 영역, 루쉰 생애와 사료 연구 영역에서 모두 중요한 학술적 성과를 얻었고, 전체적인 학술적 수준도 중화민국 시기의 루쉰연구보다 최대한도로 심오해졌고, 중국의 100년 루쉰연구사에서 첫 번째로 고도로 발전한 시기이다.

중화인민공화국의 '문화대혁명' 10년 동안은 중국의 100년 루쉰연구의 소외기이다. '문화대혁명' 초기에 중국공산당 중앙이 '프롤레타리아 문화대혁명'을 발동하고, 아울러 루쉰을 빌려 중국의 '문화대혁명'을 공격하는 소련의 언론에 반격하기 위해 7만여 명이 참가한 루쉰 서거30주년 기념대회를 열었다. 여기서 루쉰을 마오쩌둥의 홍소병紅小兵(중국소년선봉대에서 이름이 바뀐 초등학생의 혁명조직으로 1978년 10월 27일에 이전 명칭과 조직을 회복했다-역자)으로 만들어냈고, 홍위병(1966년 5월 29일, 중고대학생을 중심으로 조직됐고, 1979년 10월에 이르러 중국공산당 중앙이 정식으로 해산을 선포했다-역자)에게 루쉰의 반역 정신을 배워 '문화대혁명'을 끝까지 하도록 호소했다. 이는 루쉰의 진실한 이미지를 대대적으로 왜곡했고, 게다가 처음으로 루쉰을 '문화대혁명'의 담론시스템 속에 넣어 루쉰을 '문화대혁명'에 봉사토록 이용한 것이다. 이후에 '비림비공批林批孔' 운동, '우경부활풍조 반격反擊右傾飜案風' 운동, '수호水滸' 비판운동 중에 또 루쉰을 이 운동에 봉사토록 이용해 일정한 정치적 목적을 달성했다. '문화대혁명' 후기인 1975년 말에 마오쩌둥이 '루쉰을 읽고 평가하자讀點魯迅'는 호소를 발표해 전국적으로 루쉰 학습 열풍을 일으켰다. 이에 대대적으로 전국 각지에서 루쉰 보급업무를 추진했고, 루쉰연구가 1980년대에 활발하게 발전하는데 기초를 놓았다.

비공식 통계에 따르면 전체 '문화대혁명' 기간(1966~1976)에 중국의 간행물에 발표된 루쉰 관련 연구는 모두 1,876편이 있고, 그 가운데 루쉰 생애와 사료 관련 글이 130편, 루쉰사상 연구 660편, 루쉰작품 연구 1,018편, 기타 68편이다. 이러한 글들은 대부분 정치적 운동에 부응해 편찬된 것이다. 중요한 글에『인민일보』가 1966년 10월 20일 루쉰 서거30주년 기념을 위해 발표한 사설「루쉰적인 혁명의 경골한 정신을 학습하자學習魯迅的革命硬骨頭精神」,『홍기紅旗』잡지에 게재된 루쉰 서거30주년 기념대회에서의 야오원위안姚文元, 궈머뤄郭沫若, 쉬광핑許廣平 등의 발언과 사설「우리의 문화혁명 선구자 루쉰을 기념하자紀念我們的文化革命先驅魯迅」,『인민일보』의 1976년 10월 19일 루쉰 서거40주년 기념을 위해 발표된 사설「루쉰을 학습하여 영원히 진격하자學習魯迅永遠進擊」등이 있다. 그 외에 중국에서 출판한 루쉰연구 관련 저작은 모두 213권이고, 그 가운데 루쉰 생애와 사료연구 관련 저작 30권, 루쉰 사상 연구 저작 9권, 루쉰작품 연구 저작 88권, 기타 루쉰연구 저작(주제 연구 및 집록류 연구 저작) 86권이 있다. 이러한 저작은 거의 모두 정치적 운동의 필요에 부응해 편찬된 것이기 때문에 학술적 수준이 비교적 낮다. 예를 들면 베이징대학 중문과 창작교학반이 펴낸『루쉰작품선강魯迅作品選講』시리즈총서, 인민문학출판사가 출판한『루쉰을 배워 수정주의 사상을 깊이 비판하자學習魯迅深入批修』등이 그러하다. 이 시기는 '17년' 기간에 개척한 루쉰연구의 만족스러운 국면을 이어갈 수 없었고 루쉰에 대한 학술연구는 거의 정체되었으며, 공개적으로 발표한 루쉰과 관련한 각종 논저는 거의 다 왜곡되어 루쉰을 이용한 선전물이었다. 이는 중국의 루쉰연구에 대해 말하면 의심할 바 없이 악재였다.

'문화대혁명'이 막을 내린 뒤부터 1980년에 이르는 기간(1977~1979)은 중국의 100년 루쉰연구의 회복기이다. 1976년 10월 '문화대혁명'이 막을 내렸을 때는 루쉰에 대해 '문화대혁명'이 왜곡하고 이용하면서 초래한 좋지 못한 영향이 여전히 상당한 정도로 존재하고 있었다. '문화대혁명'이 막을 내린 뒤 국가의 관련 기관이 이러한 좋지 못한 영향 제거에 신속하게 손을 댔고, 루쉰 저작의 출판 업무를 강화했으며, 신판『루쉰전집』을 출판할 준비에 들어갔다. 아울러 중국루쉰연구학회를 결성하고 루쉰연구실도 마련했다. 그리하여 루쉰연구에 대해 '문화대혁명'이 가져온 파괴적인 면을 대대적으로 수정했다. 이외에 인민문학출판사가 1974년에 지식인과 노동자, 농민, 병사의 삼결합 방식으로 루쉰저작 단행본에 대한 주석 작업을 개시했다. 그리하여 1975년 8월에서 1979년 2월까지 잇따라 의견모집본('붉은 표지본'이라고도 부른다)을 인쇄했고, '사인방'이 몰락한 뒤에 이 '의견모집본'('녹색 표지본'이라고도 부른다)들을 모두 비교적 크게 수정했고, 이후 1979년 12월부터 연속 출판했다. 1970년대 말에 '삼결합' 원칙에 근거하여 세운, 루쉰저작에 대한 루쉰저작에 대한 주석반의 각 판본의 주석이 분명한 시대적 색채를 갖지만, '문화대혁명' 기간의 루쉰저작에 대한 왜곡이나 이용과 비교하면 다소 발전된 것임을 의심할 여지는 없다. 그래서 이러한 '붉은 표지본' 루쉰저작 단행본은 '사인방'이 몰락한 뒤에 신속하게 수정된 뒤 '녹색 표지본'의 형식으로 출판됨으로써 '문화대혁명' 뒤의 루쉰 전파에 중요한 공헌을 했다.

비공식 통계에 따르면, 이 동안에 중국의 간행물에 발표된 루쉰 관련 연구는 모두 2,243편이고, 그 가운데 루쉰의 생애와 사료 관련 179편, 루쉰사상 연구 692편, 루쉰작품 연구 1,272편, 기타 100편이 있다. 중요한 글에 천융의「루쉰사상의 발전 문제에 관하여關於魯迅思想發展問題」, 탕타오의「루쉰 사상의 발전에 관한 문제關於魯迅思想發展的問題」,

위안량쥔袁良駿의 「루쉰사상 완성설에 대한 질의魯迅思想完成說質疑」, 린페이林非와 류짜이푸劉再復의 「루쉰이 ‘5·4’ 시기에 제창한 ‘민주’와 ‘과학’의 투쟁魯迅在五四時期倡導“民主”和“科學”的鬪爭」, 리시판李希凡의 「‘5·4’ 문학혁명의 투쟁적 격문 - ‘광인일기’로 본 루쉰소설의 ‘외침’ 주제“五四”文學革命的戰鬪檄文 - 從『狂人日記』看魯迅小說的“吶喊”主題」, 쉬제許傑의 「루쉰 선생의 ‘광인일기’ 다시 읽기重讀魯迅先生的『狂人日記』」, 저우젠런周建人의 「루쉰의 한 단면을 추억하며回憶魯迅片段」, 펑쉐펑의 「1936년 저우양 등의 행동과 루쉰이 ‘민족혁명전쟁 속의 대중문학’ 구호를 제기한 경과 과정과 관련하여有關一九三六年周揚等人的行動以及魯迅提出“民族革命戰爭中的大衆文學”口號的經過」, 자오하오성趙浩生의 「저우양이 웃으며 역사의 공과를 말함周揚笑談歷史功過」 등이 있다. 이외에 중국에서 출판한 루쉰연구 관련 저작은 모두 134권이고, 그 가운데 루쉰의 생애와 사료 연구 관련 저작 27권, 루쉰사상 연구 저작 11권, 루쉰작품 연구 저작 42권, 기타 루쉰연구 저작(주제 연구 및 집록류 연구 저작) 54권이다. 중요한 저작에 위안량쥔의 『루쉰사상논집魯迅思想論集』, 린페이의 『루쉰소설논고魯迅小說論稿』, 류짜이푸의 『루쉰과 자연과학魯迅與自然科學』, 주정朱正의 『루쉰회고록 정오魯迅回憶錄正誤』 등이 있다. 전체적으로 말하면 이 시기의 루쉰연구는 ‘문화대혁명’이 루쉰을 왜곡한 현상에 대해 바로잡고 점차 정확한 길을 걷고, 또 잇따라 중요한 학술적 성과를 얻었으며, 1980년대의 루쉰연구를 위해 만족스런 기초를 다졌다.

20세기 1980년대는 중국의 100년 루쉰연구의 절정기이다. 1981년에 중국공산당 중앙이 ‘문화대혁명’의 영향을 철저하게 제거하기 위해 인민대회당에서 루쉰 탄신100주년을 위한 기념대회를 성대하게 거행했다. 그리하여 '문화대혁명' 시기에 루쉰을 왜곡하고 이용하면서 초래된 좋지 못한 영향을 최대한도로 청산했다. 후야오방胡耀邦은 중국공산당을 대표한 「루신 탄신100주년 기념대회에서의 연설在魯迅誕生一百周年紀念大會上的講話」에서 루쉰정신에 대해 아주 새로이 해석하고, 아울러 루쉰연구 업무에 대해 새로운 요구 사항을 제기했다. 『인민일보』가 1981년 10월 19일에 사설 「루쉰정신은 영원하다魯迅精神永在」를 발표했다. 여기서 루쉰정신을 당시의 세계 및 중국 정세와 결합시켜 새로이 해독하고, 루쉰정신을 계승하고 발전시킬 중요한 현실적 의미를 제기했다. 그리고 전국 인민에게 '루쉰을 배우자, 루쉰을 연구하자'고 호소했다. 그리하여 루쉰에 대한 전국적 전파를 최대한 촉진시켜 1980년대 루쉰연구의 열풍을 일으켰다. 왕야오, 탕타오, 리허린 등 루쉰연구의 원로 전문가들이 '문화대혁명'을 겪은 뒤에 다시금 학술연구 업무를 시작하여 중요한 루쉰연구 논저를 저술했고, 아울러 193,40년대에 출생한 루쉰연구 전문가들이 쏟아져 나왔다. 예를 들면 린페이, 쑨위스孫玉石, 류짜이푸, 왕푸런王富仁, 첸리췬錢理群, 양이楊義, 니모옌倪墨炎, 위안량쥔, 왕더허우王德後, 천수위陳漱渝, 장멍양張夢陽, 진홍다金宏達 등이다. 이들은 중국의 루쉰연구를 시대의 두드러진 학파가 되도록 풍성하게 가꾸어 민족의 사상해방 면에서 중요한 작용을 발휘하도록 했다. 그러나 1980년대 말에 정치적인 이유로 인해 루쉰은 또 당국에 의해 점차 주변부화되었다.

비공식 통계에 따르면 20세기 1980년대 10년 동안에 중국 전역에서 루쉰연구와 관련한 글은 모두 7,866편이 발표됐고, 그 가운데 루쉰 생애 및 사적과 관련한 글 935편, 루쉰사상 연구 2,495편, 루쉰작품 연구

3,406편, 기타 1,030편이 있다. 루쉰의 생애 및 사적과 관련해 중요한 글에 후펑胡風의 「'좌련'과 루쉰의 관계에 관한 약간의 회상關於"左聯"及與魯迅關係的若干回憶」, 옌위신閻愈新의 「새로 발굴된 루쉰이 홍군에게 보낸 축하 편지魯迅致紅軍賀信的新發現」, 천수위의 「새벽이면 동쪽 하늘에 계명성 뜨고 저녁이면 서쪽 하늘에 장경성 뜨니－루쉰과 저우쭤런이 불화한 사건의 시말東有啓明西有長庚－魯迅周作人失和前後」, 멍수훙蒙樹宏의 「루쉰 생애의 역사적 사실 탐색魯迅生平史實探微」 등이 있다. 또 루쉰사상 연구의 중요한 글에 왕야오의 「루쉰사상의 한 가지 중요한 특징－깨어있는 현실주의魯迅思想的一個重要特點－淸醒的現實主義」, 천융의 「루쉰과 프롤레타리아문학 문제魯迅與無産階級文學問題」, 탕타오의 「루쉰의 초기 '인생을 위한' 문예사상을 논함論魯迅早期"爲人生"的文藝思想」, 첸리췬의 「루쉰의 심리 연구魯迅心態硏究」와 「루쉰과 저우쭤런의 사상 발전의 길에 대한 시론試論魯迅與周作人的思想發展道路」, 진훙다의 「루쉰의 '국민성 개조' 사상과 그 문화 비판魯迅的"改造國民性"思想及其文化批判」 등이 있다. 루쉰작품 연구의 중요한 글에는 왕야오의 「루쉰과 중국 고전문학魯迅與中國古典文學」, 옌자옌嚴家炎의 「루쉰 소설의 역사적 위상魯迅小說的歷史地位」, 쑨위스의 「'들풀'과 중국 현대 산문시『野草』與中國現代散文詩」, 류짜이푸의 「루쉰의 잡감문학 속의 '사회상' 유형별 형상을 논함論魯迅雜感文學中的"社會相"類型形象」, 왕푸런의 『중국 반봉건 사상혁명의 거울－'외침'과 '방황'의 사상적 의미를 논함中國反封建思想革命的一面鏡子－論『吶喊』『彷徨』的思想意義」과 「인과적 사슬 두 줄의 변증적 통일－'외침'과 '방황'의 구조예술兩條因果鏈的辨證統一－『吶喊』『彷徨』的結構藝術」, 양이의 「루쉰소설의 예술적 생명력을 논함論魯迅小說的藝術生命力」, 린페이의 「'새로 쓴 옛날이야기'와 중국 현대문학 속의 역사제재소설을 논함論『故事新編』與中國現代文學中的歷

史題材小說」, 왕후이汪暉의 「역사적 '중간물'과 루쉰소설의 정신적 특징歷史的"中間物"與魯迅小說的精神特徵」과 「자유 의식의 발전과 루쉰소설의 정신적 특징自由意識的發展與魯迅小說的精神特徵」 그리고 「'절망에 반항하라'의 인생철학과 루쉰소설의 정신적 특징"反抗絶望"的人生哲學與魯迅小說的精神特徵」 등이 있다. 그리고 기타 중요한 글에 왕후이의 「루쉰연구의 역사적 비판魯迅研究的歷史批判」, 장멍양의 「지난 60년 동안 루쉰잡문 연구의 애로점을 논함論六十年來魯迅雜文研究的症結」 등이 있다. 이외에 중국에서 출판한 루쉰연구에 관한 저작은 모두 373권으로, 그 가운데 루쉰 생애와 사료 연구 저작 71권, 루쉰사상 연구 저작 43권, 루쉰작품 연구 저작 102권, 기타 루쉰연구 저작(주제 연구 및 집록류 연구 저작) 157권이 있다. 저명한 루쉰연구 전문가들이 중요한 루쉰연구 저작을 출판했고, 예를 들면 거바오취안戈寶權의 『세계문학에서의 루쉰의 위상魯迅在世界文學上的地位』, 왕야오의 『루쉰과 중국 고전소설魯迅與中國古典小說』과 『루쉰작품논집魯迅作品論集』, 탕타오의 『루쉰의 미학사상魯迅的美學思想』, 류짜이푸의 『루쉰미학사상논고魯迅美學思想論稿』, 천융의 『루쉰론魯迅論』, 리시판의 『'외침'과 '방황'의 사상과 예술"吶喊""彷徨"的思想與藝術』, 쑨위스의 『'들풀' 연구「野草」研究』, 류중수劉中樹의 『루쉰의 문학관魯迅的文學觀』, 판보췬范伯群과 쩡화펑曾華鵬의 『루쉰소설신론魯迅小說新論』, 니모옌의 『루쉰의 후기사상 연구魯迅後期思想研究』, 왕더허우의 『'두 곳의 편지' 연구「兩地書」研究』, 양이의 『루쉰소설 종합론魯迅小說綜論』, 왕푸런의 『루쉰의 전기 소설과 러시아문학魯迅前期小說與俄羅斯文學』, 진훙다의 『루쉰 문화사상 탐색魯迅文化思想探索』, 위안량쥔의 『루쉰연구사(상권)魯迅研究史上卷』, 린페이와 류짜이푸의 공저 『루쉰전魯迅傳』 및 루쉰탄신100주년기념위원회 학술활동반이 편집한 『루쉰 탄신 100주년기념

학술세미나논문선紀念魯迅誕生100周年學術討論會論文選』 등이 있다. 전체적으로 말하면 이 시기의 루쉰연구는 중국의 100년 루쉰연구사상의 폭발기로 '문화대혁명' 10년 동안의 억압을 겪은 뒤, 왕야오, 탕타오 등으로 대표되는 원로 세대 학자, 왕푸런, 첸리췬 등으로 대표된 중년 학자, 왕후이 등으로 대표되는 청년학자들이 루쉰사상 연구 영역과 루쉰작품 연구 영역에서 모두 풍성한 연구 성과를 거두었다. 아울러 저명한 루쉰연구 전문가들이 쏟아져 나왔을 뿐 아니라 중국 루쉰연구의 발전을 최대로 촉진시켰고, 루쉰연구를 민족의 사상해방 면에서 선도적인 핵심작용을 발휘하도록 했다.

20세기 1990년대는 중국의 100년 루쉰연구의 분화기이다. 1990년대 초에, 1980년대 이래 중국에 나타난 부르주아 자유화 사조를 청산하기 위해 중국공산당 중앙이 1991년 10월 19일 루쉰 탄신110주년 기념을 위하여 루쉰 기념대회를 중난하이中南海에서 대대적으로 거행했다. 장쩌민江澤民이 중국공산당 중앙을 대표해「루쉰정신을 더 나아가 학습하고 발휘하자進一步學習和發揚魯迅精神」는 연설을 했다. 그는 이 연설에서 새로운 형세에 따라 루쉰에 대해 새로운 해독을 하고, 아울러 루쉰연구 및 전체 인문사회과학연구에 대해 새로운 요구 사항을 제기하고 또 새로운 방향을 제시했다. 루쉰을 본보기와 무기로 삼아 사상문화전선의 정치적 방향을 명확하게 바로잡았던 것이다. 이로 인해 루쉰도 재차 신의 제단에 초대됐다. 하지만 시장경제의 발전에 따라 시장경제라는 큰 흐름의 충격 아래 1990년대 중·후기에 당국이 다시 점차 루쉰을 주변부화시키면서 루쉰연구도 점차 시들해졌다. 하지만 195, 60년대에 태어난 중·청년 루쉰연구 전문가들이 줄줄이 나타났다. 예를 들면 왕후이, 장푸구이張福貴, 왕샤오밍王曉明, 양젠룽楊劍龍, 황 젠黃健, 가오쉬둥高旭東, 주샤오진朱曉進, 왕첸쿤王乾坤, 쑨위孫郁, 린셴즈林賢 治, 왕시룽王錫榮, 리신위李新宇, 장훙張閎 등이 새로운 이론과 새로운 연구 방법으로 루쉰연구의 공간을 더 나아가 확장했다. 1990년대 말에 한 둥韓冬 등 일부 젊은 작가와 거훙빙葛紅兵 등 젊은 평론가들이 루쉰을 비 판하는 열풍도 일으켰다. 이 모든 것이 다 루쉰이 이미 신의 제단에서 내려오기 시작했음을 나타냈다.

비공식 통계에 따르면 20세기 1990년대에 중국에서 발표된 루쉰연 구 관련 글은 모두 4,485편이다. 그 가운데 루쉰 생애와 사적 관련 글 549편, 루쉰사상 연구 1,050편, 루쉰작품 연구 1,979편, 기타 907편이 다. 루쉰 생애와 사적과 관련된 중요한 글에 저우정장周正章의 「루쉰의 사인에 대한 새 탐구魯迅死因新探」, 우쥔吳俊의 「루쉰의 병력과 말년의 심리 魯迅的病史與暮年心理」 등이 있다. 또 루쉰사상 연구 관련 중요한 글에 린셴즈 의 「루쉰의 반항철학과 그 운명魯迅的反抗哲學及其命運」, 장푸구이의 「루쉰의 종교관과 과학관의 역설魯迅宗教觀與科學觀的悖論」, 장자오이張釗貽의 「루쉰과 니체의 '반현대성'의 의기투합魯迅與尼采"反現代性"的契合」, 왕첸쿤의 「루쉰 의 세계적 철학 해독魯迅世界的哲學解讀」, 황젠의 「역사 '중간물'의 가치와 의미－루쉰의 문화의식을 논함歷史"中間物"的價值與意義－論魯迅的文化意識」, 리 신위의 「루쉰의 사람의 문학 사상 논강魯迅人學思想論綱」, 가오위안바오郜元 寶의 「루쉰과 현대 중국의 자유주의魯迅與中國現代的自由主義」, 가오위안둥高遠 東의 「루쉰과 묵자의 사상적 연계를 논함論魯迅與墨子的思想聯系」 등이 있다. 루쉰작품 연구의 중요한 글에는 가오쉬둥의 「루쉰의 '악'의 문학과 그 연원을 논함論魯迅"惡"的文學及其淵源」, 주샤오진의 「루쉰 소설의 잡감화 경향魯迅小說的雜感化傾向」, 왕자량王嘉良의「시정 관념 - 루쉰 잡감문학의 시학 내용詩情觀念 - 魯迅雜感文學的詩學內蘊」, 양젠룽의「상호텍스트성 - 루쉰의 향토소설의 의향 분석文本互涉 - 魯迅鄕土小說的意向分析」, 쉐이薛毅의「'새로 쓴 옛날이야기'의 우언성을 논함論『故事新編』的寓言性」, 장훙의「'들풀' 속의 소리 이미지『野草』中的聲音意象」 등이 있다. 이외에 기타 중요한 글에 펑딩안彭定安의「루쉰학 - 중국 현대문화 텍스트의 이론적 구조魯迅學 - 中國現代文化文本的理論構造」, 주샤오진의「루쉰의 문체 의식과 문체 선택魯迅的文體意識及其文體選擇」, 쑨위의「당대문학과 루쉰 전통當代文學與魯迅傳統」 등이 있다. 그밖에 중국에서 출판된 루쉰연구 관련 저작은 모두 220권으로, 그 가운데 루쉰 생애 및 사료 연구와 관련된 저작 50권, 루쉰사상 연구 저작 36권, 루쉰작품 연구 저작 61권, 기타 루쉰연구 저작(주제 연구 및 집록류 연구 저작) 73권이 있다. 그 가운데 중요한 루쉰의 생애 및 사료 연구와 관련된 저작에 왕샤오밍의『직면할 수 없는 인생 - 루쉰전無法直面的人生 - 魯迅傳』, 우쥔의『루쉰의 개성과 심리 연구魯迅個性心理硏究』, 쑨위의『루쉰과 저우쭤런魯迅與周作人』, 린셴즈의『인간 루쉰人間魯迅』, 왕빈빈王彬彬의『루쉰 말년의 심경魯迅 - 晩年情懷』 등이 있다. 또 루쉰사상 연구 관련 중요한 저작에 왕후이의『절망에 반항하라 - 루쉰의 정신구조와 '외침'과 '방황' 연구反抗絶望 - 魯迅的精神結構與「吶喊」「彷徨」硏究』, 가오쉬등의『문화적 위인과 문화적 충돌 - 중서 문화충격의 소용돌이 속에 있는 루쉰文化偉人與文化衝突 - 魯迅在中西文化撞擊的漩渦中』, 왕첸쿤의『중간에서 무한 찾기 - 루쉰의 문화가치관由中間尋找無限 - 魯迅的文化價値觀』과『루쉰의 생명철학魯迅的生命哲學』, 황젠의『반성과 선택 - 루쉰의 문화관에 대한 다원적 투시反省與選擇 - 魯迅文化觀的多維透視』 등이 있다. 루쉰작품 연구 관련 중요한 저작에는 양이의『루쉰

작품 종합론』, 린페이의『중국 현대소설사에서의 루쉰中國現代小說史上的魯迅』, 위안량쥔의『현대산문의 정예부대現代散文的勁旅』, 첸리췬의『영혼의 탐색心靈的探尋』, 주샤오진의『루쉰 문학관 종합론魯迅文學觀綜論』, 장멍양의『아Q신론－아Q와 세계문학 속의 정신적 전형문제阿Q新論－阿Q與世界文學中的精神典型問題』 등이 있다. 그리고 기타 루쉰연구 저작(주제 연구 및 집록류 연구 저작)에 위안량쥔의『당대 루쉰연구사當代魯迅研究史』, 왕푸런의『중국 루쉰연구의 역사와 현황中國魯迅研究的歷史與現狀』, 천팡징陳方競의『루쉰과 저둥문화魯迅與浙東文化』, 예수쑤이葉淑穗의『루쉰의 유물로 루쉰을 알다從魯迅遺物認識魯迅』, 리윈징李允經의『루쉰과 중외미술魯迅與中外美術』 등이 있다. 전체적으로 말하면 루쉰이 1990년대 중·후기에 신의 제단을 내려오기 시작함에 따라서 중국의 루쉰연구가 비록 시장경제의 커다란 충격을 받기는 했어도, 여전히 중년 학자와 새로 배출된 젊은 학자들이 새로운 이론과 연구방법을 채용해 루쉰사상 연구 영역과 루쉰작품 연구 영역에서 계속 상징적인 성과물들을 내놓았다. 1990년대의 루쉰연구의 성과가 비록 수량 면에서 분명히 1980년대의 루쉰연구의 성과보다는 떨어진다고 해도 그러나 학술적 수준 면에서는 1980년대의 루쉰연구의 성과보다 분명히 높았다고 말할 수 있다. 이러한 현상은 루쉰연구가 이미 기본적으로 정치적 요소의 영향에서 벗어나 정상궤도로 진입했고, 아울러 큰 정도에서 루쉰연구의 공간이 개척되었음을 나타내고 있다고 말할 수 있다.

21세기의 처음 10년은 중국의 100년 루쉰연구의 심화기이다. 21세기에 들어서면서 루쉰을 기념하는 행사를 개최하려는 당국의 열의는 현저히 식었다. 2001년 루쉰 탄신120주년 무렵에 당국에서는 루쉰기념대회를 개최하지 않았고 국가 최고지도자도 루쉰에 관한 연설을 발표하지 않았을 뿐 아니라 『인민일보』도 루쉰에 관한 사설을 더 이상 발표하지 않았다. 이와 동시에 루쉰을 비판하는 발언이 새록새록 등장했다. 이는 루쉰이 이미 신의 제단에서 완전히 내려와 사람의 사회로 되돌아갔음을 상징한다. 하지만 중국의 루쉰연구는 오히려 꾸준히 발전하였다. 옌자옌, 쑨위스, 첸리췬, 왕푸런, 왕후이, 정신링鄭心伶, 장멍양, 장푸구이, 가오쉬둥, 황젠, 쑨위, 린셴즈, 왕시룽, 장전창張振昌, 쉬쭈화許祖華, 진충린靳叢林, 리신위 등 학자들이 루쉰연구의 진지를 더욱 굳게 지켰다. 더불어 가오위안바오, 왕빈빈, 가오위안둥, 왕쉐첸王學謙, 왕웨이둥汪衛東, 왕자핑王家平 등 1960년대에 출생한 루쉰연구 전문가들도 점차 성장하면서 루쉰연구를 계속 전수하게 되었다.

2000년에서 2009년까지 비공식 통계에 따르면 중국에서 발표한 루쉰연구 관련 글은 7,410편으로, 그 가운데 루쉰 생애와 사료 관련 글 759편, 루쉰사상 연구 1,352편, 루쉰작품 연구 3,794편, 기타 1,505편이 있다. 루쉰 생애 및 사적과 관련된 중요한 글에 옌위신의 「루쉰과 마오둔이 홍군에게 보낸 축하편지 다시 읽기再讀魯迅茅盾致紅軍賀信」, 천핑위안陳平原의 「경전은 어떻게 형성된 것인가? – 저우씨 형제의 후스를 위한 산시고經典是如何形成的-周氏兄弟爲胡適刪詩考」, 왕샤오밍의 「'비스듬히 선' 운명"橫站"的命運」, 스지신史紀辛의 「루쉰과 중국공산당과의 관계의 어떤 사실 재론再論魯迅與中國共産黨關係的一則史實」, 첸리췬의 「예술가로서의 루쉰作爲藝術家的魯迅」, 왕빈빈의 「루쉰과 중국 트로츠키파의 은원魯迅與中國托派的恩怨」 등이 있다. 또 루쉰사상 연구의 중요한 글에 왕푸런의 「시간, 공간, 사람 – 루쉰 철학사상에 대한 몇 가지 견해時間·空間·人-魯迅哲學思想

芻議」, 원루민溫儒敏의 「문화적 전형에 대한 루쉰의 탐구와 우려魯迅對文化典型的探求與焦慮」, 첸리췬의 「'사람을 세우다'를 중심으로 삼다－루쉰 사상과 문학의 논리적 출발점以"立人"爲中心－魯迅思想與文學的邏輯起點」, 가오쉬 등의 「루쉰과 굴원의 심층 정신의 연계를 논함論魯迅與屈原的深層精神聯系」, 가오위안바오의 「세상을 위해 마음을 세우다－루쉰 저작 속에 보이는 마음 '심'자 주석爲天地立心－魯迅著作中所見"心"字通詮」 등이 있다. 그리고 루쉰 작품 연구의 중요한 글에 옌자옌의 「다성부 소설－루쉰의 두드러진 공헌復調小說－魯迅的突出貢獻」, 왕푸런의 「루쉰 소설의 서사예술魯迅小說的敍事藝術」, 팡쩡위逢增玉의 「루쉰 소설 속의 비대화성과 실어 현상魯迅小說中的非對話性和失語現象」, 장전창의 「'외침'과 '방황'－중국소설 서사방식의 심층 변환『吶喊』『彷徨』－中國小說敍事方式的深層嬗變」, 쉬쭈화의 「루쉰 소설의 기본적 환상과 음악魯迅小說的基本幻象與音樂」 등이 있다. 또 기타 중요한 글에는 첸리췬의 「루쉰－먼 길을 간 뒤(1949～2001)魯迅－遠行之後1949～2001」, 리신위의 「1949－신시기로 들어선 루쉰1949－進入新時代的魯迅」, 리지카이李繼凱의 「루쉰과 서예 문화를 논함論魯迅與書法文化」 등이 있다. 이외에 중국에서 출판한 루쉰연구 관련 저작은 모두 431권이다. 그 가운데 루쉰 생애 및 사료 연구 관련 저작 96권, 루쉰사상 연구 저작 55권, 루쉰작품 연구 저작 67권, 기타 루쉰연구 저작(주제 연구 및 집록류 연구 저작) 213권이다. 그 가운데 루쉰 생애 및 사료 연구의 중요한 저작에 니모옌의 『루쉰과 쉬광핑魯迅與許廣平』, 왕시룽의 『루쉰 생애의 미스테리魯迅生平疑案』, 린셴즈의 『루쉰의 마지막 10년魯迅的最後十年』, 저우하이잉周海嬰의 『나의 아버지 루쉰魯迅與我七十年』 등이 있다. 또 루쉰사상 연구의 중요한 저작에 첸리췬의 『루쉰과 만나다與魯迅相遇』, 리신위의 『루쉰의 선

택魯迅的選擇』, 주서우퉁朱壽桐의『고립무원의 기치-루쉰의 전통과 그
자원의 의미를 논함孤絕的旗幟-論魯迅傳統及其資源意義』, 장닝張寧의『수많은
사람과 한없이 먼 곳-루쉰과 좌익無數人們與無窮遠方-魯迅與左翼』, 가오위
안둥의『현대는 어떻게 '가져왔나'?-루쉰 사상과 문학 논집現代如何"拿
來"-魯迅思想與文學論集』등이 있다. 루쉰작품 연구의 중요한 저작에 쑨위
스의『현실적 및 철학적 '들풀' 연구現實的與哲學的-「野草」研究』, 왕푸런의
『중국 문화의 야경꾼 루쉰中國文化的守夜人-魯迅』, 첸리췬의『루쉰 작품을
열다섯 가지 주제로 말함魯迅作品十五講』등이 있다. 그리고 주제 연구 및
집록류 연구의 중요한 저작에는 장멍양의『중국 루쉰학 통사中國魯迅學通
史』, 펑딩안의『루쉰학 개론魯迅學導論』, 펑광롄馬光廉의『다원 시야 속의
루쉰多維視野中的魯迅』, 첸리췬의『먼 길을 간 뒤-루쉰 접수사의 일종 묘
사(1936~2000)遠行之後-魯迅接受史的一種描述1936~2000』, 왕자핑의『루쉰의
해외 100년 전파사(1909~2008)魯迅域外百年傳播史1909~2008』등이 있다.
전체적으로 말하면, 21세기 처음 10년의 루쉰연구는 기본적으로 정
치적인 요소의 영향에서 벗어났고, 루쉰작품에 대한 연구에 더욱 치
중했으며, 루쉰작품의 문학적 가치와 미학적 가치를 훨씬 중시했다.
그래서 얻은 학술적 성과는 수량 면에서 중국의 100년 루쉰연구의 절
정기에 이르렀을 뿐 아니라 학술적 수준 면에서도 중국의 100년 루쉰
연구의 절정기에 이르렀다.

　21세기 두 번째 10년에 들어서면서 중국의 루쉰연구는 노년, 중
년, 청년 등 세 세대 학자의 노력으로 여전히 만족스러운 발전을 보
인 시기이다.

　비공식 통계에 따르면 2010년 중국에서 발표된 루쉰 관련 글은 모

두 977편이고, 그 가운데 루쉰 생애 및 사료 관련 글 140편, 루쉰사상 연구 148편, 루쉰작품 연구 531편, 기타 158편이다. 이외에 2010년에 중국에서 출판된 루쉰 관련 연구 저작은 모두 37권이고, 그 가운데 루쉰 생애 및 사료 관련 연구 저작 7권, 루쉰사상 연구 저작 4권, 루쉰작품 연구 저작 3권, 기타 루쉰연구 저작(주제 연구 및 집록류 연구 저작) 23권이다. 대부분이 모두 루쉰연구와 관련된 옛날의 저작을 새로이 찍어냈다. 새로 출판한 루쉰연구의 중요한 저작에 왕더허우의 『루쉰과 공자魯迅與孔子』, 장푸구이의 『살아있는 루쉰-루쉰의 문화 선택의 당대적 의미"活着的魯迅"-魯迅文化選擇的當代意義』, 우캉吳康의 『글쓰기의 침묵-루쉰 존재의 의미書寫沈默-魯迅存在的意義』 등이 있다. 2011년 중국에서 발표된 루쉰 관련 글은 모두 845편이고, 그 가운데 루쉰 생애 및 사료 관련 글 128편, 루쉰사상 연구 178편, 루쉰작품 연구 279편, 기타 260편이다. 이외에 2011년 한 해 동안 중국에서 출판된 루쉰 관련 연구 저작은 모두 66권이고, 그 가운데 루쉰 생애 및 사료 관련 연구 저작 18권, 루쉰사상 연구 저작 12권, 루쉰작품 연구 저작 8권, 기타 루쉰연구 저작(주제 연구 및 집록류 연구 저작) 28권이다. 중요한 저작에 류짜이푸의 『루쉰론魯迅論』, 저우링페이周令飛가 책임 편집한 『루쉰의 사회적 영향 조사보고魯迅社會影響調查報告』, 장자오이의 『루쉰, 중국의 '온화'한 니체魯迅-中國"溫和"的尼采』 등이 있다. 2012년에 중국에서 발표된 루쉰 관련 글은 모두 750편이고, 그 가운데 루쉰 생애 및 사료 관련 글 105편, 루쉰사상 연구 148편, 루쉰작품 연구 260편, 기타 237편이다. 이외에 2012년 한 해 동안 중국에서 출판된 루쉰 관련 연구 저작은 모두 37권이고, 그 가운데 루쉰 생애 및 사료 관련 연구 저작 14권,

루쉰사상 연구 저작 4권, 루쉰작품 연구 저작 8권, 기타 루쉰연구 저작(주제 연구 및 집록류 연구 저작) 11권이다. 중요한 저작에 쉬쭈화의『루쉰 소설의 예술적 경계 허물기 연구鲁迅小說跨藝術研究』, 장멍양의『루쉰전鲁迅傳』(제1부), 거타오葛濤의『'인터넷 루쉰' 연구"網絡鲁迅"研究』등이 있다. 상술한 통계 숫자에서 현재 중국의 루쉰연구는 21세기 처음 10년에 얻은 성과를 바탕으로 계속 만족스러운 발전 시기에 있었음을 알 수 있다.

마지막으로 지난 100년 동안의 루쉰연구사를 돌이켜보면 중국에서 발표된 루쉰연구 관련 글과 출판된 루쉰연구 논저에 대해서도 거시적으로 숫자적인 분석이 필요하다. 비공식 통계에 따르면 1913년에서 2012년까지 중국에서 발표된 루쉰과 관련한 글은 모두 31,030편이다. 그 가운데 루쉰 생애 및 사료 관련 글이 3,990편으로 전체 수량의 12.9%, 루쉰사상 연구 7,614편으로 전체 수량의 24.5%, 루쉰작품 연구 14,043편으로 전체 수량의 45.3%, 기타 5,383편으로 전체 수량의 17.3%를 차지한다. 상술한 통계 결과에서 중국의 루쉰연구는 전체적으로 루쉰작품과 관련한 글이 주로 발표되었고, 그다음은 루쉰사상 연구와 관련한 글이다. 가장 취약한 부분은 루쉰의 생애 및 사료와 관련해 연구한 글임을 알 수 있다. 루쉰연구계가 앞으로 더 나아가 이 영역의 연구를 보강할 수 있기를 희망한다. 이외에 통계 결과에서 다음과 같은 사실도 알 수 있다. 중화민국 기간(1913~1949년 9월)에 발표된 루쉰연구와 관련한 글은 모두 1,372편으로, 중국의 루쉰연구 글의 전체 분량의 4.4%를 차지하고 매년 평균 38편씩 발표되었다. 중화인민공화국 시기에 발표된 루쉰연구와 관련한 글은 모두 29,658편으로 중국의 루쉰연구 글의 전체 분량의 95.6%를 차지하며 매년 평균 470편씩 발표되었다. 그 가운데 '문화대혁명' 후기의 3년(1977~1979), 20세기 1980년대(1980~1989)와 21세기 처음 10년 기간(2000~2009)은 루쉰연구와 관련한 글의 풍작 시기이고, 중국의 루쉰연구 문장 가운데서 56.4%(모두 17,519편)에 달하는 글이 이 세 시기 동안에 발표된 것이다. 그 가운데 '문화대혁명' 후기의 3년 동안에 해마다 평균 748편씩 발표되었고, 또 20세기 1980년대에는 해마다 평균 787편씩 발표되었으며, 또한 21세기 처음 10년 동안에는 해마다 평균 740편씩 발표되었다. 이외에 '17년' 기간(1949년 10월~1966년 5월)과 '문화대혁명' 기간(1966~1976)은 신중국 성립 뒤에 루쉰연구와 관련한 글의 발표에 있어서 침체기이다. 그 가운데 '17년' 기간에는 루쉰연구와 관련한 글이 모두 3,206편으로 매년 평균 188편씩 발표되었고, '문화대혁명' 기간에 루쉰연구와 관련한 글은 1,876편으로 매년 평균 187편씩 발표되었다. 하지만 20세기 1990년대는 루쉰연구와 관련한 글의 발표에 있어서 안정기로 4,485편이 발표되어 매년 평균 448편이 발표되었다. 이 수치는 신중국 성립 뒤 루쉰연구와 관련한 글이 발표된 매년 평균 451편과 비슷하다.

이외에 비공식 통계에 따르면 중국에서 루쉰연구와 관련해 발표된 저작은 모두 1,716권이고, 그 가운데서 루쉰 생애 및 사료 관련 연구 저작이 382권으로 전체 수량의 22.3%, 루쉰사상 연구 저작 198권으로 전체 수량의 11.5%, 루쉰작품 연구 저작 442권으로 전체 수량의 25.8%, 기타 루쉰연구 저작(주제 연구 및 집록류 연구 저작) 694권으로 전체 수량의 40.4%를 차지한다. 상술한 통계 결과에서 중국에서 출판된 루쉰연구 저작은 주로 루쉰작품 연구 저작이고, 루쉰사상 연구 저작이 비교적 적은 것을 알 수 있다. 학술계가 더 나아가 루쉰사상 연구를 보강해 당대 중국에서 루쉰사상 연구가 더욱 큰 작용을 발휘할 수 있기를 희망한다. 또 이외에 통계 결과에서 중화민국 기간(1913~1949년 9월)에 루쉰연구 저작은 모두 80권으로 중국의 루쉰연구 저작의 출판 전체 수량의 대략 5%를 차지하고 매년 평균 2권씩 발표되었지만, 중화인민공화국 시기에 루쉰연구 저작은 모두 1,636권으로 중국의 루쉰연구 저작 출판 전체 수량의 95%를 차지하며, 매년 평균 거의 26권씩 발표됐음도 볼 수 있다. '문화대혁명' 후기의 3년, 20세기 1980년대(1980~1989)와 21세기 처음 10년 기간(2000~2009)은 루쉰연구 저작 출판의 절정기로 이 세 시기 동안에 루쉰연구 저작은 모두 835권이 출판되었고, 대략 중국의 루쉰연구 저작 출판 전체 수량의 48.7%를 차지했다. 그 가운데서 '문화대혁명' 후기의 3년 동안에 루쉰연구 저작은 모두 134권이 출판되었고, 매년 평균 거의 45권이다. 또 20세기 1980년대에 루쉰연구 저작은 모두 373권이 출판되었고, 매년 평균 37권이다. 또한 21세기 처음 10년 기간에 루쉰연구 저작은 모두 431권이 출판되었고, 매년 평균 43권에 달했다. 그리고 이외에 '17년' 기간(1949~1966), '문화대혁명' 기간과 20세기 1990년대(1990~1999)는 루쉰연구 저작 출판의 침체기이다. 그 가운데 '17년' 기간에 루쉰연구 저작은 모두 162권이 출판되었고, 매년 평균 거의 10권씩 출판되었다. 또 '문화대혁명' 기간에 루쉰연구 저작은 모두 213권이 출판되었고, 매년 평균 21권씩 출판되었다. 20세기 1990년대에 루쉰연구 저작은 모두 220권이 출판되었고, 매년 평균 22권씩 출판되었다.

‘문화대혁명’ 후기와 20세기 1980년대가 루쉰연구와 관련한 글의 발표에 있어서 절정기가 되고 또 루쉰연구 저작 출판의 절정기인 것은 루쉰에 대한 국가적인 정치 이데올로기의 새로운 자리매김과 루쉰연구에 대한 대대적인 추진과 관계가 있다. 21세기 처음 10년에 루쉰연구와 관련한 글을 발표한 절정기이자 루쉰연구 논저 출판의 절정기가 된 것은 사람으로 돌아간 루쉰이 학술연구의 대상이 되었고 또 중국에 루쉰연구의 새로운 역군들이 대량으로 쏟아져 나온 것과 커다란 관계가 있다. 중국의 루쉰연구가 지난 100년 동안 복잡하게 발전한 역사를 갖고 있긴 하지만, 루쉰연구 분야는 줄곧 신선한 생명력을 유지해왔고 또 눈부신 발전 가능성을 지니고 있다. 미래를 전망하면 설령 길이 험하다고 해도 앞날은 늘 밝을 것이고, 21세기 둘째 10년의 중국 루쉰연구는 더욱 큰 성과를 얻으리라 믿는다!

　미래로 향하는 중국의 루쉰연구는 다음과 같은 중요한 문제 몇 가지에 주목해야 한다.

　우선, 루쉰연구 업무를 당국이 직면한 문화전략과 긴밀히 결합시켜 루쉰을 매체로 삼아 중서 민간문화 교류를 더 나아가 촉진시키고 루쉰을 중국 문화의 ‘소프트 파워’의 걸출한 대표로 삼아 세계 각지로 확대해야 한다. 루쉰은 중국의 현대 선진문화의 걸출한 대표이자 세계적인 명성을 누리는 대문호이다. 거의 100년에 이르는 동안 루쉰의 작품은 많은 외국어로 번역되어 세계 각지에서 출판되었고, 외국학자들은 루쉰을 통해 현대중국도 이해했다. 하지만 부인할 수 없는 현실은 바로 거의 20년 동안 해외의 루쉰연구가 상대적으로 비교적 저조하고, 루쉰연구 진지에서 공백 상태를 드러낸 점이다. 이러한 배경 아래 중국의 루쉰연구자는 해외의 루쉰연구를 활성화할 막중한 임무를 짊어져야 한다. 루쉰연구 방면의 학술적 교류를 통해 한편으로 해외에서의 루쉰의 전파와 연구를 촉진하고 또 다른 한편으로는 루쉰을 통해 중화문화의 '소프트 파워'를 드러내고 중국과 외국의 민간문화 교류를 촉진해야 한다. 지금 중국의 학자 거타오가 발기에 참여해 성립한 국제루쉰연구회國際魯迅硏究會가 2011년에 한국에서 정식으로 창립되어, 20여 개 나라와 지역에서 온 중국학자 100여 명이 이 학회에 가입하였다. 이 국제루쉰연구회의 여러 책임자 가운데, 특히 회장 박재우朴宰雨 교수가 적극적으로 주관해 인도 중국연구소 및 인도 자와하랄 네루 대학교, 미국 하버드대학, 한국외국어대학교와 전남대학에서 속속 국제루쉰학술대회를 개최하였다. 또한 앞으로도 이집트 아인 샴스 대학교, 러시아 상트페테르부르크 국립대학, 일본 도쿄대학, 말레이시아 푸트라대학교 등 세계 여러 대학에서 계속 국제루쉰학술대회를 개최하고 세계 각 나라의 루쉰연구 사업을 발전시켜 갈 구상을 갖고 있다 (국제루쉰연구회 학술포럼은 그 후 실제로는 중국 쑤저우대학蘇州大學, 독일 뒤셀도르프대학, 인도 네루대학과 델리대학, 오스트리아 비엔나대학, 말레이시아 쿠알라룸푸르 중화대회당中華大會堂 등에서 계속 개최되었다 – 역자). 해외의 루쉰연구가 다시금 활기를 찾은 대단히 고무적인 조건 아래서 중국의 루쉰연구자도 한편으로 이 기회를 다잡아 당국과 호흡을 맞추어 중국 문화를 외부에 내보내, 해외에서 중국문화의 '소프트 파워' 전략을 펼치고, 또 다른 한편으로는 해외의 루쉰연구자와 긴밀히 협력해 공동으로 해외에서의 루쉰의 전파와 연구 업무를 추진해야 한다.

다음으로, 루쉰연구 사업을 중국의 당대 현실과 긴밀하게 결합시켜야 한다. 지난 100년 동안의 루쉰연구사를 돌이켜보면, 루쉰연구가 20세기 1990년대 이전의 중국 역사의 진전과 긴밀한 관계를 갖고 있었음을 볼 수 있다. 하지만 20세기 1990년대 이후 사회적 사조의 전환에 따라 루쉰연구도 점차 현실 사회에서 벗어나 대학만의 연구가 되었다. 이러한 대학만의 루쉰연구는 비록 학술적 가치가 없지 않다고 해도, 오히려 루쉰의 정신과는 크게 거리가 생겼다. 루쉰연구가 응당 갖추어야 할 중국사회의 현실생활에 개입하는 역동적인 생명력을 잃어 버린 것이다. 18대(중국공산당 제18기 전국대표대회 — 역자) 이후 중국의 지도자는 여러 차례 '중국의 꿈'을 실현시킬 것을 강조했는데, 사실 루쉰은 일찍이 1908년에 이미 「문화편향론文化偏至論」에서 먼저 '사람을 세우고立人' 뒤에 '나라를 세우는立國' 구상을 제기한 바 있다.

오늘날 것을 취해 옛것을 부활시키고, 달리 새로운 유파를 확립해 인생의 의미를 심오하게 한다면, 나라 사람들은 자각하게 되고 개성이 풍부해져서 모래로 이루어진 나라가 그로 인해 사람의 나라로 바뀔 것이다.

중국의 루쉰연구자는 이 기회의 시기를 다잡아 루쉰연구를 통해 루쉰정신을 발전시키고 뒤떨어진 국민성을 개조하고, 그럼으로써 나라 사람들이 '중국의 꿈'을 실현시키도록 하고, 동시에 또 '사람의 나라'를 세우고자 했던 '루쉰의 꿈魯迅夢'을 실현해야 한다.

마지막으로 중국의 루쉰연구도 창조를 고도로 중시해야 한다. 당국이 '스얼우十二五'(2011∼2015년의 제12차 5개년 계획 — 역자) 계획 속에서 '철학과 사회과학 창조프로젝트'를 제기했다. 중국의 루쉰연구도 창조프로젝트를 실시해야 한다. 『중국 루쉰학 통사』를 편찬한 장멍양 연구자는 20세기 1990년대에 개최된 한 루쉰연구회의에서 중국의 루쉰연구 성과의 90%는 모두 앞사람이 이미 얻은 기존의 연구 성과를 되풀이한 것이라고 말했다. 일부 학자들이 이견을 표출한 뒤 장멍양 연구자는 또 이 관점을 다시금 심화시켰으니, 나아가 중국의 루쉰연구 성과의 99%는 모두 앞사람이 이미 얻은 기존의 연구 성과를 되풀이한 것이라고 수정했다. 설령 이러한 말이 커다란 논쟁을 불러일으켰다고 해도, 의심할 바 없이 지난 100년 동안 중국의 루쉰연구는 전체적으로 창조성이 부족했고, 많은 연구 성과가 모두 앞사람의 수고를 중복한 것이었다고 말할 수 있다. 푸른색이 쪽에서 나오기는 하나 쪽보다 더 푸른 법이다. 최근에 배출된 젊은 세대의 루쉰연구자는 지식구조 등 측면에서 우수하고, 게다가 더욱 좋은 학술적 환경 속에 처해 있다. 그리하여 그들이 열심히 탐구해서 창조적으로 길을 열고, 그로부터 중국의 루쉰연구의 학술적 수준이 높아질 수 있기를 희망한다.

'중국 루쉰연구 명가정선집' 총서 편집위원회
2013년 1월 1일

현대중국을 사상사, 사회사, 문화사, 문학사의 각도에서 성찰했을 때, 루쉰은 시종 중심인물이다. 루쉰은 누구인가? 이는 20세기 중국의 지식계를 둘러싼 화두였으며, 간단한 것 같으면서도 명료하게 답하기 어려운 문제이다. 물론 그는 신의 경지에까지 추앙되었다가 신단 아래까지 떨어지기도 했다. 그가 어떤 면류관을 썼든지, 어떤 다중의 신분이었든지, 그의 사상의 다양성과 심령세계의 복잡성 그리고 성격 표현상에 어떤 모순이 있었든지 간에 그의 내심 깊은 곳에는 "직설"하기 힘든 삶의 고통이 숨겨져 있다. 떨쳐버릴 수 없는 많은 의심과 우울과 고독, "독기"와 "귀신기"[1]에 꽁꽁 묶여 생겨난 그의 마음의 고통은 20세기 중국에서 "명료하게 설명"할 수 없고 "말할 수 없는" 특수한 상황이었으며 그 상황은 21세기까지 이어져 왔다.

루쉰은 19세기 말에 태어나 20세기 상반기에 활약하였는데 이 시기는 바로 신구역량이 전환하는 시기였다. 찬란한 옛 문명은 근대에 이르러 전례없는 좌절과 치욕에 맞닥뜨렸다. 공화제를 실시한 민국의 "모습은 비록 이와 같았지만" "속은 전혀 변하지 않는 구태 의연한 모습"이었다.[2] 옛날 가치체계는 실효성을 잃어버리고 중심으로부터 멀어져 주변이 되었으며 새로운 가치체계는 어느 방향으로 세워야 할지

---

1   루쉰, 1924년 9월 24일 리빙중(李秉中)에게 보낸 사신, 『루쉰전집』 제11권, 베이징
     : 인민문학출판사, 1981, 430쪽.
2   루쉰, 『조화석습 · 판아이눙(范愛農)』, 『루쉰전집』 제2권, 313쪽.

모르고 있었다. 현대 중국의 이러한 모순Contradictoriness과 부정확성 Indeterminacy, 특히 문화전환기와 발전시기에 출현한 "가치의 진공Value vacuum" 현상은 루쉰의 내심 깊은 곳에서 일종의 "긴장감"을 불러일으 켰으며 그의 의식의 복잡성과 심령의 모순을 증가시켰다. 그로 하여 금 시대와 역사, 현상과 미래에 대하여 경각심과 의문점을 갖고 걱정 을 하게 만들었다. 일찍이 미국 화인華人 학자 린위성林毓生교수는 "명료 하게 보여주는 의식의 단계"에서 루쉰 의식의 복잡성을 말한 적이 있 다. 그는 "루쉰이 이성과 도덕방면에서 온통 전통주의에 반대하면서 동시에 중국의 어떤 전통가치를 신봉하고자 했다면 이것은 이미 그의 의식에 일종의 강렬한 긴장감을 불러일으킨 것으로, 형식상 논리적인 모순이 아니다"라고 말했다. 그는 한 걸음 더 나아가 다음과 같이 강 조했다. "루쉰의 의식은 복잡하고도 애매모호한 함의, 그리고 명료하 게 보여주는 반전통사상과 은폐하는 의식의 층차에 존재하여 중국지 식과 도덕의 전통사이에서 헌신하면서 진정한 사상적 긴장감을 발생 시킨다."[3] 루쉰 부인 쉬광핑許廣平여사 또한 당시 루쉰에게 이 점을 명 확히 지적했다. 그녀는 다음과 같이 말하였다. "구사회는 선생님에게 고통스러운 유산을 남겨주었고 선생님은 한편으로는 이 유산에 대하 여 반대하였지만 한편으로는 이 유산을 감히 버리지도 않았다."[4] 루쉰 사상의 독특함을 진정으로 인식하고자 한다면 반드시 그의 내심의 긴 장감과 모순 그리고 복잡성을 바로 보아야 한다. 이와 함께 그의 많은

---

3   린위성(林毓生), 무쌴퍼이(穆善培) 역, 『중국의식의 위기』, 구이양(貴陽) : 구이저우 (貴州)인민출판사, 1986, 220 · 227쪽.
4   루쉰, 『양지서 · 28』, 『루쉰전집』 제11권, 220쪽.

의심과 우울, 고독한 심리기질과 성격의 특징을 인식해야 한다. 20세기 중국의 다변화와 혼란, 총체적 변화의 시대에 처한 언어적 환경을 성찰해야만 비로소 그의 사상의 심오함과 독특함, 심령세계의 광대함과 심원함을 발견할 수 있다.

유구한 역사를 가진 민족에 대해서 말하자면 풍부하고 우수한 문화유산은 자랑할 만한 가치가 있는 것이다. 그러나 매우 나태한 역량은 왕왕 무거운 짐이 되고 민족의 정신에 깊게 새겨지기 때문에 구제할 수 없는 국민의 열근성이 된다. 대대로 내려온 것이 가라앉아 왕왕 중국민족이 숭배하는 토템이자 의심할 수 없는 금과옥조가 되었던 것이다. 그러나 루쉰에 대해서 말하자면 그는 할 수만 있다면 이런 전통을 깨트리려고 했다. "애석하게도 중국은 너무 변하기 어렵다. 책상 하나를 옮기고 화로 하나를 새로 바꾸려 해도 거의 피를 흘려야 할 지경이다. 그리고 피를 흘릴지라도 꼭 옮기고, 바꿀 수 있을지도 모른다. 아주 커다란 채찍이 중국의 등에 내려치지 않으면 중국은 스스로 움직이려 하지 않는다." 그는 시종 강조했다. "이 채찍은 늘 내려쳐야 한다. 좋고 나쁜 것은 다른 문제이다. 그러나 항상 때려야 한다."[5] 이에 그는 "이른바 정인군자의 무리들에게 며칠이라도 더 불편하게 해주려는 것이다. 그래서 내 스스로 싫증을 느껴서 벗어 버릴 때까지 나는 일부러 몇 겹의 철갑鐵甲을 걸치고, 버티고 서서, 그들의 세계에 얼마간 결함을 더해 주려고 한다"[6]는 방식으로 구세계, 구사상, 구도덕에 대하여

---

5   루쉰, 『무덤 · 노라는 떠난 후 어떻게 되었는가』, 『루쉰전집』 제1권, 164쪽. 이하 『루쉰전집』으로 표기함.
6   루쉰, 『무덤 · 「무덤」 뒤에 쓰다』, 『루쉰전집』 제1권, 284쪽.

"선전 포고"를 하였다. 마치 소설 「광인일기」에서 광인의 입을 빌려 "사천 년의 문명"의 역사에 대하여 대담하게 질문을 던진 것처럼 : "예 전부터 그래왔다면 옳은 것인지?"

　루쉰의 의심과 우울, 고독은 독특하고도 심각한 사상과 문화를 내 포한 것으로 역사에 대한 해석, 문화에 대한 반성과 현실에 대한 비판 정신을 담고 있다. 또한, 불완전한 것은 그 자신 스스로가 고백한 바와 같이 그의 순수한 개성으로 인한 것이었다 : "내가 증오하는 것은 너무 많다. 나 자신도 증오를 받아야 한다. 이렇게 해야 인간 세상에 살아 있다는 느낌이 든다. 만약 받은 것이 상반된 보시라면, 그건 내게 도리 어 조롱이 되니, 나 자신에 대해 더 모멸을 가하게 만든다."[7] 루쉰 사유 의 "독특함"은 역사에 대한 "증오"와 인성의 "악"(증오)에 대한 그의 내 심의 독특한 인식과 발굴에서 기인한다. 그는 늘 말했다. "나의 소설 은 온통 어둡다. 나는 한때 도스토옙스키와 고리끼 등을 사모했는데 앞으로 나의 소설은 모두 어두울 것이다. 중국에 어떤 밝은 것이 있다 는 말인가."[8] 『양지서』에서 그는 쉬광핑에게 다음과 같이 말했다. "나

『무덤·책의 머리말』, 『루쉰전집』 제3권, 4쪽에서 오로지 스스로 마음 편한 세계를 만들어 내고 있는 사람들도 있다. 이는 그저 편한 대로 놓아 둘 수는 없는 일어서, 그들에게 약간은 가증스러운 것을 보여 주어 때때로 조금은 불편을 느끼게 하고, 원 래 자신의 세계도 아주 원만하기는 쉽지 않다는 것을 알려주려 한다. 『화개집속편· 짧은 머리말』에서 루쉰은 강조하여 지적하였다 : "물론 당신이 이렇게 해야 한다는데 군이 내가 다르게 하겠다고 한 적은 있었다. 일부러 명령에 따르지 않거나 이마를 조 아리지 않겠다고 한 적은 있었다. 고상하고 장엄한 가면을 일부러 쓱 벗겨 본 적도 있 었다. 그렇지만 이를 제외한다면 대단한 행동이라 할 것은 없다."

7　　루쉰, 『화개집속편·나의 '본적'과 '계파'』, 『루쉰전집』 제3권, 83쪽.
8　　'일본'의 산상정의(山上正義) : 『루쉰를 이야기하다』, 『신조』 제3기, 1928 재인용.

의 작품은 너무 어둡다. 왜냐하면 나는 줄곧 '암흑과 허무'만이 '실존'이라고 느끼며, 그럼에도 이런 것들에 절망적 항전을 해야 하기 때문이다." 그는 계속해서 다음과 같이 토로한다. "내가 말한 말은 항상 내가 생각하는 것과 같지 않다. 어찌하여 이와 같이 되었는가? 나는 『외침』의 머리말에서 말한 적이 있다 : 내 자신의 사상을 다른 사람에게 전염시키고 싶지 않았다. 어찌하여 원하지 않았는가 하면 나의 생각이 너무 어두워 정확한지 확실히 알 수 없었기 때문이다."[9] 미국의 화인 학자 장하오 교수는 "어둠의 의식"의 특징을 다음과 같이 지적하였다. "소위 어둠의식은 태초에 인성과 우주 사이에서 발원하여 여러 가지 어둠세력에 대한 직시直視와 각오로부터 발생한 것이다. 이러한 어둠의 세력의 뿌리는 매우 견고하게 박혀있기 때문에 이 세상에는 결함이 생기고 원만할 수 없어서 인간의 생명에 여러 가지 추악함과 유감이 생기기 마련이다. 인생과 우주의 어두운 면에 대한 이러한 직시는 가치를 대표한다고 할 수 없다. 실제 이런 어둠의식은 강렬한 도덕으로부터 출발한 것이다. 도덕에서 출발해야 비로소 어두운 세력이 '어둠'이 되는 것과 '결함'이 되는 것을 반영할 수 있는 것이다."[10] 루쉰의 다의심증多疑心症, 우울, 고독은 유전적인 요소 외에 그의 역사의 "증오"와 인성의 "증오"에 대한 것으로부터 기인하는데, 이는 하나의 심각한 사상적 인식이자 심리적 깨달음이다. 동시에 그의 복잡한 의식의 구조를 결정하고 제약한 것이었는데 그 점은 린위성 교수가 지적한 것과 같다. "루쉰은 일종의 민감성과 의심의 기질을 가졌다. 그는 중국민족

---

9   루쉰, 『양지서』, 『루쉰전집』 제11권, 21·79쪽.
10   장하오(張灝), 『어둠의식과 민주전통』, 베이징 : 신성출판사, 2006, 24쪽.

의 근성의 지병이 너무 심하고 민족의 전통이 너무 부패했다고 인식하였다. 그러므로 이러한 중병을 치유할 수 있을지, 과거 전통의 영향을 제거해야 하지 않을까 문제되었던 것이다."[11]

바로 이런 민감하고 회의적인 기질로 인해 루쉰은 그가 처한 상황에 더 많은 관심을 갖게 되었다. 그의 13살 때 "가정의 변고"는 그가 "어지간한 삶을 살다가 밑바닥의 삶으로 추락하게" 되고 그 가운데서 "세상 사람들의 진면목"을 보고 체험하게 된다. "S성" 사람들의 "얼굴과 마음"을 본 후 "다른 길을 걸어 다른 곳으로 도망을 가 다르게 생긴 사람을 찾아보고자 함이었을 것이다."[12] 그렇다면 "S성"을 나온 행위는 그가 더 넓은 세상으로 나아가 다양한 사상의 영양을 섭취하고 문화적으로 더 폭넓은 시야와 깊은 사상을 갖춤으로써, 20세기 중국의 역사, 현실, 미래를 위한 기초를 닦고자 했다. 그의 친구 취추바이瞿秋白는 그의 잡문 선집의 서문에서 높은 평가를 했다. 그를 "레무스"(늑대소년)라 하였으며 "야수의 젖을 먹고 자랐다"고 했다. 동시에 그는 다음과 같이 말했다.

그의 사대부 가정의 몰락은 그로 하여금 어린 시절에 거친 아이들 속으로 섞여 들어가게 했고 일반 백성들의 공기를 마시게 했다. 이것은 그로 하여금 마치 이리의 젖을 먹게 하는 것과 같았으며 "야수성"을 얻게 했다. 그는 "과거"의 얽힘을 끊고 심각하게 천신(天神)과 귀족의 궁전을

---

11 린위성(林毓生), 무싼퍼이(穆善培) 역, 『중국의식의 위기』, 구이양(貴陽) : 구이저우(貴州)인민출판사, 1986, 182쪽.
12 루쉰, 『외침·자서』, 『루쉰전집』 제1권, 415쪽.

증오할 수 있었으며 제갈공명의 냄새나는 뽐냄도 전혀 없게 했다. 신사
계급에서 떨쳐 나온 그는 온갖 종류의 사대부의 비열함, 추악함, 허위를
느끼게 된다. 그는 자신이 사생아라는 것을 부끄러워하지 않게 되고 자
신의 과거를 저주하게 된다. 그는 온힘을 다하여 이런 더러운 뒷간의 오
물을 깨끗이 씻고자 하였다.[13]

드보르작 〈제9번째 교향곡〉에서 전달된 "신세계로부터 오는 희망"
처럼 루쉰은 견결하고 힘차게 과거와 결별하였으며 솔선수범하여 사
상관념의 현대적 전이를 완성하였다. 이와 함께 자신의 배역, 신분과
위치의 현대적인 총체적인 변화를 완성하였고 전통 사대부의 "의존
형"의 인격으로부터 현대지식분자의 "독립적인" 인격으로 바꾸는데
성공하였다. 그는 현대의 진정한 지식인의 모습으로 현대 중국의 역
사와 사회 무대에 나타났다. 그리고 중국의 역사와 현실과 미래에 대
하여 "거리낌 없는 비평"을 가하였다. 이로부터 그는 현대중국에 대하
여 "사회비평"과 "문명비평"의 가치 척도를 확립하였다.

루쉰이 보기에 현대중국은 비록 공화제의 민국이었지만 "인습의 무
거운 짐"을 지고 있었다. 만약 그것의 역사적 근원으로부터 철저한 청
산을 하지 않았다면 진정으로 무거운 역사의 짐을 떨칠 수 없었으며
현대문명사회에 들어갈 수 없었을 것이다. "많은 사람들은 현대화의
변혁의 도도한 물줄기 속에 "중국인"이라는 명목이 "소멸"될까 두려
워했다. 루쉰은 "내가 두려워한 것은 중국인이 "세계인" 속에서 밀려

---

13   허잉(何凝)·취추바이, 『루쉰잡감선집·서』, 상하이: 상하이칭팡(青光)서점, 1933,
     5쪽.

나가는 것이다."¹⁴ 소위 "밀려난다는 것"에 대한 루쉰의 의도는 다음과 같다 : 만약 열심히 역사를 성찰하지 않고 깊은 문화적 반성을 하지 않는다면, 낙후되고 우매하고 무지하고 마비된 국민정신을 하루 빨리 변화시키지 않고 주체로서 존재한 독립된 개체를 전제의 통치 속에서 해방시키지 못한다면, 원하든 원하지 않든지 간에 모두 현대문명의 도도한 흐름의 충격에 의해 도태될 것이다. "명목"이 어떠하든 간에 그것은 단지 "명목"일 따름으로 실제 내용이 없다. 그러므로 굴러들어온 현대문명의 시대적 흐름에 대하여 루쉰은 현대 중국의 발전상황과 역사적 운명에 대하여 거듭 숙고하였다. 동시에 자신에게 구체적인 임무까지 규정하였다 : 첫째, 역사에 대한 청산과 반성을 시종 촉구하였다. 둘째, 현실에 대한 분석과 비판을 견지하였다. 셋째, 현대문명을 절실히 외쳤고 문명의 가치 표준으로 현대중국의 재건을 생각하였다.

루쉰은 중국역사에 대하여 진지하게 성찰하고 반성했다. 그는 중국의 역사가 시종 "일난일치一亂一治"의 괴이한 순환구조에서 벗어나지 못한 점을 발견하였다. 단지 끊임없이 "고장 나면 또 고치고" "고치고 나면 또 고장 나는", 자기 자신이 스스로 수리하여 복원하는 공정일 뿐 어떠한 내연성, 관념적, 체제적인 혁명적 개조를 거절하였다. 중국 역사상 수많은 "농민봉기"가 있었지만 마지막은 "노예식" 혹은 "깡패식"의 "파괴"였을 뿐 근본적으로 새로운 세계가 탄생하도록 촉진되지 못했다. 오히려 반대로 새로운 "구세계의 복원"이었다."¹⁵ 그는 한 마디

---

14 루쉰, 『열풍·36』, 『루쉰전집』 제1권, 307쪽.
15 『삼한집·부랑배의 변천』에서 루쉰은 『수호지』를 예로 들어서 지적하였다 : "『수호지』에서는 아주 명백하게 말하고 있다. 천자를 반대하지 않았기 때문에 대군이 다다

로 다음과 같이 정곡을 찔렀다. "우리는 한편으로는 파괴되고, 다른 한편으로는 수리하면서 수고스럽게 또 그대로 살아왔습니다. 때문에 우리의 생활은 파괴, 수리, 파괴, 수리의 생활이 되었습니다. (…중략…) 중국의 문명은 바로 이렇게 파괴하고 수리하고, 또 파괴하고, 또 수리하는 피곤하고 상처투성이의 가련한 것입니다."[16] 이런 주기적으로 반복된 "어지러워졌다가 다스려진一亂一治" 순환 방식은 중국사회를 발전시킬 수 없었고, 오히려 역사가 정지된 상태에서 끊임없이 타락하게 하였으며 인간의 주체성을 상실하게 하여 노예와 피노역자를 만들었다. 루쉰은 지적하길 : 오랫동안 노예와 피노예의 역사 환경에서 살아온 중국인은 "줄곧 '인간'의 자격을 얻은 적이 없다. 잘해보았자 노예에 불과했으며 아직까지 이러했다." 모든 중국의 역사는 단지 "노예가 되고 싶었지만 되지 못한 것"과 "잠시 안정되게 노예로 살았던" 시대 속에서 끊임없이 순환한 것이다. 사람들은 자신의 존재가치와 의의를 충분히 인식할 수가 없었다. 루쉰은 말하길, 노예의 역사시대는 "일찍이 이미 배치가 알맞게 되었다. 귀천, 대소, 상하가 있다. 자기가 다른 사람에게 능멸을 당할 수도 있고, 다른 사람을 능멸할 수도 있다. 자기가 다른 사람에게 잡아먹힐 수도 있고, 다른 사람을 잡아먹을 수도 있다. 한 등급 한 등급 통제하는 이 제도는 꿈쩍도 안하며, 움찔하려고 하지도 않는다." 만약 역사의 주체가 사람이라고 한다면, 루쉰

르자 그만 초안(招安)을 받아들이고 나라를 위해 다른 강도 — '하늘을 대신하여 도를 행하지' 않는 강도를 치러 갔다고 했다. 이들은 결국은 노예였던 것이다." 『루쉰전집』 제4권, 155쪽.
16 루쉰, 『화개집속편 · 강연기록(記談話)』, 『루쉰전집』 제3권, 357~358쪽.

의 역사에 대한 반성과 성찰은 바로 "인간"이라는 주제에 집중된다—
이것이야말로 유럽의 문예부흥시기의 "만물의 영장, 우주의 정화精華"
를 다시 발견한 것이었다. 그의 생각에는 항상 중국인의 생존환경과
성격심리, 역사운명이 그 가운데 중점에 있었다. 그가 보기에 만약 역
사 속에 주체상황을 진지하게 고려하지 않는다면 인간의 해방, 인간
의 권리는 말할 수조차 없는 것이었다. "우리들은 매우 쉽게 노예로
변할 수 있으며 변한 후에도 역시 매우 좋아할 것이다."[17] 역사주체의
인간의 성찰 차원에서 출발함으로써 루쉰은 비로소 역사의 표상을 뚫
고 늘 가려졌던 중국역사의 본질적 특성을 발견하였던 것이다.

> 이 역사책에는 연대도 없고 페이지마다 '인의'니 '도덕'이니 하는 글
> 자들이 비뚤비뚤 적혀 있었다. 어차피 잠을 자긴 틀렸던 터라 한밤중까
> 지 요리조리 뜯어보았다. 그러자 글자들 틈새로 웬 글자들이 드러났다.
> 책에 빼곡히 적혀 있는 두 글자는 '식인'이 아닌가!
>
> —「광인일기」

수천 년 문명의 중국역사를 "식인"으로 형상화시켜 비유하였는데,
이것은 오늘날까지도 가장 심각하게 형상화시켜 보여준 것이며 가장
독특한 확신이자 개괄이다. 잡문 창작에서 루쉰은 다시 이러한 관점
을 유지하였다. 『등하만필燈下漫筆』에서 그는 이에 대하여 상세하게 해
석하였다 : "소위 중국의 문명이라는 것은 부자들이 향유하는 인육의

---

17   루쉰, 『무덤·등하만필』, 『루쉰전집』 제1권, 212~213·215쪽.

잔치이다. 소위 중국은 이런 인육잔치를 안배하는 주방에 불과하다."
또 반복하여 강조하였다 : "고대에서 전해 내려와 오늘날에 이르기까지 수많은 차별이 이어져왔다. 이는 사람들로 하여금 각자 이별하게 하여 마침내 다른 사람의 고통을 다시 느끼지 못하게 한다. 또한, 각자 다른 사람을 노예로 부려먹고 다른 사람의 희망을 먹기 때문에 자신도 노예가 되고 먹혀버리는 장래를 망각하게 된다. 이에 크고 작은 무수한 인육의 잔치는 문명 이래 지금까지 줄곧 존재해 왔다. 사람들은 이 잔치 속에서 사람을 먹고 또 먹힌다. 흉악한 놈들의 우매한 환호에 의해 비참한 약자들의 호소가 가렸으니 여인과 아이들은 말할 필요가 없다." 명백하게 역사의 짐을 대하는 루쉰의 역사관 인식은 상당히 깨어 있는 것이다. 이러한 깨어있는 인식이 없다면 그가 보기에 근본적인 중국 개혁의 동력을 발생할 수 없었다. 단지 외재적인 동력에 의지하였을 뿐이라면, 결과적으로 중국은 "새까만 염색 항아리"에 의해 염색되어 "칠흑같이 어두웠을 것"이다.

역사의 성찰과 반성, 비평에 대한 대의는 오히려 그때 상황에 맞추었다. 루쉰의 시대가 이미 민국이었지만 역사의 망령은 도처에 있었다. 그는 : 나는 마치 소위 중화민국이 아예 존재하지 않는다고 느껴진다. 나는 혁명 이전에 내가 노예였다고 느꼈고, 혁명 후 좀 지나서는 노예의 속임수에 넘어가서 그들의 노예가 되었다고 느꼈다. (…중략…) 지금의 중화민국은 역시 오대, 송나라 말기, 명청이나 다름없다."[18] 역사의 눈으로 그때의 현실사회를 성찰했고 노신은 시종 현실

---

18   루쉰, 『화개집 · 홀연히 생각하다』, 『루쉰전집』 제3권, 16 · 17쪽.

을 역사의 연속으로 간주하였다. 즉 현실은 역사의 현실이며 현실의 현실이 아니라고 생각했다. 만약 역사의 차원에서 현실을 인식하지 않는다면 현대문명을 위배하는 "추태"와 그 근원을 진정으로 현실 속에서 찾을 수가 없는 것이다. 1935년 1월 4일 샤오쥔蕭軍과 샤오훙蕭紅에게 보낸 편지에서 그는 말하였다 : 근래 나는 고서를 보고 싶기도 하고 어떤 글을 쓰고 싶어 그 나쁜 놈들의 조상무덤을 파냈다." 중국인이 가장 꺼려한 "조상무덤을 판 것"을 선택하여 시대의 병폐를 꼬집고 현실을 비판한 것이다. 일반적인 시평문장 같은 것으로는 아무런 효과가 없어 피상적인 지식이나 표상적인 비평의 몇 마디로 하지 않았으니, 그 목적은 바로 문제의 본질까지 파고들어가 진정한 응어리를 찾아내는 것이었다. 루쉰은 현실 속의 비인간, 비문명적 현상을 증오하였다. 그는 지적하였다 : "문명이 극도로 찬란한 사회에서 털과 피도 먹는 야만적인 풍습이 불쑥 튀어 나온다. 구중국"의 "이런 야만풍은 야만에서 문명으로 진입하는 것이 아니라, 문명에서 야만으로 전락하는 것으로써 가령, 전자가 백지라면 여기서부터 글을 쓰기 시작하는 것이다. 그렇다면 후자는 낙서로 가득 찬 검은 종이에 지나지 않는다. 한편으로 예악을 주장하며 공자를 떠받들어 경전을 읽고 '4천 년이나 문물의 국가라 자처'하는 것이 가관이다. 다른 한편으로는 아무렇지도 않게 살인방화, 간음약탈과 같은 짓을 하는데 야만인도 동족에게는 하지 않는 만행을 저지른다. (…중략…) 온 중국이 이런 대 연회장이다."[19] 이렇게 현실의 "추태"에 대하여 날카롭고 예리하게 분석, 비

19　루쉰, 『화개집속편 · 즉흥일기(馬上支)』, 『루쉰전집』 제3권, 332쪽.

판하였다. 루쉰은 여전히 역사전체의 투시에 대한 인식에 의거하고
있다. 그는 역사와 현실을 명료하게 나누지 않고 고서더미에나 묻혀
전심전력으로 "국고 정리"하는 식의 연구는 하고 싶지 않았다. 그러나
문학사에서 분류할 수 없지만 "비수"와 "투창" 같은 잡문을 쓰는 것으
로서 "백과전서"의 방식으로 중국의 과거와 현재와 미래를 전개시켜
역사의 결함과 현실의 어려움, 미래의 나아갈 방향을 파노라마식으로
보여주고자 하였다. 그는 평생 그런 역사와 현실의 "섬세함"과 "연약
하고 부드러운 소리"를 싫어했으며 중국전통의 소위 "십전십미+全+
美"의 "십경병+景病"을 반대했다. 심지어 그는 "강남을 사랑하지 않는
다"고 말하였다.[20] 루쉰 자신은 강남 출신이었지만 "모래바람에 할퀴
어 거칠어진 영혼",[21] 광활함과 장엄한 아름다움, 숭고한 미학의 풍도
를 좋아했다. 그는 말하길 : "모래바람이 덮치고 늑대와 호랑이가 득실
거리는 이 시기에 누가 아직 한가롭게 호박부채손잡이 장식이나 비취
반지를 감상할 것인가? 그들에게 눈으로 즐길 것이 필요하다면 그것
은 모래바람 속에 우뚝 솟은 웅장한 건축물일 것이다. 견고하고 웅대
하며 너무 정교할 필요도 없다. 그들에게 만족을 느낄 것이 필요하다
면 비수와 투창일 것이다. 예리하고 진실해야지 우아하니 어쩌니 할
필요 없다."[22] 그는 이런 웅대한 사상의 비판적 힘과 장엄하고 숭고한
심미의 힘으로써 중국역사와 현실사회의 더러움을 세척하려고 하였
다. 그는 일찍이 "중국의 청년들이 들고 일어나서 중국의 사회, 문명

---

20   루쉰, 『서신집·350901·샤오쥔(蕭軍)에게』, 『루쉰전집』 제13권, 200쪽.
21   루쉰, 『야초·일각』, 『루쉰전집』 제2권, 223쪽.
22   루쉰, 『남강북조집·소품문의 위기』, 『루쉰전집』 제4권, 575쪽.

에 대하여 거리낌 없이 비판하기를 희망했다."[23] 그가 보기에 "중국은 너무 노쇠하여 사회적으로 일의 크고 적음이 없으며 악랄함이 심하여, 검정 염색항아리처럼 어떤 새로운 것이 들어가든 모두 까만색으로 변한다. 그러니 방법을 생각해내어 개혁을 하는 것 외에는 별다른 길이 없었다". 그는 또 현재의 "모든 이상가는 '과거'를 회상하지 않으면 '미래'를 희망하는 것이다. 이외에는 별 다른 길이 없다".[24] 루쉰은 잡문을 통해 역사와 사회 현실을 비판했으며 현실비판에 대한 집착이 뚜렷했다. 그는 중국의 "이 검정 염색항아리를 깨지 않으면 중국은 희망이 없다. 그러나 마침 깨기를 준비하는 자가 현재 있는 것 같지만 애석하게 그 숫자가 매우 적다".[25] 루쉰의 선택은 바로 이러한 "소수파"이다. 그는 절대 큰 흐름에 따라 춤추지 않았고 오염된 물에 합류하지 않았다. 그는 자신이 줄곧 이끈 독립적인 비판방식을 선택했는데, 즉 "자신 나름의 독특한 견해를 지니고", "각자가 자신의 주인이 되며", "대중들의 시끄러움에 동조하지 않고", "풍파에 흔들리지 않는" 현대 지식인의 비판방식인 것이다.[26] 그는 "요괴가 극히 많은" 현대 중국의 현실사회에 대하여 가장 광범하고 의의 있는 "사회비평"과 "문명비평"을 전개하였다. 이것은 시대의 병폐에 대해 그가 시의적절하게 꼬집은 것 이상으로 사상적 심도가 깊고 역량 있는 비평이었다. 또한 그는 현실문명에 대하여 가장 힘있게 길을 제시했다. 20세기 중국에 대하여 치밀하게 사고하고 미래의 방향에 대해 진지하게 성찰하는 데에 있

---

23   루쉰, 『화개집·책의 머리말』, 『루쉰전집』 제3권, 4쪽.
24   루쉰, 『양지서·4』, 『루쉰전집』 제11권, 20쪽.
25   위의 책, 26쪽.
26   루쉰, 『집외집습유보편·파악성론』, 『루쉰전집』 제8권, 25쪽.

어서 그의 예민함과 심각하고 현대적인 사상은 빛을 발했다.

어떤 사람은 미래에 대하여 루쉰이 낙관적이라 말하며, 어떤 사람은 비관적이라 말한다. 기실, 낙관적이든 비관적이든 모두 두 방면의 중요한 요소로부터 발원한다 : 하나는 현대중국의 전면적인 전환에서 발원하는데 특히 문화의 전환으로 이것은 외부 세계가 그에게 제기한 도전이며 이전에 없었던 압력이다 : 다른 하나는 루쉰의 고독하고 민감한 내심세계로부터 발원한 것인데 이것은 내부세계가 그에게 형성한 긴장이다. 내외적으로 온 모순과 도전을 통해 그는 자신의 독특한 가치판단을 갖게 되었으며 이는 그로 하여금 독특한 인생관과 세계관을 형성하게 하였다. 그의 내심은 수많은 고통을 느꼈으며, 늘 자신의 영혼은 "독기"와 "귀신기", 심지어 "살기"와 "자살"생각[27]까지 하게 했다. 그러나 그는 마침내 "지옥의 가장자리"에서 손에 "창백한 꽃"을 흔들면서 인생의 곤경에서 걸어 나간다. "본래 길이 없는 곳"에서 기어이 자신의 길로 걸어 나와 마침내 자신이 바랐던 희망을 찾게 된 것이다. 그가 다음과 같이 말했다. "신해혁명도 봤고 2차 혁명도 봤고 위안스카이의 황제 등극과 장쉰의 창조복귀음모도 봤고 이런저런 걸 다 보니 회의가 일기 시작했던 것이다. 그리하여 실망한 나머지 의기소침한 상태였다. (…중략…) 그런데 나는 또 나 자신의 실망에 대해서도 의심하고 있다. 내가 접한 사람과 사건이 몹시 제한적이기 때문이다. 이런 생각이 내게 붓을 들 힘을 주었다. '절망의 허망함이란 어찌 그리 희망을 닮았는지'"[28] 이는 절망 중에 희망을 본 것인데 그가 『야초·묘

---

27 루쉰, 『서신집·240924·리빙중(李秉中)에게』, 『루쉰전집』 제11권, 430쪽.
28 루쉰, 『남강북조집·자선집서문』, 『루쉰전집』 제4권, 455쪽.

비명』에서 시화의 언어로 표현한 의미와 같다.

호탕한 노래 열광 속에서 추위를 먹고, 천상에서 심연을 보다. 모든 눈에서 무소유를 보고, 희망 없음에서 구원을 얻는다.

어둠속에서 루쉰은 마음속에 하나의 촛불을 태웠다. 비록 미약한 빛이지만 마음의 깊은 곳을 밝힐 수 있었으며 그로 인하여 희망의 불꽃을 다시 불태울 수 있었다. 그래서, "희망"을 논할 때, 그는 일찍이 이렇게 말한 적이 있다 : "'미래', 이것은 비록 알 수 없지만 반드시 있을 것이며 반드시 도래할 것이다. 그때의 걱정은 그때의 '현재'가 된다. 그러니 사람들은 이렇게 비관할 필요가 없다. '그때의 현재'는 '현재의 현재'보다 좀 나아지면 될 것이다. 이것이 바로 진보이다."[29]

이것은 오랫동안 진화론 사상의 영향을 받은 결과이다. 루쉰은 일본에서 유학하는 동안 비이성주의로 대표하는 서방 현대주의 문화사상의 영향을 받았지만, 진화론 사상으로 대표하는 이성주의 정신은 여전히 그의 마음속에 남아있었다. 이는 마침내 20세기 중국 역사와 현실이 요동치는 때에, 그로 하여금 이성주의 태도로 "참담한 현실"과 "비참한 인생"에 직면하게 했고 현대중국이 현대문명의 길을 가도록 새로운 책략을 설계하고 새로운 발전 방향을 탐색하게 했다.

의심할 바 없이, 현대 중국문화의 전환시기에 각성한 현대지식인이 선명한 사명감과 책임감으로 역사가 부여한 중대한 책임을 감당하는

---

29   루쉰, 『양지서 · 4』, 『루쉰전집』 제11권, 20쪽.

것은 필요하다. 특히 매스미디어가 날로 발달하고 창작 또한 점차 독립적인 직업이 되는 배경 속에서, 현대지식인은 개체의 방식으로 공공의 영역에서 현대문명을 광범위하게 전파하는 것을 자신의 신성한 천직으로 여겨야 한다. 이 측면에서 루쉰이 했던 본보기를 모두가 목격한 것이다. 비록 그는 오늘은 이것과, 내일은 저것과 논전을 했지만 그것은 결코 사적인 싸움이 아니었다. 공공 영역 속의 진리의 변론이자 문명의 변론이며 사상의 변론이다. 가장 중요한 것은 루쉰이 역사와 현실에 대하여 감당했던 것보다 더한 것은 없다는 사실이다. 그는 말했다: "자신이 인습의 무거운 짐을 메고 암흑의 갑문을 어깨로 떠받쳐" 신세대의 "어린이들"을 "밝은 곳으로 인도하여 이후에 행복한 나날을 보내고 합리적인 인간이 되게 하리라."[30] 이것은 바로 그가 현대 중국사회에 보여 준 선명한 책임감이다. 가장 귀중한 것은 루쉰 자신이 높은 자리에 있는 "구세주"로 간주하지 않았다는 것이다. 그는 자신의 위치와 배역, 능력과 한계를 매우 똑똑히 알았다. 그는 『외침·서문』에서 자신은 "팔을 들어 외치면 호응하는 자들이 구름처럼 모여드는 그런 영웅은 결코 아니었다"라고 분명하게 말했다. 『무덤·「무덤」 후쪽에 쓰다』에서 다음과 같이 지적했다. "분명 나는 종종 남을 해부한다. 하지만 더 많은 경우 더 사정없이 나 자신을 해부한다", 이어 자신을 분석하여 "나 자신은 오히려 이런 낡은 망령을 짊어지고 벗어던지지 못하여 괴로워하고 있으며, 늘 숨이 막힐 듯한 무거움을 느낀다. 사상면에서도 역시 때로는 제멋대로이고 때로는 성급하고 모질어서

---

30   루쉰,『무덤·우리는 지금 어떻게 아버지 노릇을 하고 있는가?』,『루쉰전집』제1권, 130쪽.

장주와 한비자의 독에 중독되지 않았다고 할 수 없다"라고 말했다. 설령 「광인일기」에서 "4천 년 문명"에 대하여 페이지 가득히 "인의도덕"이 쓰여 있는 역사 속에서 "식인"의 죄악을 발견하고 반성과 비판을 진행할 때, 루쉰은 여전히 자신을 밖에 두지 않고 자신조차 안에 두고 심각한 반성을 자신의 책임을 미루지 않았다. "완전한 파리"와 "결함 있는 전사"의 선택 중 그는 후자를 선택했다. 그는 말한다. "완전한 파리"는 결국 파리이며 그 본성은 영원히 변하지 않는다. 결함 있는 전사는 "비록 결점이 있지만 결국은 전사이며 영원히 서서 살고 죽는다". 이청조李淸照가 찬미한 것과 같이 : "살아서는 인걸人傑, 죽어서는 또한 귀신의 영웅이 된다", 어떠한 시련의 장애물도 그의 전진을 방해할 수 없었다. 그는 독일의 철학자 쇼펜하우어의 말을 인용했다. "시간의 추이에 따라 육체는 마침내 먼지가 된다. 그러나 남아있는 정신은 갈수록 크게 빛난다." 이러한 "원죄" 의식의 반성과 비판은 루쉰과 현대중국 특히 현대 중국문화발생과 직접적으로 관련 있는 것으로서, 가장 직접적인 갈등의 중요한 측면이자 루쉰의 독립적인 인격정신을 뚜렷하게 부각시키는 주요한 측면이다.

그러나 루쉰은 여전히 고독했다. 그는 아인슈타인이 설명한 것처럼 자신은 결국 "고독자"이자 "낯선 사람"이며 일생동안 표류하고 유랑하여 어떤 땅, 어떤 곳에도 속하지 않는다고 했다. 루쉰은 니체의 말을 인용하여 말하기를 : "나는 너무 멀리까지 걸어와 짝을 잃어버린 채 혼자가 되었다. (…중략…) 나는 부모의 나라에서 추방되었다. 잠시나마 기대할 수 있는 것은 오직 자손들뿐이다."[31] 그는 모든 사물은 부단히 변화해가는 과정 중에 모두 "중간물"에 지나지 않으며 종점은 바로

"무덤"이라는 것을 알고 있었다. 그는 자신이 빨리 썩기를 희망했다. 그러나 그에 앞서 『야초·길손』에서 말한 것처럼 그는 여전히 "간다"는 것을 고집한다. "나는 역시 가는 게 좋겠다!" "간다"는 의미는 탐구하는 것이요, 발견을 의미한다. 유랑이자 표류이며, 동시에 "간다"는 것은 어둡고 긴 밤중에 밝고 유일한 출로를 찾았다는 것을 의미한다. 루쉰은 이로부터 현대 중국과 중국인을 위해 생명의 의의 있는 방식을 탐구하였으며, 다시는 봉건윤리 도덕의 허위신념의 속박을 받지 않게 하고자 했다. 루쉰은 "철의 방"에서 혼수상태에 빠져 있는 사람들을 위해 외쳐야 한다고 했다. "새로운 소리를 질러서"[32] 국민들에게 알리는 것, 생명의 의의는 어떤 한 종점에 있는 것이 아니라 "간다"는 과정 속에 있다는 것이다. 이것이야말로 생명의 쾌락이자 행복의 유일한 원천이다. 카뮈가 시지프스를 찬양한 것처럼 생명의 의의는 결코 돌을 산 정상에 밀어 올리는 것에 있지 않고 "민다"는 과정 중에 있는 것이다. 그래서 카뮈는 우리가 반드시 시지프스의 인생이 행복하다는 것을 인정해야 한다고 말했다. 왜냐하면 그는 현대인을 위하여 생명의 의의와 방향을 명백하게 밝혔기 때문이다. 루쉰도 이와 같이 본래 길이 없는데도 끈질기게 "간다". 또한 수많은 민중이 이 길을 같이 가도록 계몽하고 인도했다. 그는 현대중국의 발전의 방향을 탐구하고,

---

31 루쉰, 『무덤·문화편향론』, 『루쉰전집』 제1권, 49쪽.
32 루쉰, 『무덤·「무덤」 뒤에 쓰다』, 『루쉰전집』 제1권, 286쪽. 일찍이 『악마주의시의 힘』을 쓸 때, 루쉰은 다음과 같이 지적하였다. 이 "새로운 소리"는 "다른 나라"로부터 온다. 그 특징은 "대부분 세상에 순응하는 화락(和樂)의 소리를 내지 않았고 목청껏 한번 소리지르면 듣는 사람들은 흥분하여 하늘과 싸우고 세속을 거부하였으니, 이들의 정신은 후세사람들의 마음을 깊이 감동시켜 끊임없이 이어진다. (…중략…) 그 소리를 듣고 나면 진실로 소리 중에서 가장 웅대하고 위대하다고 여길 것이다.

현대중국인의 새로운 가치세계와 의의를 탐구했다. 현대 중국인을 위하여 새로운 인생가치관을 세웠고 사상과 문화의 계몽을 가장 광범위한 인생의 의의와 발전 위에 실현시켰다.

루쉰의 정신은 현대 중국에서 정신생명으로서 오랫동안 존재할 것이라 생각한다. 비록 그는 세상에 있었을 때 적을 적지 않게 만들었지만 결코 사적인 적이 아니었다. 그래서 그는 "하나도 용서하지 않았다"고 확고히 표시하였으며 "침묵"과 "무소위無所爲" 방식으로 자신의 태도를 표명할 수 있었다. 말할 필요도 없이 루쉰의 이러한 "독특한 행동" 방식과 "은거 독립"의 정신은 이미 낡은 민족의 심령 깊은 곳에 가라앉아 있다. 특히 그의 깊은 사상과 독립적인 인격 그리고 "독특함"과 "독자적인 품격"의 정신은 영원히 꺼지지 않는 계명등啓明燈처럼 어두운 밤에 길을 가는 행인에게 방향을 가르쳐 준다.

차례

반성과 선택

일본 유학시기 루쉰의 니체사상 수용과 사상 변화
루쉰과 중국문화의 현대화
루쉰 미학 사상의 현대성 가치

일본 유학시기 루쉰의 니체사상 수용과 사상 변화

루쉰(1881~1936)은 남경 수학시절에 진화론사상의 영향을 받아 현대세계와 현대문명을 접함으로써 자신의 사상적 시야를 크게 넓혔다. 이것을 그의 사상발전의 첫 번째 중대한 비약이라고 한다면, 1902년 일본으로 유학을 떠난 후 서구문화와 사상을 널리 섭렵한 기초 위에서 니체(1844~1900)의 학설에 강렬한 흥미를 느끼고 나아가 니체사상을 수용하였던 것은 그의 사상발전의 두 번째 중대한 비약이라 할 수 있다.

그의 사상변화의 가장 현저한 특징은 전통 지식구조로부터 현대 지식구조로, 전통사상 계보로부터 현대사상 계보로, 전통적인 의존형 인격으로부터 현대적 독립적 인격으로의 전환을 완성한 것이다. 동시에 이는 그의 사상발전이 진정으로 현대문명, 현대사상 계보와 연결되기 시작하였음을 의미한다. 그럼으로써 현대 중국의 역사, 사회와 문화의 전환시기에 현대중국을 위하여 "외적으로 세계조류에 뒤처지지 않고, 내적으로 고유의 혈맥을 이어가는"[1] 문화발전 전략의 길을 탐색하는 데 큰 도움이 되었으며 "중국 역사에서 여태껏 없었던 제3의 시대"[2]를 창조할 수 있었다.

일부 학자들은 루쉰이 일본에서 받은 니체의 영향은 이른바 '일본화'된 니체의 영향[3]을 받은 것이며, 진정한 니체사상과는 꽤 큰 차이가 있다고 여긴다.

하지만, 루쉰이 니체사상을 받아들인 것은 그가 현대문명을 끌어안고 현대사상 계보와 연결되는 새로운 역사의 기점으로 볼 수 있다. 일반적으로 진화론을 대표로 하는 근대 문화 사조는 이성주의 사상의 주도적 작용을 부각시키고, 니체사상을 대표로 하는 현대주의 문화 사조는 짙은 비이성주의[4] 사상의 요소를 내포하고 있다. 루쉰은 일본에서 니체사상을 받아들임으로써 기존의 이성주의 위주의 단일한 사상 구조를 바꾸게 되었다. 다시 말하면 진화론과 현대주의 두 요소가 루쉰의 사상 의식 구조 속에 동시에 엇섞여 그의 사상은 패러독스로 충만되어 있다. 반면, 이와 동시에 독창성을 지니게 되어 그의 사상은 항

---

1 루쉰, 『무덤·문화편향론』, 『루쉰전집』 제1권, 베이징 : 인민문학출판사, 1981, 56쪽.
2 루쉰, 『무덤·등하만필』, 『루쉰전집』 제1권, 217쪽.
3 북강정자(北岡正子), 허나이잉(何乃英) 역, 『『악마주의 시의 힘』 재원고(材源考)』, 베이징 : 인민문학출판사, 1983년 버전; 판스성(潘世聖), 『루쉰의 사상구축과 明治(메이지)일본 사상 문화계 유행 추세의 구조적 관계-일본 유학 기간 루쉰의 사상형태 형성에 관한 고찰』 1, 『루쉰연구월간』 4기, 2002에 게재.
4 비이성주의는 비이성과 동일시 할 수 없다. 비이성주의는 일종의 철학사상 학설로서 그 특징은 인간의 직감, 본능, 잠재의식을 통하여 이성이 미치지 못하는 인식의 영역의 문제를 다루는 것이다. 그러므로 비이성주의 사상학설은 통상적으로 "이성이 이해할 수 없는", "논리적 개념으로 표현할 수 없는" 함의가 있다. 비이성주의 사상학설은 현대 산업문명 사회에 대한 일종의 인식과 반성인 동시에 인류 미래발전의 시대적 부름과 예언이라고도 볼 수 있다. 이는 기존의 서방 철학의 이성주의를 축으로 하는 단일한 발전 모델을 바꾸어 놓았으며 새로운 철학사고방식을 개척하여 현대철학의 발전에 광활한 전경을 펼쳐 놓았다.

상 신속히 현대문명에 대응하고 받아들일 수 있게 되었다. 이는 루쉰의 현대지식인 특유의 독립성과 비판성의 가치를 잘 보여 준 것이다. 루쉰은 이성주의를 사상의 기점으로 삼음과 동시에 현대주의 및 그것이 포함하는 비이성주의 사상요소를 널리 흡수하여 이성주의의 한계를 바로 잡음으로써 현대 중국 발전의 특정한 역사시기에 항상 총체적이고 초월적인 사상으로 "중국사회와 문명에 대하여", "아무런 거리낌 없이 비판"[5]을 가할 수 있었다.

1.

루쉰은 일본 유학 기간 동안 니체사상의 영향을 받았다. 이는 루쉰의 사상발전의 두드러진 표지이다. 그는 지식계보를 전환하고 전혀 다른 새로운 지식 구조의 중요성을 인식하기 시작했던 것이다. 훗날 자신이 밝힌 바와 같이 "공자와 맹자의 책은 내가 가장 일찍이 숙독한 책이다. 그러나 나와 아무런 상관이 없는 듯하다".[6] 현대문명의 지식 계보와 비교해 볼 때 중국 전통의 지식 계보는 내륙성 농경문명체계에 제약받아 형성된 전체성, 체감성體感性, 경험성의 특징을 띠고 있다. 서방과 비교하면 중국 전통의 지식 계보는 기본적 문화 메커니즘, 지식 구조, 체계와 담론 및 표현에 있어 모두 서방과 다르다. 특히 현대 서방 문명의 지식 계보가 세계발전의 주류를 이루고 주도적 지위를 점하

5　루쉰, 『화개집·제목에 부쳐』, 『루쉰전집』 제3권, 4쪽.
6　루쉰, 『무덤·『무덤』 뒤에 쓰다』, 『루쉰전집』 제1권, 285쪽.

고 있는 시대에 중국 전통 지식 계보는 현대 서방으로부터 오는 강력한 문화충격에 직면했다. 전체적이면서 전면적이다. 이 충격은 전통 체계體系와 체제體制가 자신의 총체적인 창조적 변화를, 즉 체계적인 혁명적 전환을 성공적으로 이루어내지 않는 한 전통체계는 체제의 전반적인 붕괴를 초래할 것이다. 다시 말하면 천 년이 넘은 역사 발전을 지닌 지식 계보가 어떻게 전통으로부터 현대로, 폐쇄로부터 개방으로 나아갈 것인가, 그리고 어떻게 자체적으로 전체적 전환을 완성할 것인가 하는 문제와 마주하게 된 것이다. 이미 현대 중국이 어떻게 생존하고 발전할 것인가 하는 문제는 이미 가장 중요한 문제로 떠올랐다.

일본이 "메이지유신"의 성공 덕분에 현대문명으로 진입하자 그 영향을 받은 당시 수많은 중국 유학생들이 일본으로 유학을 떠났는데 루쉰도 그중 한 사람이었다. 일본에 도착한 후 루쉰의 시야는 크게 넓어졌다. 이전에 진화론을 접하고 중국이 직면한 문제에 대해 자신만의 가치와 기준을 갖게 되어 새로운 지식구조를 재건하기 시작했지만, 근대 중국의 생존과 발전에 관한 심층 문제는 여전히 답을 얻지 못했다. 예컨대, 진화론 사상을 받아들인 루쉰은 과학이 중국을 구원할 수 있을 것이라 믿었고 평생 그 신념을 버리지 않았다. 그러나 동시에 그는 과학과 지식 계보의 절대적 기능에 대해 깊은 우려를 표시했다. 그는 다음과 같이 지적한 바 있다. "사회가 편향으로 기울어지는 것을 막아야 한다는 점이다. 나날이 한 극단으로 내달리면 정신은 점차 소실되고 곧 파멸이 뒤따를 것이다. 온 세상이 오로지 지식만을 숭상한다면 인생은 틀림없이 무미건조해질 것이고, 그것이 오래가면 아름다움에 대한 감정과 명민한 사상은 소실되어, 이른바 과학도 마찬가지로 없어지고 말 것이다."[7] 루쉰에게 이런 우려가 생긴 원인은 그의 사상발전 궤적을 살펴볼 때, 루쉰이 일본에서 니체사상의 영향을 받아 현대주의와 그것에 내포된 비이성주의 사상 학설에 대해 인식을 갖게 된 것과 무관하지 않다고 볼 수 있다.

서방은 공업문명 시대에 진입한 이래 이성이 인류사회의 발전을 이끈다는 것을 강조하는 학설이 줄곧 사상계의 주류였다. "이성의 시대" 라 일컫는 18세기에 계몽 사상가들은 "이성의 빛"으로 "신의 빛"에 반항하면서 만물은 이성의 법칙에 따라야 한다고 했다. 왜냐하면 이성은 일체 사물 판단의 유일한 표준이며, 동시에 각 개인의 천부적 재능으로서 비할 바 없는 위력을 갖고 있기 때문이다. 영원하고 정의로운 이성 왕국을 건립하는 것을 인류의 신성한 사명이라 간주하였던 것이다. 헤겔은 더 나아가 이성주의를 극치에 달하게 했다. 헤겔은 인류의 모든 정신 형식은 오로지 이성의 최고(절대지식) 위에서만 완성이 가능하다고 주장했다. 산업혁명의 붐에 따라 근대 서방은 과학주의가 성행하였고, 사람들은 과학을 지식, 지혜, 진리의 유일한 합리적 형식으로 간주함으로써 이성에 대한 숭배가 새로운 경지에 달했다. 그리하여 이성은 일거에 "전지전능한 인류의 구세주"로 등극하고 세계를 지배하게 되었다.

이성은 공업문명시대에 차츰 도구이성으로 변모하여 종교에 준하는 신앙형식이 되었으며, 인성人性에 대한 노예화를 초래했다. 이러한 상황은 서구 사상계의 반성을 불러일으켰으며, 칸트(1724~1804)는

7   루쉰, 『무덤·과학사교편』, 『루쉰전집』 제1권, 35쪽.

루소(1712~1778)의 영향을 받아 이성에 대한 성찰을 전개했다. 그는 인간의 도덕이상, 정신신앙, 자유의지를 위해 법을 마련해야 하고, 그것을 지식, 과학, 이성과 분리시켜야 한다고 보았다. 19세기 말 현대주의 철학은 더 나아가 이성주의에 전면적인 비판을 전개했다. 쇼펜하우어(1788~1860)는 유의지론唯意志論 학설을 들고 나와 "인간은 본질적으로는 이성적이다"라는 관점을 강력히 비판했다. 그는 "의지가 제1차적이고 가장 원시적인 것이다." 이성, 지식은 단지 "의식으로서 그 다양한 욕구를 유지하기 위해 존재하는 복잡한 목적을 충족시키기 위한 도구이다"[8]라 했다. 니체 역시 비이성적 본능을 인간의 본질로 간주하고 이성을 생명의 근본적 에너지라고 인식하지 않았다. 니체는 낭만적, 서정적 언어로 사람들에게 온 세상이 깜짝 놀랍게 "신은 죽었다", "모든 가치를 재평가해야 한다"고 외치고 "권력의지", "디오니소스 정신", "초인" 등의 주장을 내세웠다. 니체(1844~1900)는 음악을 예로 들어 음악 예술은 그 "비이성적 본질"을 바탕으로 직접적으로 생명의 핵심을 터치하며, 오로지 이런 생명 본체로부터 발원한 의지와 정신만이 강력한 생명력을 보여 줄 수 있으며, 생명의 의미는 자유의지의 표출, 광희狂喜와 취중에 세상만물과 일체가 되는 것이라고 주장했다. 그러므로 니체는 "격앙된 심정으로 현대와 미래의 문을 두드리겠다"[9]고 선포했다.

현대주의의 흥행은 서방지식계보의 갱신을 일으켰다. 루쉰은 바로

---

8   쇼펜하우어, 스충바이(石沖白) 역, 『의지와 표상으로서의 세계』, 베이징 : 상우인서관, 1986, 401~402쪽.
9   니체, 저우궈핑(周國平) 역, 『비극의 탄생』, 태원 : 북악문예출판사, 2004, 61쪽.

니체사상의 수용을 통하여 갱신된 서방지식체계를 접하였으며 따라서 기존의 "진화론을 신봉"하는 지식구조를 보완하기 시작했다. 일본 코분弘文학원에서 루쉰은 니체 저작을 읽기 시작했다. 그는 차츰 니체가 주장하는 "비물질", "초인", "권력의지" 등의 학설은 이전에 수용한 진화론 학설과 아주 많이 다르다는 것을 느꼈다. "확고한 개성"의 소유자만이 이 세상에 존립 가능하며, 예술은 "권력의지"의 표현형식이며, 예술가는 "고도로 자아 확장, 자아 표현을 하는 사람"이라는 등, 니체의 주장은 모두 루쉰의 관심을 끌었다. 불굴의 인격과 개성의지 위에 세워진 니체의 사상과 학설은 루쉰의 마음에 신선하고 강렬한 자극을 주고 사상을 크게 흔들어 놓았다. 『문화편향론』, 『악마주의 시의 힘』, 『파악성론』 등에서 루쉰은 "야만인을 싫어하지 않고 그들에게는 새로운 힘이 있다고 여겼으니, 이는 움직일 수 없는 확실한 말이다"[10]라고 지적하였으며, 니체는 "개인주의의 가장 걸출한 인물"이라고 칭했다. 루쉰은 서방 개인주의 사조의 발전은 슈티르너(1806~1856)에서 시작하여 쇼펜하우어, 니체를 거쳐 새로운 위치에 도달했다고 보았다. '개인'이 곧 '권력'임을 강조하는 주장은 루쉰으로 하여금 현대주의 사조 전반에 강한 흥미를 자아내게 하였으며, 지식 체계를 전환하고 새로운 지식구조를 재건해야 하는 중요성을 절실히 느끼게 했다.[11]

---

10 루쉰, 『무덤·악마주의 시의 힘』, 『루쉰전집』 제1권, 64쪽.

11 니체에 대한 공감에서 더 나아가 루쉰은 독일 전체 문화에 심취되어 "의학을 포기하고 문학에 종사"하겠다는 결정을 내리고 도쿄에 온 후 학적을 도쿄 독일어 학회 산하의 독일어 학교로 전입했다. 더 나은 독일어 작품을 읽고 독일 작품 번역을 위한 목적이었다. 향후 독일에 유학 가려는 생각도 있었다. 나중에 저우쭤런(周作人)이 일본에서 결혼하고 어머니와 셋째 동생의 생활비도 그가 부담해야 되기에 부득이 독일 유학의 꿈을 접었다.

2.

　지식체계의 현대적 전환, 지식 구조의 부단한 조정과 수립으로 루쉰의 사상발전은 전혀 새로운 경지에 돌입했다. 현대주의 및 그에 내포된 비이성주의 사상이 루쉰의 사상의식 구조 속에 뿌리 내리기 시작한 것이다.

　진화론과 현대주의는 서로 다른 성질의 사상 학설로서 세계에 대한 총체적인 인식과 평가, 파악에 있어서 큰 차이가 있다. 진화론은 안정성(점진적 변화), 조화성, 통일성을 강조하면서 세계의 전반적인 질서를 수호하는 데 힘을 기울이는 반면, 현대주의는 세계의 차별성에 편중하므로 대상에 대한 주체적 감지와 파악을 중시하며 개성, 차이성, 모순성 혹은 대립적 특징에 주목한다. 현대주의는 통상적으로 이 세계를 끊임없이 변화하는 과정으로 간주하며 충돌, 대립은 그 표상이고 주체의 "힘", "의지"가 그 본질이라고 본다. 루쉰은 니체의 영향을 통해 현대주의라는 세계 인지 방식을 인식하고 "최근 50년 동안 인간의 지혜가 더욱 나아지면서 점차 이전을 되돌아보게 되어 이전의 폐단을 깨닫게 되었고 이전의 암흑을 통찰하게 되었다. 그리하여 새로운 사상이 크게 발흥하여 그것이 모여 큰 조류를 형성하면서, 그 정신은 반동과 파괴로 채워졌고, 신생新生의 획득을 희망으로 삼아 오로지 이전의 문명에 대해 배격하고 소탕하는 것이었다"[12]라고 지적했다.

　현대주의는 이성이 세계의 표준이 될 수 없다고 본다. 왜냐하면 이

12　루쉰, 『무덤·문화편향론』, 『루쉰전집』 제1권, 49쪽.

성의 최고 정신지주—"신은 이미 죽었기" 때문이다. 신도 똑같이 심판을 받아야 한다. 니체는 "신은 어디 갔느냐?"라고 대담한 질문을 던졌다. 그리고 한 광인의 입을 빌어 "내가 똑똑히 알려주지, 우리가 신을 죽였어—너와 나!"[13]라고 외쳤다. 신을 죽이고 이성을 내던진 니체는 이 우주를 끊임없이 탁월한 생명 개체를 창조하는 "영원한 흐름"으로 간주하였으며 이 세계는 영원한 생명의 흐름 속에 탁월한 생명개체의 의지를 드러낸다고 설파했다. 니체가 보기에 생명은 어느 개별 생명개체의 소멸로 중지되지 않는다. 생명의지란 생명력의 의지이며 이는 진정한 "권력" 혹은 "강력한 의지"이며 격파하지 못할 강적이 없어 가는 곳마다 승리할 수 있기 때문이다. 니체는 "생명체는 우선 그의 에너지를 방출하려 한다—생명 자체가 권력의지이다—자아 생존은 그 간접적 통상적인 결과의 하나이다"[14]라고 주장했다.

루쉰은 니체의 사상학설에 찬동했다. 『악마주의 시의 힘』에서 루쉰은 "평화란 인간 세상에서는 보이지 않는다. 억지로 평화를 말한다면, 그것은 전쟁이 바야흐로 끝났을 때나 아직 시작되지 않았을 때에 지나지 않는다. 겉모습은 기저에 안정되게 잠복하여 있지만 일단 때가 되면 움직이기 시작한다"[15]라고 역설했다. 루쉰은 영원히 고갈되지 않는 세계발전의 동력은 생명의 "힘"과 "의지"라고 본다. 바이런 작품에 나오는 "칼 하나의 힘으로 권력을 잡게 되자 국가의 법도와 사회의 도덕을 모두 멸시했"던 바이런의 정신을 높이 찬양하면서 이렇게 지적했

---

13   니체, 위홍룽(餘鴻榮) 역, 『즐거운 지식』, 베이징 : 중국평화출판사, 1986, 139쪽.
14   니체, 『선악의 피안』, (뉴욕현대총서)『니체 철학』 영문판 14쪽에서 인용.
15   루쉰, 『무덤·악마주의 시의 힘』, 『루쉰전집』 제1권, 66쪽.

다. "권력을 갖추어 그 권력으로 자신의 의지를 수행한다면 남들이 어찌할 것이며 하느님도 어떻게 명령을 내리겠는가? 이는 물을 것도 없는 일이다. 만약 그의 운명은 어떠한가 하고 묻는다면, 칼이 칼집 속에 있다가 일단 밖으로 나와 번쩍이면 혜성조차 빛을 잃게 된다고 할 수 있다."[16] 생명의 "파워"와 "의지"는 루쉰이 세계를 통찰하고 판단하는 새로운 시각이 되었다. 비록 진화론의 세계관을 완전히 폐기하지는 않았지만 니체를 받아들임으로써 루쉰은 다른 방식과 표준으로, 즉 현대주의 시각의 방법과 표준으로 이 세계를 인식하고 평가하기 시작했다.

루쉰은 니체의 "초인" 학설에서 중국 국민성을 다시 바라보는 계시를 얻고 "정신계의 전사"라는 주장을 제기했다. 그리고 그것을 독특하고 강력한 인격지향으로 규정했다. 루쉰은 "인간은 자기개성을 발휘함으로써 관념적인 세계의 속박에서 벗어나야 한다. 이 자기개성이야말로 조물주이다. 오직 이 자기我만이 본래 자유를 소유하고 있다. (…중략…) 자유는 힘으로써 얻게 되는데, 그 힘은 바로 개인에게 있고, 또한 그것은 개인의 자산이면서 권리이기도 하다"[17]라고 주장했다. '5·4' 시기 루쉰은 다시 그것을 '개인적 자대自大'라 규정하고, 이는 곧 '독특함'이요 '어리석은 무리에 대한 선전포고'라고 보았다. 그는 이렇게 말한다. "중국인은 예부터 자대自大하는 편이었다. '개인적 자대'가 아니라 모두 '군중적, 애국적 자대'라는 점이 아쉬울 따름이다. 이렇게 된 원인은 문화적 경쟁에서 패배한 뒤 다시 분발 약진하지 못했기 때문이다." 또한,

---

16   위의 책, 75쪽.
17   루쉰, 『무덤·문화편향론』, 『루쉰전집』 제1권, 51쪽.

"군중적 자대" "애국적 자대"는 "뜻을 같이하지 아니하는 자를 제거하고 소수의 천재에 대한 선전이다. (…중략…) 그들 스스로가 남들에게 과시할 수 있는 특별한 재능이 터럭만치도 없기 때문에 나라를 내세워 그림자 속에 숨는다"[18]라고 정곡을 찔러 말했다. 니체의 "초인" 학설에서 "초인"이 생명력과 생명의지를 충분히 구현한 인간이라면, 루쉰은 "초인"을 새로운 중국 국민 인격의 수립과 연결시켰다. 루쉰은 "개인적 자대"는 "대체로 약간의 천재성을 가지고 있다. (…중략…) 약간의 광기라고 할 수도 있다. 그들은 자신의 사상과 견식이 대중을 넘어서고 대중이 이해하지 못한다고 생각하기 때문에 세속에 분노하고 원망한다. (…중략…) 그런데 모든 새로운 사상은 그들로부터 나온다. 정치적, 종교적, 도덕적 개혁 역시 그들로부터 시작된다"[19]라고 명확히 지적했다.

기독교적 인격과 달리 니체의 "초인" 학설은 새로운 인격 이상을 내세운 것이 두드러진다. 니체의 "초인"은 생명의지로 충만된 인간으로서 왕성한 생명력과 창조력을 지닌 인생의 강자이자 "권력의지"의 구현자이다. "권력의지"는 개체생명의 자아의 전면적 긍정과 끊임없는 승화이다. 니체는 "우리는 우리 자체가 되어야 한다—새롭고, 독특하고, 비할 바 없고, 자아 입법하고 자아를 창조하는 인간이 되어야 한다!"고 주장하고 "무릇 자유를 얻고자 하는 자는 반드시 완전한 자아를 실현해야 한다"[20]고 강조했다. 그는 구체적으로 "초인"의 특성을 규정하기도 했다—자아를 초월하고 또 모든 것을 초월한다. 본질적으

---

18   루쉰, 『열풍·38』, 『루쉰전집』 제1권, 311쪽.
19   위의 책, 311쪽.
20   니체, 위훙룽(餘鴻榮) 역, 『즐거운 과학』, 베이징 : 중국평화출판사 1986, 139쪽.

로 "초인"은 더 강한 생명에너지를 추구하는 것이다. 생명의 가치의 크기는 "초인"의 권력의지의 크기에 결정된다. "초인"은 "권력의지"를 통하여 생명의지를 전개하고 자아가치를 실현한다. 루쉰은 니체의 "초인"설에서 큰 사상 계시를 얻고 일찍이 일본의 코분弘文학원에서 확립한 중국인의 국민성에 대한 생각을 확장시키게 되었다.[21]

루쉰은 단지 국민성의 이성적 진화에만 희망을 걸어서는 중국이 직면한 문제를 철저히 해결하기 어렵다고 여겼다. 대중은 "영원한 희극의 관객"일 뿐이어서 "중국은 너무나도 변하기 어려운"[22] 역사적 현실 앞에 놓여 있기 때문이다. 어떻게 어디서 국민성을 철저히 개조할 수 있는 "채찍"을 구하여 "창문이 없는, 절대 부술 수 없는" "꼼짝 하지 않는" "쇠로 만든 집"을 부술 것인가에 대하여 루쉰은 니체에게서 계시를 얻었다. 그것은 바로 "개인의 자만", 개체의 "독특함"을 내세워 무지한 대중을 향해 선전포고를 하고 현대문명의 사상계몽을 실행하는 것이었다. 루쉰은 니체와 마찬가지로 "반항"과 "반역"의 기치를 내걸었다. 니체의 기독교에 대한 반역 전략과 같은 맥락으로 루쉰은 "인의도덕"의 역사를 "사람을 잡아먹는" 식인 역사로 보았으며, 전통문명을 "사람을 잡아먹는" 문명이라며 전통문화에 대해 맹렬한 비판을 가했다. 중국의 역사는 "인육" 잔치에 지나지 않으며 "중국인은 예로부터 '인간' 대접을 받아본 적이 없으며 기껏해야 노예에 지나지 않는다".

---

21 쉬서우쌍(許壽裳)은 『옛 친구 루쉰 인상기』에서 루쉰이 일본 코분학원에서 자신과 자주 토론 벌이던 문제는 "어떤 것이 가장 이상적인 인성인가? 중국 국민성 중 가장 부족한 점은 무엇인가? 그 원인은 무엇인가?"였다고 회고했다.
22 루쉰, 『무덤·노라는 가출하여 어떻게 되었는가』, 『루쉰전집』 제1권, 163~164쪽.

중국의 역사는 "노예 자리를 굳건히 지켰던 시대"와 "노예 노릇을 하려 해도 할 수 없는 시대"의 교체 순환에 지나지 않는다[23]고 비난했다. 루쉰의 이 같은 사상 속에서 니체의 영향을 쉽게 엿볼 수 있다. 니체는 소크라테스 이후의 서방 문화를 완전히 뒤집었다. 『선악의 피안』, 『도덕의 계보』, 『반기독교』 등의 저서에서 기독교에 대해 철저히 부정했다. 니체는 기독교를 금욕주의적, 생명의지를 위배하는 허위적인 것이라고 비판했다. 니체는 인간의 생명의지에 기반한 새롭고 참신한 도덕체계가 나타나 인간 본성의 진정한 승화가 이루어지기를 바랐다. 같은 맥락으로 루쉰의 부정과 반항, 반역의 예봉은 중국문화를 주도하는 "유가와 도가" 양가를 조준했다. "유가와 도가"는 "말썽만 부리고 세상물정에 깜깜한 악과"를 초래한 중국역사의 장본인으로서 "국민을 혼란에 빠뜨리고 사회를 요기妖氣로 뒤덮이게 했다"[24]고 비판했다. 루쉰과 니체의 반전통의 문화전략은 생명의지를 내세워 이성이 강조하는 기존 질서를 전복하고 참신한 자아를 창조함으로써 국민의 인격을 현대문명으로 전환시키는 것이었다. 그들은 오로지 이것만이 신문화가 무한한 활력을 얻을 수 있는 길이라고 생각했다. 그러므로 니체는 "우리는 아직 개척하지 않은 새로운 영역으로 나아간다. 아무도 그 경계를 알지 못한다. 거기에는 화려함, 경이로움, 의문, 괴이와 성결聖潔함으로 가득하여 우리의 호기심과 욕구는 굴레 벗은 말처럼 통제할 수 없다"[25]고 선포했다. 루쉰 역시 "내면세계가 강해야 인생의

---

23 루쉰이 『무덤』에 수록한 잡문 참조.
24 루쉰, 『열풍·33』, 『루쉰전집』 제1권, 베이징 : 인민문학출판사, 1981년, 301쪽.
25 니체, 『즐거운 과학』, 위홍룽(餘鴻榮) 역, 베이징 : 중국평화출판사 1986, 301쪽.

의미가 더욱 깊고 개인존엄의 취지도 더욱 명확해진다. 20세기의 새로운 정신은 기필코 질풍노도 속에서 강인한 의지력으로 한 가닥 활로를 개척해 나갈 것이다"[26]라고 국민에게 호소했다.

3.

니체의 영향으로 현대주의를 접함으로써 진화론과 현대주의 두 사상이 동시에 얽히게 되었다. 이것은 루쉰의 사상 속에 패러독스적 장력을 형성하여 정신과 인격의 변화를 초래했다. 이로 인하여 루쉰은 진정으로 고독한 생명을 체험하기 시작했다. 리저허우(1930~)는 루쉰의 특이성을 논술하는 장면에서 "초기에 니체 철학을 인생관으로 수용하였기"에 일종의 존재주의 사상과 유사한 사상 특징을 지니게 되었으며 그가 "줄곧 갖고 있던 고독과 비애가 나타내는 현대적 내용과 인생의 의의를 보여 주었다"[27]라고 밝혔다.

니체의 일생은 고독했다. 자신의 말 그대로였다. "고독한 자의 세월은 유유히 흘러가고 그의 지혜는 나날이 증진하여 마침내 과다한 지혜로 고통을 느끼네."[28] 니체는 고독은 강자의 생명 속성이며 지혜로운 자의 인생 지혜라고 생각했다. 바꾸어 말하면 강자의 생명은 필연코 고독한 것이다. "인류 생명의 기나긴 세월 속에 자신이 외롭고 의지할

26   루쉰, 『무덤 · 문화편향론』, 『루쉰전집』 제1권, 56쪽.
27   리저호우(李澤厚), 『중국현대사상사론』, 베이징 : 동방출판사, 1999, 112쪽.
28   니체, 『차라투스트라는 이렇게 말했다』 제2권; 천구잉(陳鼓應), 『비극철학가 니체』, 베이징 : 생활 · 독서 · 신지 싼롄서점, 1987, 71쪽에서 인용.

곳이 없다는 것을 느끼는 것보다 더 두려운 것이 없다. 특유의 방식으로 처세하고, 자주自主를 느끼며 누구를 지휘할 수도 없고 누구의 구애도 받지 않고 오로지 개인을 대표하는 것 — 이것은 그 누구에게나 징벌에 지나지 않으며 추호의 낙도 없다. 그는 필연코 '하나의 개체가 될 것이다.'[29] 고독을 직면하여 니체는 세상 사람들에게 이렇게 외쳤다. "고독한 자여! 그대 자신만의 길을 떠나라! (…중략…) 창조자의 길을 떠나라! 그대의 사랑과 그대의 창조로 그대의 고독과 함께 하라!"[30] 니체는 고독한 생명체험으로 인생과 역사를 돌아보고 인생은 한 차례의 비극이며 인류의 역사(주로 서방 역사를 가리킴) 또한 부단히 타락하는 역사에 지나지 않는다고 생각했다. 때문에 각 생명 개체는 인생과 역사에 대해 반드시 책임감을 가져야 한다고 주장한다. 니체는 신학자들은 하느님의 깃발을 내걸고 인간성의 약점을 이용하여 교리를 선전하는 것 밖에 모른다고 비판했다. 니체는 이렇게 말했다.

기독교는 모든 유약하고 비굴한 것들, 모든 패자와 손잡고 모든 강인한 생활본능과 상반되는 것들을 이상화하여 자신을 보호하려 한다. 기독교는 사람들로 하여금 정신적 최고 가치는 유죄(Sinful)인 것, 오류에 빠지는 것을 믿게 한다 — 마도(魔道)이다. 기독교는 이런 방식으로 정신적으로 최강자인 이성까지도 부식시킨다.[31]

29 니체, 위홍룽(餘鴻榮) 역, 『즐거운 지식』, 베이징 : 중국평화출판사 1986, 133쪽.
30 니체, 『차라투스트라는 이렇게 말했다』 제2권; 천구잉(陳鼓應), 『비극철학가 니체』, 베이징 : 생활·독서·신지쌴리엔서점, 1987, 72쪽에서 인용.
31 니체, 『반기독교』 제2권; 천구잉(陳鼓應), 『비극철학가 니체』, 베이징 : 생활·독서·신지쌴롄서점, 1987, 377쪽에서 인용.

니체는 고독 속에서 반성하고 새로운 사상영역을 개척하면서 부단히 자신을 향상하고 정신과 인격의 재건을 완성할 것을 강조했다.

니체의 고독은 루쉰을 감염시켰다. "환등기 사건"으로 "의학을 포기하고 문학에 복무"하기로 전환한 후, 루쉰의 일본 생활은 순탄치 않았다. 그 심정을 루쉰은 이렇게 표현했다. "홀로 낯선 사람들 속에서 외쳐보지만 사람들은 찬성도 반대도 하지 않았고 반응이 없었네. 끝없는 황야에 홀로 내버려진 듯 할 수 있는 것이 하나도 없네. 이 얼마나 슬픈 노릇인가? 따라서 나는 내가 느끼게 된 것을 적막이라 생각한다."[32] 현실은 루쉰의 고독감을 불러일으키는 도화선이었고 민감하고 적막하고 고독한 기질이야말로 그 내면적 요소였다. 루쉰의 고독을 근대 중·서방 문화충돌의 시대배경에 놓고 보면 그것이 바로 선각자의 고독이라는 것을 어렵지 않게 발견할 수 있다. 소수의 선각자와 아직 깨어나지 못한 대중과의 비극적 대립과 충돌은 인생의 고독함과 문명 쇠락의 인생감회와 생명체험을 가중시켰고 마침내 고독은 루쉰의 내면세계의 정상 상태가 되었다. 하지만 바로 이런 고독한 생명체험 속에서 루쉰의 사상시야는 더 넓어졌다. 그는 사상의 기점을 중국문화 역사와 사회 인생에 대한 반성 위에 놓고 "국민성을 개조"하여 민족의 영혼을 재건하려는 사상을 구조화하고 그 체계를 구축했다.

현대주의 사상에 입각한 인간, 인생, 생명에 대한 국민, 인성에 대한 역사와 문화충돌에 대한 깊은 사색의 전개는 루쉰의 고독의식이 구축한 사상적 영토 속에서 개체의 주관정신 독립과 자유를 중심내용으

---

32   루쉰, 『외침·자서』, 『루쉰전집』 제1권, 417쪽.

로 하는 궁극적 가치에 대한 그의 깊은 생각을 보여준다.

　니체의 영향을 받아, 루쉰은 전환기에 처한 중국이 이른바 '대중체제' '대집단'을 성급하게 제창하게 되면, 실제로 군주전제와 마찬가지로 인간의 개성에 심각한 속박을 가져올 것이며, 그 결과 "인간의 자아를 소멸"시킬 것이라 여겼다. 그리하여 그는 "사람이 자아를 상실하면 누가 그를 불러 일으켜 세워줄 것인가?"라고 고민했다. 소수 선각자와 대다수 깨어나지 못한 자 사이에 여전히 첨예한 대립과 충돌이 존재하는 가운데 "많은 사람들이 자유를 부르짖지만 자유의 초췌함과 허무함은 실로 이를 데 없다"고 생각했다. 루쉰이 보기에 인간은 구체적이고 진실한 것이며 보편적 존재가 아닌 "독립적 개체"이며 그 본질적 특징은 "자아본성을 발휘할 수 있는 것"이다. 즉 자체의 독립성과 자유를 유지할 수 있는 능력을 지니고 있다. 또 다시 말하면 루쉰은 "사상과 행동은 반드시 자기를 중추로 삼고 자기를 궁극으로 삼아야 하며 자아개성을 확립하여 절대적인 자유인이 되어야 한다는 것이다." 루쉰은 오로지 개체적 인간만이, 독립 자유적 인간만이 현실과 역사의 사고와 직면할 때 비로소 진정으로 자신의 무한한 자유 선택의 권리를 누릴 수 있으며 비로소 "사상과 행동이 외부 사물의 구애를 받지 않고 오로지 자신의 내면세계에 머무를 수 있다"[33]라고 주장했다. 때문에 루쉰은 "다수가 소수를 누르는 것"을 반대하고, "개성을 말살하는 것"을 반대하며 인간은 반드시 "자신 나름의 소견이 있어야"하며, "대중의 목소리에 묻혀 가지 않고", "유행을 따르지 말아야"[34] 한다

33　이상의 인용문은 모두 루쉰의 『무덤·문화편향론』, 『루쉰전집』 제1권, 51~57쪽에서 인용.

고 주장했다. 그렇게 해야만 깨우치지 못한 다수 대중들을 향하여 큰 소리로 외칠 수 있으며 최종적으로 "대중의 각성"을 이룩하는 이상적인 목표에 도달 할 수 있다고 생각했다.

고독의식이 구축한 사상적 영토 위에 루쉰은 국민성 개조와 인간의 진정한 출구를 탐색하는 사상적 격정과 정신 면모를 보여 주었다. "개성을 존중하고 정신을 고양하는" 주장이나 "인간은 각자 자신의 주인이 되어야 하며", "자신의 목소리를 내야 진정한 자신이다"라고 주장했다. 또한, 오랜 세월 전제문화의 옥죄임으로 인한 중국 전통문명과 현대문명의 엇갈림, 세계발전의 주류의 이탈 및 우둔하고 무감각하고 무지 낙후한 국민 열등성의 형성 등에 직면한 루쉰은 니체사상에서 계시를 얻어 개체의 정신 독립과 자유를 사상 계몽의 가장 중요한 요소라 강조했다. 루쉰은 개인, 개체, 특히 탁월한 개인, 개체 내지 위대한 천재—"정신계의 전사"에 관한 사상학설을 수립했다—"그러므로 대중에게 시비를 맡길 수 없으며, 대중에게 맡긴다면 실효를 기대하기 어렵다. 대중에게 정치도 맡길 수 없다. 대중에게 맡긴다면 잘 다스려지지 못할 것이다. 오직 초인이 나타나야만 세상은 태평해질 것이다. 그렇지 못할 경우 지혜로운 사람이 나와야 한다."[35] 루쉰은 혼수상태에 빠져 있는 국민을 깔보는 것이 아니라, 개체의 독립성과 자유의 지야말로 최종적으로 깨어나지 못한 대중을 일깨울 수 있는 출발점이자 핵심 가치라고 생각했다. 루쉰이 보기에는 이것이야말로 인간의 자유와 해방, 민족 국가 독립의 가치 목표이자 기본 척도였다. 따라서

---

34   루쉰, 『집외집습유보편 · 파악성론』, 『루쉰전집』 제8권, 25쪽.
35   루쉰, 『무덤 · 문화편향론』, 『루쉰전집』 제1권, 52쪽.

루쉰은 인간의 내면세계 즉 정신생활 상황을 각별히 중시했다. 그는 다음과 같이 강조했다. "내면세계가 강해야 인생의 의미가 더욱 깊고 개인존엄의 취지도 더욱 명확해진다." 그래야만 인간의 정신이 "현실세계의 물질주의와 자연계의 울타리를 벗어나 본연의 내면세계로 진입할 수 있으며, 정신현상은 실로 인류생활의 극치이며, 정신의 빛을 발휘하지 못하면 인생에서는 무의미하다는 점을 알게 되었고, 인격을 확장하는 것이 인생에서 가장 중요하다는 점을 알게 되었다".[36] 고독한 생명체험 속에서 루쉰은 독립적 개체가 일체 물질과 정신적인 울타리를 무너뜨리고 과감하게 인간의 정신독립과 자유해방을 추구할 것을 강조했다. 그 철학적 의미는 현대주의가 강조한 것과 마찬가지로 반드시 이 세계에 대한 인식 기점을 인간의 주체의식 속에 놓아야 만이 생명 의미가 없는 세계에 생생하고 무한한 생명가치와 의미를 부여할 수 있다는 것이다. 루쉰은 인간의 주체성 깃발을 높이 치켜들고 인간의 개체해방을 국민성 개조, 민족 영혼의 재건, 인간의 정신자유와 해방을 추구하는 사상과 행동의 지침으로 삼았다.

고독한 생명체험은 루쉰으로 하여금 깊은 자아반성을 하게 하여 그의 사상뿐만 아니라 정신과 인격을 부단히 승화하게 했다. 그는 누차 말했다. "나는 확실히 때때로 다른 사람을 해부한다. 하지만 더 많게는 더 무정하게 자신을 해부한다."[37] 고통스러운 자아반성은 루쉰에게 "독이獨異"(혹은 "독특한 입장과 단독 행동)하고 "자기 나름의 품격을 소유한" 정신과 인격 입장을 부여하였으며 "도약적인" 사상발전을 가져와

---

36   위의 책, 54쪽.
37   루쉰, 『무덤·『무덤』뒤에 쓰다』, 『루쉰전집』 제1권, 285쪽.

동시대인들과 비교할 수 없는 선진 의식을 형성하게 했다. 그리하여 항상 전반적이고도 초월적인 사상 고지에서 현대 중국이 직면한 곤란과 문제의 핵심을 똑바로 인식하고 꿰뚫어 봄으로써 전통 문인으로부터 현대지식인으로의 신분 전환을 가능케 했다. 루쉰은 결코 자신을 "구세주"로 자처하지 않았으며 "방관자", "국외인"으로도 간주하지 않았다. "사람을 잡아먹는" 역사를 반성하는 동시에 자신도 그 중 일원으로 넣어 해부하고 반성했다. 역사를 비판하는 동시에 자신도 해부했다 : "4천 년 사람을 잡아먹은 이력을 가지고 있는 나, 애초에는 몰랐지만 지금 알고나니 참다운 사람 보기 어렵다." 역사의 중간물로서 자신의 영혼에도 "독기"와 "귀신의 기"가 깊이 숨어 있으며 "자신도 이런 오래된 귀신혼鬼神魂을 등에 업어 괴롭다"고 깊이 이해하고 있었다.[38] 그는 용감하게 탐색해보았지만 진정한 출로와 돌아갈 곳을 찾지 못했던 전시대의 옌푸嚴復(1854~1921), 량치차오梁啟超(1873~1929), 장타이옌章太炎(1868~1936) 등의 선각자들과는 달랐다. 또, 동시대인 천두슈陳獨秀(1879~1942), 후스胡適(1891~1962)처럼 반역, 반항하지 않고 자신의 목표를 명확히 확립하여 새로운 가치관을 수립하지는 못했던 사람들과도 달랐다. 루쉰은 자기 나름의 방식을 잘 활용하여 자신만의 독립적인 "사고"로 역사를 인식하고 전통을 해체하였으며 끊임없이 새로운 가치세계와 의미세계를 탐색했다. 특히 그가 "함께 했으나" "속하지는 않았던" 두 사회, 두 가지 문화의 역사적 "중간물" 신분은 그로 하여금 시종 동방과 서방, 중국과 세계, 전통과 현대, 광명과 암

---

38 위의 책, 285쪽.

흑 간에 중국의 신문화 발전 방향을 탐색하게 하여 마침내 그가 일관적으로 추구하는 현대지식인 특유의 정신해방, 사상자유와 인격독립의 숭고한 품격을 얻을 수 있게 했다.

　루쉰이 일본에서 니체의 사상을 받아들인 것은 그의 사상발전상 중요한 이정표이다. 그러나 반드시 짚고 넘어가야 할 점은 루쉰이 니체의 사상학설을 전부 받아들이지는 않았다는 점이다. 미국 학자 슈워츠Benjamin I.Schwartz(1916~1999)는 루쉰이 받아들인 것은 "니체사상의 전부가 아니며 일부 사람들이 좋아하는 감동력뿐이다"[39]라고 지적한 바 있다. 그렇다. 니체사상의 넘치는 격정, 낭만과 서정은 루쉰을 크게 매료시켜 공감대를 형성했다. 하지만 더 중요한 것은 중국의 발전과 출구를 생각하고 탐색하는 과정에서 루쉰은 주로 니체사상 중 생명력, 생명의지, "위대한 천재를 추앙"하는 것과 그에 관련된 탁월한 개인, 독특한 개체에 대한 사상학설을 받아들였다는 것이다. 루쉰의 목적은 아주 명확하다. 그것은 바로 중국의 신문화의 구축에 힘을 기울이고 국민성 개조에 힘을 기울여 중국 역사상 미증유의 "제3의 시대"― "인간" 시대의 도래를 창조하는 것이다. 이런 의미에서 루쉰이 니체사상을 받아들인 후의 사상 변화는 주로 창조적으로 전통을 변화시키고 새로운 문화를 수립하는 두 가지 측면에서 나타났다.

---

[39]　천구잉(陳鼓應), 『비극철학가 니체』, 베이징 : 생활·독서·신지싼롄서점(三聯書店), 1987, 8쪽에서 인용.

루쉰과 중국문화의 현대화

유구한 역사를 지닌 중국이 무거운 발걸음으로 20세기 문턱을 넘어 섰으나 중·서 문화충돌은 갈수록 심각해졌으며 그로 인한 위기도 갈 수록 깊어만 갔다. 문화적인 면에서 가장 두드러진 것은 근대 중국사 회에 나타난 "가치관 위기"[1]로서 이는 중국문화의 전면적 현대로의 전 환을 불가피하게 했다. 중·서 문화충돌의 거대한 차이와 근대 중국의 전례 없는 치욕 앞에 제1세대 "선진적 중국인" 웨이위안魏源(1794~ 1857), 캉유웨이康有爲(1858~1927), 량치차오梁啓超, 옌푸嚴復 등은 일련 의 문화혁신 주장을 내세워 낙후한 근대 중국문화 상황을 개선하려 시 도했다. 그러나 그들은 사상관념에 있어서 현대적 전환을 완수하지

---

1   장하오(張灝)는 특정 사회에 존재한 "가치관 위기"는 중국인의 심리 구조상 세 가지 측면으로 나타나는데, 첫째, "정신 상실", 둘째, "존재 상실", 셋째, "형이상학적 상실" 이라고 인식한다. 장하오(張灝), 『신유가와 당대 중국의 사상위기』, 『근대 중국 사상 사 인물론·보수주의』, 타이베이 : 시보(時報)문화출판사업유한공사, 1982년 참조.

못하였으며 전반적인 초월적 위치에서 중·서문화의 본질적 차이를 반성하지도 못했다. 특히 근대 서방문화를 인식하는 마음의 자세가 여전히 중국 전통문화의 우월적 지위를 회복하려는 차원에 머물러 서방문화의 역사 발전 과정과 논리적 구조를 면밀히 살피지 않았다. 때문에 이들은 진정으로 중국문화의 현대화 사명을 짊어질 수 없었으며, 이 역사적 무거운 짐은 필연코 제2세대 "선진적 중국인"의 어깨 위에 얹어지게 되었다. 루쉰은 제2세대 "선진적 중국인"의 걸출한 대표로서 그의 사상문화 방면의 일련의 주장들은 현대 중국의 사상문화계의 가장 중요한 성과 중 하나이며 중국문화의 현대화 과정에 있어서 필요한 근본적인 문제점이었다.

1.

근현대 중·서문화의 격렬한 충돌과 갈등은 중국의 전통적인 문화 컨텍스트Context, 지식체계, 가치관, 담론체계 등에 전례 없는 진동을 초래하였으며, '인仁'을 가치의 핵심으로 여기고 '충효예의'를 삶의 삼강오상三綱五常으로 간주하는 전통의 권위적 지위를 뒤흔들어 이들을 중심에서 변두리로 내몰기 시작했다. 문화체계와 구조의 특성에서 보면 전통의 의미가 상실된 근본적인 원인은 장기적으로 중국문화 발전을 주도한 중견 역량이자 중국인이 장기간 지켜온 가치 이상과 인생 신앙이었던, 농업문명의 토대 위에 수립된 유가문화가 전 세계적인 현대화 과정에서 날이 갈수록 부적응성과 정체성을 드러낼 뿐만 아니라, 전반적인 중국의 사회변천과 문화전형에, 그리고 현대화로 나아가는 중국인에게 시대적 의미를 지닌 궁극적 관심을 더 이상 제공하지 못했다는 데에 있다. 가치관의 의미의 상실은 현대 중국인의 가치취향의 위기를 초래했다 : 전통적 정신신앙 ─ 유가의 기본 도덕 가치를 핵심으로 하는 인생 가치관이 뿌리째 흔들리고, 전통적인 가치추세 ─ 유가의 의미세계가 현대인의 삶을 지탱해주지 못했다. 전통 문명의 추락은 문화정체성identity에 심각한 위기를 유발했다. 이런 위기로 현대 중국인의 정신세계는 의지할 데가 없게 되고 영혼의 다독임과 위로를 얻지 못하여 인생의 상실감, 고뇌감, 허무감, 고독감, 초조감이 끊임없이 밀려왔다. 가치 체계를 상실하고 궁극적 가치관을 잃은 현대인은 견디기 힘들 정도의 허무를 느꼈다.[2]

가치관 위기에 직면한 루쉰은 유가문화에 대해 전면적인 비판을 진행함과 동시에 중국문화의 현대적 전환 문제를 진지하게 탐구했다. 근대 서방문화의 영향을 받아 루쉰은 "인간"을 중심으로 하는 사고를 펼쳤다. 특히 인간의 정신해방, 개성해방 등의 문제에 대해 깊은 사색을 했다. 루쉰이 보기에 근대 서방의 강대함은 "그 뿌리가 인간에 있다." 때문에 중국이 낙후한 상황을 탈출하려면 문화건설에 반드시 "첫 번째로 인간을 바로 세워야 하며 인간이 바로 서야 만사가 가능해진다. (⋯중략⋯) 그렇게 되면 국민은 스스로 깨달음을 얻을 수 있게 되

2　두야취안(杜亞泉)은 이런 현상에 대하여 지적하기를 이런 상실감은 "우리의 정신생활이 의지할 데가 없어 남은 건 몸뚱아리와 미련한 생명 뿐, 물질생활만 추구한다. 때문에 권력다툼과 사치 외에 더 이상 생활의 의미가 없"게 한다. 뚜야첸(杜亞泉), 『혼란한 현대인의 마음』, 『동방잡지』 제15권 제4호, 1918년 4월 게재.

고 각자 개성을 발휘할 수 있게 되어 모래알 같은 나라가 인간의 나라로 거듭나게 된다. 인간의 나라가 건립되면 세상에 우뚝 서서 당할 자가 없다".[3] 루쉰은 장기간 봉건 전제주의 문화 사상의 옥죄임으로 인해 "중국인은 여태껏 '인간' 대접을 받아본 적이 없으며 기껏해야 노예에 지나지 않는다". 중국의 역사 역시 "노예 자리를 굳건히 지켰던 시대"와 "노예 노릇을 하려 해도 할 수 없었던 시대"의 교체 순환에 지나지 않는다. 이 "초안정"적인 역사 순환 고리를 끊고 중국 역사상 미증유의 "제3모델의 시대"[4]를 창조하려면 반드시 "입인立人"사상의 높은 차원에서 국민성을 개조하고 민족의 영혼을 수립하여 근대 중국이 전통문화의 폐단을 극복하고 "19세기 문명의 폐단을 바로 잡는" "깊고 장엄한 20세기 문명"[5]에 진입 할 수 있게 해야 하며, 중국인 역시 새로운 현대인(격)으로 "세계인"의 반열[6]에 어깨를 나란히 할 수 있게 해야 한다고 강조했다.

루쉰이 중국문화의 현대화를 '입인'사상 차원에 놓고 "인간"을 핵심으로 하는 고리를 단단히 잡고 민족문화 개조와 발전 주제를 다룬 것은 현대 서방 인문주의 사상에 기반한 것이다.[7] 현대 서방문화의 발전을 살펴보면 르네상스 시대 "인간"에 대한 재발견 이래 서방사회는 신속히 중세기 정교일체의 금욕, 전제통치의 암흑을 벗어났다. 야콥 부

---

3   루쉰, 『무덤 · 문화편향론』, 『루쉰전집』 제1권, 56~67쪽.
4   루쉰, 『무덤 · 등하만필』, 『루쉰전집』 제1권, 217쪽.
5   루쉰, 『무덤 · 문화편향론』, 『루쉰전집』 제1권, 49 · 55쪽.
6   루쉰, 『열풍 36』, 『루쉰전집』 제1권, 307쪽.
7   루쉰의 "입인"은 비록 공자의 "입인"(예를 들면 『논어』에 "기욕립이입인"(己欲立而立人 - 자신을 세우고자 한다면 다른 사람을 먼저 세워야 한다는 설이 있다)과 형식상 유사하나 사상 문화 성질상 확연히 다르다.

르크하르트^{Jacob Christoph Burckhardt}(1818~1897)는 이를 "세계의 발견"의 시기라 칭하고 그중 가장 두드러진 표지로 "인간의 발견"을 꼽았다. 세익스피어(1564~1616)가 열정적으로 "우주의 정화, 만물의 영장"이라 칭송했던 인간이란 존재는 신의 속박에서 벗어나 자신의 주인이 되었다. 인간을 재발견하고, 긍정하고, 존중하고, 존재가치와 발전, 전망을 탐구하는 인문주의 사조의 바람이 서방에서 동방으로 전세계로 휘몰아쳤다. 봉건 전제문화는 오랫동안 인간을 옥죄고 억압해 왔는데, 인간의 정신에 대한 속박과 억압에 대한 현상을 비판하기 위해 루쉰은 서방문화를 수용하는 과정에서 인간의 해방, 특히 인간의 정신해방, 개성해방에 관한 사상을 추출해 냈다. 루쉰은 "한나라 이후 언론기관은 전부 '업유業儒'(유가사상 숭상을 업으로 하는 자)들이 독점했다. 송나라 원나라 이래 특히 심했다"[8]라고 지적한 바 있다. 전통적인 문화관념상 인간은 윤리원칙의 등급 제도에 의해 분류된다. "귀천, 대소, 상하가 있고, 자신이 타인에게 능욕을 당할 수도 있고, 또 자신이 타인을 능욕할 수도 있다. 자신이 타인에게 잡아먹힐 수도 있고, 자신이 타인을 잡아먹을 수도 있다. 한 등급 한 등급 제어하여 꼼짝 달싹도 못해 반항하려 하지도 않았다." 사회 전체가 마치 "크고 작은 무수히 많은 인육 장치를 방불케 하며 이런 행태는 문명 탄생 이래 지금까지 쭉 이어져 왔으며 사람들은 이 연회장에서 먹고 먹힌다."[9] 소설 「광인일기」에서 루쉰은 더 나아가 "인의도덕"의 역사를 "사람을 잡아먹는" 역사라고 비판하였는데 이는 현재까지 중국 현대문화 범 텍스트 언어의미 중 전통

---

8 루쉰, 『무덤·나의 절렬관』, 『루쉰전집』 제1권, 122쪽.
9 루쉰, 『무덤·등하만필』, 『루쉰전집』 제1권, 215~216쪽.

문화의 어두운 특징에 대한 가장 형상적이고도 가장 심각하고 독특한 개괄이다. 여기서 알 수 있는 바와 같이 루쉰의 "입인"의 인격은 더 이상 정치, 윤리 등 외적 요인상의 도덕 의존형 인격이 아니라 인간의 주체성, 개체성을 고양한 현대문화 각성을 갖춘 새로운 독립적 인격이다. 이런 새로운 형태의 문화관념의 확립은 바로 루쉰이 20세기 중국의 결출한 사상가로서 가장 독창성이 있다는 것을 나타내며 혼신의 힘을 다하여 인간의 소외 근원을 파헤치고 인간의 진정한 출로와 최종 귀착점을 탐구하는 사상적 격정과 정신을 드러내주는 것이다.

2.

문화의 현대화의 가장 두드러진 측면은 인간의 현대화이다. 특히, 인간의 관념의 현대화인데 전통인격에서 현대인격으로 근본적인 전환을 실현하는 것이다. 알렉스·인켈스Alex·Inkeles는 "한 나라가 현대화로 발전하는 과정 중 인간은 하나의 기본적 요소이다. 한 나라란, 오직 그 나라 국민들이 현대인이고, 국민들의 심리와 행위가 모두 현대적인 인격으로 전환되고, 그 나라의 현대정치, 경제와 문화 관리기관에서 일한 사람들이 모두 현대화 발전에 상응한 현대성을 획득하였을 때 비로소 이러한 국가를 진정한 현대화 국가라고 칭할 수 있다"[10]고 말했다. 사람은 단연 문화구성 중 가장 핵심적이고 가장 활발한 요소이

---

10   알렉스·인켈스 외, 『인간의 현대화』, 인루쥔(殷陸君) 편집·번역, 청두 : 사천인민출판사, 1985, 8쪽.

다. 인간의 현대화가 문화현대화의 기본 성질을 결정한다.

루쉰의 "입인"은 인간의 현대화를 가리킨다. 루쉰은 "인간이 바로 서야 만사가 가능하다. 그 방법은 바로 개성을 존중하고 정신을 고양하는 것이다"[11]라고 지적했다. 루쉰이 보기에 "입인"은 단지 인간을 사회의 물질문화의 억압 속에서 해방시키는 것뿐만 아니라 인간(전체 국민)을 정신문화의 속박에서 벗어나게 하여 인간의 해방, 개성의 해방, 주체의식의 자각을 얻게 하는 것이다. 루쉰은 "입인"은 곧 "자신의 주인이 되고", "자신을 아는" 식의 인격독립이며 최종목적은 "대중의 깨우침"을 촉진하여 "중국도 우뚝 설 수 있는" 민족 부흥의 문화이상을 실현하고자 하는 데 있다고 강조했다.[12] 루쉰은 시종 인간의 현대화를 광범한 "사회 비평"과 "문명 비판"의 출발점과 사상인식의 토대로 삼고 여기서 인간의 현대화를 최종 목표로 하는 민족독립과 사회발전의 청사진을 그려냈다.

우선, 루쉰의 "입인"은 인간의 개성, 개체성을 기점으로 한다. 그는 인간의 "사상과 행위는 반드시 자신을 축으로 해야 하며, 자신을 최종목적으로 해야 한다 : 즉 자신의 본성을 발휘하는 것만이 절대 자유이다"[13]라고 하면서, 인간의 개성, 개체성 특징은 인간에 대한 내외적 강제 규범, 예컨대 봉건 윤리규범의 억압과 속박을 벗어나는 데 대한 일종의 충분한 긍정이라고 지적했다. 따라서 루쉰은 전통문화 중 "대중이 개인을 억압하고", "개성을 말살하고", "자아를 말살하는" 사상을

---

11   루쉰, 『무덤 · 문화편향론』, 『루쉰전집』 제1권, 57쪽.
12   루쉰, 『집외집습유보편 · 파악성론』, 『루쉰전집』 제8권, 27쪽.
13   루쉰, 『무덤 · 문화편향론』, 『루쉰전집』 제1권, 56쪽.

신랄하게 비판하였으며 개체로서의 인간은 개성이 선명한 독립적 인격 의지를 구비해야 하며 "자기 소견이 있고", "자신의 주인이 되며", "대중에 묻히지 않고", "세파에 굴하지 않는"[14] 개성적인 독립 품격을 구비해야 한다고 강조했다. 여기서 루쉰의 "인간"에 대한 개념은 구체적이고, 진실하며, 독특한 "나"이지 추상적인 "나('인간')"가 아니라는 것을 쉽게 알 수 있다.

둘째, 루쉰의 "입인"은 "나"에 대한 강조로부터 인간의 주체성, 주체의식의 자각에 대한 고도의 관심을 이끌어냈다. 루쉰은 인간의 "주관 내면세계는 객관 물질세계보다 중요하다", "정신세계가 강할수록 인생의 의미가 더욱 심오하며 개인존엄의 취지도 더욱 뚜렷하다"[15]고 보았다. 인간의 주체성, 주관성과 인간의 개성, 개체성을 유기적으로 결합시켜 고찰하는 목적은 "나"가 진정으로 인간의 존재의미를 깨우치고 나아가 인간에 대한 모든 내외적 억압과 구속을 벗어나 주체의식의 자각과 정신의 자유와 해방을 얻기 위함에 있다. 이를 위하여 루쉰은 인간이 "현실세계의 물질과 자연의 울타리를 벗어나 본연의 내면세계에 진입"[16]할 수 있어야 한다고 주장하였는데 이는 실제로 인간의 현대화 실현의 가치 척도를 제시한 것으로 볼 수 있다.

셋째, 루쉰의 "입인"은 인간의 개체의 탁월성을 인간의 현대화의 중심에 놓고 탁월한 개체가 역사에서 특수한 역할을 한 것을 강조했다. 루쉰은 니체의 "위대한 천재", "위대한 철학자"의 사상을 추앙하며 바

---

14   루쉰, 『집외집습유보편·파악성론』, 『루쉰전집』 제8권, 25쪽.
15   루쉰, 『무덤·문화편향론』, 『루쉰전집』 제1권, 55쪽.
16   위의 책, 54쪽.

이런의 "칼 하나의 힘으로 권력을 잡게 되자 국가의 법도와 사회의 도덕을 모두 멸시하는" 정신을 좋아했다. 루쉰이 보기에 개체의 탁월성 및 그 특수 역할 역시 인간의 현대화의 하나의 구체적 지수이다. 이런 탁월한 남다른 독립 인격은 "반역의 용사", "진정한 용사"가 되는 전제이며, 일단 인격의 현대적 전환을 완성하면 진정으로 "참담한 현실"과 "참담한 인생에 과감히 직면할 수 있으며"[17] 개체의 인생에 주어진 무수한 자유의 선택에 임할 수 있다. 때문에 루쉰은 탁월한 개체를 대중과 결연하게 대립시키는 니체와 달리, 다수의 깨우치지 못한 대중들로 하여금 자신의 무지를 벗어날 수 있도록 촉구하려 했다. 여기서 루쉰은 새로운 윤리 법칙을 수립했다 : 탁월한 개체 목표로 깨우치지 못한 대중을 인도하고 개조하고, 동일한 사상과 문화관념의 차원에서 국민성 개조와 민족의 영혼 재건의 역사적 중임을 떠맡을 수 있도록 하여 "대중의 각성"의 토대 위에 "중국도 우뚝 설 수 있는" 목표를 실현하는 것이다.

인간 현대화, 특히 관념의 현대화를 "입인"의 중요한 문화지향으로 하는 것은 루쉰의 문화관이 보여준 중국현대문화 건설의 새로운 인문정신이다. 인문정신이란 인간 자신의 생존상황, 운명과 미래에 대한 인식, 이해와 파악이며 인간의 존재의미에 대한 가치관의 고찰과 사색으로 표현된다. 그렇다면 루쉰이 추구한 중국문화의 현대화가 드러낸 새로운 인문정신의 내용은 인간에 대한 깊은 관심을 통하여, 특히 인간의 개성, 개체성, 주체성에 대한 사고를 통하여 중국 신문화 건설

---

17   루쉰, 『화개집속편 · 기념류화쩐』, 『루쉰전집』 제3권, 274쪽.

이 국민의 정신상태의 개조, 현대적 인격의 배양, 새로운 정신 품격을 주조鑄造하는 데에 대한 적극적인 역할을 충분히 나타내 중국 현대문화가 추구하는 인간의 정신자유와 해방, 새로운 인문가치 이상을 표현한 것이다. 루쉰은 이렇게 해야만 "중국인"이 "세계인"의 대열에서 밀려나지 않고 자신의 "행동과 생각이 외부 객관세계를 이탈하여 오로지 자신의 내면세계에서 떠오르는"[18] 정신해방과 영혼의 자유를 얻을 수 있다고 보았다. 이런 의미에서 루쉰이 추구한 인간의 현대화는 정신가치의 척도상 충분히 인간을 존중, 이해, 긍정하고 인간의 가치와 잠재능력을 발굴한 것이었다. 더불어 인간의 주관능동성을 발휘하여 인간에게 더욱 많은 자유선택과 자유 창조의 권한을 부여하는 문화철학 특성을 보여 주었으며 이는 20세기 인류 문화 발전 방향과 일치하는 사상적 특징을 드러낸 것이다.

3.

의미의 추락, 전환과 재건은 한 나라와 민족의 문화가 현대 전환시기에 종종 나타나는 정신적 현상이다. 다니엘 벨Daniel Bell(1919~2011)은 말했다. "문화 영역은 의미의 영역(realm of meanings)이다. 그것은 예술과 의식儀式을 통해 상상이란 표현방법으로 세계의 의미를 해석하며 특히, 생존의 곤경 중 생겨난 사람마다 회피 할 수 없는 '이치로 이

---

18   루쉰, 『무덤·문화편향론』, 『루쉰전집』 제1권, 53~54쪽.

해가 안 되는 문제'를 나타낸다." 그는 또한 "사회마다 어떻게든 의미 체계를 구축한다. 사람들은 이것을 통하여 자신과 세계의 관계를 나타낸다. 이 의미들이 목적을 규정하였는데 그들은 혹 신화나 의식처럼 공동 경험의 특징을 해석하거나, 인간의 마법이나 기술의 힘으로 자연을 개조한다. 이런 영역에서 의미를 상실하면 막연하고 곤혹스러운 국면을 초래한다. 이런 국면은 견딜 수가 없어 사람들로 하여금 서둘러 새로운 의미를 찾아 나서게 한다"[19]라고 말했다. "입인"을 기점으로 루쉰은 중국문화의 새로운 의미체계의 구축에 관한 문제를 검토하고 신문화가 현대화의 역사의 조류에 순응할 수 있고, 민족의 정신과 심리 수요에 대응할 수 있도록 하여 현대 중국인의 신앙세계, 가치세계와 의미세계를 지탱할 수 있도록 힘을 기울였다.

루쉰은 근대 중국사회의 실제 상황에 비추어 볼 때, 봉건 전제문화의 윤리체계를 타파하고 낙후된 전통문화 관념을 비판하며 나아가 인간 해방을 핵심으로 하는 사회진보와 민족독립 및 발전을 이루기 위해서는 확실히 근대 서구문화의 민주와 과학 사상 및 이성주의 정신이 필요하다고 판단했다. 이로써 약하고 가난한 중국으로 하여금 하루 속히 곤궁한 국면에서 벗어나 부강과 번영의 길로 나아가게 할 수 있다고 보았다. 그러나 중국 문화 현대화의 정신문명 건설이란 측면에서 보자면, 민주와 과학을 정신가치 척도로 여기는 현대 이성문화는 진정으로 한 개인, 한 민족 내지 전체 인류의 궁극적 관심을 구성할 수 없으며 정신적 차원에서 속세의 인간에게 온전한 의미세계를 제공할 수 없

---

19 다니엘 벨(Daniel Bell), 저우이판(趙─帆) 외역, 『자본주의 문화 모순(The Cultural Contradictions of Capitalism)』, 베이징 : 생활·독서·신지싼롄서점, 1989, 30·197쪽.

다. 때문에 근대 서방문화, 특히 19세기 말 20세기 초에 발생한 비이성주의 주도의 서방 현대주의 문화 사조의 영향을 받은 루쉰은 단일한 이성주의 문화 사조의 각종 한계와 폐단을 인식했다. 특히 근대 중국 사회변혁의 실제상황과 결부하여 이성문화의 기능을 살펴 볼 때 "전 국민이 오로지 지식만 숭상한다면 인생은 필연코 메말라만 간다"[20]는 현상을 발견했다. 루쉰은 과도한 이성의 확장은 "모든 사물이 물질화 되어 정신은 나날이 타락하고 그 목적은 비속으로 흘렀다. 사람들은 오직 물질세계만 추구하고 주관적인 내면의 정신은 버려두고 성찰하지 않았다. 외부 객관세계만 중시하고 내적 주관세계를 버리게 되어 수많은 대중들은 물욕에만 눈이 멀어 사회는 피폐해지고 진보는 멈추었다. 그리하여 모든 허위와 간사한 죄악이 이를 틈타 자라남으로써 인간의 성령性靈은 점점 빛을 잃어 가는"[21] 결과를 초래할 수도 있으며, 따라서 인간의 정신신앙을 무너뜨려 인생의 가치를 떨어뜨리고, 인간을 이상과 신념, 신앙 상실의 곤경에 빠뜨릴 수 있다고 보았다. 때문에 루쉰은 "입인"의 사상차원에서 현대 중국인의 새로운 의미체계(궁극적 관심) 구축에 대하여 진지한 사고와 검토를 진행했다. 그의 목적은 아주 명확하다. 중국 문화의 현대화를 추구하려면 반드시 현대 중국인의 내면세계에 신성불가침의 모든 내외적 강제규범의 속박을 벗어나, 더이상 전통적인 "인"을 핵심가치 이념으로 여기지 않고 "충, 효, 예, 의"를 인생의 강령으로 삼는 권위적 제약을 받지 않을 수 있는 자주적 힘을 길러야 한다는 것이다. 그리하여 매 독립적 개체가 정신영역의 진

---

20 루쉰, 『무덤·과학사교편』, 『루쉰전집』 제1권, 35쪽.
21 루쉰, 『무덤·문화편향론』, 『루쉰전집』 제1권, 53쪽.

정한 자유와 해방을 얻을 수 있도록 해야 한다고 주장했다. 동시에 진정한 자신만의 정신적 영지와 숭고한 정신신앙을 수립하여 충실한 내면 체험을 획득하니 "정신현상이야말로 인류생활의 극점이며, 정신의 빛을 발휘하지 못하면 인생에서 무의미하다는 것을 알게 된다. 개인의 인격을 확장하는 것이 인생에서 가장 중요하다"[22]라는 이상적 인생의 경계에 도달하게 하는 것이다. 루쉰에게 있어서 이런 이상적 인생 경지는 바로 인간이 세속에 반항하고, 일체 내외적 속박에 반항한 필연적 결과이다. 이는 매 독립적 개체로 하여금 정신적 피안彼岸에 도달하는 과정 중 시종 숭고한 정신신앙을 갖도록 하며 이로써 가치관 세계로부터 오는 끊이지 않는 신념과 역량의 지원을 받도록 한 것이다.

이런 문화현대화의 이념에 기반하여 루쉰은 각별히 인간의 "내면의 빛"[23]을 중시했다. 즉 인간의 개성, 개체성과 주체성 건설을 지존至尊의 위치에 끌어 올리고 그것을 일종의 자유로 보는 동시에 자유를 누리는 인간에 대한 "형이상학적 욕구"를 규정했다. 그는 이런 새로운 가치관 체계를 구축해야 만이 인간의 해방, 인간의 정신 해방의 진정한 실현을 기대할 수 있다고 보았다. 중국문화 발전의 실제 상황에 근거하여 루쉰은 종교, 미육美育과 도덕 등 여러 방면의 특수 효능에 대하여 각각 진지한 고찰을 진행했다.

루쉰은 종교는 "물질생활"을 초월하는 "형이상학적 욕구"로서 "정신적 추구가 있는 민족이 상대적으로 유한한 현실세계를 초월하여 무한한 절대지상의 정신세계를 지향하는"[24] 것이라고 보았다. 루쉰은 종

---

22   위의 책, 54쪽.
23   루쉰, 『집외집습유보편·파악성론』, 『루쉰전집』 제8권, 27쪽.

교는 정신을 바로잡고 지조를 도야시켜 이성이 대체할 수 없는 효능을 갖고 있다고 보았다. 그는 "중세기에 종교가 폭발적으로 흥기하여 과학을 억압함으로써 사태가 놀랄 만한 지경에 이르렀으나, 사회정신은 이로 인해 정화, 감화, 도야되어, 아름다운 꽃을 피웠던 것이다. 이천 년 동안 그 빛깔은 더욱 두드러졌다"[25]고 지적했다. 가령, 이성이 끝내 심령의 암호코드를 해독해내지 못하고 인간의 정신신앙을 지탱해내지 못한다면, 이성의 한계는 궁극적 관심 따위에서 비롯된 정신신앙으로 보완하는 수밖에 없다고 보았다. 이런 면에서 종교는 자연적으로 그 특수한 효능을 갖고 있다.

프랑스 학자 토크빌Alexis-Charles-Henri Clérel de Tocqueville(1805~1859)은 "인간이 신앙이 없으면 필연코 노역을 당하며, 자유를 누리려면 반드시 종교를 신봉해야 한다"[26]고 말했다. 루쉰도 이 점을 간파하고 "인간의 마음은 반드시 의지할 곳이 있어야 하며 신앙이 없으면 지탱할 수 없으며 종교의 탄생은 불가피하다"[27]고 지적했다. 물론 루쉰의 종교에 대한 중시가 문화현대화에 종교를 제창하자는 것은 아니다. 그 진정한 목적은 종교의 특수한 정신적 효능에 대한 검토를 통하여 인간이 해방을 맞고, 정신해방을 맞는 동시에 반드시 자신의 신앙을 확립하여 드넓은 정신세계에서 인생의 진취심과 강력한 인격역량을 유지할 수 있도록 하는 것이다. 또한, 세속 공리의 얽힘을 물리치고 진, 선, 미의 추구를 최고 목적으로 하여 사상탐색의 순수성, 엄숙성, 신성성을

24　루쉰, 『집외집습유보편·파악성론』, 『루쉰전집』 제8권, 27쪽.
25　루쉰, 『무덤·과학사교편』, 『루쉰전집』 제1권, 28~29쪽.
26　토크빌, 둥궈량(董果良) 역, 『미국의 민주를 논함』, 상우인서관, 1988, 539쪽.
27　루쉰, 『집외집습유보편·파악성론』, 『루쉰전집』 제8권, 27쪽.

유지하고 인성의 순결함과 향상성을 더 한층 촉진하고자 하는 데 있다. 루쉰은 독립적이고, 자유로운 인간이 이런 정신적 초월 영역을 지니고 숭고한 정신신앙을 갖기만 한다면 진정으로 속세의 유혹을 물리치고 자유 선택의 권리를 행사할 수 있을 것이라고 확신했다.

예술(미육)에 관하여 살펴보자면, 루쉰은 예술이 인간의 심령, 심성의 도야와 순화에 중요한 역할을 한다고 주장했다. 그는 예술美育의 효능은 "사람들의 성정을 움직여" 인간으로 하여금 "성실, 위대, 강력함, 과감함의 영역으로 나가"도록 하며, 또한 "우리의 성정을 찬미하고 우리의 사상을 숭고하게 하면", "인간의 마음과 정신을 함양"[28]시킬 수 있다. 심지어 "문화를 표현할 수도 있고", "도덕을 보조할 수도 있으며", "경제에도 도움이 된다"[29]고 주장했다. 비록 루쉰은 예술美育의 효능에 대한 인식상 "초공리"의 미학관을 보여주었지만 그는 예술이 심성과 감정을 도야하고 순화시킬 수 있는 만큼 그 역시 인간이 내면의 자유와 정신해방을 얻을 수 있는 중요한 방식 중 하나이며, 가치 허무주의와 정신 퇴폐를 피할 수 있는 중요한 방식 중 하나라는 점에 주의를 기울였다. 루쉰은 예술(미육)이 인간의 정신상태를 개조할 수 있다는 인식을 시종 굽히지 않았다. 그가 "의학을 포기하고 문학에 종사"하는 결정을 내린 것 역시 바로 예술의 이런 특수 효능에 대한 인식이 중요한 원인 중 하나이다. 그는 "우리의 급선무는 그들의 정신을 개조하는 것이다. 정신개조에 가장 적합한 것이 그때는 당연히 문예라고

---

28 루쉰, 『무덤 · 악마주의 시의 힘』, 『루쉰전집』 제1권, 69쪽.
29 루쉰, 『집외집습유보편 · 미술배포 의견서초안(擬播布美術意見書)』, 『루쉰전집』 제8권, 47쪽.

믿었다"[30]고 말했다.

예술美育을 궁극적인 관심체계 속으로 받아들여 인식하였던 것인 바, 루쉰은 실제로 최종적으로 정신적 노예에서 벗어나 우매하고 마비된 미각성 상태에서 걸어 나와 '정신계의 전사', '명철한 선비'로 거듭나도록 방향을 분명히 제시해주었다.

도덕에 관하여 살펴보자면, 루쉰은 도덕이 인간의 가치관 구축 중 인간의 주체성을 고양하는 데 중요한 효능을 발휘했다고 보았다. 장타이옌章太炎의 영향을 받아 루쉰 역시 중국 농부의 도덕은 "기품을 잃지 않았으며", "사대부"의 도덕은 "정신은 이미 질식되고 천박한 공리사상만 숭상한다"[31]고 지적한 바 있다. 표면적으로는 루쉰의 도덕관과 그의 현대문화의식이 엇갈리는 것 같지만 그 내용을 깊이 들여다보면 농부의 순박한 도덕에 대한 찬사의 진정한 함의는 현대화 과정 중에 나타난 "자신의 사욕을 채우면서 실정이 어떠한지도 돌아보지 않고, 직권이나 논의를 오로지 벼슬만을 향해 내달리는 무리", "부강富强을 도모한다는 이름을 빌려서 지사志士라는 영예를 떨칠 수 있을 것이며, 설령 불행을 당하여 종묘사직이 폐허가 되더라도 자금이 많으므로 안락하게 살아갈 수 있는" 선비, 그리고 "비록 투구를 깊숙이 쓰고 얼굴을 감추고 있어 그 위세는 능가할 수 없을 듯 하지만 벼슬을 구하고자 하는 기색이 진정 겉으로 생생하게 드러나는"[32] 자들의 도덕성에 대한 질책과 공격에 있다. 루쉰은 공리만 쫓아가는 도덕관은 "입인"의 사상

---

30   루쉰, 『외침 · 자서』, 『루쉰전집』 제1권, 417쪽.
31   루쉰, 『집외집습유보편 · 파악성론』, 『루쉰전집』 제8권, 28쪽.
32   루쉰, 『무덤 · 문화편향론』, 『루쉰전집』 제1권, 45쪽.

원칙과 실천에 어긋난다고 생각했다. "입인"이 인간의 해방을 위한 것인 만큼 각 독립적 개체는 모두 깊은 자아의식 능력을 갖춘 인간이 되기를 요구하며, 그렇다면 필연코 각 독립적 개체가 모두 일체 공리심功利心의 속박을 초월하여 확고한 정신신앙과 충분히 발달한 개성으로 심령의 자유의 경지에 이르러 "최고의 도덕" 모범을 보여 줄 수 있어야 한다고 보았다. 때문에 루쉰은 "입인" 주장과 상응한 신도덕 준칙의 수립을 궁극적인 관심체계에 편입하였는데 그 의도는 독립개체가 반드시 시시각각 정신적 독립적인 품격을 유지하고 각종 속세의 행태와 거리를 둠으로써 현실을 비판하고, 국민성을 개조하는 역사적 중임을 떠맡아 역사가 부여한 개체의 신성한 사명을 완수하여 개체로서의 사회에 대한 숭고한 책임감을 충분히 다 하기를 요구하는 데 있다.

4.

문화의 현대화는 가치의 단순전환이 아니라 새로운 "정신의 의미세계universe of meaning"를 구성하여 한편으로는 인간의 일상 행위와 판단의 도덕기준으로, 다른 한편으로는 인간의 정신적 지침이 되어 인간의 문화적 정체성 인식에 도움을 줄 뿐만 아니라 우주와 인생에 대한 전면적인 해석으로 그 속에서 생명의 방향과 의미를 깨닫게 하는 것이다. 루쉰이 중국문화의 현대화를 위하여 "입인"의 사상차원에서 가치관 수립을 탐색한 것은 중국문화현대화의 방향을 확립하는 데 있어서 극히 건설적이다.

루쉰은 동시대인들과 비할 수 없는 우환의식과 역사적 사명감, 사회적 책임감을 품고서 이 일에 힘썼다. 전통적인 의미세계의 붕괴, 현대화과정에서 이성의 팽창과 물질지상주의의 출현, 이로써 초래된 인문가치의 상실 등의 현상에 직면하여, 중국문화의 새로운 의미체계를 수립하고자 하였던 루쉰의 착안점은 인간 자신, 인간의 존재가치 및 모든 민족과 인류 발전의 전망 등의 여러 정신 문제에 대한 진지한 탐구였다. 천두슈陳獨秀, 후스胡適 등을 대표로 하는 '5·4' 지식인들이 "민주"와 "과학" 차원의 의미체계 수립을 과도하게 강조하는 것과 달리, 또 장쥔마이張君勱(1887~1969), 슝스리熊十力(1885~1968) 등 신유학가들이 유학전통으로의 회귀 속에서 새로운 의미체계를 수립하려는 시도와도 다르게, 루쉰의 특색은 격렬한 반전통 속에 "민주"와 "과학"의 가치관 수립을 적극적으로 인정하면서 이것이 낙후된 중국을 구원하고 치유할 수 있다고 여겼지만 동시에 이러한 도구적인 이성에 대한 관심이 '형이상학적 요구'를 충족시킬 길이 없음으로 말미암아 새로운 가치의 동요를 가져오거나 전체 문화의 존재론적 실망을 야기함으로써 새로운 의미의 위기현상을 초래하지 않도록 하기 위해, '민주'와 '과학'을 궁극적으로 관심을 가져야 할 가치를 지닌 새로운 우상으로 삼자고 주장하지는 않았다. 동시에 창조적으로 전통문화 요소를 전환하는 과정에서 루쉰은 단일한 도덕자체의 가치관 수립을 고수하지 않고, 일체 내외적 속박 등 강제적 규범을 벗어나 인간으로 하여금 생명의 진정한 가치와 의미를 깨닫고 현대적 의미의 새로운 인생경지를 개척할 수 있도록 인간자체의 가치로 회귀하는 의미에서 인간의 해방, 특히 인간의 정신의 해방, 개성 해방과 심령의 자유를 추구하도록 했다.

루쉰의 중국문화 현대화에 대한 사고 및 그가 제기한 사상과 주장을 근현대 중국 사회변천과 문화전환이라는 특정 역사 맥락에서 고찰해보면 루쉰의 "입인" 및 새로운 궁극적 의미의 수립은 20세기 중국문화 발전과 전체 세계문화 발전의 필연적 연계를 체현했다고 본다. 바꾸어 말하면 루쉰은 세계범위의 현대화 조류에 순응하면서 중국문화의 현대화를 위하여 "외적으로 세계 조류에 뒤처지지 않고, 내적으로 고유의 혈맥을 이어가는"[33] 발전 경로를 탐색했다. 바로 이런 점에서 루쉰의 문화주장이 사람들에게 주는 계시는 상당히 의미 깊다. 즉 중국문화의 현대화는 무엇이 주체고, 무엇이 효능이고, 무엇이 정도正道고, 무엇이 도구인가 하는 기술적인 차원의 검토에 머무르지 않았다. 가장 중요한 문제는 어떻게 전통과 근대서방문화의 한계를 초월하고 전체 현대화 역사의 진행 과정에 부합되며 본 민족의 문화특성이 풍부한 새로운 문화이상 및 그 핵심가치관을 수립하느냐, "입인"의 사상위에 어떻게 이런 문화이상과 일치한 새로운 인격(현대독립인격)을 수립하느냐에 있다고 보았다. 루쉰은 오로지 가치관념의 현대적 근본 전환을 완성해야만 전 중국인은 근대이후 수동적으로 얻어맞기만 하는 국면을 벗어날 수 있으며 전통문화의 낙후된 곤경에서 빠져나와 진정으로 "세계인"의 행렬에 어깨를 나란히 할 수 있다고 보았다. 의심할 바 없이 루쉰의 문화적 사고는 유구한 역사와 문화전통을 소유한 예지睿智의 중화민족이 노역과 고난을 벗어나 현대화로 매진하고 새로운 문화를 수립하고자 하는 결심, 그리고 정신적 초월을 실현하고자 하

33　루쉰, 『무덤·문화편향론』, 『루쉰전집』 제1권, 56쪽.

는 갈망과 신념을 드러낸 것이다. 이처럼 중국의 문화사, 사상사에 있어서 루쉰의 기여는 매우 독특한 것이다.

루쉰 미학 사상의 현대성 가치

현대성은 계몽시대 이래 새로운 세계체계의 탄생과 더불어 지속적으로 진보하고, 인류발전이라는 목적을 반영하는 가치이념이다. 중국에서는 현대 민족국가 독립과 인간해방사상의 광범위한 전파와 더불어 현대성 가치는 항상 어떻게 빈곤을 탈출할 것인지에 있다. 동시에 민주와 과학, 자유에 매진하여 인간의 해방을 추구하고 민족독립을 실현하며 국가 부강의 목표를 실현하는 데 있다. 사상문화의 차원에서 말하자면 그 목적은 더욱 더 "마음 놓고 대담하고 용감하게, 가급적 많은 신문화를 흡수"[1] 할 수 있게 하고, 글로벌한 현대문명 가치이념으로 중국 전통을 바라볼 수 있도록 "외국의 우수한 기준을 차용하되 독자적으로 발휘하고" "중국의 유산에서 좋은 것을 선택하여 새로운 것을 융합하여"[2] 새로운 문화와 미학 가치체계를 재건하고 새로운

---

1   루쉰, 『무덤·거울을 보고 생각한다』, 『루쉰전집』 제1권, 베이징 : 인민문학출판사, 1981, 200쪽.

가치관체계를 수립할 수 있도록 하는 것이다. 이런 현대적 가치이념에 기반하여 루쉰은 글로벌 문화 충격 속의 중국전통문화는 적합하지 못한 많은 특징을 드러내고 있으며 오직 혁명적인 개조를 진행해야만 비로소 세계발전의 주류에 뒤처지지 않는다는 것을 깊이 깨달았다. 루쉰의 관심은 어떻게 하면 "외적으로 세계조류에 뒤처지지 않고 내적으로 고유의 혈맥을 이어갈 수 있는"[3] 현대적인 노선을 탐색하여 "중국 역사상 미증유의 제3모델의 시대"[4]를 창조할 것인가 하는 것이었다. 그는 중국문화와 미학의 새로운 가치체계, 의의있는 체계를 재건하는 것이 중요한 문제라고 보았다.

1.

위르겐 하버마스Jürgen Habermas(1929~)는 현대성의 특징을 다음과 같이 말했다. "'지금 바로 여기의' 혁명, 진보, 해방, 발전, 위기 및 시대정신 등과 마찬가지로 모두 다 동태적 개념이라고 했다. 즉 현대성은 더 이상 다른 어느 시대의 패턴으로부터 자신의 위치를 결정하는 기준을 찾지 않으며 자체 속에서 규범을 만든다. 현대성이란 조금도 예외없이 자체를 돌아보는 것이다."[5] 근대 이래 나날이 저물어 가는

---

2   루쉰, 『차개정 잡문·『목각화가 걸어온 길을 더듬어』의 머리말』, 『루쉰전집』 제6권, 48쪽.
3   루쉰, 『무덤·문화편향론』, 『루쉰전집』 제1권, 56쪽.
4   루쉰, 『무덤·등하만필』, 『루쉰전집』 제1권, 213쪽.
5   Jurgon Habermas, *The Philosophical DIscourse of Modernity*, Cambridge : Polity

전통가치체계와 가치관에 대하여 중국 현대적 가치관의 수립은 먼저 낡은 전통을 대담하게 부정하는 것이다. 루쉰은 "일체의 전통사상과 수법을 무너뜨리는 맹장이 없다면 중국은 진정한 신문화예술이 있을 수 없다"[6]했고, 반드시 문화 반성과 비판 중 새로운 미학 출발점을 확립해야만 비로소 진정으로 전통 심미의식의 현대적 전환을 추진할 수 있다고 강조했다. 루쉰은 중국문화와 미학의 현대적 가치 수립의 지향은 자아확증적인 현대 주체 속에서 새로운 심미 주체로 하여금 현대적 자유로 나아가게끔 추진하려는 것이라고 생각했다.

루쉰이 보기에 농경문화 토대위에 구축된 중국 전통문화와 미학의 심미가치체계는 "중용"이라는 조화의 이념으로 사람을 "차분하고, 연약"하게 하는 심미가치계통을 세웠다. 이것은 전통적인 사회공동체 속에서 "중화미中和美"의 고전적 운치와 심미적 이상을 표현하였으나 전 세계가 급격한 변혁과 문화전환의 시기에 처해 있는 현시점에서 점차 기존의 심미적 활력을 잃었다. 루쉰은 "우리 대다수의 국민은 정말 차분하여 희노애락이 전혀 얼굴에 드러나지 않는다. 하물며 그들이 열기와 열정을 토로하기를 바랄 수 있겠는가",[7] "인민은 한결같이 차분하다. 그 어떤 전단지가 내려와도 괜찮다. 그러나 마음속에는 역시 생각이 있다. 그들을 옛 모습으로 돌아가게 하거나 적어도 현상태를 유지하게 하는 것이다"[8]라고 지적한 바 있다. 루쉰은 국민의 이런 성격과 심리의 형성은 "옛 사람의 전통적인 교훈과 밀접한 관계가 있다"

    press, 1987, p.7.
6   루쉰, 『무덤 · 눈을 똑똑히 뜨고 봄』, 『루쉰전집』 제1권, 241쪽.
7   루쉰, 『집외집습유 · 중산선생 서거후 일주년』, 『루쉰전집』 제7권, 293쪽.
8   루쉰, 『서신집 · 331002 · 야오커에게』, 『루쉰전집』 제12권, 230쪽.

고 보았다. "옛 교훈이 가르치는 이런 생활법이 행동하지 못하도록 사람을 교육시켰다." 마치 서당 선생님이 어린이 가르치듯이 "한결같이 애들에게 분노, 슬픔을 불허하고 즐거움도 불허한다". 때문에 중국은 "소년조차 어른스럽고 노인이 되면 당연히 노숙해진다". 이에 루쉰은 "중국은 아마도 너무 늙은 게 아닌가"[9]라고 한탄했다.

"소년조차 어른스러운" 심미심리가 초래된 것은 "내면을 향해 활로를 찾는" 일종의 "중화中和"적인 심미의식이다. 현대사회에 들어서자 이것은 적극적 진취와 생기발랄, 활력 넘치는 정신 기질과 창조 품격의 부족으로 나타난다. 특히, 강대한 공업문명이 드러낸 "힘의 아름다움" 앞에 이런 정적인 "중화미中和美"는 심미 생동감과 창조 활력이 부족해 보인다. 『청소년 필독서』에서 루쉰은 청년들에게 "중국서적을 적게—혹은 아예 읽지 말고 외국서적을 많이 읽을 것"을 권장했다. 비록 말이 좀 격하고 편파적이긴 하지만 전통 심미의식에 대한 대담한 부정과 비판 정신만은 뚜렷하다. 그는 "공자와 맹자의 책"은 가장 일찍 읽었지만 "그와 아무 상관이 없다"고 말하면서 그의 이런 체험은 "많은 고통을 대가로 얻은 진심어린 말이며 절대 일시적인 쾌감을 위한 것이나 우스개 혹은 격분에 찬 말이 아니다"[10]라고 밝혔다.

전통문화와 심미의식의 반성과 비판으로 보아 루쉰의 미학사상의 형성은 근대 서방문화와 미학사상의 영향을 많이 받았으며 세계 발전의 주류 트렌드와 일치한 현대성 가치이념을 나타낸다. 일찍이 『스파르타의 영혼』을 쓸 때부터 그는 죽을지언정 굴하지 않는 스파르타 정

---

9   루쉰, 『양지서·4』, 『루쉰전집』 제11권, 20쪽.
10   루쉰, 『무덤·『무덤』뒤에 쓰다』, 『루쉰전집』 제1권, 286쪽.

신을 고취했다. 『문화편향론』, 『악마주의 시의 힘』에서 "강인불굴"하고, "자연과 속세에 맞서는", "반항에 뜻을 두고 행동을 지향하는" 악마주의 시인을 크게 추앙했다. 루쉰은 바이런의 작품에 나오는 주인공들의 "앞길을 가로 막는 모든 것에 반항하고 이상을 위하여 과감히 행동하며 상무尚武, 자존, 호전"적인 상도常道를 위배하는 정신과 "한 자루 검이 그의 권력이요, 국법과 사회도덕 따윈 경시"하는 독립정신을 찬양했다. "그러므로 그의 일생은 광풍노도처럼 모든 허위허식과 악습을 깡그리 휩쓸어 버리고, 앞뒤를 견주며 우유부단하지 않고, 억누를 수 없는 충만한 투지로 승리의 순간까지 전투를 멈추지 않고, 전사할지언정 투쟁의 정신을 잃지 않았다"며 바이런의 생애를 높이 평가했다. 그리고 니체의 이상을 "강력한 의지력이 거의 신에 가까운 초인"이라고 높이 찬양했다. 루쉰은 고전스타일의 "부드럽고" "잔잔한" 소리를 평생 싫어했다. 그는 굴원屈原(BC 343?~BC278?)이 비록 감히 "거리낌 없이 말"은 했지만 "대개 화려하고 처량한 목소리뿐, 반항과 도전은 전편 어디에도 찾아 볼 수 없어 후세에 큰 감동을 줄 수 없다"고 비판했다. "그의 『이소』는 그냥 도움을 받지 못한 데 대한 불평이다"[11]라고 비평했다. 루쉰은 전통 심미의식의 "안정적인" 미학패턴, 예컨대 "대단원大團圓", "십경병十景病", "유형화類型化" 등에 강한 불만을 토로했다. 그는 "안정적인" 미학패턴은 국민을 "감추고", "속이는" 기형적인 심미심리를 조성하여 "기묘한 도주로"를 만들어 내고 국민성의 "타락"은 나날이 심해졌다고 보았다. 『눈을 똑똑히 뜨고 봄』에서 루쉰

---

11   이상 출처를 밝히지 않은 인용문은 루쉰의 『문화편향론』, 『악마주의 시의 힘』 등 문장 참조 바람.

은 "중국의 문인은 인생에 대하여 ─ 적어도 사회현상에 대하여 종래로 직시하는 용기가 없었다. (…중략…) 만사에 눈을 감고 자신을 속이고 타인도 속였다. 그 방법은 감추는 것과 속이는 것이다"[12]라고 지적했다.

현대적인 가치 기준을 말하자면, 루쉰은 전통적인 "중용"과 "조화"의 "차분하고" "연약한" 심미심리를 타파하는 데에는 서방문화와 미학의 "요동치며" "불안한" 미학 요소를 끌어들여야 한다고 생각했다. 그는 서방문화는 "항상 깊이 있고 그윽한 상태에 있고 인간의 마음은 만족하지 않는다"고 지적했다. 그는 또 18, 19세기 서방 문화와 예술을 예로 들었다. "19세기 이후의 문화예술은 18세기 이전의 문화예술과 크게 다르다. 18세기의 영국소설은 그 목적이 대개 부인들과 아가씨들의 소일거리를 제공함에 있으며 내용도 유쾌하고 재치있는 이야기들이다. 19세기 후반에 들어 완전히 인생문제와 밀접한 관계가 있는 걸로 변했다. 우리가 읽었을 때, 상당히 불편하게 느껴지지만 숨죽여 가며 읽어 내려가게 된다."[13] 루쉰이 "요동치는", "불안한" 미학 요소, 특히 "항상 반항하고", "반드시 행동하며", "상무尚武적"인 가치 요소들을 도입하여 "호방하고 자유로운 위대한 정신"을 발전시키고자 한 것은 실제로 현대성이 발의되고 수립하고자 하는 새로운 민족국가의 "숭고"한 미학 가치, 미학 이상과 일치한다. 따라서 그는 전통 심미의식의 울타리를 타파하고 모든 낡아빠진 법과 악습을 쓸어내어 "입인立人"의 목적을 달성할 수 있다고 보았다. 즉 인간의 해방, 민족독립

---

12 루쉰, 『무덤·눈을 똑똑히 뜨고 봄』, 『루쉰전집』 제1권, 238쪽.
13 루쉰, 『집외집·문예와 정치의 갈림길』, 『루쉰전집』 제7권, 118쪽.

의 이상, 신문화와 신문학의 창립을 이루어 낼 수 있다고 간주했던 것이다. 루쉰은 "대호맹진大呼猛進하라, 발에 걸리는 낡은 궤도를 통째로든 조각이든 몽땅 걷어내고" 일체 권위와 우상을 무시하고 진보를 저해하는 것이라면 "고금, 인귀人鬼는 물론 『삼전三典』 『오전五典』 백송천원百宋千元, 천구하도天球河圖, 금인옥불金人玉佛, 조상으로부터 전해 온 비법으로 만든 환약 가루약, 비법으로 달인 고약이든 가릴 것 없이 모조리 타파하자"[14]라고 역설했다.

루쉰은 "타파"의 방식으로 전통을 부정하고 비판했지만 진정한 목적은 새로운 가치체계의 수립에 대한 "세움"에 있었다. "타파하지 않으면 "세우는 것"이 불가능하니 "타파"가 급선무이고 "세움"은 그 다음이었다. 그가 구리야가와하쿠손川白村(1880~1923)의 『고민의 상징』을 번역할 때 지적했듯이 "타파"의 목적은 "노예근성을 제거"하여 모든 멍에와 속박에서 벗어나 새로운 문화예술의 "세움"을 실현하고 새로운 미학원칙의 현대성 가치 이념을 수립하려는 데 있었다.

2.

현대성은 모순으로 충만된 복합체이다. 특히 현대화 과정 중 두드러지게 나타난 이성화, 도구화 등의 현상은 그 문화와 심미적 요구 사이에 종종 일종의 긴장관계를 형성한다. 칼리네스쿠Matei Calinescu(1934

---

[14] 루쉰, 『화개집 · 홀연히 생각하다 · 6』, 『루쉰전집』 제3권, 45쪽.

~2009)는 "두 가지 현대성"의 충돌로 이런 현상을 해석하였는데 즉, 한 가지는 "서방 문명사의 한 단계로서의 현대성", 다른 한 가지는 "미학 개념으로서의 현대성"으로, 이것은 현대성 내부의 장력張力을 구성한다.[15] 중국 심미의식을 전통에서 현대성으로 전환하는 과정에서 루쉰은 독창성 있는 미학사상체계를 수립했다. 호메로스의 "위대한 문장"에 대한 찬양과 감탄, "반항의 뜻을 품은" 악마주의 시인의 소개, "힘 있고 웅대한" "힘의 아름다움"을 힘써 제창하는 데서부터 루쉰의 미학사상은 전반적으로 일종의 "숭고"한 성질의 현대 미학사상을 나타낸다는 것을 어렵지 않게 알 수 있다. 소위 "숭고"한 성질의 미학사상은 전통적인 "중용", "조화"를 의미와 가치내용으로 하는 "중화中和" 미학사상에 상대적으로 빗대어 말하는 것이다. 전통적인 "중화" 미학사상이 "균등", "대칭", "안정", "조화" 등 질서화의 심미구조를 추앙한다면 "숭고"한 성질의 미학사상은 "대립", "충돌", "요동", "변이" 등 무질서화의 심미구조를 강조한다. 특히 심미 감수에서 절실한 느낌과 기쁨愉悅, 자유와 억압, 속박과 해방 등 대립 충돌적 복잡한 감정의 혼합complex을 강조하여 "숭고함"을 특징으로 하는 미학이상을 두드러지게 하며, 현대인의 복잡하고 광막한 심령세계에 대응하여 현대인의 다원적 가치욕구와 자유의지를 반영한다. 쉴러가 지적했듯이 "숭고함"은 인간의 자유를 나타낸다. 왜냐하면 인간의 감성본성과 이성본성은 일종의 부조화와 모순으로 대립과 투쟁의 특성을 나타낸다. 그런데 "숭고함"을 추구하는 것은 객체와 주체의 두 본성의 같지 않은

---

15 칼리네스쿠(Matei Calinescu), 구아이빈(顧愛彬) 외역, 『모더니티의 다섯 얼굴들』, 베이징 : 상우인서관, 2002, 47쪽 참조.

관계 중 인간의 자유에 대한 심미추구를 나타내기 때문이다. "미美는 자유의 표현이다. (…중략…) 우리가 인간으로서 자연 자체에서 충분히 향유한 자유의 표현이다. 우리는 미의 영역에서 자신의 자유를 만끽한다. 그것은 감성충동은 이성의 법칙에 적응하기 때문이며, 우리가 숭고함에 대하여 자신의 자유를 만끽하는 것은 감성충동이 이성의 입법에 영향을 미치지 않기 때문이다."[16] 루쉰의 미학사상은 이런 현대성 가치취향을 나타냈으며 전반적으로 "숭고"한 성격의 미학사상적 특징을 드러낸다.

"숭고한" 성격의 미학사상은 현대성 계몽의 보급에 입각함과 동시에 현대성 계몽의 폐단에 대한 반성과 비판에 입각하여 심미에 대한 현대성 추앙을 표현하고 심미가 현대화 진행 과정 중 더욱 중요한 역할을 분담해야 한다고 강조한다. 막스·베버Max Weber(1864~1920)의 말을 빌리자면 심미를 통하여 현대사회에 일종의 세속적 "구원"을 제공한다는 것이다. "환등기 사건"으로 "의학을 포기하고 문학에 종사"하겠다고 결정한 후, 중국전통과 현실을 바라보는 루쉰의 시각은 심각한 변화를 일으켰다. 그는 문학예술을 국민들의 정신을 점화하는 불씨로 삼고 이로써 "인생을 위한" 미학관과 문화예술 창작관을 확립했다. 그는 "'무엇을 위하여' 소설을 쓰냐고 한다면 나는 여전히 십여 년 전의 '계몽주의'를 견지하며 반드시 '인생을 위하여' 그리고 이 인생을 개량해야 한다고 본다"[17]라고 밝혔다. 계몽주의 목적을 안고 "인

---

16   쉴러, 『숭고함을 논함』, 장쿵양(蔣孔陽)·주리위안(朱立元) 주편, 『서방 미학 통사』(제4권), 상하이 : 문예출판사, 1999, 413~414쪽 인용함.
17   루쉰, 『남강북조집·어떻게 소설을 쓸 것인가』, 『루쉰전집』 제4권, 512쪽.

생을 위한" 문학창작을 전개한 루쉰은 시종 국민의 정신적 고통과 심리적 질병을 살피는데 초점을 맞추고 현대 인생관 가치구조의 미학원칙을 표현했다. 그는 전통적 "중화" 미학은 인생의 병고와 모순을 회피하며 "감추고" "속이는" 기형의 심미심리를 발생, 초래한다고 비판했다. 『눈을 똑똑히 뜨고 봄』에서 이런 현상을 서술하면서 "아무런 문제도, 결함도 불평도 없으니 해결할 것도 개혁할 것도 없으며 반항할 것도 없다. 어찌되었건 모든 것이 마침내 '원만'하게 끝을 맺으니 우리는 초조해 할 필요가 없다 — 마음 편히 차나 마시고 잠이나 자는 게 최선이다"라고 꼬집었다. "감추고" "속이는" 기형적 심미심리의 발생은 실제로 인생의 가치를 포기하는 것이다. "비극"과 "희극"의 가치를 논술하는 장면에서 루쉰은 "비극은 인생의 가치 있는 것들의 파멸을 인간에게 보여주는 것이고" "희극은 가치가 없는 것들을 파멸시켜 인간에게 보여 주는 것"[18]이라고 선명하게 밝혔다. 가치구축 원칙을 심미 범주에 도입하여 "숭고함"의 미학은 "대립", "충돌", "투쟁"을 자유경지에 이르기 위한 중요한 경로라고 간주했다. 루쉰이 보기에 인생에서 "가치 있는" 것들의 파멸은 곧 아름다운 것들이 고통, 억압을 당하여 불행과 죽음을 맞이한다는 것이며, 아름다운 것들의 파멸에 초점을 맞추어 이것들을 표현해 내는 것이 바로 "비극"이 나타낸 "숭고함"의 아름다움이다. "희극"이 인생의 "가치 없는" 것들을 "파멸"하는 것은 인생 고유의 모순, 폐단, 인성의 약점, 결함을 드러내어 인생의 추악함을 충분히 보여주고 이런 "추악함"에 대한 부정을 통하여 "숭고

---

18 루쉰, 『무덤·다시 뇌봉탑(雷峰塔)이 무너진 데 대하여』, 『루쉰전집』 제1권, 192~193쪽.

한" 미의 특성을 표현하는 것이다. 마치 헤겔이 고전예술의 해체에 관한 논술에서 지적한 바와 같이 희극은 "대립의 투쟁"을 강조하며 "이런 방식으로 현실 중 부패하고 어리석은 실제 상황을 묘사해" 사람들에게 "예술은 일종의 단순한 오락이나 효용 혹은 유희의 짓거리가 아니며 정신을 유한한 세계의 내용과 형식의 속박에서 해방하여 절대 진리로 감성현상에 기탁하여 표현하게 하는 것이다. 그래서 예술은 총체적으로 진리를 표현해야 한다"[19]는 것이다.

루쉰은 진짜와 가짜, 선과 악, 미추의 대립 속에서 인생의 모순을 표현해야 한다고 주장하고 "익살"과 "코믹"식의 문학창작을 반대하면서 문학은 적어도 "전투적 경향"을 갖추어야 한다는 관점[20]을 제기했다. 그것은 이것이 "숭고함"의 미학이 주장하는 예술심미원칙을 표현하기 때문이다. 즉 인간의 생존가치와 정신신앙을 지키는 것으로 일체 기타 제도와 사회원칙의 확립과 수립을 대체했다는 것이다. 가다머[Hans-Georg Gadamer](1900~2002)가 말했듯이 "무릇 예술이 통치하는 영역에 미의 법칙이 작동한다. 그리고 실재의 한계가 무너진다. 이것이 바로 '이상왕국'이며 이 이상왕국은 모든 제약을 반대하며 국가와 사회의 도덕 속박도 반대한다".[21] 루쉰은 문학은 세 가지 방면의 내용을 갖추어야 한다고 보았다. 첫째, 선명한 애증 감정이다. "뜨거운 증오로 '이색분자異色分子'를 향해 공격해야 하며 뜨거운 증오로 '죽은 설교자'들과 싸워야 한다."[22] 둘째, "평화"라는 기현상을 타파하고 인생을 직시해야 하며 소위

---

19   헤겔, 주광첸(朱光潛) 역, 『미학』, 베이징 : 상우인서관, 1981, 335쪽.
20   루쉰, 『차개정 잡문·국제문학사 물음에 답하다』, 『루쉰전집』 제6권, 18쪽.
21   가다머, 홍한딩(洪漢鼎) 역, 『진리와 방법』, 상하이 : 이역문출판사, 1999, 106쪽.
22   루쉰, 『차개정 잡문이집·일곱번째 "문인은 서로 경시한다"-싸운 쌍방이 상처를 받

"숙연한" 심미관을 반대하고 "외침과 전투"를 주장하여 현실 인생의 어둠과 누추함을 폭로 비판해야 한다. 셋째, 문학을 "가지고 노는 것"을 반대하며 문학을 "작은 장식품"으로 취급하면서 소위 "고상하고 멋있는 것"을 추구하는 것을 반대해야 한다. 그는 "모래바람이 덮치고 늑대와 호랑이가 득실거리는 이 시기에 누가 아직 한가롭게 호박 부채손잡이 장식이나 비취 반지를 감상할 것인가? 그들에게 눈으로 즐길 것이 필요하다면 그것은 모래바람 속에 우뚝 솟은 웅장한 건축물일 것이다. 견고하고 웅대하며 너무 정교할 필요도 없다. 그들에게 만족을 느낄 것이 필요하다면 비수와 투창일 것이다. 예리하고 진실해야지 우아하니 어쩌니 할 필요없다"[23]라고 주장했다. 루쉰의 문학관은 "평화", "평범"을 타파하고 "세속에 영합"하는 것을 반대하는 "숭고한" 미학사상을 드러내고 있으며 동시에 인간의 주체를 분발시키는 정신가치를 나타낸다. 그 취지는 여전히 "무쇠 감옥"에서 "혼수"상태에 빠져 있는 국민을 일깨워 인간의 자유와 개성해방, 현대 민족국가 독립을 추구하는 대열에 합류하여 한 줄기 강대한 반봉건, 반전제, 반속박의 정신역량을 형성하고, 중국의 현대화 역사 진행 과정이 인류의 보편적 가치 논리에 맞는 방향으로 발전하도록 추진하고자 하는 데 있다.

구체적인 창작실천에 있어서 루쉰은 고전소설의 인물의 유형화를 부각시킨 미학 경향을 비판했다. 그는 『삼국연의』의 인물 성격 부각을 거론하면서 "좋은 사람을 부각할 때 한 점의 오점도 허용하지 않는다"고 비판한 반면, 『홍루몽』에 대해서는 "과감히 여실히 묘사하여 숨

음』, 『루쉰전집』 제6권, 405쪽.
23   루쉰, 『남강북조집 · 소품문의 위기』, 『루쉰전집』 제4권, 575쪽.

기고 꾸밈 없이 예전의 소설처럼 좋은 사람은 완전히 좋고 나쁜 사람은 완전히 나쁘게 묘사한 것과는 매우 다르기 때문에 그 속의 인물은 모두 진실한 인물이다"라고 크게 찬사를 보냈다.[24] 고전소설은 "중화" 미학사상의 속박에 갇혀 인물성격을 형상화함에 있어 인물성격의 모순을 제거하고 캐릭터의 내면 충돌을 회피했다. 윤리 미학의 원칙에 따라 인물을 형상화하면서 "대단원"의 효과를 노리다 보니 대개 다 "참 모습을 잃어버린" 결과를 초래했다. 때문에 루쉰은 『홍루몽』이 "전통적인 사상과 수법"을 타파하고 "숭고함"의 미학이 요구하는 성격화, 개성화된 인물의 형상화 원칙을 따라 인생의 "피"와 "살"을 그려내어 형상화한 것은 독특한 수법 중의 "하나"인 것이다. 또한, "실제 사람"과도 같이 전형성을 형상화하여 그 캐릭터가 깊은 역사, 문화, 사회, 인생의 다중적 의미를 내포하고 있어 현대 중국의 사상계몽에 독특한 미학적 공헌을 할 수 있도록 해야 한다는 것이다.

3.

현대성의 가치구조, 특히 현대성의 심미가치 구조는 인간의 정신주체로서의 존재 가치와 의미를 강조한다. 인간은 인식 과정 중 인식대상과 함께 주체와 객체 관계를 수립하며 자신의 방식으로 대상 세계를 인식하고 정신적 주체의 거대한 역량과 가치를 표현한다. 문화예술을

---

24   루쉰, 『중국소설의 역사적 변천』, 『루쉰전집』 제9권, 338쪽.

국민의 정신을 점화하는 불씨의 중요한 방식으로 간주한 루쉰은 현대성 가치의 구조는 인간의 주체정신에 뿌리를 내려야 하며, 정신세계에 현대중국인의 가치관을 수립해야 한다는 미학이상을 밝혔다. 그는 시종 "입인立人"을 현대성 심미가치 구조의 출발점으로 삼아 문화예술 영역에서 인간의 개성, 감성, 본능, 감정욕구 등을 충분히 긍정하고, 자각적으로 인간의 생존형식과 이상형식의 융합을 탐구, 인간의 존재가 마땅히 시적인 정취가 있어야 한다는 심미 심경을 두드러지게 하여 현대문학의 자유추구, 독립적 사상품격, 정신함의와 미학 정취를 충분히 드러냈다. 그는 "순수한 문학의 관점에서 논하자면 일체 예술의 본질은 모두 관중과 청중들로 하여금 분발과 희열을 느끼도록 하는 것이다. 글은 미술(예술)의 일종으로서 본질이 다를 바 없다. 이는 개인과 국가의 존망과 아무런 관련이 없으며 실제 이익을 이탈한 것으로 그 무슨 철학적 도리를 캐고 묻는 것도 아니다. (…중략…) 인간의 정신과 마음을 함양하는 것이 문학의 임무와 역할이다"[25]라고 밝혔다. 현대성 가치 구조상에서 본다면 근현대 "숭고한" 성질의 미학사상은 "대립", "충돌", "요동", "변이" 등 무질서 무규칙적 심미활동으로 하여금 현대인의 심령에 대응한 일종의 "가장 첨예한", "가장 보편적인" 심미형식으로 자리 잡도록 하였으며 그 진정한 목적은 인간의 주체성을 분발시켜 심미계몽을 통하여 무지를 초월하고 정신적 해방과 심령의 자유를 얻는 데 있다고 보았다.

루쉰이 보기에 전통의 "중화미中和美"의 가장 큰 폐단은 "멀리 보지

---

25   루쉰, 『무덤·악마주의 시의 힘』, 『루쉰전집』 제1권, 71쪽.

못하는" 것이다. "숨기고" "속이는" 방식으로 모순을 회피하고 현실을 감히 직시하지 못하며 심지어 자신과 남을 속이고 우매하게 마비시켜 인간의 주체성을 잃고 심미활력을 상실하게 한 것이다. "일을 도와주거나", "아첨"하는 문학처럼 마침내 주체의 멸망 속에 "인간"의 의식을 철저히 소멸하게 했다. 전통 관념에서는 인간을 윤리원칙의 등급제도로 구분한다. "귀천, 대소, 상하가 있어, 자신이 타인에게 능욕을 당할 수도 있고, 또 자신이 타인을 능욕할 수도 있다. 자신이 타인에게 잡아먹힐 수도 있고, 자신이 타인을 잡아먹을 수도 있다. 한 등급 한 등급 제어하여 꼼짝 달싹 못하게 하지만 반항하려 하지도 않는다." 사회 전체가 마치 "크고 작은 무수히 많은 인육 잔치를 방불케 하며 이런 행태는 문명 탄생 이래 지금까지 쭉 이어져 왔으며 사람들은 이 연회장에서 먹고 먹힌다".[26] 루쉰이 "숭고함"의 미학을 추앙하는 것은 "광활하고", "힘있고 굳센" "힘의 아름다움"이 넘치는 것에 대한 루쉰의 찬양과 추구를 보여준다. 마치 『들풀·일각』에서 보여준 것처럼 "영혼이 바람과 모래에 맞아 거칠어졌다. 이것은 인간의 영혼이기에 나는 이런 영혼을 사랑한다. 나는 무형무색 중 선혈이 낭자한 거칠음에 키스를 하련다", "숭고함"의 미학은 인간 주체의 각성과 생명의 깨달음과 정신의 자유를 불러일으킨다. 루쉰은 이것은 "국민정신이 발한 불빛"이자 "국민정신의 앞길을 인도하는 등불"[27]이기도 하다고 생각했다. 루쉰은 인간의 주체적 정신 구축에 큰 관심을 기울였으며 일찍이 『문화편향론』을 집필할 때 제기한 "입인"의 주장과 "인간의 나라"

---

26 루쉰, 『무덤·등하만필』, 『루쉰전집』 제1권, 216쪽.
27 루쉰, 『무덤·눈을 똑똑히 뜨고 봄』, 『루쉰전집』 제1권, 240쪽.

를 수립하자는 이상을 견지하면서 "인간이 바로 서야 만사가 가능하다. 그 방법은 바로 개성을 존중하고 정신을 고양하는 것이다"라고 주장했다. 루쉰이 보기에 "입인"은 단지 인간을 사회의 물질문화의 억압 속에서 해방시키는 것뿐만 아니라 인간(전체 국민)을 정신문화의 속박에서 벗어나게 하여 인간 해방, 개성 해방, 주체의식의 자각, 인격의 독립과 정신의 자유를 얻게 하는 것이다. 루쉰은 "입인"은 곧 "자신의 주인이 되고", "자신을 아는" 식의 인격독립이며 목적은 종국적으로 "대중의 깨우침"을 촉진하여 "중국도 우뚝 설 수 있는" 민족 부흥의 문화이상을 실현하고자 하는 데 있다고 반복하여 강조했다. 루쉰은 시종 인간의 현대화를 광범위한 "사회 비평"과 "문명 비판"의 출발점이자 사상인식의 토대로 삼고 여기서 인간의 현대화를 최종 목표로 하는 민족독립, 사회발전과 인간의 해방, 특히 인간 정신해방과 심령자유에 관련한 문화 청사진과 미학이상을 그려냈다.

현대성의 가치 기준으로 본다면 "입인"은 루쉰의 "숭고한" 미학이상의 핵심가치관이자 중심내용임이 틀림없다. 그는 인간의 "사상과 행위는 반드시 자신을 축으로 하며 자신을 최종 목적으로 한다 : 즉 자신의 본성을 발휘하는 것만이 절대 자유이다", 인간의 개성, 개체적 특징은 인간에 대한 내외적 강제 규범, 예컨대 봉건 윤리규범과 같은 것들의 억압과 속박을 벗어나는 데에 대한 일종의 충분한 긍정이라고 지적했다. 루쉰은 "대중이 개인을 억압하고", "개성을 말살하고", "자아를 말살하는" 전통사상을 신랄하게 비판했다. 개체로서의 인간은 개성이 선명한 독립된 인격 의지, 즉 "자신의 견해가 있고", "자신의 주인이 되고", "대중에 묻히지 않고", "세파에 굴하지 않는" 개성적인 독립 품격을 구비해야 하는데, 이런 "나"에 대한 강조를 통하여 인간에 대한 주체성, 주체의식의 심미관심을 이끌어내야 한다고 강조했다. 루쉰은 인간의 "주관 내면세계는 객관 물질세계보다 중요하다", 인간은 "정신세계가 강할수록 인생의 의미가 더욱 깊고 커서 개인존엄의 취지도 더욱 뚜렷"해지며 비로소 "현실세계의 물질과 자연의 울타리를 벗어나 본연의 심령세계에 진입"[28]할 수 있다고 밝혔다. 루쉰이 보기에 "입인"을 통하여 얻은 개체의 확실한 확립 역시 인간의 현대화에 있어서 하나의 구체적 지수이다. 이런 탁월하고 남다른 독립 인격은 "반역의 용사", "진정한 용사"가 되기 위한 전제이며, 일단 인격의 현대적 전환을 완성하면 진정으로 "참담한 현실"과 "참담한 인생에 과감히 직면 할 수 있으며" 개체의 인생에 주어진 무수한 자유의 선택에 임할 수 있다. 루쉰은 탁월한 개체를 대중과 완전히 대립시키는 니체와 달리, 사상계몽의 일환으로 깨우치지 못한 다수 대중들의 탁월한 개체를 목표로 삼아 자신의 무지의 초월을 실현할 수 있도록 촉구하려 했다. 여기서 루쉰은 새로운 미학 법칙을 수립했다 : 탁월한 개체를 목표로 하여 깨우치지 못한 대중을 인도, 개조하고, 인간의 주체성을 확립하여 동일한 사상과 문화 관념의 차원에서 국민성 개조와 민족의 영혼을 재건하는 역사적 중임을 짊어질 수 있도록 하는 것이다.

　"입인"이 추구하는 것은 인간의 현대화이다. 특히 인간의 가치관념의 현대화이며 동시에 새로운 미학원칙과 이상의 가치 준칙이다. 루쉰은 이것으로 "입인"과 "인간의 나라" 건설의 미학 지침으로 삼았다.

28　이상 인용문은 루쉰의 『문화편향론』, 『악마주의 시의 힘』 등 문장 참조 바람.

즉 "숭고한" 미학이상을 현대중국 심미의식의 가치구축 기점으로 삼았다. "숭고함"의 미학이 인간의 자유를 추구하며 이로써 새로운 민족국가를 건립하고 인간의 해방과 민족국가의 독립을 얻어내기 위함이라고 말할 수 있다면 루쉰의 "숭고함"의 미학은 중국현대문화와 미학 건설에 있어 일종의 새로운 미학정신을 표현했다고도 말할 수 있다. 그 특징은, 인간에 대한 깊은 관심, 특히 인간의 개성과 개체성, 주체성에 대한 사고를 통하여 중국 신문화와 미학 건설이 국민정신의 개조, 현대적 인격의 육성, 새로운 정신 품격을 만드는 데에 적극적인 역할을 하여 중국 현대문화와 미학에서 추구하는 정신해방과 심령자유의 인문정신을 표현했다는 것이다. 루쉰은 이렇게 해야만 "중국인"이 "세계인"의 대열에서 밀려나지 않고 자신의 "행동과 생각이 외부 객관세계를 이탈하여 오로지 자신의 내면세계에서 배회할 수 있는" 정신적 자유를 얻을 수 있다고 보았다. 그는 현대 중국의 심미의식의 전환을 추진하려면 반드시 현대 중국인의 내면 세계에 신성불가침의 모든 내외적 강제규범의 속박을 벗어나고 전통적인 "인"을 핵심가치 이념으로 하는ー'충, 효, 예, 의'를 인생 강령으로 하는ー권위의 제약을 받지 않을 수 있는 자주적 힘을 부여해야 한다고 생각했다. 그리하여 각 독립적 개체로 하여금 정신영역의 진정한 자유와 해방을 얻을 수 있도록 하며 동시에 충실한 내면의 체험을 획득하기 위한 진정한 자신만의 정신적 영지와 숭고한 정신신앙을 수립하여 "정신적 퍼포먼스야말로 인류생활의 최고 가치이고, 그 빛을 발하지 않는 것은 인생에 어울리지 않는다. 개인의 인격을 표현하는 것이 인생의 급선무다"라는 것을 깨우치게 하는 이상적 인생의 경지에 도달하게 하는 것이다. 루쉰에게 있어서 이런 이상적 인생 경지는 바로 인간이 세속에 반항하고, 일체 내외적 속박에 반항한 필연적 결과이다. 이는 각 독립적 개체로 하여금 정신적 피안에 도달하는 과정 중 시종 숭고한 정신신앙과 인문이상을 갖도록 하며 이로써 새로운 가치관 세계로부터 오는 끊이지 않는 신념과 역량의 지지 및 새로운 미학원칙의 인간의 주체정신에 대하여 충분한 긍정을 얻게 한다.

'입인'을 핵심가치로 하는 '숭고함'의 미학이념에 기반하여 미학의 기능에 특별히 관심을 보인 루쉰은 심미교육이 인간의 심령, 심성의 도야陶冶와 순화에 중요한 역할을 하며 인간이 내면의 자유와 정신해방을 얻을 수 있는 중요한 방식 중 하나이자, 가치 허무주의와 정신적 퇴폐를 피할 수 있는 중요한 방식 중 하나라고 보았다. 심미교육은 "심성을 개조하여" 인간으로 하여금 "진, 선, 미와 용기 있는 경지에 이르기 위해 분발"토록 하며, 인간의 심성을 아름답고 착하게 하고 인간의 사상을 숭고하게 하며 "인간의 마음을 함양케" 한다. 심지어 "문화를 표현할 수도 있고", "도덕을 보조할 수도 있으며", "경제에도 도움이 되어"[29] 인간의 정신상태를 개조할 수 있다고 루쉰은 강조했다. 그가 "의학을 포기하고 문학에 종사"하겠다고 결정을 내린 중요한 원인 중 하나는 문학이 미학의 한 방식으로서의 이런 특수 효능에 대한 인식이었다. 그는 나중에 다음과 같이 토로했다. "우리의 급선무는 그들의 정신을 개조하는 것이다. 정신개조에 가장 적합한 것이 그때는 당연히 문화예술이라고 믿었다."[30] 미학을 '숭고한' 심미교육의 가치

---

29   루쉰, 『집외집습유보편. 미술의견서 반포초안(擬播布美術意見書)』, 『루쉰전집』 제8권, 47쪽.

관체계에 편입하여 인식하고 받들었던 루쉰이 기대한 것은 심미교육의 계몽방식을 통해 현대 중국인들이 최종적으로 정신적 노역에서 벗어나고 무지와 마비에서 부지불식간에 깨달아 "정신계의 전사", "명철한 사람"으로 거듭나게 하는 것이다. 이러한 기대는 현대민족국가의 수립이라는 가치이상과 딱 들어맞는 것일 뿐만 아니라, 더욱 중요하게는 현대 중국인이 전통의 궁극적인 관심과 비호를 상실한 후에 "감성 개체의 생명을 위한 차안此岸의 위치 결정하기 (…중략…) 개체 생명이 피안의 지지를 상실한 후에 차안의 지지를 얻도록 하기 위한"[31] 미학적 이상을 드러내고 있다.

루쉰 미학사상의 현대성 의미와 가치는 극히 풍부한 것으로 현대중국과 세계발전 주류의 필연적 연계를 체현한 것이다. 이는 현대 중국인이 가난과 노역을 탈출하여 인간해방을 추구하고 현대문명에 매진하여 새로운 문화를 구축, 민족국가독립을 쟁취하여 초정신적인 것을 실현하게 하는 문화신념이자 미학사상인 것이다. 루쉰 미학사상은 중국문화의 현대적 전환과 신미학 가치 그리고 의미있는 구축을 위해 방향을 제시해 주었다는 점에서 그 현대성 가치가 빛을 발한다.

---

30   루쉰, 『외침 · 자서』, 『루쉰전집』 제1권, 41쪽.
31   류샤오펑(劉小楓), 『현대성사회이론서론』, 상하이 : 싼렌서점, 1988, 301쪽.

제
2
편

성찰과 비판

루쉰에 대한 불교문화의 영향

루쉰은 죽기 전(1936)에 그리움을 담아 쓴 『나의 첫 번째 사부님』을 발표했다. 어린 시절 스님을 선생님으로 모셨던 잘 알려지지 않은 지난 얘기를 밝혔는데 그제야 사람들은 루쉰이 불교와 그런 관계가 있었다는 사실을 발견하게 된 듯 싶다. 실제로 『루쉰 일기』와 루쉰과 관련된 루쉰 회고 글에 의하면 루쉰은 일본 유학시절부터 이미 불교 고서를 접촉하여[1] 불교를 알았다. 불교를 연구하기 시작한 것은 아마 1913년으로 추정된다. 『루쉰 일기』를 보면 루쉰은 이때부터 대량으로 불교 고서를 사들이기 시작했으며 1914년의 서적구매 영수증만 보더라도 불교방면의 서적이 90여 종에 달한다. 이외에 루쉰은 몸소 일부 필사본 불교 고서를 베껴 옮기기도 했다. 루쉰이 섭렵한 불교 고서는 범위가 꽤 넓어 비교적 난해한 불전, 예를 들면 『12문논종치의기』12門論宗致義

---

1   당시 주로 장타이옌(章太炎)의 영향으로 그의 강의를 들으면서 비교적 체계적으로 불교를 알고 접촉하기 시작했다.

記』,『화엄경합기華嚴經合記』,『조론약주肇論略注』 등에 대해서도 연구가 있으며 불교의 화엄종, 유식종, 천태종, 법상종, 선종 등 몇 개 큰 종파의 사상에 대해서도 어느 정도 이해하고 있었다. 이 시기는 루쉰이 불교를 연구하는 가장 활발한 시기였다. 쉬서우창許壽裳(1883~1948)에 의하면 "민국3년 이후 루쉰은 불경을 읽기 시작하였으며 죽도록 공부만 하고 다른 사람과 가까이 하지 않았다."[2] 나중에 불교 연구에 대한 열기가 식기는 했으나 불학佛學에 대해 여전히 비교적 깊은 흥미를 유지했다. 루쉰이 불교문화를 자신의 문화관에 녹여 적극적인 면을 발휘하고 새로운 의미를 부여한 것은 동시대인과 비교할 수 없는 사상적 깊이와 인격적 면모를 보여주었다고 말할 수 있다. 이 역시 그의 사상 발전, 문화관 형성과 발전변화에 있어서 하나의 중요한 특징이다.

1.

현대 사상가로서 루쉰은 왜 불교에 그렇게 깊은 흥미를 가졌을까? 특히 20세기 초 문화충돌과 문화전환시기에 처해 있는 시기에, 기타 '선진적 중국인'과 마찬가지로 끈질기게 '구국구민救國救民의 진리'를 탐구하고『문화편향론』,『악마주의 시의 힘』등 격정 넘치는 글을 집 필했을 당시에 왜 불교에 관심을 갖게 되었고 인연을 맺게 되었을까? 정말 어린 시절부터 불교를 접촉해서 '불근佛根'이 끊기지 않고 남아있

---

2   쉬서우창(許壽裳),『죽은 벗 루쉰 인상기』, 44쪽.

어서라는 말이 적중해서 그런 것이었을까? 여기서 루쉰과 불교의 관계, 특히 불교문화가 그의 사상 발전변화에 미친 영향에 대하여 진지하게 검토해 보고자 한다. 필자는 우선 루쉰이 불교를 선택한 내재적 동기가 대체 무엇인가부터 반드시 검토해 봐야 한다고 본다.

　루쉰이 불교에 관심을 갖게 된 것은 어린 시절 불교 영향을 받은 것 외에 주로 일본 유학시절 장타이옌章太炎을 스승으로 모셔 그의 '불교구국佛敎救國' 사상에서 계시를 받은 것으로 추정된다. 비록 루쉰은 여기에 완전히 찬성은 하지 않았지만[3] 쉬서우창은 "루쉰이 불경을 읽게 된 것은 당연히 장타이옌 선생의 영향을 받은 것이다"[4]라고 명확히 지적한 바 있다. 장타이옌 등의 인사들이 불교를 추앙하게된 것은 실제로 근대 중국 문화사상 특수한 정신현상을 반영한 것으로 그 속에는 문화충돌, 문화전환시기의 가치관 추락이 초래한 정신적 곤혹의 의미가 깊이 자리 잡고 있다. 불교는 동한東漢 말년에 중국에 차츰 들어와서 수당隋唐시기 절정에 달하고 명청明淸에 들어 잠잠해졌다. 근대에 들어 중서문화의 대충돌 시기에 즈음하여 일부 혁신파들, 예를 들면 궁쯔전龔自珍, 웨이위안魏源, 캉유웨이康有爲, 탄쓰퉁譚嗣同, 량치차오梁啓超, 장타이옌 등과 같은 인사들의 대거 제창으로 신속히 부흥하였으며 고조를 일으켰다. 이런 현상을 초래한 원인은 다음 두 가지일 것이다 : 하나는 근대 문화전환시기 소수의 선각자들이 심각한 민족재난과 위기의 고통 속에서 낡은 문화질서의 붕괴를 잘 알고는 있었지만 새로운

3　『루쉰 서신집』, 베이징 : 인민문학출판사, 1976 참조.
4　루쉰이 장타이옌의 영향을 받고 두 사람 간의 관계에 관하여는 졸작 『장타이옌과 루쉰의 조기 사상의 비교』, 『저장대학 학보』(철학 사회과학색션) 2기, 1987 참조 바람.

문화사상에 대하여 일시적으로 그 진수를 파악하지 못한 모순과 곤혹스러운 상황에서 본능적으로 어떤 정신적 귀착지를 찾아야 하는 충동의 표현이다. 이런 의미에서 문화실추에 대한 사고가 종종 사람들을 종교로 내몰아 정신적 비호와 귀속하고자 하는 심리를 낳게 한다. 량치차오가 지적했듯이 "사회가 어지러워지니 염세사상이 절로 생기고 이 사악하고 혼탁한 세상에 불만과 비애의 감정이 생기고 안심입명安心立命을 위하여 조금이라도 타고난 성질과 재간이 있는 자들은 불교에 은둔한다".[5] 근대의 걸출한 인물 궁쯔전, 웨이위안 등은 모두 이때 불교를 배우기 시작했고 보살의 수계를 받았다. 당시에 "내 천공天公(종교적인 숭배 대상이나 초자연적이고 불가사의한 신앙의 대상)에 권하노니 다시 정신을 차리시고 구애 없이 인재를 내려주시옵소서"라고 격정에 넘치는 시구로 세상 사람들의 귀청을 쩌렁쩌렁하게 울렸던 궁쯔전도 만년에 불교에 심취하여 "열사는 만년에 도를 닦는 게 바람직하고" "재능 있는 사람은 늙어서 의례 선을 수련해야 하네"라고 읊었다. 선각先覺으로 인한 정신적 고뇌를 해탈하기 위하여 불교에 귀의하는 것이 거의 유일한 그의 인생 귀착지가 되었다. 웨이위안도 마찬가지다. 당시에 그는 "그들의 장점을 배워 그들을 제압하자"고 대성질호하면서 "오랑캐의 장점을 배워 그들을 그것으로써 제압하자"고 최초로 "서방을 배우"는 바람을 일으켰었는데 만년에는 불교에 마음을 담고 경건한 불교 제자가 되었다. 다른 하나는 문화전환시기 문화실추가 가져온 곤혹 속에서 낡은 문화질서가 나날이 해체되고 신문화가 아직 사람들

---

5   량치차오, 『량치차오 청학사(淸學史) 2종을 논함』, 상하이 : 푸단대학출판사, 1985, 81쪽.

의 마음속에 깊이 자리 잡지 못한 즈음에 일부 혁신인사들이 불교문화의 정화精華에서 모종의 인생철학사상을 추출하여 이로써 분발하여 변혁의 정신자원으로 삼으려고 시도한 것이었다. 근대사상 많은 걸출한 인물들이 그러했다. 예들 들면 캉유웨이는 "마음을 가라앉히고 불교를 공부하여 깊은 깨달음을 얻었다"고 했다. 옌푸嚴復는 그가 번역한 『법의法意』, 『천연론天演論』 등 저작의 부연 설명에서 수시로 불교에 대한 찬양의 뜻을 내비쳤다. 탄쓰퉁, 장타이옌章太炎 등은 불학에 대한 연구가 더 깊다. 이런 걸출한 인사들은 근대 중국 문화충돌, 문화전환의 시기에 내면 불교를 창도하였지만 궁쯔전, 웨이위안처럼 불교에 귀의하지는 않았으며 대개 "마음을 다잡고 귀신을 끌어들이지 않도록" 용감하게 앞으로 나아가는 인생의 신념과 정신을 확립했다. 탄쓰퉁은 "불교의 유식종, 화엄종을 사상의 기초로 과학에 통용하자"고 주장했다. 장타이옌章太炎은 더 나아가 "종교로 신심을 불어넣고 국민도덕을 증진"[6]하고 국민의 인생신앙을 수립하자고 주장했다. 그는 "불교의 이론은 지능이 높은 사람들을 믿지 않을 수 없게 하며, 불교의 계율은 지능이 낮은 사람들로 하여금 믿지 않을 수 없게 함으로 모두에게 적합하고 가장 쓸 만한 것이다"[7]라고 말했다. 장타이옌章太炎은 불교는 인심을 깨우칠 수 있으며 따라서 사람들이 이런 인생신앙을 수립하면 "용감하고 두려움이 없으며 한 마음 한 뜻이 되어 비로소 무언가 이룩할 수 있"게 되어 "중국의 앞길에 유익하다"[8]고 보았다. 여기서 장타이옌

---

6   루쉰의 『차개정 잡문말단 · 타이옌 선생에 관한 두, 세 가지 일』, 546쪽에서 인용.
7   장타이옌(章太炎), 『종교수립론』, 『장타이옌 전집』 4, 상하이인민출판사, 1985, 414쪽.
8   장타이옌(章太炎), 『답티에정(答鐵錚)』, 『장타이옌 전집』 4, 상하이인민출판사, 1985,

章太炎 등과 같은 인사들의 불교에 대한 추앙이 그 의도가 얼마나 고심의 한 수이며 목적 또한 얼마나 명확한가를 알 수 있다.

이러한 근대 불교문화 붐의 분위기 속에서 장타이옌章太炎을 스승으로 모신 루쉰이 감염과 계시와 깨달음이 없을 수 없다. 물론, 루쉰이 그 당시 불교에 관심을 보이고 나중에 한동안 불교문화의 연구에 몰두한 것이 불교에 귀의하고자 한 것은 아니다. 그는 장타이옌章太炎의 "불교구국"의 사상주장에서 문화변혁 중 "민심 진작"이 가능한 종교의 역할을 깨달았다. 그는 종교의 특징은 "신앙이 있는 것"이며, "신앙"은 인생에서 없어서는 안되는 중요한 의미를 지니고 있다고 보았다. 그는 "인간의 마음은 반드시 의지할 곳이 있어야 하며 신앙이 없으면 안된다. 종교의 행위는 불가피하다"라고 말하면서 "종교를 지정하여 중국인의 신앙심을 증강해야 한다"[9]고 했다. 종교는 향상하려는 인간의 마음이 만들어낸, 깨달음과 오묘한 뜻이 충만한 것이므로 널리 퍼뜨릴 가치가 있다고 주장했다. 루쉰은 불교에 대하여 "불교의 숭고함에 무릇 유식한 사람은 다 동감한다". 때문에 불교의 허례허식의 교리를 빼고 불교문화 중 "인심의 향상을 주장"하는 내용을 추출하는 데 주력했다. 루쉰은 문화전환시기에 불교문화의 자양분을 섭취하여 사상, 관념과 정신을 계몽시킬 것을 강조했고 전 민족의 문화, 사상과 정신적 자질을 향상시킴으로써 역사변혁에 따른 각종 변화에 잘 적응하여 문화실추로 인한 각종 폐단을 잘 극복하게 하는 것은 특수한 역사적 의미와 효력을 갖는다고 보았다. 루쉰은 종교(불교)의 역할은 주로 정

371쪽.
9   루쉰, 『집외집습유보편·파악성론』, 『루쉰전집』 제8권, 27쪽.

신영역 내에 나타나며 인간의 정신생활에서 중요한 부분을 차지한다고 생각했다. 종교(불교)는 숭고한 것이며 인간에게 지혜를 계시할 수 있으며 인간의 신앙을 수립할 수 있다. 만약 이것을 현대 중국의 사상 문화 계몽에 접목시키면 필연코 "대중을 깨우치고 민심을 진작"하는 역할을 할 것이라고 믿었다. 그리하여 진화론의 역사발전에 대한 인식의 특징과 결부하여 루쉰은 종교(불교)의 기능을 중시하였으며 이것을 역사진화의 중요한 고리로 격상시키고자 했다. 여기서 루쉰이 불교를 선택한 내재적 동기의 일차적 함의는, 장타이옌章太炎과 마찬가지로 불교를 빌어 인생의 신앙을 확립하고, 국민의 정신적 주체 기능을 격발시키는 것이다. 그리고 불교문화를 전체 전통문화에 대한 심각한 반성의 중요한 대상으로 삼아 연구 검토하여 중국문화가 새로운 역사시기에 갖추어야 할 형태, 특징, 패턴과 지식체계 등 구체적인 내용을 탐구하자는 데 있다는 것을 알 수 있다.

루쉰이 불교를 선택한 상기차원의 함의가 주로 '5·4' 신문화운동 전야(1907~1911)에 나타났으며 장타이옌章太炎을 스승으로 모신 덕에 불교에 관심을 갖게 되고 어느 정도 깨달음을 얻은 단계에 머물러 있었다고 말할 수 있다면, 신해혁명 이후 루쉰이 겪은 중국사회의 변혁의 어려움에 대한 심각한 체험과 인생의 좌절 및 고통은 그로 하여금 불교를 깊이 연구하게 하였으며 바로 이때 그가 불교를 선택한 2차적 함의로 깊이 들어가기 시작한 것이다. 신해혁명에 대단한 열의와 기대를 안고 있었던 루쉰은 혁명 후 중국사회의 "속내는 여전하다"는 인식을 갖게 되었다. 황제는 몰아냈지만 봉건 전제주의 통치와 사상근원은 여전히 흔들림이 없었으며, 사회변혁에 대한 깊은 실망과 자신의 인생의 각종 좌절과 고난, 예를 들면 떨칠 수 없는 가정 부담과 개인적인 혼인의 불행 등등으로 루쉰은 고통 속에서 "어두운 세월을 보내는"[10] 수밖에 없었다. 이런 인생 처지와 마음 상태는 루쉰으로 하여금 인생의 참뜻에 대한 깊은 깨달음을 얻게 하고 자아의식의 재각성을 불러일으켰다. (제1차 각성은 장타이옌章太炎을 스승으로 모시고 불교에 눈을 뜨고 깨달음을 얻을 즈음이라고 보는데, 그때는 낡은 문화와 전통인생에 대한 불만의 감정이 보다 더 강했으며 이로써 자아에 대해 충분히 긍정적인 낭만주의를 품었다) 자신은 "팔을 들어 흔들면 호응자가 운집하는 영웅이 결코 아니라"는 것을 똑똑히 알게 되었고 따라서 "청년시기의 비분강개悲憤慷慨"를 바꾸어 "자신의 영혼을 마취"[11]시키는 방식으로 인생의 깊은 차원의 사색에 잠겨들었다. 바로 이 시기에 불교에 대한 루쉰의 흥미와 깨달음은 정식으로 불교에 대한 연구로 전환했다. 『루쉰 일기』와 『서신집』을 보면 알 수 있듯이 루쉰은 베이징에 임직한 후 정식으로 불교 연구에 돌입했으며 불교협회의 메이광시梅光羲(1880~1947)와 불교 신도 쉬지상許季上 등과 비교적 밀접한 내왕이 있었으며 불교단체에 기부도 하고 불교 고서를 대량 구입했다. 그의 제자 쑹쯔페이宋紫佩는 루쉰이 "지금 온 마음이 불교에 있다"[12]고 말하기까지 했다고 서술했다. 이 모든 현상과 사실은 루쉰이 불교를 선택한 의도가 더욱 심화되었다는 것을 의미한다. 즉 불교문화에 대한 성찰과 인생의 참뜻에 대한 탐구를 철학적 차원까지 끌어올려 인생의 고난에 대한 큰 깨달음을 얻고, 사람들이 살

---

10   루쉰, 『서신집·250411·자오치원에게』, 『루쉰전집』 제11권, 442쪽.
11   루쉰, 『외침·자서』, 『루쉰전집』 제1권, 418쪽.
12   『루쉰연구자료』 제10책, 티엔진 인민출판사, 1980, 143쪽.

아가는 데 있어서 "절망에 처할 때 반항"하게 하며, 생사, 애증에 대한 포용과 초월적인 도량에 이르고자 했다. 쉬서우창許壽裳이 밝혔듯이 루쉰이 불교를 연구한 의도는 "인생관을 연구하고자 함이다". 루쉰 본인도 이 점을 인정한다. 그는 "석가모니는 참으로 대단한 지혜를 가지신 분이다. 내가 평소 인생에 대하여 품고 있던 수많은 풀기 어려운 의문을 그분께서는 모두 깨닫고 계시를 주시니 참으로 지혜로운 분이시다!"[13]라고 감탄했다.

루쉰은 인생관을 탐구하기 위한 목적으로 불교를 연구한 만큼 고독과 적막의 나날에도 여느 불교도처럼 수행과 적선적덕積善積德으로 내세의 행복을 기하지 않고 적극적으로 인생을 체험하는 태도로 불교문화의 정화精華와 인생관의 정화를 흡수했다. 쉬서우창許壽裳이 밝혔듯이 "다른 사람들은 불경을 읽으면 의기소침해지기 쉬운데 루쉰만은 그렇지 않고 시종 적극적이었다".[14] 당시 루쉰은 비록 심각한 고독감과 적막감에 젖어있었지만 가슴에 쌓인 분노를 억누르며 조용히 속세에 반항했다. 불교를 연구하면서 불교문화에 쌓인 "강인 독실"의 정신을 배워 자신의 인격의지 양성에 적극적인 영향을 받았다. 이런 의미에서 루쉰이 불교를 선택한 내재적 동기는 세 번째 함의를 드러낸다—불교문화 중 평범한 범애汎愛 철학과 속세를 떠나 은둔하는 인생철학을 버리고, 그 가운데서 인격수련의 정신적 자양분을 중점적으로 섭취하여 선명한 애증감정, 사생취의捨生取義(정의를 위해 목숨을 바치다)의 용기, 강인불굴의 '억센' 성격과 자비로운 마음으로 속세를 살아가는 숭고

---

13   쉬서우창, 『죽은 벗 루쉰 인상기』, 44쪽.
14   위의 책, 44쪽.

한 도덕정신을 양성하자는 것이다.

루쉰이 불교를 선택한 세 가지 동기의 함의를 살펴보면 점점 심화되는 것을 느낄 수 있다. 불교문화가 루쉰에게 미친 영향도 그럴 것이다. 루쉰 사상의 발전 변화과정을 보면 우리는 그가 왜 최종적으로 '불경 읽기'와 '고대 비석 베끼기'에서 벗어나 '외침吶喊'으로 사상문화계몽의 길을 열어갈 수 있었는지를 알 수 있는데, 그중 불교문화의 적극적인 영향은 절대 무시할 수 없다.

2.

불교문화는 전 인류의 중요한 문화보고 중 하나이다. 비록 종종 반과학의 신학 모습으로 나타나지만 불교문화는 많은 깊은 인생철학을 담고 있다. 존 블로드John Bloded는 중국에서 "원래 불교는 일종의 철학이었지 종교가 아니었다"[15]고 말했다. 이와 동시에 불교는 중국에 들어와 중국문화와 융합되어 중국문화의 한 갈래를 이루었다. 때문에 일종의 문화관념으로 불교는 국민의 사고방식과 정신생활, 심지어 인생의 선택과 파악에 영향을 미치지 않을 수 없었다. 루쉰이 장타이옌章太炎으로부터 불교문화의 영향을 받고 불교를 전통문화 반성의 중요한 대상으로 선택한 순간 불교문화는 그의 사상에 조용히 영향을 끼치기 시작했다.

---

15   伯樂裏德, 저우치쉰(周其勳) 역, 『중국에서의 불교』, 『불교와 중국문화』, 상하이서점(影印本), 1987, 16쪽.

불교는 신학의 모습으로 나타나고 그 철학적 성질은 기본적으로 유심론 범주에 속한다. 그러나 이런 성질의 철학은 불교문화의 중요한 기능을 나타낸다. 바로 인간의 정신주체를 격발하여 인생의 고난을 체험하고 불교 교리를 깨닫는 것을 특별히 중요시 하는 것이다. 불교 문화의 취지 중 속세를 벗어나고, 모든 번뇌를 단절하고, 모든 망념을 금하고, 마음을 한 경지에 머무르게 하고, 차분히 수행하여 불법의 정수를 깨우치는 것 등등은 모두 내면의 수련을 거쳐야만 이룰 수 있다는 것을 강조한 것이다. 불교 기본 이론 중 "선정禪定"은 마음을 한 경지에 머무르게 하여 흐트러지지 않게 하는 정신 상태를 이르는데, 생각을 고르고 훈련시키는 공부로 인식, 파악하게 한다.[16] 그리하여 불교는 주관세계의 개조를 강조하며, 내면의 정화를 중시하고 정신적 수련을 주장한다. 그 최종 목적은 반복적인 긍정 속에서 불교의 교리를 내화內化시켜 신도의 심리를 자각하게 하며 심신을 편안하게 하게 하여 즉시 부처가 되는become a Buddha immediately 최고의 인생 이상을 실현하는 것이다.

불교문화는 인간 정신의 주체 기능을 중시한다. 루쉰은 초기에는 의학이 "국민들의 유신에 대한 신앙"을 촉진시킨다고 믿었지만 다시 "의학은 아주 중요한 것이 아니라고 생각하게" 되었다. 그는 "우리의 급선무는 그들의 정신을 개조하는 것이다"로 변하는데, 이 같은 루쉰

---

16   불교가 말하는 "정(定)"은 주로 두 가지 방식이 있다 — 하나는 "생정(生定)", 즉 타고난 정신적 기능으로서 마음과 상응하여 직면한 상황에 집중한 상태. 다른 하나는 "수정(修定)"으로서 불교의 지혜, 신통, 공덕, 업보를 얻기 위하여 수행을 겪어 얻은 내공. 하지만 어떤 방식의 "정(定)"이든 모두 인간의 정신의 주체적 기능과 역할을 강조한다.

사상의 변화 발전에는 불교문화가 중요한 영향을 미쳤다. 집안이 넉넉하다가 갑자기 몰락하게 된 루쉰은 "남들과 다른 길을 가고, 다른 지방으로 가서, 다른 모습의 사람들을 만나고자" 의학을 선택하였으며 "의학으로 사람을 구하는" 사상을 통하여 국민의 유신에 대한 신앙을 촉진하고자 시도했다. 주로 인간의 정신적 주체적 기능을 격발하여 목적을 달성하고자 하는 불교와 달리 의학은 객관법칙을 따라 과학적 방식으로 치료 대상을 인식하고 파악한다. 의학에 종사하려면 병인病因, 병리, 약리, 약효 등 일련의 과학이론지식의 습득과 풍부한 임상 의료 실천 경험을 통하여야만 "사람을 구하는" 이상을 실천할 수 있다. 하지만 루쉰은 일본에 와서 의학을 배우기 시작한지 일 년도 채 안되어 "의학을 포기하고 문학에 종사"하려는 결정을 내렸다. 당연히 이 결정의 직접적인 원인은 "환등기 사건"이지만 그 내재적 원인은 적어도 일부분은 장타이옌을 스승으로 모신 덕에 불교의 계시를 받은 연고이다. 그럼에도 루쉰이 최종 선택한 것은 불교가 아닌 문학예술이다. 루쉰은 불교의 깨달음은 수용했지만 불문에 귀의하지는 않았다. 그 목적 중 하나는 불교의 정신적 주체 기능의 계시를 얻기 위함이다. 그는 국민의 정신적 주체적 역할을 중시하는 방식으로 국민정신을 개조하고자 하였는데 가장 광범한 의미의 사상문화계몽을 시도했다. 이 점에서 불교와 문학예술은 동일한 기능을 갖고 있으며 내재적 유사성 혹은 일치한 정신적 특징을 갖고 있다. 불교의 정신적 주체적 역할을 중시하는 문화 기능에서 계시를 얻은 루쉰은 의학을 배우려는 원래의 생각을 바꾸었다.

의학은 중요한 것이 아니다. 무릇, 우둔하고 약한 국민은 체격이 아무리 건장해도 아무런 의미가 없는 다른 사람에게 보여주는 재료나 관객에 지나지 않는다. 얼마간 병사한다 해도 크게 불행이라 생각할 필요가 없다.[17]

이러한 인식에는 다소 격분과 편파성이 있긴 하지만, 불교문화에 대한 그의 체득을 잘 보여준다. 단지 개인을 위해서만이 아니라, 인간의 정신주체작용을 중시하는 데에서 출발하여, 어떻게 하면 근대중국을 빈곤과 낙후 상태에서 최종적으로 벗어나게 할 것인가, 그는 가장 광범위하고도 구체적으로 국민에게 사상문화계몽을 실천하고 구체화되기까지에 중점을 두었다.

그의 주요한 문화시각과 시야 역시 주로 물질적 궁핍이 아닌 국민의 정신적 트라우마에 관심을 두고 있었다. 문화관념상 루쉰은 인간의 정신해방과 심령자유를 중요시했다. 이는 어느 면에서는 불교문화가 정신의 주체적 역할을 강조하는 특징과 많은 공통점을 가지고 있다고 말할 수 있다.

불교문화 범주 중 일대 대명제는 바로 인생은 "모든 것이 고통이다"라는 것이다. 사제四諦의 첫 번째가 고제苦諦 : "소위 생고生苦, 노고老苦, 병고病苦, 사고死苦, 애별리고愛別離苦, 원증회고怨憎會苦, 구불득고求不得苦, 오성온고五盛蘊苦"[18]이다. 고제苦諦는 불교문화의 중요한 개념이며 그 인

17   루쉰, 『외침 · 자서』, 『루쉰전집』 제1권, 417쪽.
18   『제Ⅱ분별성체경(分別聖諦經第Ⅱ)』, 런지위(任繼愈)가 편찬한 『불교경적선편』, 베이징 : 중국사회과학출판사, 1985년 1쪽.

생관의 이론 초석이기도 하다. 불교문화에서 "고^苦"의 함의는 감정상의 고통에만 그치지 않고 널리 정신적 핍박성을 가리키며 번뇌와 우려를 갖도록 핍박한다는 의미를 담고 있다. 불교는 모든 것이 끊임없이 변화무상한 것이며, 넓은 우주는 고^苦의 집합장에 지나지 않으며, 중생은 자아 주재가 불능이며, 무상無常의 시달림에 자주自主할 수 없다. 때문에 즐거움은 없고 오로지 고통뿐이라고 인식한다. 그리하여 불교는 인생을 고난의 여정, 세계를 홍진이 가득한 세상이라 간주하고, 속세를 초탈하는 사상기반을 마련했다.

불교는 인생은 고통의 여정이라고 간주하고 모든 것이 고생이요, 고해는 끝이 없지만, 고개를 돌리면 거기가 바로 피안彼岸이요라는 식으로 속세를 초탈하는 가치관념을 선양한다. 이것은 루쉰이 적극적으로 "문화예술 운동을 제창하여" "국민의 정신을 개조"하려는 데에서부터 "인생고人生苦"를 뼈저리게 인식하고, 나아가 절망의 벼랑 끝에서 삶의 고난을 초월하는 사상발전변화를 얻는 데에 이르기까지 깊은 영향을 미쳤다. 신해혁명 이후 루쉰의 사상은 한차례 큰 전환을 겪었다. 사회변혁에 대한 깊은 우려와 실망, 그리고 인생의 각종 시련은 그로 하여금 갈수록 불교에 빠져들게 하여 한때는 인생에 대한 비관정서를 촉발하여 전반적으로 초기에 드높았던 낭만주의 정신과 영웅주의 기질을 변하게 했다. 이후의 꽤 긴 세월동안 루쉰의 많은 글들은 반복적으로 "인생고"를 화제로 다루었으며[19] 그의 소설 속에도 우매하게 사람을 잡아먹고 먹히는 현실 인생을 묘사하면서 수시로 "인생고"의 사

---

19   루쉰, 『『무덤』뒤에 쓰다』, 『스승』, 『양지서·이』 등 문장과 서신 참조.

상명제를 드러내어 어둡고 차가운 기운과 슬픈 기조가 감돌기까지 했다. 어떤 연구자들은 심지어 루쉰의 대부분 소설을 불교의 고제苦諦 중 팔제八諦와 연관시켜 이해하기도 하면서 루쉰의 작품에는 불교사상의 영향이 침투되어 있다고 밝히기도 했다. 이런 이해는 불확실한 점도 있긴 하지만 필자 역시 어느 한 측면에서는 루쉰 사상의 발전변화 과정 중 본질적 특징을 일부 반영했다고도 본다. 이런 인생고에 대한 인식은 루쉰으로 하여금 전례 없는 고독과 적막의 심경 속에서 여전히 끊임없이 긴장하고, 모든 것에 의문을 품는 회의정신을 유지하여 심령의 탐색을 멈추지 않게 했다. 회의, 이것은 루쉰 사상의 하나의 의식의 특징을 구성하고 있다고 말할 수 있다. 루쉰에게 있어서 회의의 본질은 질문, 되짚음과 반성이며 그 형태는 "인생고"에 대한 깊은 차원의 가치 탐색이다. 루쉰의 "인생고"에 대한 인식과 깨달음은 비교적 짙은 비관적 색채를 띠고 있음이 분명하다. 그는 인생의 처지에 대해서도 절망에 가까운 정서와 허무적 태도를 품고 있었다. 이를테면 "원래부터 염세를 품었으니 병을 방치하고 고치지 않고"[20] 자주 "자포자기한 것처럼 술을 들이켜 마셨다".[21] 러시아의 "매우 절망적이고 염세적인 작가"인 안드레예프의 작품을 찬양하는 것은 모두 이 점을 설명하기에 충분하다. 사상성질로부터 판단하여 보면 이런 것들은 인생을 부정하는 정신적 특징이 틀림없다. 하지만 이런 부정은 회의적 성격에 의해 결정이 되는데 루쉰에게는 종종 절망과 허무에 대한 반항으로 나타난다. 루쉰은 "종종 '암흑'과 '허무'만이 실존이라고 느꼈다". 그

---

20   왕더허우(王得後), 『『양지서』연구』, 톈진인민출판사, 1982, 318쪽.
21   『집외집습유·이것은 이러한 뜻』, 『루쉰전집』 제7권, 263쪽.

러나 "절망적 반항"을 택하는 방식으로 인생의 가치 탐색을 진행한다고 밝혔다. 여기서 "절망적 반항"은 고독과 적막의 심경 속에서 "인생고"에 대한 가치 탐구를 진행한 결과이다. 여기에는 낭만적 기질도 낙천적 정서도 없고 오로지 슬픔과 허무의 심정만 있을 뿐이다. 차후의 전통에 대한 루쉰의 비판은 전반적으로 거의 부정적이다.

예를 들면 중국서적을 "안 읽거나" "적게 읽으라"는 주장, 중국 역사는 "사람을 잡아먹는" 특성(도덕적 허무)이라고 단정한 것, 국민 열등성의 드러냄(인격적 허무) 등이 그것이다. 이런 허무식의 공격은 현대 중국문화에 큰 진동을 일으켰고 동시에 불교문화의 영향을 받은 이후, 루쉰 사상에 발생한 변화와 그 깊이를 나타낸다. 이와 동시에 루쉰은 누차 자신에 대한 해부와 반성을 언급하면서 타인보다 더 자주 "무정하게 자신을 해부한다"고 밝혔다. 특히 산문시 『들풀』의 창작 중 루쉰은 상징적인 수법으로 "자신의 심장을 파내서 먹기로 작심한" 자아 반성 정신을 보여 주었다. 이런 자아반성정신은 루쉰으로 하여금 종종 자신을 의심, 증오, 마비시키며 심지어 자학까지 하게 했다. 그는 누차 자신의 영혼 속에 "독기"와 "귀신기"가 잠복해 있는지, 그러나 "확실한지 여부는 알 수 없다"고 의심했다. 형식상 이런 현상은 당연히 불교가 주장하는 "무아"의 관념, 해탈방식과 일정한 관련이 있으며 "인생고" 명제에 대한 인식과 체험의 각도에서 보면 또 불교가 선양하는 "모든 것이 공空"이라는 정신적 이념과 내재적 일치성이 있다. "공", 공관대천세계空觀大千世界(공으로 대천세계를 본다)는 불교문화에서 하나의 중요한 인식범주이며, 그 성격특징은 "고"에 대한 초월이며, 방법은 정신주체의 장력을 통하여 일체사물은 "자성自性"이 없다는 것을 깨달고 나아가 자아 수행을 통하여 "열반"의 경지에 이르는 것이다. 루쉰의 자성정신도 이런 특징을 표현했다. 그는 "자유롭고 호방한" "위대한 정신"[22]을 극찬했으며, 많은 글들에서 사막의 전장에 서 있는 고요한, 독립적인 "정신계의 전사"에 대해 충분한 긍정을 표했다. 특히『들풀』에서 보여준 "길손", "반역의 용사" 등의 이미지는 모두 결연함, 끈질김, 자아의 열반으로 신세계를 창조하려는 영웅적 기개를 부여함으로써 "인생고"에 대한 깊은 이해와 인생의 참뜻에 대한 철학적 파악을 심도 있게 보여주었다. 이런 의미에서 루쉰은 불교문화의 영향을 받아, 정신 주체의 작용을 인생가치에 대한 탐구와 철학적 파악으로 심화시켰다. 또한 인생을 통찰한 가운데 "암흑에 반항"하고 "절망에 반항"하는 검을 휘둘러 마지막까지 인생의 고난을 초월하는 사상의식과 심리적 동력을 얻었던 것이다.

3.

불교문화는 인생을 고난의 여정이라고 간주하고 중생을 인도하여 고난을 해탈하고 내세의 행복을 추구해야 한다는 취지를 강조한다. 이런 차원에서 불교문화는 정신과 인격의 수련을 통하여 인생과 우주 본질에 대하여 불성佛性에 합한 심령의 깨달음에 이르기를 주장한다. 불교의 교의에 따르면 수련자는 마음을 비우고 욕심을 줄이며 활달하

---

22   루쉰,『역문서발집・『고민의 상징』서문』,『루쉰전집』제10권, 232쪽.

고 도량이 넓으며, 삶의 고통에 대한 전환과 해탈을 불성화된 도덕인
격의 배양 위에 진정으로 수립해야 한다.

불교는 이 목적을 달성하기 위하여 반드시 이 두 가지를 해내야 한
다고 본다. 하나는 반드시 강인한 독실, 희생의 무아 정신을 갖추어야
한다. 다른 하나는 관용과 중후한 흉금, 고요하고 명철한 심경과 지혜
가 있어야 한다. 이 두 가지를 갖추는 구체적 방법은 바로 인격의지의
양성이다.

불교문화의 이런 정신은 루쉰의 인격의지의 양성에 일정한 영향을
미쳤다. 루쉰의 인격에 있어서 강인독실, 용감한 진취정신, 희생이 풍
부한 인격정신, 고요하고 명철한 심경과 지혜 넘치는 인격 기질 등은
불교문화의 유익한 영향의 흔적이라 할 수 있다.

불교는 원시 불교에서 부파불교剖派佛教로, 다시 소승불교와 대승불
교로 발전하였는데 그 기간에 서로 다른 단계와 분파가 생겼다. 루쉰
은 불교에 대한 연구를 하여 소승불교와 대승불교의 구별에 대해 구체
적으로 밝힌 적이 있다. 그는 다음과 같이 말했다. "나는 불교에 대해
일종의 편견이 있는데 고된 소승불교가 오히려 불교답다. 술 마시고
고기 먹는 부자들이 소식素食을 하기만 하면 거사로 칭하고 신도로 받
아주기 시작하면서 그 이름도 듣기 좋은 대승불교라 불렸고 더 널리
퍼지긴 했지만 이는 너무 쉽게 신도로 받아들임으로써 경망스럽게 변
하게 되어 아예 제로가 됐다."[23] 루쉰의 이런 견해는 인격수련의 각도
에서 보면 강인독실, 용감한 진취정신과 희생정신을 추앙하는 그의

---

23   루쉰, 『집외집습유보편·후닝 탈환의 경축의 저편(慶祝滬寧克復那一邊)』, 『루쉰전
집』 제8권, 163쪽.

인격정신의 훌륭한 각주라고 볼 수 있다. 루쉰은 인격의지 양성 과정에서 자각적으로 불교문화의 유익한 자양분을 흡수했다. 예컨대 불교계의 강인하고 탁월한 수행자에 대하여 항상 찬사와 감탄을 아끼지 않았다. 예를 들면 당 현장唐玄奘(602~664)에 대한 찬양인데 그를 "중국의 기둥"[24] 반열에 열거하려고까지 했다. 영국 칼라일T.Carlyle(1795~1881)의 『영웅과 영웅숭배On Heroes and Hero-Worship, and the Heroicin History』와 미국 에머슨Ralph Waldo Emerson(1803~1882)의 『대표적 인물Representative Men』과 같은 "인물사"를 쓰려고 했던 당시 그 인물 속에 "몸을 바쳐 불법을 추구한 현장"[25]을 포함시켰다. 또 석가모니가 "몸을 던져 호랑이를 먹인"[26] 일화에 대해서도 높은 찬사를 보냈다.

불교문화에서 자신의 인격의지 양성에 유익한 자양분을 흡수하는 루쉰의 이런 자각적인 태도는 그와 불교문화와의 정신적 연관성을 표명한다. 루쉰의 강인 독실한 인격정신이 모두 불교문화의 영향의 결과라고 말할 수는 없지만 "내 청춘의 뜨거운 피를 조국에 바치리라"에서, "암흑의 갑문을 어깨로 받치리", 또한 "머리 숙여 기꺼이 대중을 위해 복무 하리라"는 그의 정신은 불교문화의 자아희생정신, 중생을 널리 계도하는 정신의 영향의 흔적이라 분명 말할 수 있다. 동시에 이 시각을 따라 가다 보면 우리는 루쉰의 인격이 그의 문학창작실천에 투영되었을 때 부각된 이미지는, 예를 들면 광인, 진짜 용사, 길손 등의 캐릭터는 거의 다 루쉰 자신의 인격의 그림자라는 것을 어렵지 않게

---

24   루쉰, 『차개정 잡문·중국인은 자신감을 잃어버렸는가?』, 『루쉰전집』 제6권, 118쪽.
25   루쉰, 『준풍월담·신새벽의 만필』, 『루쉰전집』 제5권, 235쪽.
26   루쉰, 『삼한집·예융진(葉永臻)『짧은 십년』머리말』, 『루쉰전집』 제4권, 146쪽.

알 수 있다. 루쉰의 인격이 실제 생활에 관철되었을 때를 살펴보면, 그는 마치 엄격히 자신을 해부하는 것처럼 했고, 젊었을 때의 창작에 대해 후회하지 않으며 신앙에 충실하고, 지조를 지키지 않는 것에 대해서는 반대하였는데 이는 모두 그의 인격의지의 표현이라고 볼 수 있다. 이 모든 것들은 불교가 그에게 미친 영향으로 불문佛門에 대한 흥미 정도가 아니라 그 속에서 인생에 유익한 정신을 추출하여 그것을 가지고 진정으로 자신의 피와 살로 만들었다는 것을 설명한다.

이런 영향의 결과, 루쉰의 인격기질은 특수한 매력을 형성했다. 통상 사람들이 칭찬하는 "고요하고 명철한 심경과 지혜"의 기질이 바로 그것이다. 불학에 조예가 꽤 깊은 쉬스취안徐詩荃 선생은 루쉰에 대해 다음과 같이 말했다. "일본 유학시절 이미 불학을 연구했으며 불교조예造詣는 저로서는 오늘까지도 바라볼 엄두도 못 내고, 선생님께서는 불학에 들어갈 수도 있지만 불학을 나올 수도 있으셨다. (…중략…) 선생님의 흉금은 극히 넓고 고요한 경지에 이르러 끝없는 공허적막을 방불케 하여 거의 인간세상과 절연絶緣에 가깝다. 그가 시에서 표현한 '심사호망연광우心事浩茫連廣宇'(생각하는 바가 넓어 우주와 연관된다)처럼 외면은 극히 냉정했다. 특히 만년에는 더욱 그렇다."[27] 필자는 루쉰의 이런 인격기질은 진정으로 불교문화의 특징을 파악한 후 인생에 대하여, 자아에 대하여, 전체사회와 세계에 대하여 일종의 투철한 인식을 갖게 됨으로 말미암은 증표라고 본다. 불교문화의 영향은 루쉰으로 하여금 "생사"를 포함한 인생의 궁극적 의미에 대하여 진지하게 사고할

---

27 쉬스취안(徐詩荃), 『별과 꽃, 옛 그림자-루쉰 선생에 대한 약간의 기억』, 『루쉰연구 자료』 제11책, 천진 : 천진인민출판사, 1980, 169쪽.

기회를 갖게 하였으며, 진지한 반성을 통하여 그로 하여금 최종 암흑과 허무, 고독에 대하여 "절망의 항전"의 방식으로, "반역의 용사", "진정한 용사"의 자태와 안목으로 인생의 의미를 꿰뚫고 생명의 열망을 쏟아내게 했다. 생명의 적인 "무물의 진無物之陣"에 반항하며 인생의 슬럼프를 탈출하여 제2차 각성 ― 젊은 시절 강개격앙의 불같은 열정대신 냉정하고도 침착한 방식으로 인생을 인식하고 파악하며 큰 지혜로 자아를 초월하게 했다. 그리하여 루쉰은 고해에 발을 담그고도 고해를 포용할 수 있었고 고해를 벗어날 수 있었다. 생명의 섬세한 체험을 통해 끝내 생명으로 하여금 "비상하는 극치의 대환희"에 이르게 하여 강자로서의 생명해탈과 암울한 인생에 반항하는 가치와 의미를 탐구해냈다. 동시에 그로 하여금 인생 역경과 어두운 현실에 대하여 일종의 멸시, 반항과 초연의 태도를 취하게 하여 그의 강인한 독실, 용감한 진취, 희생적인 인격정신과 내재적 일치를 유지하게 했다.

루쉰에 있어서 불교문화의 영향은 다방면이다. 결론적으로, 루쉰에 대한 불교문화의 영향을 살펴보자면 마땅히 그의 복잡한 정신구조 및 사상발전의 진행을 놓고 파악해야 한다. 루쉰은 진지하게 불교를 배우고도 불문에 발을 들여놓지 않았으며 그럼에도 불교문화의 참뜻을 깊이 깨달았다. 루쉰은 불교사상을 자신의 사상의 넓은 바다에 합류시켜 법계의 장엄함을 더하였으며 발휘할 것은 발휘하고 포기할 것은 포기하여 새로운 의미를 개척함으로써 자신의 사상을 동시대인이 그와 비교할 수 없는 경지에 이르게 했다.

"구중국" 이미지의 전시자와 비판자

루쉰의 "구중국" 이미지에 대한 구조 해체

청 말 이후 중국전통의 '구주방원九州方圓'을 중심으로 하는 국가의 인지 및 이미지 메이킹은 서방의 과학적 측량, 계산을 특징으로 하는 천문지리학의 거대한 도전에 부딪쳤다. 신지식, 신사상의 광범한 전파와 "서방을 배우자"는 사조 속에서 제1세대 "선진 중국인"들은 민족과 국가의 이미지 리메이킹 문제를 사고하기 시작했다. 웨이위안魏源의 『해국도지海國圖志』, 린쩌쉬林則徐(1785~1850)의 『사주지四洲志』, 량치차오梁啟超의 『신중국미래기』, 루스어陸士諤(1878~1944)의 『신중국』 등은 모두 미래 중국에 대한 새로운 상상을 보여준 것이다. 민국 건립 후 제2세대 "선진 중국인"들은 서방의 "민주", "과학", "자유" 가치의 영향을 받아 "구중국" 이미지에 대한 구조 해체, 비판을 보여주었으며 그 속에서 현대문명의 중국 이미지 재건의 가치 구조를 탐색했다. 이 중에서도 루쉰의 "구중국" 이미지에 대한 구조 해체와 비판은 가장 눈에 두드러진다. 그는 "4천 년 문명" 중국의 "식인" 이미지를 그려냈으며 오늘날까지 "구중국" 이미지에 대한 구조 해체와 비판 중 가장 심각한 비유적인 전시로 남아있다. 루쉰의 "구중국" 이미지에 대한 구조 해체와 비판의 특징을 살펴보면, 루쉰이 각각 종, 횡, 종횡교차 세 가지 차원에서 진행했다는 것을 어렵지 않게 알 수 있다. 종적인 차원에서는 전통문명의 반성을 통하여 역사에 대한 심각한 해부와 분석을 보여주었으며, 횡적인 차원에서는 현대문명에 대한 구조 수립을 통하여 현실에 대한 집요한 비판을 표현했다. 종횡교차의 차원에서는 주로 역사, 현실과 미래의 관련성과 교차를 통하여 삼위일체적으로 현대중국의 역사운명과 발전전망에 대한 심도 있는 사색을 펼쳤다.

1.

제1세대 "선진 중국인"들과 달리 루쉰은 남경에서 공부하던 시절에 이미 진화론 사상의 영향을 받아 "생존경쟁", "자연선택" 등 신관념으로 중국을 관찰하는 것을 중요시하기 시작했다. 훗날 그는 다음과 같이 지적했다. "중국은 아마도 너무 노화되어 사회의 크고 작은 일들이 모두 검정색깔의 염색 항아리처럼 무엇을 던져 넣어도 다 새까맣게 변해버렸다. 다시 방법을 강구하여 개혁 하는 것 외에는 더 이상 다른 길이 없다."[1] 일본으로 유학을 간 후, 서방 현대주의 철학사상의 영향을 받아들이고 신구전환시기의 중국에 대한 관점이 또 새롭게 변화하는데, 그것

---

1   루쉰, 『양지서·4』, 『루쉰전집』 제11권, 베이징 : 인민문학출판사, 1981, 20쪽.

은 소위 민국은 비록 이미 "공화"를 이루어 "외면은 그럴 듯 하지만 내면은 여전하다"[2]는 본질에 대한 인식이다. 바로 이런 현대적인 신사상, 신이념과 신사유로 "중국 이미지"를 리메이킹 할 때, 루쉰은 먼저 "구중국" 이미지에 대한 "破(파괴)"가 선행 되어야 한다고 보았다. 전체 이미지에 대한 구조적 해체와 비판을 진행해야 한다는 것이다. 그는 "큰 채찍이 등에 떨어지지 않으면 중국은 꿈쩍도 하려하지 않는다"고 거듭 지적하면서 "이 채찍은 언젠가는 올 것이며 호불호를 떠나서 꼭 맞게 되어있다"[3]고 굳게 믿었다. 루쉰은 "항전", "반항"의 방식으로 "구중국" 이미지의 구조를 해체하는 것을 견지했다. "왜냐하면 나는 줄곧 '암흑과 허무'만이 '실존'이라고 느끼며, 그럼에도 이런 것들에 절망적 항전을 해야 하기 때문이다"[4]라고 루쉰은 분명하게 밝힌 바가 있다.

이런 사고방식에 근거하여 루쉰은 우선 종적인 차원에서 중국 역사를 고찰하고 나서 중국역사는 시종 "일난일치一亂一治"(폭동, 전쟁이 일어나는 난세와 평화적이고 안정적인 잘 다스려진 치세가 번갈아 등장한 역사현상)의 "악순환"을 벗어나지 못했다고 보고 "우리는 한편으로는 파괴되고, 다른 한편으로는 수리하면서 수고스럽게 또 그대로 살아왔습니다. 때문에 우리의 생활은 파괴, 수리, 파괴, 수리의 생활이 되었습니다. (…중략…) 중국의 문명은 바로 이렇게 파괴하고 수리하고, 또 파괴하고, 또

---

2   루쉰, 『조화석습·판아이눙』, 『루쉰전집』 제2권, 313쪽.
3   루쉰, 『무덤·노라는 가출하여 어떻게 되었는가』, 『루쉰전집』 제1권, 164쪽. 소설 『머리카락의 이야기』에서도 루쉰은 "아, 조물주의 채찍이 중국의 등에 닿기 전에 중국은 영원히 이런 모습의 중국이며 절대로 스스로 털끝도 변하려 하지 않는다!"라고 한탄하였었다.
4   루쉰, 『양지서·4』, 『루쉰전집』 제11권, 21쪽.

수리하는 피곤하고 상처투성이의 가련한 것입니다."⁵ 이런 "파괴"와 "수리"의 순환은 중국으로 하여금 줄곧 "노예"노릇을 하는 시대를 벗어나지 못하게 하였으며 "노예노릇을 하려해도 못하는" 시대와 "잠시 노예자리를 지킨" 두 시대의 순환 속에서 소위 중국역사의 "초안정"적인 상태를 형성했다. 그러니까 "실제로 중국 사람은 여태껏 '인간'의 자격을 쟁취해 본 적이 없으며, 기껏해야 노예에 지나지 않았으며 지금도 마찬가지다. 그런데 노예보다 못했던 시기는 오히려 여러 번 있었다".⁶ 노예의 역사가 만들어낸 것은 노예의 성격으로서 종래 "인간"의 의식을 가져본 적이 없으며, 인간의 권리, 인간의 존엄과 인간의 지위는 더 말할 나위도 없다고 지적했다. 루쉰은 이렇게 심각하게 중국 역사의 "식인" 현상을 묘파했다. 쉬서우창許壽裳에게 보내는 편지에서 그는 "이걸로 역사를 읽으면 많은 문제가 저절로 풀린다. 나중에 우연히 『통감通鑒』을 읽었는데 중국인은 아직도 식인민족이란 걸 이제 깨달았다"⁷라고 말했다. 루쉰이 보기에 "식인"은 "구중국" 역사 이미지의 본질적 특징이다. 그는 「광인일기」에서 이에 대해 가장 전복적顚覆的인 구조 해체를 진행했다.

뭐든지 연구를 해봐야 알 수 있다. 옛날에는 때때로 사람을 잡아먹었는데 난 아직 기억이 난다, 그런데 그렇게 확실하지는 않다. 내가 역사를 펼쳐 검색 해보니 이놈의 역사는 년대도 없고 페이지마다 삐뚤삐뚤하게

5   루쉰, 『화개집속편 · 강연기록(記談話)』, 『루쉰전집』 제3권, 357~358쪽.
6   루쉰, 『무덤 · 등하만필』, 『루쉰전집』 제1권, 212쪽.
7   루쉰, 『서신집 · 180820 · 쉬서우상에게(致許壽裳)』, 『루쉰전집』 제11권, 353쪽.

"인의도덕"이 몇 글자만 씌어져 있었다. 나는 이래저래 잠이 안와서 자세히 한참 들여다보았더니 비로소 글자 사이에 글자가 보이는데 책 전체에 "식인" 두 글자가 쓰여 있었다![8]

"사람을 잡아먹는"것은 노예시대의 가장 두드러진 특징 중 하나이다. "인간"이라는 의식을 가져본 적이 없기 때문에 "사람을 잡아 먹"고 기꺼이 노예 노릇을 하고자 했다. 루쉰은 "우리는 극히 쉽게 노예로 전락한다. 그리고 노예가 되고도 아주 기뻐한다"[9]라 말했다. 전통에 대한 반성과 인간을 박해하는 역사의 죄악을 드러낸 것을 통하여 루쉰은 노예와 노예근성은 "구중국"이 사람들에게 주는 가장 직접적인 이미지라고 말했다. 그는 중국이 역사는 비록 유구하지만 여전히 정체상태로 앞으로 나아가지 않으며, 노쇠기운이 완연하고, 황혼의 어둠이 짙게 드리워 활력이 없다고 지적했다. "중국의 영혼은 역사에 다 쓰여져 있고, 장래의 운명도 제시되어 있다. 다만 분식이 너무 두껍고 쓸데없는 소리가 너무 많아 바탕을 간파하기가 어려울 뿐이다"[10]라며 역사를 거울로 삼아야 한다고 거듭 강조했다.

"구중국"의 이런 역사적 이미지에 대하여 루쉰은 소설 창작을 통해 가장 생생한 예술쇼를 보여 주었는데 "미장未莊", "노진魯鎭", "S성" 등은 모두 "구중국" 시리즈 이미지의 경관이다.

"미장"은 루쉰이 『아Q정전』에서 허구로 만들어낸 중국 남방의 한

---

8   루쉰, 『외침 · 광인일기』, 『루쉰전집』 제1권, 424~425쪽.
9   루쉰, 『무덤 · 등하만필』, 『루쉰전집』 제1권, 211쪽.
10   루쉰, 『화개집 · 홀연히 생각하다』, 『루쉰전집』 제3권, 16쪽.

마을이다. 소설의 주인공 아Q의 주요 활동 장소이기도 하다. 루쉰은 소설에서 "미장"에 대하여 이렇게 묘사했다.

> 미장은 본래 큰 마을이 아니다. 잠깐이면 다 돈다. 마을 밖에는 논이 많은데 보이는 곳마다 새싹이 파릇파릇하고 그 속에 원형의 움직이는 검은 점들이 띄엄띄엄 보이는데 바로 논 매는 농부들이다.[11]

표면상 물 좋고 경치 수려한 남방의 마을인 듯하지만 "내면" 곳곳에는 구 중국 농촌의 쇠퇴와 폐쇄가 깃들어 있어, 외부세계에 무슨 일이 발생해도 아무런 영향도 받지 않는 듯하다는 것을 드러낸다. "혁명당"은 이미 성 안으로 들어 왔지만 미장은 "크게 달라진 게 없고" 더군다나 현縣정권이 "혁명" 신정부로 바꾸어졌는데도 "현장의 관리 역시 구관"이고, "군 통솔자도 역시 이전의 우두머리"로 "무슨 호칭을 고치는 것에 불과했다". 미장에서는 권세 있는 향신鄕紳 자오趙씨 나리나 자오 슈차이趙秀才 부자나 보통 백성들이나 모두 옛날 그대로 살아가면서 외부의 "혁명"에 대해 깜깜 무지하거나 다르게 해석한다. 예를 들면 미장의 몇몇 "머리를 감아 올린 자"는 가짜 양키와 내왕이 있는데 그 자의 "혁명"에 대한 허풍을 듣고 반신반의하여 땋은 머리를 감아올린다. 이들은 이런 청정부와 혁명당 사이에 "양다리를 걸치는" 수법을 썼는데 "눈치를 보며 행동하는" 투기적 성격을 드러냈다. 그리고 아Q, 왕후王胡, 소D 등 류의 건달들은 '정신승리법'으로 "힘을 믿고 약자를 괴

---

11   루쉰, 『외침·광인일기』, 『루쉰전집』 제1권, 506쪽.

롭히"며 살아가면서 음주, 도박, 싸움, 절도, 부녀자 희롱 등 나쁜 짓이나 하고 어지러움을 틈타 소란이나 피우며 사리사욕을 채웠다. 미장에서는 사람과 사람 간의 무관심, 내면 깊은 곳의 장벽, 물질생활의 빈곤, 정신상의 우매, 낙후 등 모두가 "구중국" 사회의 짙은 색깔을 드러낸다.

"미장"과 달리 허구로 구성된 "노진"은 중국 남방의 한 소도시인데 "주점" 비슷한 공공장소가 있다. 예를 들면 『쿵이지孔乙己』에서 루쉰은 "노진의 주점 배치는 다른 곳과 다르다"고 특별히 언급했다. 예를 들면 함형주점의 "거리를 향한 ㄱ자형 큰 매대", 쿵이지는 바로 여기서 자주 "서서 술을 마시는 사람 중 유일하게 장포長袍를 입은 사람"이었다. 쿵이지는 시대의 변동을 무시하고 도시 밖의 변화도 모르고 옛날 자신의 방식대로 살아갔다. 어정쩡한 신분, 시대에 뒤처진 행위는 그가 "시대의 위배자", "낙오자"라는 것을 표명한다. 노진의 함형주점 같은 공공장소에서는 주점주인이나 점원이나 짧은 옷차림의 백성이나 긴 옷차림의 백성이나 예외 없이 모두 일종의 "시대에 맞지 않은" 짙은 색깔을 드러낸다. 그들은 주점과 같은 공공장소에 모여 타인을 비웃거나 조롱하면서 쾌감을 얻는다. 예를 들면 쿵이지를 비꼬면서 재미를 느낀다. 기실, 이 인정미가 없는 소도시에서 피차 모두 "보고", "보이고", "대중에게 보여주고" "대중에 의해 노출되는" 이원 대립 구조에 놓여 있으며 사람 간에 "성의와 사랑"이 부족하다. 『축복』에서 나온 "노진"은 『쿵이지』와 다른데, 그것은 샹린 아주머니를 죽음으로 내몬 특정 공간을 구성한다. 소설은 결국 누가 샹린 아주머니를 죽인 "흉악범"인지를 지적하지 않았지만 실제로는 "노진"에 사는 모든 사람을 가리킨다. 루魯씨 넷째 나오리, 넷째 부인, 샹린 아주머니의 시어머니, 그리고 시아주버니, 류 씨 아주머니 등, "노진"의 남녀노소가 공동으로 "노진"을 대표로 하는 중국의 낡은 문화, 낡은 전통의 그물을 조성하여 각기 다른 방식으로 샹린 아주머니에게 육체적, 정신적 박해를 가한다. 샹린 아주머니로 하여금 시종 "노예노릇을 하려해도 하지 못하는" 것과 "잠시 노예자리를 지킨" 시대를 오가면서 괴로움에 몸부림치며 외롭고 쓸쓸하게 죽어가도록 내몬다.

"S성"은 루쉰의 고향 사오싱紹興인 듯 한데, 완전히 그렇지도 않다. 『아침 꽃을 저녁에 줍다』에서 가리키는 현실에서의 "S성"이나, 소설에서 허구인 "S성"이나 여전히 모두 "구중국"의 이미지이다. 현실의 "S성"은 루쉰의 성장 공간이며 그의 진실한 생존환경을 반영한다. 이 "S성"에 대하여 루쉰은 견딜 수 없는 냉혹감, 무관심과 억압을 느끼며 "S성 사람들의 얼굴은 벌써부터 익숙해져서 심장과 간조차도 잘 알 것 같다"[12]고 표현했다. 소설에서 허구인 "S성"은 단지 고향의 대명사만은 아니고, 사람으로 하여금 전례 없이 어쩔 수 없는 무기력감과 고독감을 느끼게 하고 사람을 무지하게 만드는 "성"이다. 예를 들면, 『주점에서在酒樓上』의 경우에 언급된 "원래 지점에 돌아 온", 즉 다시 "S성"에 돌아온 후 어찌할 도리가 없이 느끼는 무기력감, 『고독한 자(孤獨者)』에서 묘사한 "S성"에서 "상처를 입은 늑대처럼 심야에 광야에서 우는" 나의 고독, 『고향』에서 고향인 "S성"에 돌아와서 어린 시절 친구였던 룬투閏土의 "나으리"라는 그 한마디에 배어나온 무지 등은 모두

---

12   루쉰, 『조화석습·잡다한 기록』, 『루쉰전집』 제2권, 293쪽.

"구중국"이라는 "성"은 무겁고, 무감각하고, 억압적이고, 경직된 리얼한 세계이다.

"구중국"은 정체에 빠져 앞으로 나아가지 않는 향토사회이며 "하늘이 변하지 않으면 도道 역시 변하지 않는다"는 고훈古訓을 고수한다. 페이샤오퉁費孝通(1910~2005)이 지적했듯이 "변화가 아주 적은 사회에서 문화는 안정적이고 새로운 문제가 아주 적고 생활은 전통적인 방식으로 한다".[13] "미장", "노진", "S성" 등을 대표로 하는 "구중국" 역사 이미지의 전시, 그리고 그 속에서 생활하는 "쿵이지", "화라오솬華老栓", "룬투", 아Q, 샹린 아주머니 등과 같은 인물형상의 부각을 통해 루쉰은 "일난일치一亂一治"의 노예시대를 순환하면서 자연스럽게 "사람을 잡아먹는" "구중국"의 본질적 특징을 밝혀내어 사람들에게 심각한 이미지 인식과 깊은 역사적 사색을 제공했다.

2.

'낡은 중국'의 역사 형상을 해체deconstruction하는 것과는 달리, 현대 문명을 기준으로 현실을 비판하는 것, 이것이 루쉰이 '낡은 중국'의 현실 형상을 해체하는 두드러진 특징의 하나이다.

루쉰은 "나는 아주 일찍부터 중국의 청년들이 들고 일어나서 중국의 사회, 문명에 대하여 거리낌 없이 비판하기를 희망했다"[14]고 말한 적이

---

13   페이샤오퉁(費孝通), 『향토중국』, 베이징 : 생활·독서·신지삼연서점, 1985, 68쪽.
14   루쉰, 『화개집·책의 머리말』, 『루쉰전집』 제3권, 4쪽.

있다. 현대문명을 추구하면서 사회 횡단면에서 중국 사회현실에 대한 해부분석과 비판을 진행한 것은 "구중국"에 대한 구조 해체와 비판의 중요한 한 측면이다. 루쉰은 현실은 곧 역사의 자연스런 연장선이며 "옛날 마음속 깊이 간직한 감정을 떠올린 사색은 종종 오늘을 위한 것이다"[15]라고 인식했다. 이미 민국시대에 접어들었지만 "구중국" 이미지의 그림자는 여전히 곳곳에 남아있다. 그래서 루쉰은 다음과 같이 말했다.

나는 마치 소위 중화민국이 아예 존재하지 않는다고 느껴진다. 나는 혁명 이전에 내가 노예였다고 느꼈고, 혁명 후 좀 지나서는 노예의 속임수에 넘어가서 그들의 노예가 되었다고 느꼈다. (…중략…) 지금의 중화민국은 역시 오대, 송나라 말기, 명청이나 다름없다.[16]

역사적 안목으로 현실사회를 바라보고, 현대문명 기준으로 현실사회를 비판하는 것은 루쉰이 "구중국"의 현실사회에 대한 "사회비평"과 "문명비평"[17]을 진행하는 데 있어서 "구중국" 현실 이미지의 구조를 해체하는 가치척도이다.

"구중국" 역사 이미지에 대한 구조를 해체할 때, 주로 그 "사람을 잡아먹는" 본질에 대한 비판, 역사에 대한 "일난일치一亂一治"의 "변화없는 고요한 모습"과 "구태의연한 모습"의 고발에 주력을 했다면, "구중국" 현실현상의 구조 해체에 대해서는 주로 시대적 병폐에 대한 적발

15   루쉰, 『화변문학 · 또 "세익스피어"이다』, 『루쉰전집』 제5권, 571쪽.
16   루쉰, 『화개집 · 홀연히 생각하다』, 『루쉰전집』 제3권, 17쪽.
17   루쉰, 『양지서 · 17』, 『루쉰전집』 제11권, 63쪽.

폭로, 국민 열등성에 대한 해부분석과 비판에 주력을 했다. 그 취지는 "구중국" 역사 이미지에 대한 비판을 심화하고 현실을 역사의 연장선의 일부라고 간주하여 "구중국" 이미지에 대한 전반적인 구조를 해체하고자 하는 것이었다. 다시 말해서 현대중국으로 하여금 문명의 발걸음을 재촉하여 현대문명의 중국 이미지를 수립하게 하는 데 있었다.

현실을 바라보는 이런 이념과 태도에 기반하여 루쉰은 잡문이라는 방식을 택하여 "구중국" 현실 이미지에 대한 비판을 전개했다. 잡문은 현실수요에 응하여 생겨난 것으로서, 그 특징은 짧고 날카로운 형식으로 시대의 병폐에 일침을 가하여 현실의 추악함을 비판하고, 사회의 암흑면을 적발 폭로하는 것이다. 루쉰에게 잡문이란 현실을 향한 "비수"와 "투창" 같은 것으로 시대, 사회, 역사와 문화에 "감응하는 신경이며, 공격과 방어의 수족"으로서, "해로운 사물에 대하여 즉각 반향과 항쟁을 안기는"[18] 것이었다. 때문에 "짧고, 날카롭고, 빠른" "잡문"의 방식으로 "구중국"의 현실 이미지의 구조 해체를 진행한 것은 "구중국" 역사와 현실에 대한 루쉰 인식의 노련함과 깊이와 자각을 나타낸다. 루쉰은 "나의 잡문은 종종 코, 입, 털 등을 따로 그린 것처럼 보이지만 합쳐놓으면 거의 전체 이미지다", "'중국 대중의 영혼'은 지금 내 잡문에 반영되어 있다"[19]라고 말했다. 이미지 구조 해체를 논하자면, 잡문을 택한 방식의 특징은 횡단면의 해부분석 방식으로 "구중국"의 현실추태를 보여주는 것이었다. 루쉰의 잡문의 특징은 "짤막하게 비평하고, 마음껏 토로하는 것으로서 말 그대로 소위 '잡다한 느낌'

---

18   루쉰, 『루쉰전집』 제6권, 3쪽.
19   루쉰, 『준풍월담·후기』, 『루쉰전집』 제5권, 382쪽.

이다".[20] "잡다한 느낌"을 포착하여 문장을 쓰는 루쉰의 목적은 아주 명확하다. 그것은 바로 "구중국"의 현실 이미지에 대하여 직접적으로 보고 느낌을 평판하고, 현대문명에 부적합한 현실추태에 대하여 직접적인 폭로를 하려는 데 있다.

"사회비평"과 "문명비판"의 가치척도와 이를 바라보는 사고방식에 근거하여, 루쉰은 "구중국"의 현실 이미지 구조 해체에 있어 잡문 방식을 가지고 주로 두 가지 방면에 힘을 기울였다. 하나는, 전방위적으로 현실사회의 현대문명에 대한 심각한 부적응성과 사회발전의 낙후성을 드러내는 것이며, 다른 하나는, 전반적으로 중국 국민의 열등성을 반성하고 현대 중국 사회발전이 낙후된 원인을 밝히고자 한 것이다.

루쉰은 "나의 나쁜 점은 시사를 논할 때 체면을 지켜주지 않고, 고질병폐를 비판할 때 종종 유형을 취한다. (…중략…) 유형을 취하는 단점을 말하자면 병리학상의 그림과 흡사한데, 상처瘡를 예를 들면 이 그림은 모든 모종의 상처瘡의 표본이 된다".[21] 현대중국은 비록 제왕제도를 뒤엎고 공화제의 민국을 건립하였지만 전체사회의 발전 진행과정은 현대문명 수준과 거리가 멀고 사람들에게 주는 이미지는 여전히 낙후, 무지, 마비, 무질서와 혼란이다. 루쉰은 『열풍 · 42』에서 "구중국"의 연속적인 현실 이미지를 이렇게 묘사했다.

중국사회를 둘러보면 사람을 잡아먹는 것, 강탈, 참살, 인신매매, 생식기 숭배, 영학(靈學), 일부다처 등 무릇 소위 국수(國粹)라는 것들은

---

20 루쉰, 『삼한집 · 서』, 『루쉰전집』 제4권, 3쪽.
21 루쉰, 『위자유서 · 서언』, 『루쉰전집』 제5권, 4쪽.

어느 하나 야만인의 문화(?)와 딱 들어맞지 않는 게 없다. 길게 땋아 늘 어뜨린 머리, 아편을 피워대는 것도 토착인의 괴상망측한 헤어스타일과 인도의 대마초를 피워대는 것과 쏙 빼닮았다.

『화개집·"벽에 부딪힌" 뒤華蓋集·"碰壁"之後』에서 루쉰은 재차 "구중 국"의 이런 이미지를 더욱 직관적으로 보여주었다 : "내 눈앞에는 항 상 겹겹의 먹구름이 쌓여 있는데 그 속에 옛 귀신, 새 귀신, 떠도는 혼, 우수아방牛首阿旁(소머리에 사람 몸을 가진 귀신) 축생, 화생化生, 대규환大叫 喚(지옥중의 귀신), 무규환無叫喚(지옥의 귀신)이 있어 듣거나 보지 못하게 괴롭힌다." 이어서 그는 환각의 형식으로 다시 현실추태를 더 한층 구 상화 했다 : "담배 두 대 피우고 나니 눈앞이 환해지면서 음식점의 전 등 불빛이 환상으로 떠올랐다. 그러더니 술잔사이로 교육자들이 학생 을 음모하여 해치는 것이 보이고, 살인자가 미소를 짓더니 백성을 도 륙하는 것이 보인다. 죽은 시체가 썩은 흙 속에서 춤추는 것이 보이고, 더러운 오물이 풍금에 가득 뿌려지는 모습이 보였다." 루쉰은 다음과 같이 비판한다. "구중국"의 "이런 야만풍은 야만에서 문명으로 진입하 는 것이 아니라, 문명에서 야만으로 전락하는 것으로서 가령, 전자가 백지라면 여기서부터 글을 쓰기 시작하는 것이다. 그렇다면 후자는 낙서로 가득 찬 검은 종이에 지나지 않는다. 한편으로 예악을 주장하 며 공자를 떠받들어 경전을 읽고 '4천 년이나 문물의 국가라 자처'하 는 것이 가관이다. 다른 한편으로는 아무렇지도 않게 살인방화, 간음 약탈과 같은 짓을 하는데 야만인도 동족에게는 하지 않는 만행을 저지 른다. (…중략…) 온 중국이 이런 대 연회장이다".[22] 다른 시사평론 문장들과 달리 시대의 병폐에 대한 루쉰의 비평 취지는 "구중국" 고유의 사회구조를 전반적으로 구조 해체하고, 일관적인 전통 이미지를 전복하자는 것이다. 그는 시종 "민주", "자유", "과학"을 대표로 하는 현대문명은 이미 "거대한 흐름의 방향으로서 도도하여 막을 수 없다"[23]고 말했다. 현대중국이 자신의 새로운 이미지를 재건하려면 반드시 "초안정"적인 역사 순환을 타파하여 역사의 "악순환"을 벗어나서 미증유의 "제3모델의 시대"[24]를 창조해야 비로소 전체 중국사회가 "깊고 장엄한" "20세기의 문명"세계[25]에 발을 들여 놓을 수 있다고 주장했다. 그래야 현대문명세계의 일원이 되어 "현시대의 세계에서 협력 성장하며 한 자리를 쟁취할 수 있다"고 인식하였던 것이다. 때문에 루쉰은 "많은 사람들이 '중국인'이라는 이름이 사라지지 않을까 두려워하는데, 내가 두려워하는 것은 중국인이 '세계인'의 대열에서 밀려나는 것이다"[26]라고 반복적으로 강조했다.

현대문명의 글로벌 트렌드 속에서 "구중국"의 현실 이미지를 바라보고 중국의 현실사회를 해부분석하자면, 국민성과 국민정신에 대한 심각한 반성이 없이는 안된다. 루쉰은 지적한다. "중국인은 왠지 자신을 연구하려 하지 않는다. (…중략…) 우리 국민의 학문은 대다수가 소설에 의존하며, 심지어 소설을 바탕으로 꾸며낸 극 대본에 의존한다."[27] 이런 허황된 방식으로 세계에 대한 인식을 만족시키려는 것은

---

22 루쉰, 『화개집속편·마상즈(馬上支)일기』, 『루쉰전집』 제3권, 332쪽.
23 루쉰, 『무덤·과학사교편』, 『루쉰전집』 제1권, 25쪽.
24 루쉰, 『무덤·등하만필』, 『루쉰전집』 제1권, 211~213쪽.
25 루쉰, 『루쉰전집』 제1권, 55쪽.
26 루쉰, 『열풍 36』, 『루쉰전집』 제1권 307쪽.

현대문명정신에 위배되며 결과는 국민성 타락을 가속화하는 것일 수밖에 없다. 루쉰은 "중국인의 각 방면을 감히 직시하지 못 하는 것, 감추고 속이는 수법을 쓰는 것, 기묘한 탈출로를 만들어 놓고 스스로 정도라고 생각하는 것 등은 국민성의 비겁과 나약함, 게으름, 교활함을 증명한다"고 했다. 그리고 하루하루 만족해 하면서 즉, 하루하루 타락하면서 오히려 하루하루 영광을 느낀다"[28]라고 지적했다. 이렇게 루쉰은 국민 열등성의 각종 표현을 중점적으로 고찰하고 그것을 국민 성격 심리의 차원까지 끌어 올려 가늠하고 해부 분석했다. 그는 "중국은 한결같이 실패한 영웅이 적으며, 끈질긴 반항이 적다. 감히 혈혈단신으로 맞서 싸우는 무인이 적으며, 반역자의 죽음을 슬퍼하며 우는 조객弔客이 적다. 승리의 조짐이 보이면 분분히 모이고, 패색이 짙으면 뿔뿔이 도망간다"[29]라고 지적했다. 그가 보기에 "내면이 변함없는" 현대중국은 여전히 그 어떤 문명의 종자도 심어지지 않았으며 어두운 현실사회는 여전히 "폭군"이 통치하는 "전제사회"이며, "노예적"인 국민성격과 심리만 조성해냈다. 그는 "노예적"인 성격심리에는 두 가지 함의가 있다고 보았다. 하나는 "노예성", 다른 하나는 "노비성奴婢性"이다. 전자는 사람들에게 "모든 것을 참고 견디는" "신하와 백성"의 이미지를 심어주고, 그 특징은 "묵묵히 생장하고, 시들고, 말라죽는, 큰 바위에 깔린 풀과도 같다".[30] 후자는 사람들에게 "배은망덕한 사람", "카멜레

27 루쉰, 『화개집속편·즉흥일기』, 『루쉰전집』 제3권, 333·334쪽.
28 루쉰, 『무덤·눈을 똑똑히 뜨고 봄』, 『루쉰전집』 제1권, 240쪽.
29 루쉰, 『화개집·이것과 저것』, 『루쉰전집』 제3권, 142쪽.
30 루쉰, 『집외집·러시아 역본『아Q정전』 서언 및 저자의 자술 약전(俄文譯本『阿Q正傳』序及著者自敍傳略)』, 『루쉰전집』 제7권, 82쪽.

온" 류의 "소인" 이미지를 심어준다. 그 특징은 마치 "발바리", "염소", "고양이"처럼 "아양 떨기"를 잘한다. 루쉰은 노비를 "영원히 구제할 수 없는 존재"라고 하면서 "노비가 주인이 되면 절대 '나으리' 칭호를 폐지하려 하지 않을 것이며 그의 거드름은 아마 그의 주인보다 더 심하고 더 가소로울 것이다"[31]라고 지적했다. "아주 작은 포상을 받기 위하여 비단 노비에게 안주할 뿐만 아니라 더 광범한 노비 노릇을 하려 들며, 노비 노릇하는 권리도 돈 들여 사야 한다. 이것은 천민들이 아닌 자유인이라면 절대로 생각하지 못하는 것이리라."[32] 이와 같은 국민성에 대한 성찰, 특히 국민 열등성에 대한 성찰을 통하여 루쉰은 "구중국" 역사의 "식인" 이미지를 다시 한번 현실적 차원에서 심각하게 해부하고 분석, 반성과 비판을 가하였으며 "구중국" 이미지의 구조 해체를 더 한층 심화시켰다.

"사회비평"과 "문명비판", "구중국"의 현실 이미지 해부분석에 대한 집착은 시대 병폐에 대한 루쉰의 비평을 전체 국민성에 대한 개조와 민족 영혼의 재건 차원으로 끌어 올려 그의 깊은 역사반성과 문화성찰 정신을 보여주었으며, 시대의 발전과 맞물리는 그의 현대성 사상을 드러내주었다. 루쉰 자신도 다음과 같이 지적하였다. "역대 극히 특별했던 인물들, 기실은 중국인 성격의 한 부류를 대표하는 인물을 택하여 중국의 '인물사'를 만들어도 좋을 듯하다"[33]는 생각을 했다.

31   루쉰, 『이심집·상하이문예의 일별』, 『루쉰전집』 제4권, 302쪽.
32   루쉰, 『준풍월담·"타민"에 대한 나의 견해』, 『루쉰전집』 제5권, 217쪽.
33   루쉰, 『준풍월담·새벽만필(晨凉漫記)』, 『루쉰전집』 제5권, 235쪽.

3.

"구중국"이미지에 대한 루쉰의 구조 해체의 가치지향은 미래의 중국이다. 역사와 현실과 미래는 삼위일체라는 것이 그의 역사관이다. 그는 "우리가 역사를 고찰하는 것은 과거에 근거하여 미래를 추측하자는 것이다".[34] "과거와 현실의 철석같은 사실에 근거하여 장래를 추측하면 불 보듯 뻔하다"[35]라고 말했다. 역사, 현실, 미래의 연관성과 인터액티브를 통하여 삼위일체로 현대중국의 역사 운명과 발전 전경을 파악하려는 것은 그의 "구중국"이미지 구조 해체 및 현대문명의 중국 이미지 수립 사상의 기점이 된다.

비록 루쉰의 마음 속에는 미래에 대한 주저와 의혹, 방황이 있었지만, 미래 중국의 이미지 수립에 대하여 그는 줄곧 긍정적인 가치구조를 탐색했다. 루쉰에게 있어서 진정한 구조 해체는 간단한 전복과 부정이 아니었다. 깊은 속내는 여전히 백지 위에 새로운 그림 그리기를 희망했다. 소설『비공非攻』창작을 마치고나서 얼마 후『중국인은 자신감을 잃어버렸는가?』라는 글에서 그는 다음과 같이 언급했다. "우리에게는 자고로 묵묵히 열심히 하는 사람, 목숨을 걸고 밀어붙이는 사람, 대중을 위하여 목숨을 내놓는 사람, 몸을 던져 법을 구하는 사람들이 있었다. (…중략…) 비록 왕후장상들의 가문의 족보를 만들어 내기 위한 소위 '정사正史'에 해당이 되지만 그들의 빛나는 업적을 덮을 수는 없다. 이런 사람들이 중국의 기둥들이다." 루쉰의 "구중국"이미지

---

34   루쉰, 『화개집 · 답KS군』, 『루쉰전집』제3권, 111쪽.
35   루쉰, 『남강북조집 · 『서우창전집』(壽常全集) 머리말』, 『루쉰전집』제4권, 525쪽.

에 대한 구조 해체는 일반적인 논리 추리를 통한 것이 아닌, 피해체 대상의 고유자원을 빌어 표면에서 안으로 깊이 파고들어가 그 "고체" 구조를 타파함으로써 전복, 구조 해체의 목적을 달성한 것이다. "구중국" 역사와 현실에 대한 이중심사, 해부분석과 비판을 통하여 루쉰은 "구중국" 이미지를 인식하는 새로운 관념과 새로운 방법을 표현하였을 뿐만 아니라, 미래를 향한 새로운 사상과 새로운 사고방식을 표현했다.

『고사신편故事新編』에서 루쉰은 "병든 사회"와 "삶"에서 소재를 발굴하는 기존의 창작방법을 바꾸고 역사의 "신화, 전설, 사실史實"에서 중국 이미지 수립의 자원을 찾았다. 그는 1935년 1월 4일 샤오쥔蕭軍, 샤오훙蕭紅에게 보낸 편지에 그는 "요즘 고서를 좀 읽고 뭐 좀 쓰고 싶어. 그 나쁜 놈들의 조상 묘를 파헤쳐야겠다"라고 썼다. 중국인이 가장 금기시하는 "조상 묘를 파헤치는" 방식으로 중국 이미지를 수립하는 것은 여전히 "구중국" 이미지 구조 해체에 대한 그의 사고방식의 연속이지만, 중요한 점은 일반적인 이미지 재건을 초월하는 새로운 사고방식의 표현이라는 것이다. 구조 해체 자체는 파괴적인 것이지만 궁극적 목표가 아니며, 그 속에는 더 높은 구조적 가치지향과 목적이 내포되어 있다. 바꾸어 말하면, 루쉰이 "구중국" 이미지를 구조 해체하는 것은 새로운 가치의 구축을 지향한 것이다. 중국의 역사, 현실과 미래를 하나의 전반적인 진행과정으로 간주하고 바라본 것이며, 더 큰 사상 골조 안에 편입시켜 파악한 것이다. 마오뚠茅盾(1896~1981)이 말했듯이 "고대와 현대가 복잡하게 얽히고 융합되어 하나가 둘로, 둘이 하나가 되는"[36] 세계 속에서 미래 중국 이미지 수립의 가치에 대한 루쉰의 생각을 표현한 것이다. 때문에 루쉰은 기존의 역사소설 창작의 "역사적 사실과 허구"에 매달리는 수법을 버리고 "자그마한 연고를 취하여, 자유롭게 발휘"하는 방식을 취하여 역사를 살리고, 창작주체의 역사와 현실, 미래에 대한 인식의 주동성과 능동성을 두드러지게 함으로써 중국 역사운명과 미래전경에 대한 그의 관심을 표현했다. 예를 들면 『여와보천』은 프로이드학설을 빌어 창조의 원인을 해석하는 것으로써 창조자의 심리적 번뇌를 표현했다. 『분월奔月』은 태양을 쏘아 떨어뜨린 신화 속 영웅의 시련과 고독을 표현하였으며, 『주검鑄劍』은 황당한 시나리오 설정을 통하여 의사義士와 폭군간의 양립할 수 없는 복수정신을 두드러지게 했다. 『이수理水』, 『비공非攻』 등의 소설에서는 정면으로 대우大禹, 묵자墨子 등을 통해 굳건한 신념, 묵묵히 열심인 "중국의 기둥" 이미지를 부각하였으며, 『채미采薇』, 『출관出關』, 『기사起死』 등은 우화적으로 역사를 표현하고, 고금을 버무려서 역사로부터 현실과 미래를 투시하여 그 속에서 미래중국의 문명 이미지를 보여줄 가능성을 탐구했다. 이것은 루쉰이 "구중국" 이미지를 구조 해체하고 미래중국의 이미지 재건에 대한 사색을 전개한 것이다. 간단하게 하나의 새로운 이미지를 재건하여 기존의 낡은 이미지를 대체하고 값싼 무사태평을 표현하는 것이 아니라, 보다 많은 가능성을 방출하여 미래에 던져줌으로써 사람들로 하여금 미래의 시공간 속에서 자신의 인식과 이해에 근거하여 문명중국에 대한 다양성, 다원화의 이상적 기대와 상상을 전개할 수 있도록 해야 한다고 생각했

---

36 마오뚠(茅盾), 『『현무문의 변화』서문(『『玄武門之變』序)』, 『『고사신편』연구자료』, 지난: 산동문예출판사, 1984, 137쪽.

기 때문이다. 비록 역사의 진상은 영원히 "각자 시각에 따라 다르고", 심지어 영원히 알 수 없지만, 사람들은 여전히 역사 구조 해체 속에서 역사에 새로운 의미를 부여할 수 있다. 포퍼^{Karl Popper}(1902~1994)가 지적했듯이 "역사는 비록 의미가 없지만 우리는 역사에 일종의 의미를 부여할 수 있다".[37] 루쉰의 "구중국" 이미지에 대한 구조 해체는 그 속에 미래 중국의 이미지 재건에 대한 그의 일종의 합리적인 이상이 관통하고 있으며, 미래 문명중국의 가치구축에 대한 역사적 의미를 부여했다.

　루쉰의 "구중국" 이미지에 대한 구조 해체는 시대사상 발전의 위치에서 힘겨운 발걸음으로 20세기 현대문명의 문턱을 넘어서는 "구중국"의 이미지를 그려냈으며 그 속에 미래의 중국 운명과 전경에 대한 바람과 상상을 기탁했다. 역사와 현실과 미래의 삼위일체 속에서 바라 본 전체 중국 이미지 중, "구중국" 이미지를 구조 해체한 진정한 의도는 다음과 같은 사실에서 비롯했다 : 유구한 역사를 자랑하는 중국이 실제로 아직 새로운 문명시기에 진입할 충분한 준비가 되어있지 않았으며, 역사표상의 배후에는 여전히 "구중국" 및 그 인민들의 문명교체 중의 딜레마와 여전히 오랫동안 변하지 않은 관습이 자연스럽게 되어버린 문화심리가 자리 잡고 있었다. 근대에 강제로 개방되어 글로벌 충격에 놓여버린 중국은 한 번 두 번 계속해서 무기력감과 당혹감을 드러냈고, 몽매하고, 무지하며 마비된 모습을 드러내고 있었다. 이것은 인간과 사회, 역사와 문화가 국민의 열등성을 통하여 드러내

37　포퍼(Karl Popper), 『열린사회와 그 적들』, 『현대서방 사학유파 문선』, 상하이인민 출판사, 1982, 166쪽.

준 영원한 모순이자 생생한 소감이었다.

당연히 루쉰은 이런 상황이 계속되기를 바라지 않았다. 그는 역사, 현실, 미래, 국민성 등 일련의 문제를 해부하고 분석하여 사상계몽의 문을 열고, 중국이미지에 대한 그의 인식을 온전히 전달하고자 했다. 유한한 역사를 초월한 심리투시로 가장 광범한 인생가치의 탐구위에 인간의 생존, 발전과 운명에 관한 여러 가지 정신적 명제를 끄집어냄으로써, 민족생존 상황과 미래 운명에 대한 그의 깊은 관심을 표현하고자 했다. 그는 불같은 열정을 얼음 같은 냉정으로 감싸고 관찰, 성찰했다. 한 민족, 중국 대륙의 전반적인 당혹감, 현대문명에 대한 전반적인 부적응성을 그려냈으며, 민족생존, 성격, 심리 및 그 운명에 대한 역사적 교훈적 의미를 심도 있게 해석했다 : "너희들은 즉각 고쳐라, 진심으로 고쳐라! 이후로는 사람을 잡아먹는 사람을 용납하지 않는다는 것을 너희들은 알아야 한다." 이 외침소리는 하늘 위에 오랫동안 울려 퍼지면서 중국인들의 마음을 뒤흔들었다. 이런 의미에서 루쉰의 "구중국" 이미지에 대한 구조 해체는 현대중국문화의 범 텍스트 중 가장 기본적인 어의語義내용과 연관된다. 지극히 계몽적인 상징세계를 구축하여, "구중국" 이미지를 단번에 유한한 표징의의表徵意義의 범주를 초월하여 전환 시기 전 민족의 내재적 고통과 정신적 상태를 드러냈으며, 긴 세월 동안 형성된 "집단무의식"이 민족심리에 어떻게 누적되었는가에 대한 깊은 사색을 담아냈다.

"구중국" 이미지에 대한 구조 해체는 중화민족 정신의식과 심리성격을 탐구하고 보여주는 루쉰의 독특한 방식이 되기도 했다는 것은 쉽게 알 수 있다. 민족 생존 상황, 무지몽매한 국민의 정신상태, 국민의 노예적 심리성격 내지 인간의 해방, 개성해방, 민족해방과 사회해방, 이 모든 것들이 이런 구조 해체 속에 깊이 자리 잡고 있었다. 선옌삥沈雁冰(1896~1981, 본명 茅盾)이 말했듯이 루쉰의 작품을 읽으면 "일종의 통쾌한 자극을 받는 듯한 느낌이 든다. 마치 오랫동안 암흑 속에 있던 사람이 갑자기 눈부신 햇빛을 본 것과 같다." 또 "그는 말한다. 그(루쉰)의 저작에는 '인생무상'의 탄식도 없고, 만년에 얻는 잠깐의 평온에 대한 흠모와 자아 위로(많은 작가들이 흔히 갖고 있는)도 없다. 반면에 그의 저작에는 오히려 반항의 외침과 무정한 폭로로 충만하다. 모든 억압에 반항하고 모든 허위를 드러내어 밝힌다! 구중국의 부스럼은 너무 많다. 그는 참을 수 없어 끊임없이 칼을 들고 철없이 자해自刺만 한다".[38] 선옌삥沈雁冰의 견해는 상당히 심도 있고 독특한 것이다. "구중국" 이미지에 대한 루쉰의 구조 해체가 일으킨 영향은 거대하고 심원深遠하며, 역시 혁명적이라는 것을 마땅히 인정해야 할 것이다.

---

38 선옌빙 : 본명은 선더훙(沈德鴻), 자(字)는 옌빙(雁冰), 마오둔(茅盾)이라는 필명이 가장 유명. 『루쉰론』, 1928년 1월 『소설월보』 제9권 제1기 게재.

'대역사'관 시야 속의 루쉰

기여와 한계

⁂

'대역사'란 무엇인가? 저명한 미국국적 중국인 역사학가 황런위黃仁宇(1918~2000)선생의 말을 빌리자면 그것은 "거시적으로 시야 폭을 넓히는 개념들을 중국 역사 연구에 도입하는 것이다". 그러므로 소위 "대역사관macro-history"이란 거시적 역사관이며,[1] 그 특징은 중국역사에 대한 전반적 인식과 파악에 주력하여 중국역사발전의 추세와 흐름을 이해하고, 배후의 자연환경, 경제, 문화 등 여러 요인들이 역사에 미친 종합적인 역할을 깊이 꿰뚫음으로써 일종의 총체적인 역사관을 드러내는 것이다.

---

[1] 역사학계에서 황런위(黃仁宇)의 "대역사관"은 역사연구를 위하여 일종의 새로운 시각과 방법을 제공하였으며, 동시에 사학연구에 신선한 바람을 불어넣었다. 특히, 그는 단순하게 도덕평판으로 역사인물에 대한 결론을 내리지 않고 크게, 넓게 보는 드넓은 도량으로 역사연구의 일대 새로운 기풍을 수립했다. 황런위(黃仁宇), 『만력십오년』, 『허드슨 강변에서 중국역사를 논하다』, 『종횡고금서술(地北天南敍古今)』, 『자본주의와 21세기』, 『중국 대역사』 및 『역사의 시야를 넓히다』 등 저작 참조.

'대역사관'의 이념과 관점, 방법을 빌어 루쉰을 살펴보면, 루쉰에 대한 이전의 인식이 여전히 대부분 정태적이고 미시적인 측면에 머무른 채, 단지 루쉰을 특정한 역사시기의 특정한 역사인물(이 자체는 물론 틀리지 않다)로 간주할 뿐이다. 그를 중국 역사, 문화, 사회, 나아가 모든 문명전환의 특정한 환경 속에 두고서 그의 정신과 사상과 인격, 그리고 현대문명으로 나아가는 과정에서 행한 역사적 공헌 및 이로부터 비롯된 그의 역사적 한계를 포함하여 창조적 문화실천 등을 총체적으로 파악하거나 살펴보려 하지 않는다.

"대역사관"의 시야에서 보면 루쉰은 중국의 역사, 문화, 사회와 문명에 대하여 자기 나름의 독특한 체험, 독특한 깨달음과 독특한 생각을 가진 현대지식인이라고 말할 수 있다. 중국 전통문화에 대한 숙련과 현대 서방문화의 수용, 그리고 문명전환 중 중화문명의 쇠락에 대한 뼈저린 체험을 기반으로 한 루쉰은 전통적인 문인이나 고대의 사대부와는 다르다. 그 특징은, 자신의 사상, 생각, 의식, 인격과 정신의 현대적 전환을 완성했고 남보다 앞서 고대 사대부로부터 현대지식인으로 신분을 전환했으며 고대 사대부의 "의존형" 인격으로부터 현대지식인의 "독립형" 인격으로의 전환을 완성했다는 점이다. 바꾸어 말하면, 루쉰이 현대중국의 역사무대에 등장할 때 그는 이미 더 이상 "성인의 대변인", "제왕의 대변인"인 고대 사대부가 아니었다. 더 이상 조용히 서재에 틀어박혀서 "한 마음으로 성현들의 책만 들여다보는" 전통 문인이 아니었다. 그는 자신의 독립적인 사상, 독립적인 가치입장과 판단기준으로 현대중국의 역사운명과 발전 방향을 심사, 사색, 탐구하는 현대지식인이었다. 강남 소도시 후이지會稽(강남의 작은 도시)를 떠난 후, 그는 중서문화의 충돌이 가져온 "신사상", "새로운 풍조"에서 감화와 세례를 받았다. 남경과 동경에서 "진화론"을 받아들인 것이나 현대주의 문화사조의 영향(예컨대 니체의 "초인"철학의 영향을 받아들인 점)을 받아들인 것 등은 모두 대역사의 변혁시대에 "이국의 다른 목소리를 구"하는 루쉰의 용기를 설명해 준다. 그리하여 루쉰은 최종적으로 자신의 관념과 신분의 현대전환을 완성하였으며, 최종적으로 그는 고향의 수많은 선배 문인들, 예를 들면 육유陸遊(1125~1210), 서위徐渭(1521~1593), 장대張岱(1597~1689)······처럼 평생 비교적 폐쇄되고 협소한 전통의 범위 안에서 시나 짓고, 사詞나 쓰고, 문장이나 긁적거리며 그림이나 그리고 가끔 투덜거리면서 시종 "군신부자"의 틀을 벗어나지 못하여 "제왕에 응하여 벼슬이나 하는" 종속사상의 속박에서 벗어나지 못하는 전철을 밟지 않게 되었다. 전통문명이 현대문명으로 전환되는 역사조류 한 가운데에서 루쉰은 가장 단단하고 철저한 방식으로 전통과 결별하고 페이지 마다 "인의도덕"이 쓰인 "4천 년"(실제로는 "5천 년") 문명은 "사람을 잡아먹는" 역사에 지나지 않는다는 것을 드러내어 밝혔다. 그는 "이 식인들을 소탕하고, 이 연회석을 뒤엎어, 주방을 부숴야한다", "어린아이들을 구해야 한다!"라고 크게 부르짖으면서 "자신이 인습의 무거운 짐을 메고 암흑의 갑문을 어깨로 떠받쳐" 신세대의 "어린이들"을 "밝은 곳으로 인도하여 이후에 행복한 나날을 보내고 합리적인 인간이 되게 하리라"[2]고 맹세하였던 것이다. 일찍이 남경에서 공부하던 시절 루쉰은 "진화론"의 영향을 받아들여 사상의 제1차 질적 변화를 이루었다.

---

[2] 루쉰, 『무덤·우리는 지금 어떻게 아버지 노릇을 하고 있는가?』, 『루쉰전집』 제1권, 130쪽.

그는 새로운 사상의 출발점 위에 올라설 수 있게 되었고, 현 세계는 "이렇게도 신선하다"[3]라는 것을 느낄 수 있게 되었으며 현대 중국에 대하여 완전히 새로운 사유를 얻었다고 말할 수 있다. 일본 유학 기간에는 더 광범위하게 현대서방의 영향을 받아들임으로써 사상의 제2차 질적 변화를 완성하였으며 현대중국이 어떻게 현대문명에 진입할 것인가를 사고하는데 새로운 시각을 확립했다고 말할 수 있다. 따라서 그는 현대 중국에 대한 전방위적인 심사와 사색을 표현했다. 루쉰에게 현대문명의 시각으로 현재 처한 세계를 관찰하면 (다음과 같은 것을) 어렵지 않게 발견할 수 있다.

최근 50여 년 동안 인간의 지혜가 점차 진보하여 지난 날을 반성하고 지난 날의 폐단을 진단하고 어둠을 고찰했다. 그리하여 새로운 사상들이 탄생하고 그것들이 모여 큰 조류를 형성했으며, 그 정신은 반동과 파괴로 채워졌고, 신생의 획득을 희망으로 삼아 오로지 이전의 문명을 배격하고 소탕하는 것이었다.[4]

루쉰은 현대문명의 큰 흐름 속에 몸을 담고 그 누구도 역사의 조류를 거스를 수 없다는 것을 잘 알았다. 현대문명은 "절대 갑자기 나타나서 인심을 휩쓰는 것이 아니며, 또한 갑자기 사라져 없어지는 것도 아니다. 그 뿌리가 견고하고 함의가 아주 깊은 것이다. 이것을 20세기 문화의 초석으로 하기에는 좀 이르긴 하나 장래 신사상의 징조나 신생

---

3   루쉰, 『조화석습·잡다한 기록』, 『루쉰전집』 제2권, 296쪽.
4   루쉰, 『무덤·문화편향론』, 『루쉰전집』 제1권, 49~50쪽.

활의 선구"[5]로 하기에는 족하다고 생각했다.

전통적인 농경문명에서 현대공업문명으로의 전환은 19세기 말 이후 일어난 글로벌화 진행과정이며 역시 중국문화의 현대적 전환의 필연적인 추세이기도 하다. 이 과정에서 인류사회는 단지 풍부한 물질문명만을 창조한 것이 아니라 동시에 인류 자신을 위하여 "자유"를 가치 척도로 하는 현대문명관을 확립했다. 18세기 프랑스 저명한 계몽사상가 몽테스키외가 지적했듯이 문명전환시기에 인간자유의 본질적 토대 위에 수립한 인간의 가치, 인간의 존엄과 인간의 권리는 "자유" 이념의 본질이다. 몽테스키외는 "철학에서의 자유는 자신의 주장을 행사하려는 것이다"[6]라고 말했다. 바꾸어 말하면, "자유"의 의미는 현대인에게 충분한 자주 권리와 생명자유의 의지에 가치의미를 부여할 수 있어야 한다는 것이었다. 문명전환의 역사적 거센 파도 속에서 루쉰은 몸으로 현대문명 발전에 대해 거대한 충격을 느꼈다. 그는 "'자아'만이 유일한 실재이며, 세계의 본질이며, 오로지 이 '자아'만이 자유이다. (…중략…) 자유는 힘으로 쟁취해야 하며, 이 힘은 바로 개인에게 있다. 그 힘은 금전일 수도 있고 권리일 수도 있다"[7]라고 언급했다. 그는 "중국의 수구꼴통들이 새로운 사상을 회피하는 것은 전혀 이상할 것 없는"[8] 현실을 통감하고 "중국은 이미 자존자대自尊自大하기로만 천하에 알려졌다. 비방誹謗에 능한 사람들은 그것을 완고한 것이라

---

5   위의 책, 49·50쪽.
6   몽테스키 외, 쑨리젠(孫立堅) 외역, 『법의 정신』상, 시안 : 산시인민출판사, 2001, 220쪽.
7   루쉰, 『무덤·문화편향론』, 『루쉰전집』제1권, 51쪽.
8   루쉰, 『무덤·인간의 역사』, 『루쉰전집』제1권, 8쪽.

고 하며, 멸망할 때까지 낙후하고 낡은 제도와 관습을 지키려 한다"고
지적했다. 그는 만약 중국이 현대문명발전의 역사조류에 순응하지 못
한다면 필연코 현대문명의 버림을 받게 될 것이라고 주장했다. 그는
또 근대 서방 변혁의 역사를 예를 들어 다음과 같이 말했다 : "자유"를
핵심이념으로 하는 "혁명은 영국에서 일어나 미국으로 번졌다. 프랑
스에서 대규모로 일어나서 봉건세습특권을 소탕하고, 등급 제도를 타
파하였으며, 정치권력은 백성이 주도하고 평등자유의 이념과 민주사
회의 사상이 널리 퍼지고 사람들 마음속 깊이 자리 잡았다. 그 이념과
사상이 오늘에까지 이어져서 무릇 모든 사회정치경제의 일체 권리는
반드시 모두 대중에게 공개하게 하며 풍속습관, 도덕종교, 취미애호
및 발언과 기타 행위에 이르기까지 모두 귀천, 상하 등 제한과 차별을
없앴다." 현대문명의 "자유" 가치를 논할 때 그는 특히 프랑스 대혁명
을 예로 들어 언급했다. "프랑스 대혁명 이래 평등자유는 가장 중요한
것이 되었으며 이후의 보통교육과 국민교육의 보급은 모두 평등자유
의 이념이 있었기 때문이다. 이런 문화가 오래 이어져서 차츰 인간의
존엄을 깨닫게 되고, 자아를 인식, 개인과 개성의 가치를 인식하게 되
었다. 게다가 전통관습의 타파로 종교에 대한 숭고한 신념이 흔들리
게 되어 자각의 정신은 극단적인 자아관념으로 전환되었다. 그리고
사회는 민주경향이 고조되어 개인은 모두 사회의 일원이며 모두 평등
하다고 주장하면서 전 인류의 평등을 지향하고 사회의 차별을 해소하
려 했다"[9]라고 언급했다.

---

[9]   이상 출처를 밝히지 않은 인용문은 모두 루쉰, 『무덤·문화편향론』에서 인용.

현대중국이 "자유"를 핵심이념으로 하는 현대문명에 매진하는 것은 문화전환과 발전과정에서 필연적인 추세이기도 하다. 루쉰은 현대문명의 가치척도를 기준으로 보았을 때 농경문명시대 휘황찬란한 성과를 이루었던 중국이 근대에 들어 낙오하게 된 근본원인을 다음과 같이 설명했다. "중앙에 우뚝 솟아 비교할 만한 상대가 없어 더욱 자만에 빠지게 되었으며, 이렇게 자신의 것을 소중히 여기고 남의 것을 하찮게 여기는 것은 인정상 당연시하는 것으로 여겨져 도리에 크게 위배되는 것이 아니었다. 그렇지만 다만 비교할 대상이 없었기 때문에 안일이 나날이 지속되면서 쇠퇴하기 시작했고, 외부의 자극이 가해지지 않자 진보 역시 중지되었으며, 사람들은 무기력해지고 제자리에 머물게 되면서 그것이 절정에 달해 훌륭한 것을 보아도 배울 생각을 하지 않게 되었다."[10] 때문에 어떻게 현대중국이 세계 선진문명을 쫓아서 신 라운드의 세계발전 조류에 합승할 수 있게 할 것인가가 루쉰의 의식의 중심이 되었다. 그는 다음과 같이 여러 번 강조했다. "많은 사람들이 두려워하는 것은 '중국인'이라는 이름이 사라지는 것이다. 그러나 내가 두려워하는 것은 중국인이 '세계인'의 대열에서 밀려나는 것이다." 루쉰은 여기서 자신의 우려와 공포를 똑똑히 드러냈다. "중국인은 세계를 잃고서도 여전히 이 세상에 붙어살려고 한다! ―이것이 내가 가장 두려워하는 것이다." 그리하여 그는 자신에게 구체적인 임무를 부여했다. 그것은 현대중국이 "작금의 세계에서 함께 성장하고 한 자리를 차지"하여 현대문명이 인정하고 선도하는 "진보적 지식, 도

10　루쉰, 『무덤·문화편향론』, 『루쉰전집』 제1권, 44쪽.

덕, 품격, 사상"¹¹의 기본소양과 기본정신을 획득하도록 하는 것이다. 그리고 그는 "낡은 장부를 청산"하는 과정에서 "우리의 어린이들을 완전히 해방"함으로써 다음 세대에 희망을 기탁하고 "사람의 자식"으로서 세계 속의 동방에 우뚝 서게 해야 한다¹²고 명확히 밝혔다.

　문화전환의 형태를 살펴보면, 단일한 형태의 문명체계의 내적 가치전환과는 달리, 하나의 문명형태에서 다른 문명형태로의 전환(즉 형태를 뛰어넘는 문명전환)은 필연적으로 관련된 문명요인과 문명가치체계의 극렬한 변동을 초래하며, 그 총체적 발전추세는 새로운 문명체계의 탄생을 촉진시킨다. 근현대 중국에 대해서 말하자면, 근현대 서방문물이 새롭고 강력한 문명으로서 조수처럼 밀고 들어와 전례 없는 가치관과 가치체계의 충돌이 불가피했다. 중국전통 중 현대문명에 부적응하는 가치요인들의 질적 변화가 초래되었으며, 나아가 전체 전통가치체계가 크게 흔들려 전례 없는 "가치위기"가 발생했다. 근현대 중국역사의 발전은 서로 다른 형태의 문명충돌, 중서문화의 격렬한 부딪침으로 나타났으며, 종합적인 특징은 유가 주도의 전통문화를 중심에서 변두리로 밀려나도록 억압하는 것이다. 문화체계와 구조의 특성에서 보면 전통가치 실추의 가장 근본적인 원인은 아무래도 농업문명 토대 위에 수립된 유가문화가 중국문화 발전을 장기적으로 주도한 중심역량이었다는 데에 있다. 유가문화는 중국인이 오랫동안 추앙한 가치와 인생신앙으로서, 글로벌 현대화 진행과정 중 갈수록 그 부적응성과 발전상의 낙후성을 드러내어 중국사회의 변화와 문화의 전변을 어렵

11　루쉰, 『열풍 36』, 『루쉰전집』 제1권, 307쪽.
12　루쉰, 『열풍 40』, 『루쉰전집』 제1권, 323쪽.

게 했고 현대화를 향해 매진하는 중국인을 위하여 시대적 의의가 있는 궁극적 가치를 더 이상 제공하지 못했다. 가치의 추락은 현대중국인의 가치관 위기를 초래했다. 전통적 정신신앙―유가의 기본 도덕가치를 핵심으로 하는 인생가치관이 뿌리채 흔들리고, 전통적 가치관―유가의 가치세계가 현대인생을 더는 지탱하기 어렵게 되었으며 전통문명의 무중력 상태는 문화정체성의 심각한 위기를 유발했다.

　　루쉰은 이 문화충돌, 문명갈등 중 중국전통문화의 낙오성을 심각하게 인식했다. 그는 "문화경쟁 실패 이후", 중국에서는 더 "분발하여 개진"하려는 자신감 있는 정신을 찾아볼 수 없었다[13]고 지적했다. 그것은 전통문화 자체에 내재된 인간의 신앙, 신념, 가치관, 가치취향과 궁극적 가치 및 문화발전 메커니즘 모두에 위기가 발생하여 더 이상 현대중국 사회의 발전 요구에 적응하기 어렵게 된 까닭이었다. 이에 대한 철저하고 심각한 혁명을 진행하지 않는 한, 전통문명과 전통문화는 현대중국 발전에 새롭고 강대한 문화 동력이나 새로운 문명발전 방향을 제공할 수 없다고 보았다. 현대 서방의 영향을 받아서 현대 중국 지식인들은 더 이상 단조롭게 전통적 가치이념을 따르지 않았다. 그들은 전통적 문화 경전을 인정하지 않으며 전통적 윤리규범에 순종하지 않고 "신문화, 신사상, 신도덕"[14]을 적극 제창했다. 이에 루쉰도 "낡은 관습과 대립하여 더 나아가 타파해야 한다"라고 고취했다. 심지어 "중국 책을 ―적게―혹은 아예 읽지 마라"고 격분에 찬 목소리로 호소했다. 그는 "19세기 말에 발생한 사상의 변화는 그 원인이 무엇이며 그 내용이 무

13　루쉰, 『열풍 38』, 『루쉰전집』 제1권, 311쪽.
14　천두슈(陳獨秀), 『『신청년』범죄사건의 답변서』, 『신청년』 제6권 제1호.

엇이고, 향후 어떤 영향을 미칠 것인가? 본질적으로 그것은 19세기 사상에 대한 교정에서 비롯된 것이다"라고 주장했다. 그는 오직 현대문명발전의 주류에 합류해야만 중국은 비로소 진정한 출구를 찾을 수 있고 더 발전할 수 있다고 보았다. 때문에 가치위기에 직면한 루쉰은 유가문화를 비판하고 동시에 중국문화의 현대적 전환문제를 진지하게 생각했다. 그는 생각의 중심을 "인간"에 대한 사색 위에 놓고, 특히 인간의 정신해방, 개성해방에 대하여 진지하게 사고했다. 그는 중국역사상 미증유의 "제3모델의 시대"를 창조하려면 반드시 "입인立人"사상의 높은 차원에서 국민성을 개조하고, 민족영혼을 재건하여 현대중국으로 하여금 전통문화의 폐단을 극복하고 "19세기 문명의 폐단을 교정"하여 "깊고 장엄"한 "20세기 문명"[15]에 진입할 수 있도록 해야 하며, 아울러 현대 중국인도 새로운 형태의 현대인격으로 "세계인"의 반열에 어깨를 나란히 할 수 있게 해야 한다고 주장했다.

헤겔(1770~1831)은 위대한 사상을 품은 자는 필연코 위대한 미로에 빠지게 된다고 말했다. 문명전환, 문화충돌의 소용돌이 속에 처한 루쉰도 완벽한 "신"은 아니다. 역사적 "중간물"로서의 루쉰도 역사전환 시기 지식인의 한계를 지니고 있다. 현대문명 발전이 아직 충분하지 않고 완벽하지 않는 상황하에, 그리고 현대지식인들이 아직 "반직업성"과 "반독립"의 처지에 처해 있을 수밖에 없는 상황하에 루쉰 역시 진정으로 현실을 초월할 수는 없었다. 그는 의식 깊은 곳에서 여전히 전통의 시달림에서 벗어날 수 없었고, 영혼의 깊은 곳에 아직 알게 모

---

15   루쉰, 『무덤·문화편향론』, 『루쉰전집』 제1권, 49·55쪽.

르게 전통의식의 그림자가 남아있었다. 동시에 진정으로 현실의 번거로움과 속세의 속박을 벗어날 수 없었는데 이는 어느 정도 그의 사상 발전의 깊이에 영향을 미쳤으며 그의 아량과 사상적 깊이에 영향을 미쳤다. 이렇게 시대와 개인의 이중 요인에 의해 형성된 "의식의 복잡성"은 루쉰의 "독특함"과 "자기 나름의 품격을 형성"하게 하는 요소이기도 하며, 그의 한계를 구성하는 요소이기도 하다. 그는 "때로는 자유스러웠고, 때로는 아주 급했으며", 심지어 편파적이고 과격하기도 했다. "심각한 편면"성을 보이는 것은 다소나마 이것들과 밀접한 연관이 있다.[16] 동시에 이것은 그의 이론사유의 수립에 영향을 미치고 그의 이론 사변력思辨力의 제고에 영향을 미쳤다. 그의 잡문은 "중국사회의 백과전서"라는 미명과 영예를 얻긴 하였지만 대개 "시대의 병폐에 대하여 일침"을 가하는 즉흥적 소감으로, 심각하고 날카로운 독창적 견해가 있다. 하지만 이론사유가 강조하는 사물의 규율성과 본질적 특징에 있어서는 전면적으로 심도 있는 의견 제시나 체계적 이론의 구조적 특징이 결여되어 있다. 루쉰의 개체 성격과 심리 특징을 말하자면 구체적인 논전에 드러난 "감정적 대응"과 "원한", "복수"의 심리는 또한 사리事理에 대한 심도 있는 분석과 논리적인 사변에 많든 적든 어느 정도의 영향을 미쳤다. 특히 '5·4' 신문화 계몽운동을 하는 과정 중 온 힘을 모두 계몽의 위대한 실천에 던졌지만 계몽 자체의 한계에 대해서는 인

16 　예를 들면 어떤 네티즌이 쓴 루쉰의 "원한"심리를 비평하는 문장에서 "원한은 루쉰의 마음을 단단히 얽어매어 그를 더 높은 경지에 이를 수 없게 했다. 결과는, '노예'의 대변인으로서, 그는 줄곧 엘리트의 신분으로 노예 광경의 제약을 초월하는 것을 이루지 못했다." 무명, 『루쉰 계몽사상의 한계를 논함』 참조.
(http://www.fjsnow.com/guoxue/ArticleShow.asp?ArticleID=90169)

식의 맹점이 존재했다. 카시러^{Cassirer · Ernst}(1874~1945)는 이를 날카롭게 지적했다. "역사 거리와 역사 간격에 대한 사람들의 몰이해는 천진스럽고 지나친 자신감에서 비롯되는데, 자신의 기준을 역사적 사건을 평가하는 절대적이면서도 효능 있는 실행 가능한 규범으로 간주한다. 이렇게 되면 필연적으로 사람들은 인지 장애를 초래하고 인식상 뛰어넘을 수 없는 맹점을 낳을 수밖에 없다."[17]

'5·4' 신문화운동이라는 시대적 수혜를 받은 만큼, '5·4' 운동의 시대적 한계의 제약도 받는다. "대역사"관의 각도에서 보면 루쉰도 마찬가지다. 그의 사상의식 구조에는 아직 일종의 패러독스, 일종의 모순성과 그로 인한 사상의 복잡성이 존재한다.

그러나 반드시 짚고 넘어가야 할 점은 루쉰은 자신의 한계성에 대하여 아주 잘 알고 있었다는 것이다. 그의 역사 "중간물"설은 어떤 의미에서 자신의 한계성 인식에 대한 가장 훌륭한 각주라고 말할 수 있다. 그는 여러 차례 다른 장소에서 "오히려 이 오랜 망령을 등에 업고 떨쳐 버릴 수 없는 괴로움에 시달려 때때로 가슴이 답답한 억압감을 느낀다. 사상 면에서도 어찌 장주^{莊周}나 한비자^{韓非子}에 어느 정도 중독되지 않을 수 있겠는가"[18]라고 하면서 자신의 한계를 토로했다. 루쉰의 선택은 "결점이 있는 전사가 될지언정" "완벽한 파리"가 되지는 않는다는 것이었다. 역사의 급류 속에서 루쉰은 자신의 모든 것을 역사의 평판에 맡기기로 했다. 그의 의도는 아주 명백하다. 육신과 정신의

---

17   카시러(Cassirer Ernst), 구웨이밍(顧偉銘) 외역, 『계몽철학』, 산동인민출판사, 1988, 6쪽.
18   루쉰, 『무덤 · 『무덤』후쪽에 쓰다』, 『루쉰전집』 제1권, 285쪽.

선택 중 완벽한 육신의 "빠른 부패"와 결함 있는 정신의 "위대함"을 선택했다.

역사를 심각하게 꿰뚫어 볼 수 있는 사람이라면 자신을 심각하게 통찰할 수 있는 사람이다. 문명전환시기에 루쉰은 모든 지혜를 민족의 신생에 모아 현대문명의 의식과 기준으로 세계를 인식하여, 전통적 가치규범을 타파하고 현대문명의 가치와 의미를 탐구했다. "대역사"관의 차원에서 말하자면 루쉰은 근대 이래 중화민족이 기대하는 보기 드문 문화 위인이다. 그는 사상 면에서 최고의 현대문명의식을 갖추었으며 인격상 역시 현대지식인의 독립성을 가장 잘 구현한 사람이다. 중국 신문화 발전에 대해 치밀한 생각을 갖고 있었던 그는 침울하면서 격앙되고 강인하면서도 완강한 성격이었으며, 국민성(민족성)에 대해 꾸준한 탐구정신을 갖고 있었다. 그는 시종 현대중국인을 위하여 진정한 귀속歸屬(소유권)을 탐구하는 사상열정과 정신으로 넘쳤다. 루쉰의 사상의 선행先行이나 한계를 불문하고 모두 근현대 중국발전의 대역사와 함께 문명전환의 특정 시기에 한 획을 남김으로써 그는 끊임없이 후세인에게 계시를 주고 있다.

지식인으로서의 루쉰

엄격히 말해서, 중국 역사 문화 맥락에서의 현대지식인은 근현대 중서문화충돌이 초래한 문화전환시기의 산물이다. 그들은 중서문화 충돌 속에서 오히려 주체에 대한 자각을 고도로 심화시켰고 용감하게 "서방을 배우자"는 무거운 짐을 짊어졌다.

현대적 의미에서의 지식인은 독립적 인격과 독립적 신분을 가진 존재로, 현대적 가치척도로서의 사상과 지식문화와 정신의 힘을 빌려 사회와 역사, 문화에 대해 독특한 사고를 진행한다. 아울러 선명한 '공적인 관심public concern'을 지니고 공공의 양심Public conscience과 사회적 책임감, 역사적 사명감을 체현하며, 강렬한 사회비판의식을 품고 사회활동에 참여하는 문화인을 가리킨다.[1] 간단히 말하면, 천인커陳寅恪 선생이 창도한 현대지식인은 마땅히 "독립적 인격, 자유정신"의 현대적

---

1   쉬지린(許紀霖), 『중국 지식인은 사망하였는가?』, 『중국 대학 학술 강연록』, 구이린
    : 광시사범대학출판사, 2001, 264쪽.

품격을 갖추어야 한다. 현대 중국 문화사상 루쉰은 현대지식인의 걸출한 대표임이 틀림없다. 그의 사상, 의식, 관념, 학설, 주장과 인격 등은 모두 전형적으로 현대지식인의 정신적 특징을 반영하고 있으며 현대지식인의 정신적 본보기가 되고 있다.

1.

현대지식인으로서 루쉰을 살펴볼 때, 성격이나 정신 기질상 모두 그는 현대의식의 특징을 갖고 있다. 예를 들면, 그가 "중국사회와 문명에 대해 거리낌 없이 비평을 가하"는 것, 자신의 영혼 깊은 곳의 "독기"와 "귀신기"에 대하여 "자신을 삼키기로 작심"하는 식의 자아 해부, 시종 자신의 조국과 민족에 대하여 숭고한 감정을 간직하고 있는 것 등은 모두 현대지식인 특유의 문화성격과 정신품격을 충분히 나타낸다. 직업적인 학자, 작가, 문인 혹은 기술전문가와 달리 루쉰이 갖는 지식인으로서의 문화적 함의는 : 생사의 집착을 초월하여 "생명이 넘치는 극치의 대환희"를 만끽하면서 시종 "독특한 입장과 행보"의 인격정신을 가지고 "진정한 용사", "반역의 용사"의 모습으로 중국사회, 역사, 문화와 현실 인생에 대하여 진지한 사고를 펼치며, 전통을 비판하고, 신문화를 구축하는 사업에 필생의 정력을 쏟아붓는 것이었다.

전통적인 사대부형 지식인과 비교하면 루쉰은 굴원屈原식의 "끊임없이 탐구"하는 정신과 "민중 삶의 다재 다난함을 슬퍼하"며 시대에 공감하는 우국우민 정신을 승계했고, 역사상 인인지사仁人志士의 "삼군三軍

의 수장은 빼앗아도, 대장부의 뜻은 빼앗아서는 안 된다"는 호연지기浩然之氣를 승계했다. 동시에 "성인의 말로 대변하는" 의존 종속형 인격이나 우직한 충성 유형의 도덕적 책임감을 떨쳐버리고, "참담한 현실과 참담한 인생에 직면하여" 삶의 어두움, 내면의 추함과 집요한 투쟁을 벌이면서 끊임없이 과감하게 새로운 인생 경지를 개척하는 인격의 독립과 자유를 추구했다. 루쉰에게서는 전통 사대부 계층에서 보이는 "모순"과 충돌을 회피하는 한가로운 여유, 자아의 작은 천지에 도취된 달관의 기쁨, 겸손한 방식으로 조심스레 자신의 완벽한 이미지를 논증함에 능한 심리만족감 같은 것들은 찾아 볼 수 없다. 전통 사대부형 지식인들은 시종 "군신부자"의 틀을 벗어나지 못하고, "제왕의 부름에 응하여 벼슬이나 하는" 이상理想에 빠져서, 정직하게 흉금을 털어놓거나 의연하게 생명을 무릅쓰고 간언하지 못했고 봉건적인 우직한 충성에 비참하게 뒤섞여 진정한 독립적인 사회비판 역량이 되어본 적이 없다. 루쉰은 전통문인들이 인생을 바로 보지 못하고, 자신의 악습을 감히 직시하지 못하는 것에 대하여 통렬히 질책했다. "중국의 문인은 인생에 대하여 — 적어도 사회현상에 대하여 여태까지 바로 볼 수 있는 용기가 없는 경우가 많았다." 그는 계속해서 다음과 같이 일침을 가했다. "중국인들은 각 방면에서 감히 직시하지 못하는 점, 감추고 속이는 수법으로 기묘한 탈출구를 만들어 놓고 이것을 정도라고 스스로 생각하는 것 등은 국민성의 비겁함과 나약성, 게으름 그리고 교활함을 증명한다."[2]

---

2   루쉰, 『무덤·눈을 똑똑히 뜨고 봄』, 『루쉰전집』 제1권, 베이징 : 인민문학출판사, 1981, 240쪽.

서방 지식인과 비교하면[3] 루쉰은 사상발전 과정에서 서방 계몽주의와 현대주의 문화사조의 이중 영향을 받아 차츰 사상관념의 현대적 전환을 완성하였으며 독립적인 방식으로 역사와 사회를 인식하고 현실을 비판하는 문화시야를 확립했다. 동시에 정신 기질상 루쉰은 서방 지식인과 같은 독립 인격의 개체 항쟁 정신, 영혼을 고문하는 자아반성 정신, 적극적으로 사회를 자세히 살펴보고 진리를 탐구하는 영웅주의 기개 등을 지니고 있었다. 루쉰은 일찍이 쇼펜하우어, 니체, 슈티르너, 키에르케고르(1813~1855) 등의 철학사상의 영향을 깊이 받았다. 그는 쇼펜하우어, 니체 등의 "개혁으로써 다시 태어나고 반항으로써 근본을 삼는" 개체의 고독한 반항의 철학과 "자유는 힘으로 얻는 것이며 그 힘은 개인에게 있다"는 슈티르너의 사상을 매우 찬미했다. "그것은 금전일 수도 권력일 수도 있다"는 관점을 중요시하고, 키에르케고르의 "단독자"를 세계의 유일한 실존이라 인식하였으며 개체의 내면 속에 존재하는—주관심리체험을 인간의 진정한 존재와 철학의 출발점으로 간주하는 사상을 칭송했다. 현실 인생에 대하여 갖고 있는 서방지식인들의 엄준嚴峻한 눈길과 비판의 태도, 영혼의 갈등 속에 과감히 참회와 속죄를 모색하는 초월 정신은 적거나 많거나 루쉰의 심리구조에 침투되었으며 이것이 바로 그가 전통 사대부와 다른 뚜렷한 특징이다.

---

3   본문이 지칭하는 "서방"은 전체적으로 간주한 것이다. 비록 서방에서도 나라와 나라 간에 의식형태, 풍속습관, 민족성격 등에 차이가 있지만 그러나 전반적으로 같은 문화배경을 갖고 있다. 모두 고대 그리스, 로마의 문화전통을 공통으로 향유하면서 그 문화 본질은 총체적으로 일치한다. 그러므로 본문에서 지칭하는 서방 지식인은 역시 이런 의미에서 논의된다.

때문에 현대중국에서 루쉰은 비교적 일찍이 독립적 신분과 인격으로 자신의 사상과 지식문화와 정신의 역량을 빌어 지식을 전파하고 사상을 계몽했으며 인생, 사회, 역사, 문화에 대한 자신의 인식과 감성을 표현했을 뿐만 아니라 선명한 "공공의식", 사회적 양심과 책임감, 역사적 사명감을 갖고 적극적으로 실천에 참여한 지식인이었다. 그에게는 국가와 민족에 충성하는 숭고한 감정뿐만 아니라 독립인격을 굳게 지키는 강건한 의지와 인간의 존엄, 개체의 독립과 인간의 해방을 위하여 종신 분투하려는 집요한 정신도 있었다. 비록 역사의 "중간물"의 위치에 처해 있어 "그 가운데에 속하기도 하고", "그것에 속하지도 않는" 두 가지 문화, 두 사회의 본질속성을 지니고 있었지만, 그는 사회와 역사, 문화를 다양하게 느끼고 체험했으며 동시에 내면에는 늘 고통과 긴장, 고독, 적막으로 충만 되었다. 결론적으로 루쉰은 영혼 깊은 곳의 "독기"와 "귀신기"의 시달림을 자각하고 견뎌냈으며, 반항을 견지하면서 민족 신문화 구축을 완성하기 위해 자신의 응분의 희생과 공헌을 제공함으로써 현대지식인 세대의 본보기가 되었다.

2.

지식인의 문화적 함의의 변화에서 보면 현대지식인이란 문화의 전파, 특히 다문화전파Cross-cultural communication와 사상관념상의 돌파 그리고 주체적 인간 및 자아의식의 각성 등과 더불어 출현한 정신적 무리들이다. 루이스 코저Lewis.A.Coser(1913~2003)의 말을 빌리자면 지식인은 반드시 "사상을 위하지만 오직 사상에 의존하여 생활하는 사람은 아니다". 그리고 이 사상 또한 주로 비판성을 띠어야 하며, 시종 현실 인생에 대하여 경각심과 양심을 지키고, 사상과 지식을 가지고 인생, 사회, 역사, 문화에 대한 인식과 이해 표현에 능한 사람이어야 한다. 지식인은 정신적 추구 면에서 대개 심령자유, 정신독립과 해방의 추구를 최고 목적으로 한다. 에드워드 사이드Edward Wadie Said(1935~2003)의 말을 빌리자면 지식인은 "정신적으로 방랑자와 비주류"이자 감히 "권력에 맞서 진실을 말할 수 있는 사람이다".[4] 중국 현대사회의 특정 상황을 놓고 말하면 중서문화충돌과 이로 인한 문화전환이 현대지식인 단체들의 형성을 재촉했다. 예를 들면, 중국의 제1세대 지식인들은 근대 중국이 겪은 실패에 대하여 가슴이 찢어지는 아픔을 느꼈다. 중국문화를 보호하려는 본능에서든 아니면 서방문화에 대한 짙은 흥미에서든 제1세대 지식인들에게서는— 일종의 전통문화에 대한 곤혹에서 생겨난—서방문화에서 "구국구민"의 진리를 찾아내어 정치권력과 전통문화 중심 이외에서부터 지식인의 독립적 문화사상 관념, 독립적 발언 권리를 수립하려는 노력이 이미 꿈틀거리기 시작했다. 역사발전의 차원에서 볼 때, 이러한 노력은 고도의 주체 자각의 수준에 이르지도 못하고 현대성의 가치전환을 진정으로 완수하지도 못했으며 독립적인 지식인으로서 마땅히 갖추어야 할 자아각성의식, 인격의식도 만들어내지 못했지만, 새로운 문화건설과 가치수립의 발전추세를 이미 보여주었다. 보다 중요한 점은 이러한 발전추세가 현대중국

---

4   에드워드 사이드(Edward Wadie Said), 단더싱(單德興) 역, 『지식인 론』, 베이징 : 생활·독서·신지쌴롄서점, 2002, 74쪽.

사회의 모든 변천, 문화전환 및 현대화로 나아가는 과정의 역사발전 법칙과 기본적으로 부합된다는 것이다. 때문에 그 역사적 역할과 사상적 계시의 의미는 거대하고 심원한 것이다.

'5·4' 신문화운동 이후 제2세대 지식인들이 새로운 사상면모로 역사무대에 등장했다. 제1세대 지식인들과 비교하면 그들 대다수는 사상관념, 가치관념의 현대적 전환을 완성하였으며 사상 독립적 특징도 뚜렷하다. 그들은 대개 자각적으로 신관념, 신지식과 새로운 방법을 운용하여 중국의 역사, 문화, 사회와 현실 인생을 자세히 보았으며, 그로부터 획득한 인식, 감수와 내면 체득도 독특한 면을 보여주었다. 문화를 대하는 마음자세 면에서 그들은 오로지 서방문화 중에서 중국전통문화를 전성기 시대로 되돌릴 수 있는 문화 재료들을 흡수하기를 바랐거나 여전히 중국문화가 서방문화보다 우월하다는 자세로 서방문화를 깎아내리려고 하는 제1세대와 달리, 현대문명을 지향하는 차원에서 중국의 역사, 문화, 사회와 현실 인생에 대하여 심각한 반성과 선택을 진행하여 새로운 사상문화 관념의 탄생을 촉진하고, 현대중국의 새로운 문화가치 체계를 수립하려고 시도했다. 이렇게 제2세대 지식인으로부터 "낡은 문화를 반대하고 신문화를 제창하자, 낡은 사상을 반대하고 신사상을 제창하자, 낡은 도덕을 반대하고 신도덕을 제창하자"는 사상문화 계몽운동이 중국에 기세 높이 시작되었다. 이 과정에서 중국전통문화에 대한 전면적이고 심도 있는 검토가 신문화운동의 주요 내용이 되었다. 린위성林毓生(1934~)은 이 현상을 "사상문화를 빌어 문제를 해결하는 방법the cultural-intellectualistic approach"[5]이라고 칭했다. 이때 정식으로 문화가 중심적 이슈로 제기되었으며 문화의 담당자로서—지식인 계층이 이어 출현했다. 바로 이런 역사 문화 언어환경 속에서 루쉰은 제2세대 지식인의 걸출한 대표로서 중국 현대화 역사 진행과정 중 현대지식인의 독특한 가치와 의미를 보여주었다고 말해야 마땅하다.

하지만 짚고 넘어가야 할 점은 역시 이런 역사, 문화 언어 환경 속에서 루쉰과 같이 "독특함"과 "자신만의 품격"을 고집하는 지식인은 종종 전통세력의 강력한 공격을 받는다는 것이다. 지식인이 진정한 독립을 얻고자 한다면 상응한 사회전제와 정신전제가 배합해야 하기 때문이다. 이 두 가지 전제는 신앙자유와 자신계층의 상대적 독립이다. 그러나 현대 중국이 사회변천, 문화전환 시기에 즈음하여 이 두 가지 전제조건은 모두 불완전하고 불충분했다. 쉬지린許紀霖(1957~)은 현대 지식인은 항상 정신적 딜레마에 처해 있다고 본다. 하나는 문화구조의 반독립성, 다른 하나는 의식형태 구조의 반자유화이다. 이는 지식인의 실제 처지로서 통상 "한편으로는 일정한 직업과 자주적인 경제를 얻게 했지만, 다른 한편으로는 정치적으로 독립된 실제보장을 누릴 수 없었다. 한편으로는 정신과 심령의 자유해방을 얻지만, 다른 한편으로는 외부 환경의 잔혹한 억압을 받[6]아야 했다. 이런 상황은 지식인의 내면에 긴장감을 불러일으키고 게다가 신구전환 중 낡은 신앙은 이미 파멸이 되었지만 새로운 가치관이 아직 수립이 되지 않아서

5   린위성(林毓生), 무싼페이(穆善培) 역,『중국의식의 위기』, 구이양(貴陽) : 구이저우(貴州)인민출판사, 1986, 43쪽.
6   쉬지린(許紀霖),『중국의『참회록』에서 지식인의 마음자세와 인격을 보다』,『독서』1기, 1987에 게재.

인생의 번뇌, 고독, 적막, 방황……등등은 지식인의 삶을 더욱 지치게 했고 "가치 위기"의 어두운 그림자는 항상 마음속에 드리워져서 걷어 없애고자 하나 걷어낼 수도 없었다. 루쉰도 예외가 아니었다. 그 자신도 마음속 깊이 잠복해 있는 "독기"와 "귀신기"의 시달림을 받아야만 했다. 다른 점이라면 루쉰은 "나의 피와 청춘을 조국에 바치리라"는 격정을 간직하고 시종 "절망의 항전을 펼치는" 방식으로 "인습의 짐을 등에 지고 암흑의 갑문을 떠받치"며 끈질기게 전통과 현대, 광명과 암흑 사이에서 외롭게 싸웠다는 것이다.

사상문화계몽의 요구로 루쉰은 근대 이래 점차 정치권력중심에서 분리되어 나온 문화문제와 관련된 사상체계, 화법체계, 가치관구조 등에 대해 더욱 깊은 사색을 펼쳤다. 따라서 전통적 일원一元적 가치에서 다원가치로의 전화과정 중 현대지식인의 독립성을 지켜내고 그 특유의 "공공성" 혹은 "공공의식"도 수립했다. 가령 전통 사대부 지식인은 유가문화의 "수신, 제가, 평천하"의 사상영향을 깊이 받아서 왕권에 의존하여 "성인을 대변"하고, 통치자의 지고무상의 권위 아래서 "평천하"를 하며 자신의 인생가치를 실현하기에 익숙했다면, 루쉰은 단일한 유가가치, 유가문화이상을 인정하지 않았다고 말할 수 있다. 그는 "공자와 맹자의 책은 내가 제일 먼저 깊게 숙독한 책이다. 그러나 오히려 나와 상관없는 듯하다"[7]라고 말했다. 이런 강렬한 반항색채를 띤 말들은 그의 독립적 가치판단 취향, 유가를 멀리 떠난 전통지식인의 행위경향을 충분히 표명한 것으로, 일종의 독립적 사상체계와

---

[7]   루쉰, 『무덤·『무덤』뒤쪽에 쓰다』, 『루쉰전집』 제1권, 285쪽.

화법체계의 탄생을 명시해 주고 있다. 루쉰은 줄곧 청년들이 무슨 "인생의 멘토" 따위를 찾아다니는 것을 반대했다. 그 자신도 절대 청년들의 무슨 "선배"나 "멘토"가 아니라면서 다음과 같이 엄숙히 지적했다. "인생에는 고통스러운 일이 너무 많다, 특히 중국에서는 더욱 그렇다. (…중략…) 청년들이 유명한 멘토를 찾아 나설 필요가 뭐가 있겠는가? 차라리 벗을 찾아 연합하여 함께 생존할 수 있는 같은 방향을 따라 가라. 너희들에게 넘치는 것은 생기와 힘이다. 그것은 숲을 만나면 평지로 만들 수도 있고, 광야를 만나면 나무를 심을 수도 있고, 사막을 만나면 우물을 팔 수도 있는 것이다. 케케묵은 가시덤불 길을 왜 기웃거리고, 엉터리 멘토를 찾아다닐 게 뭐냐."⁸ 루쉰이 지식인에게서 높게 사는 것은 그들이 잘하는 "사색"이며, 그것도 독립적인 "사색"이다. "생각과 행동이 외부세계에 의존하지 않고 자신의 내면세계에 집중하는" 자유이다. "사상과 행위는 자신을 축으로 하며 자신을 목적으로 한다. 즉 자아본성의 절대적 자유를 실현하는 것이다." 소설 창작은 물론 "비수", "투창"과도 같은 잡문창작에서도 루쉰은 모두 그 무엇을 위해 대변하지 않았으며, 어떤 권세의 인가도 받을 필요가 없었다. 그냥 지식인의 독립적인 언어와 정신가치의 문화전파자였으며 문화로 사회를 통합하는 독특한 기능을 발휘했다. 사고방식에서도 루쉰은 다수의 개체 이익을 무시하고 희생시키면서 소위 "평천하"를 이룩하려는 유가의 전체적 사고방식의 틀을 반대했다. 주제넘게 국가와 강산을 위하여 소위 방침과 전략을 짜는 인생가치실천을 반대하면서 고독

---

8   루쉰, 『화개집·스승』, 『루쉰전집』 제3권, 55~56쪽.

하게 혼자 속삭이는 말을 포함(『들풀』)한 독립적인 "사색"을 견지했다. 바로 이렇게 루쉰은 "중국의 전통"도 초월하고 "서방의 것"들도 초월한 사상자유, 언어자유와 가치독립을 획득하였으며 중국의 역사, 문화, 사회와 인생에 대한 그의 "공공의식"을 수립했다. 그는 과감히 참담한 현실과 직면하고 인생의 암흑과 완강한 투쟁을 벌였다. 동시에 과감히 자아와 대면하여 "더 무정한 해부"를 진행했고, 영혼의 "독기", "귀신기", "절망"과 싸우며 현대지식인의 가장 고귀한 정신품격을 보여주었다. 루쉰은 시종 현실 인생에 상당히 엄격한 태도를 취하였으며 자아반성을 매우 강조했고 사회에 대한 개체의 공공책임도 강조했다. 그는 항상 진지하게 사회와 자아를 자세히 주시하고, 더불어 시대병폐에 일침을 가했다. 현실을 비판하고 용속庸俗한 심리를 벗어나 영혼과 육신의 투쟁 속에서 자아구원, 자아초월, 자아보완을 완성했다. 특히 외부의 암흑, 내면의 추악함과의 싸움 속에서 끊임없이 인생의 새로운 경지와 정신경지를 개척하여 자아의 정화와 인격의 승화를 실현하고자 했다.

3.

진야오지金耀基, Yeo-Chi King(1935~)는 지식인이 사회의 눈과 양심이라면, 자신의 뜨거운 심장Heart뿐만 아니라 냉정한 머리Head를 운용해야 한다고 말했다. 한마디로 지식인에게는 이성이 반드시 있어야 한다. 지식인의 이런 특징은 루쉰에게도 아주 돋보인다. 불같은 열정을 얼음 같은 냉정함으로 감싸고 현실을 바라보는 그의 방식은 바로 현대지식인의 뜨거운 가슴과 냉정한 이성의 구현이다. 많은 사람들은 루쉰이 문학창작에 계속 전념하지 못한 것을 아쉬워했다. 심지어 어떤 사람들은 루쉰의 두세 편의 얇은 단편소설집과 제멋대로 쓰고 분류하기도 애매한 다량의 잡문만 갖고서는 중국문학사에 이름을 남기지 못할 것이라고 단언했다. 이런 견해는 편견에서 비롯된 것이 아니라면 아마도 무지에서 비롯된 것으로서 루쉰에게 아무런 손상을 입힐 수도 없다. 사람들이 루쉰과 거리가 너무 가까워서 본래 그의 고독하고 무거운 마음, 그 쓰라림과 깊이를 느끼지 못하는 것일까? 아니면 현대지식인 선각자로서의 루쉰 사상이 너무 앞서고 독특해서 후인들이 그의 발걸음을 따라갈 수 없어 "괴리"감이 생긴 탓일까? 이 문제를 논술하자면 반드시 지식인으로서의 루쉰의 사회와 자아에 대한 비평방식을 검토해야 한다.

레몽 아롱^{Raymond Aron}(1905~1983)은 지식인의 비평방식에 대하여 전문적인 검토를 했는데, 지식인의 비평방식은 주로 세 가지라고 인식했다 : 첫째, 기술적 비평technical criticism 둘째, 윤리적 비평ethical criticism 셋째, 의식형태와 역사 비평ideological or historical criticism이다. 기술적 비평은 종종 사회의 미시적 차원에 착안하고 현존의 체제 내에서 이성적, 개량식의 전문성을 띤 비평이다. 도덕적 비평은 사회행위 규범 차원상의 비평에 편중한다. 의식형태와 역사비평은 확정된 하나의 전반적인 차원에서 역사발전과 문화관념 내부구조의 합리성과 합법성을 검토하고 이로부터 사회의 불공정과 제도의 내재적 결함을 비평하고자 한다. 루쉰의 관념과 행위에 대하여 검토해보면 그는 상기 3종의 비평방식을 겸비하고 있으며 특히 제3종 비평방식이 두드러진다.

일반적인 문학가 혹은 지식인과 달리 루쉰은 독특한 "생각"이 돋보이는 작가이자 지식인이다. 그의 사상이 그의 비평방식에 대한 선택을 결정하였다. 그는 자신에게 맞는 비평방식을 선택함으로써, 자신의 사상을 보다 명료하게 나타내고 사상문화계몽을 보다 광범하게 진행하여, 새로운 문화관념, 새로운 가치척도를 신속하고 효과적으로 곤히 잠들어 있는 국민 속에 깊이 침투시키고 새로운 문화공간과 개체의 정신인격구성에 구체화할 수 있었다. 루쉰은 사상가의 자질과 지식인의 자질을 겸비하고 있었다. 사상가의 자질은 그로 하여금 항상 전반적이고 초월적인 차원에서 시대의 한계를 뛰어 넘게 하고, 자신의 인지상 각종 한계를 초월 하게 했다. 또 독특한 "사고"와 실천을 통하여 깊은 사상적 혁명을 일으켜 사회의 가치수립, 문화가치 탐구를 위한 끊임없는 사상계시와 강대한 "지원의식^{subsidiary awareness}"을 제공했다. 지식인의 자질은 그로 하여금 항상 깊고 두터운 "공공관심"과 우환의식을 갖도록 하였으며 지식문화와 정신의 역량을 잘 운용하여 그의 독특한 "생각"을 광범하게 전파하도록 했다. 그럼으로써 역사가 현대화로 진행되어 가는 속에 전체민족이 부강하고, 곤경에서 벗어나 세계적으로 선진적이고 강대한 민족의 대열에 어깨를 나란히 하기를 바라는 위대한 마음의 소리를 전했다. 루쉰은 기술형 지식인 대열에 들어가지 않았으며, 그 독특한 "생각"을 각종 형식을 통해 표현했다. 특히 정론성 잡문의 방식을 통하여 "중국의 사회, 문명에 대하여 거침없는 비평"을 전개했다. 중국사회를 비판하면서 루쉰은 종종 중국사회를 하나의 전체로 보고 사회를 지탱하는 핵심은 "가족제도의 예교"

라고 보았다. 이런 문화는 중국사회에서 국가와 가정 간에 동일구조 효과를 일으키게 한다. 즉 국가는 확대된 가정이며, 가정은 축소된 국가이다. 가정의 종법관계, 혈연예교규범은 중국의 가정구조로 하여금 국가제도의 모든 조직정보와 원칙을 갖도록 했다. 자녀는 효도해야 하고, 부인은 남편을 따라야 되고, 부모는 자애로워야 된다는 가정윤리 관념은 실제로는 백성은 순종해야 되고, 신하는 충성해야 되고, 황제는 인정仁政을 베풀어야 된다는 국가관념의 축소판이다. 때문에 중국사회에서 정권과 왕조는 끊임없이 바뀌지만 가정제도와 예교의 불변으로 사회전체는 질적인 변화가 일어나지 않고, 자체조절에 의해 전체역사의 "일치일란"의 순환 속에서 전체사회는 초안정의 연속을 이루게 된다. 그래서 루쉰은 사회를 비판하려면 우선 "가족제도와 예교의 폐해를 폭로"[9]해야 하며 봉건사회의 암흑과 죄악을 똑똑히 꿰뚫어 보고 분발하여 사회발전을 추진해야 한다고 주장했다. 더 예를 들면, 전통 의식형태에 대한 비판에서 루쉰은 "유도호보儒道互補"(유가와 도가의 상호 보완)의 의식형태 구조를 격렬하게 비판했다. 그는 유가의 "중용"의식, "입세入世"정신은 결과적으로 전체민족의 폐쇄적, 신심결핍의 문화심리에 무시할 수 없는 마이너스 효과를 초래하였으며, 도가의 소위 "무위의 다스림"은 단지 "출세出世"정신에 지나지 않으며 인생에 "기묘한 탈출구"를 만들어 놓아, 전체민족의 인생과 사회에 대한 집요한 탐구에 용기 부족을 초래했다고 보았다. 특히 이런 의식구조의 장기적인 "초안정"은 결과적으로 중국인의 인생관으로 하여금 유

---

9   루쉰, 『차개정 잡문이집·『중국신문학대계』소설이집서』, 『루쉰전집』 제6권, 239쪽.

가 쪽에서는 얼렁뚱땅 얼버무려 두루 뭉실 살아가면서 권력에 농락당하고 아부하는 것을 배우게 하고, 도가 쪽에는 보기에 초탈해 보이는 아둔함과 무감각함, 우매함을 배우게 했다. 또 예를 들면 국민성에 관한 비평에서 루쉰은 국민의 열등성 특징을 밝히는 데에 주력하여 국민의 노예근성, 심리성격의 결함을 끄집어냈다. 루쉰이 보기에 전통문화관념의 제약하에 사람들은 반드시 정해진 윤리행위 틀 속에서 예교원칙을 따라야 했으며, 전통문화관념은 사람과 사람을 상호 제약하고 서로 간에 장벽을 만들었다. "사람과 사람사이에 각각 높은 장벽이 있어 서로를 갈라놓아 여럿의 마음이 합치될 수 없게 했다." 이렇게 엄격한 봉건등급제도와 예교규범은 국민 심리와 성격상 이중 특징을 조성했다는 것이다. 또 하나는, 열정이 없는 것이다. "큰 바위 밑에 깔려 있는 풀처럼" "묵묵히 자라고, 시들고, 말라 죽는다."[10] 다른 하나는 오성悟性이 없고 심지어 아부하고 히스테리적이다.[11] 국민의 이런 심리와 성격 특징은 전자는 노예적인 심리성격이며, 후자는 노비같은 심리성격이다. 문명비평의 의미에서 그는 한 발 더 나아가 문화 관념상의 장기적인 낙후성은 결과적으로 국민을 "극히 쉽게 노예로 전락시키며, 그리고 노예로 전락되고도 아주 좋아"하게 만들었다. 이렇게 루쉰은 국민의 열등성에 대하여 전반적으로 부정했다.

　루쉰의 모든 글의 배후에는 심오한 사상과 학리적 배경이 있으며, 깊고 두터운 문화식견과 탄탄한 지식 바탕이 깔려 있다. 뼈저린 인생

10　루쉰, 『집외집・러시아 번역본『아Q정전』머리말 및 저자 자서전(序及著者自敍傳略)』, 『루쉰전집』 제7권, 82쪽.
11　루쉰, 『무덤・잡다한 기억』, 『루쉰전집』 제1권, 225쪽.

체험이 배어 있으며, 중국 역사, 문화, 사회와 현실 인생에 대한 그의 심각한 통찰과 체득이 표현되어 있다. 그리고 그 특징은, 종종 역사와 문화의 깊은 곳에서 발굴하여 사회실천과 인생체험의 각도에서 고차원적으로 사물의 본질특징을 파악하고 논술했다는 점이다. 그는 역사에 대한 자세한 관찰과 가치판단, 가치 구축을 잘 혼합하여 그의 사상 장력, 침투력과 생명의 깨달음과 정신적인 힘, 의식의 깊이를 충분히 표현했던 것이다. 뿐만 아니라 루쉰의 비평방식과 화법 또한 일종의 공공적 특징을 나타낸다. 단지 객관적 지식 기술과 전달 뿐만 아니라 일종의 가치와 의미의 현현이기도 하다. 루쉰은 바로 이런 독특한 "생각"과 독특한 언어로 공공의 영역에 진입하였으며, 자신의 "생각"과 언어를 공공의 "생각"과 언어로 만들어 공공의 지식자원과 사상자원이 되게 하였으며 자신 또한 이로써 걸출한 공공 지식인이 되었다. 이 또한 역시 현대 중국의 특정 역사 문화 언어 환경에서 생겨난 루쉰에 대한 요구이며 '5·4' 신문화운동의 문화계몽 성질이 결정한 것이라고 해야 마땅하다. 루쉰은 이런 요구에 순응하여 부단히 시대의 한계와 자신의 한계를 초월하면서 시종 인간의 자유와 해방, 특히 인간의 정신자유와 해방을 자신의 사고중심에 놓고 인간의 주체성 구축과 인간의 해방간의 관계를 다루었으며 나아가 인류 역사, 문화와 발전의 전경을 전망했다. 그는 "입인"을 신문화 구축의 최고목표와 궁극적 관심의 지향가치로 삼았다. 이는 역사와 문화 현상과 사회사실을 분석하고 가치판단을 하는 데 있어서 그가 현대지식인으로서 충분히 지적 양심과 이성 정신에 기반하여 진행했다는 것을, 그리고 사회, 문화 발전에 근거하여 고려했다는 것을 나타낸다. 동시에 역사, 문화, 사회에 대한 현대지식인의 책임을 표명한 바로 이 점이 곧 루쉰을 위시하여 현대지식인이 성숙한 길로 나아간 표지이기도 하다. 만약 그가 중서문화에 대한 숙련과 자신만의 독특한 "생각", 끊임없는 부정의 초월의식, 위대한 "공공관심"과 깊은 문화우환의식을 지니지 않았더라면 20세기 중국 사상사, 문화사, 문학사상에서 루쉰의 영향력은 그렇게 광범하고 심도 있게 지속되지 않았을 것이다.

4.

문화성격과 심리특징상 현대지식인은 한 무리의 문화 "주변인"이다. 그들은 두 사회, 두 가지 문화 사이에서 배회하거나 혹은 두 사회, 두 가지 문화 사이를 오간다. 문화 "주변인"은 종종 "그 속에 있으나" "그에 속하지 않는" 문화심리 특징을 갖고 있다. 이렇게 현대지식인은 현 상태에서 가장 불안한 집단이라고 말할 수 있다. 그들은 항상 자신을 영구불변의 어느 한 지점 위에 고정시키기 싫어하고, 요지부동의 사회제도에 얽매이기도 싫어하며, 일시적으로 방향과 목표가 없을지라도 여전히 집요하게 앞으로 나아가려 한다. 마치 "길손"이 "나는 아무래도 가야 해" 하고 말하듯, 앞에 기다리는 것이 무덤이든지 아니면 다른 그 무엇이든지 상관없이 그들은 기어이 부단히 탐색하고, 부단히 돌파하려 한다. 그리고 이런 집요한 정신이 현대지식인의 이성, 양심, 가치, 의미와 기여를 드러낸다.

루쉰은 바로 이 현대지식인들 중에서 가장 걸출한 사람 중 한 명이다. "독기"와 "귀신기"가 한 몸에 서리고, 반역자, 투사와 고독한 자, 사상가, 혁명가와 문학가가 한 몸에 통일된 "독특함"과 "자아 품격"을 가지고 그는 처음부터 끝까지 자신의 사상과 정신, 인격 그리고 생명체험과 깨달음으로 사람들에게 그가 느끼고 인식한 역사를 보여주었다.

그의 "독특함"과 "자아 품격"은 바로 문화 "주변인"의 전형적인 특징과 역사 "중간물"의 특정 위치를 결정한다. "다른 길을 가고, 다른 곳에 가서 다른 사람들을 만나보자"는 결심을 내린 그 순간 루쉰은 중국 역사와 문화와 사회에 대한 심각한 반성과 선택을 위한 기나긴 여정의 길에 오른 것이었다. 그 도중에 그는 사상 문화 관념의 현대적 전환을 완성하였으며, 일종의 전통과 전혀 다르고 서방과도 또 다른, 20세기 중국에 속하는 현대의식과 현대 가치관념을 진정으로 획득했다. 그는 시종 이런 현대의식과 현대 가치관념으로 세계와 인생을 인식하고 전통을 해체, 전복하여, 전통적 가치규범과 가치취향을 타파했다. 동시에 온 힘을 다하여 세계의 의미, 존재의 의미와 생명의 가치를 탐구했다. 현대중국을 위한 새로운 발전의 길을 발견하여 중국이 ― 유구한 역사문화전통을 소유한 동방의 문명국으로서 "역사상 미증유의 제3모델의 시대"의 참신한 면모와 자세로 "세계인"의 선진 대열에 어깨를 나란히 할 수 있도록 노력했다. 이것이 루쉰 자신이 설정한 목표와 가치지향이라고 말할 수 있겠다. 그를 위대한 애국주의자라고 해도 좋고, 급진적 민족주의자라고 해도 좋다. 그 어느 것도 모두 그의 의식내용을 일부 커버할 수 있을 뿐 그의 전부를 표현할 수는 없으며, 현대지식인으로서 그 특유의 풍부한 사상함의, 가치함의, 새로운 가치지향을 전부 이해할 수 없다.

현대지식인으로서 루쉰의 "독특함"과 "자아 품격"은 그로 하여금 근대 중서문화의 격렬한 부딪침 속에서 광폭적인 사상발전을 이루게 하여 동시대인들과 비교할 수 없는 앞선 의식을 갖게 했다. 후이지 사오싱(會稽 : 紹興)을 떠난 후 그는 문화충돌이 가져온 "신사상", "새로운 풍조"의 감화와 세례를 받았다. 때문에 그는 더욱 고향의 수많은 선배 문인, 예를 들면 육유陸游, 서위徐渭, 장대張岱처럼 평생 상대적으로 폐쇄되고 협소한 전통의 영역 권내에서 시나 쓰고, 사詞나 지으며 문장이나 긁적거리고, 그림이나 그리고, 가끔 투덜거리기나 하는 전철을 밟고 싶지 않았다. 오히려 20세기 중국문화 전환의 격랑 속에 뛰어들어 감히 전통을 향하여 가장 굳건하고, 가장 철저한 결별을 고하는 방식으로 세상 사람들에게 5천 년의 "인의도덕"으로 장식된 문명사의 죄악을 적발 폭로하고자 하였다. 그는 "이 식인들을 소탕하고 이 연회석을 뒤집어 버리고 주방을 짓부숴야" 한다, "어린이들을 구해야!"한다, "매우 큰 채찍으로" 중국의 "등을 후려쳐서" "철의 방"에서 잠들어 있는 국민을 깨워야 한다고 외쳤다. 루쉰의 이런 "독특함"과 "자아 품격"은 충분히 그의 사유논리의 독특성과 사상의 깊이를 드러낸 것이다 : 전통을 반대하고 비판하는 것은 더욱 합리적으로 전통을 승계, 개조하고 창조적으로 전환하기 위한 것이다. 다시 말하면 합리적으로 전통을 승계, 개조하고 창조적으로 전환하려면 반드시 전통을 반대하고 비판하는 것을 전제로 해야 한다는 것이다. "타파"하지 않으면 세움이 없으며, 감히 "타파"해야만 "세움"이 있을 수 있다. 때문에 감히 반역하고 "반역의 용사" 노릇을 하는 것은 루쉰으로 하여금 일개의 "성인을 대변하는" 전통문인으로의 전락을 면하게 했고, 오히려 사상의 광폭적인 발전과 더불어 자신의 사상을 항상 시대의 최전방에 배치하여 시대와 함께 전진하게 했으며 후세사람에게 계시를 주도록 했다.

루쉰의 "독특함"과 "자신 나름의 품격"은 또 하나의 투명한 특징이 있는데 바로 자성성自省性으로서, 구체적 표현은 바로 자아 해부정신이다. 과감히 자아반성, 자아를 해부하는 것은 현대 중국 지식인이 마땅히 갖추어야 할 품격이다. 루쉰이 남겨놓은 문구들에서 우리는 때때로 오로지 그에게만 있는 철저하게 삶의 집착과 죽음의 공포를 초월한 "독특한 입장과 행동"의 격정과 풍채를 느낄 수 있다. 자성自省은 루쉰에게 더욱 광활한 사상공간을 펼쳐주었고, 그로 하여금 영혼과 육신의 대립갈등 속에 선구자와 아직 각성하지 못한 수많은 자들과의 대립갈등을 깊이 체험하게 했으며 가치탐구의 중요성을 깨닫게 했다. 그는 평생 무료한 "관객"들에게 아무런 의미가 없는 "구경거리가 되는 소재"로 전락하는 것을 증오했다. 자신에 대해서도 마찬가지로, 항상 자기 자신을 이 세상의 깨끗한 "예외"로 간주하지 않았다. "사람을 잡아먹는" 역사의 죄악을 적발 폭로하고, 전통을 해체 전복함과 동시에 자신을 적발 폭로하고 해체, 전복하여 자신을 거듭나게 했다. 바로 이런 자성 속에서 루쉰은 전통적 "중용지도" 토대 위에 건립된 평범하고 세속적이며 무감각한 심리조화를 타파하고 "참혹한 현실"과 "낭자한 선혈"을 과감히 직시하면서 사상승화, 인격승화를 이루어냈다. 새로운 정신 원천과 힘의 원천을 얻어내고, 진정으로 20세기 중국에 속하는 동시에 진정으로 자신에게 속하는 그 무한히 광활한 사상영역을 다시 말해 그 "사상과 행동이 외부세계를 초탈하여 오로지 자신의 내면세계를 배회하는" 자유와 고독을 얻었다.

루쉰은 차라투스트라의 말을 빌려 "나는 너무나 먼 길을 떠나 동행을 잃고 홀몸이 되었네 (…중략…) 나는 스스로 자신의 나라를 떠나는 수밖에 없네!"라고 말한 적이 있다. 루쉰의 앞선 사상, "독특한 입장과 행동", "독특함"과 "자신 나름의 품격"은 그의 생전이나 그 후를 막론하고 항상 사람들의 추종을 불허한다. 한편 항상 그에게 불만을 표현하거나 심지어 증오하는 사람도 있다. 당연히 루쉰 자체도 완벽무결한 "신"이 아니다. 세월의 흐름과 시대의 변천에 따라 일부 유행하는 문화색채들을 항상 온갖 방법으로 그에게 갖다 붙여 그것을 영광으로 여기고 자신의 언어에 근거를 찾으려는 자들이 있다. 그러나 루쉰은 어디까지나 그 자신에게만 속한다. 그는 이렇게 말한 적이 있다. "결함이 있는 전사는 그래도 여전히 전사다. 그러나 모든 면에서 완벽한 파리는 어디까지나 파리일 뿐이다." 쑨위孫郁(1957~)는 "루쉰이 루쉰이 된 것은 바로 비난, 모욕하는 자와의 대립 속에서 완성된 것이다. (…중략…) 루쉰은 방어할 필요성이 없다. 만약 있다면 모든 것은 너무 취약한 것이다. 만약 가치평판에서 역사와 씨름한다면 우리와 선생님 간의 거리는 확실히 너무나 요원하다"[12]고 말했다. 루쉰은 영원히 루쉰이며 20세기 중국의 문화거인이자 위대한 선구자이다. 오직 거인의 어깨를 딛고 서야만 민족은 비로소 멀리 내다볼 수 있으며 새로운 문화 출발점에서 나래를 펼쳐 비상할 수 있다.

12　쑨위(孫郁), 『문자후의 역사』, 『수확』 5기, 2000에 게재.

탐구와 창조

전환 시기의 가치 탐구

루쉰과 조이스의 문화 간(문화 교차)의 비교

"신은 죽었다"는 니체의 외침은 온 세상을 깜짝 놀라게 했다. 이는 하나님에 대한 현대 서양인들의 신성한 신앙이 위기를 맞았다는 것을 의미했다. 이런 정신적 측면의 의미 상실은 19세기 말 이후 서구사회의 여러 방면에 아주 심각한 영향을 미쳤다. 비이성주의를 특징으로 하는 현대주의 문화사조思潮가 붐을 일으키기 시작했으며 문화전환시기가 다가왔다. 문학을 예로 들자면 보들레르의 『악의 꽃』, 엘리어트(1888~1965)의 『황무지The Waste Land』, 카프카(1883~1924)의 『변신The Metamorphoses』 등과 같은 현대주의 작품들을 꼽을 수 있다. 이 작품들에는 모두 문화전환시기에 처해있는 현대 서양인들의 초조와 막연함, 방황, 불안 등의 심리적 정서가 드러나 있다. 이때 먼 동방의 중국도 사회변혁과 함께 문화전환시기를 맞아 일련의 정신적 딜레마에 봉착했다. 전통가치체계가 무너지고 유가문화가 구축한 "인仁"을 핵심으로 하는 가치관(궁극적 관심Ultimate Concern)이 급격히 추락했다. 장하오張灝

(1937~) 선생의 말을 빌리자면 근대 중국은 "가치의 위기"에 빠지기 시작했다. 현대 중국인 역시 가치관의 실종으로 인해 정신적 혼란과 딜레마에 빠져 있었다. 이처럼 같거나 유사한 문화 환경 때문에 동서양의 두 문학대가 — 루쉰과 조이스는 문화저변, 사상의식, 정신신앙 내지 예술심미추구 등 여러 면에서 서로 다르지만, 그들의 창작은 모두 유사하거나 사상주제와 소재의 근원에서 서로 가까운 예술심미전략을 갖고 있었다. 교차 문화를 아우르는 비교연구를 거쳐 문화 환경의 유사성 외에 두 대가의 심리와 지적구조도 많은 공통점이 있다는 것을 쉽게 알 수 있다. 그들은 둘 다 동시대 사람들과 비교할 수 없는 통찰력과 감수성을 지니고 있다. 두 대가의 내적정신의 유사성과 문학표현상의 독특함을 검토함으로써 인류문화의 공통적인 특징을 탐구할 수 있을 것이다.

1. 비판자 – 무정 중의 유정

루쉰과 조이스(1882~1941)는 나이가 서로 비슷하다. 또한, 성장과정 중 불행하게도 집안이 몰락했으며 사회는 혼란스러웠다.[1] 가정의

---

1   루쉰은 『외침·자서』 중에서 가정이 "넉넉한 살림에서 쪼들리는 형편으로 추락"하는 과정을 겪었으며 이 과정에 그는 "세상 사람들의 진면모를 간파"했다고 말했다. 조이스는 공부할 시절 가정형편이 급락하여 "빚 독촉을 피하고 방세를 절약하려고 10년간 이사만 11차례나 했다. (…중략…) 나중에 부득이 더블린의 빈민구로 이사하여 매일 보이는 것은 가난과 지저분함뿐이다"라 했다. 위안더청(袁德成), 『제임스·조이스 –현대 율리시스』, 청두: 쓰촨인민출판사, 1999, 21쪽.

곤궁과 민족의 병약함에 대한 감수성은 두 대가로 하여금 인성에 대한 냉철하고 예리한 통찰력을 키워내는 데 결정적 역할을 했다. 신구 전환시기의 불안정하고 마비상태에 처한 사회환경은 그들에게 전통과 억압에 반항하는 반역의 정신을 길러냈다. 그들은 모든 정신적 비호庇護를 잃을 위험을 무릅쓰고 기존의 사회질서와 가치체계의 반대 방향으로 나갔다. 그들은 시대의 병폐와 나약한 나라의 우둔한 백성을 질타하면서 생명의 진정한 의미를 찾아 외로운 길을 떠났다. 루쉰은 "세상 사람들의 진면목을 간파"한 후 "다른 길을 가고, 다른 곳으로 도주하여 다른 사람들을 찾겠다"는 결정을 내린다. 조이스 역시 공개적으로 "나는 아일랜드와 아일랜드인을 싫어한다. (…중략…) 아마 그들은 나의 눈에서 나의 증오를 읽었을 수도 있다"[2]고 선포宣告했다. "반역자"의 입장에 서서 "문명 비판"과 "사회 비판"을 하는 것은 루쉰과 조이스의 공통적인 문화심리와 성격특징으로 볼 수 있다.

루쉰과 조이스의 반항은 초기에는 모두 가정 쪽에 집중되었다. 심리성격의 발달과정을 놓고 보면 한 사람의 초기 생활은 종종 그의 일생에 큰 영향을 미친다. 루쉰과 조이스의 심리성격의 발달은 최초에는 모두 잠재적 "오이디푸스 콤플렉스"와 모성권위에 대한 무언의 반항으로 나타난다. 두 사람에게 내재된 교차 문화의 비교를 통해 배후의 문화심리와 성격형성의 메커니즘 근원을 찾아낼 수 있다. 루쉰의 예를 들면, 루쉰과 주안朱安의 결혼은 어머니가 전부 주도했다. 루쉰은 사랑 없는 혼인의 불행과 고통을 고스란히 겪었다. "그러나 사랑이 없

2   Joyce Jams, Richard Ellmann ed., *Selected letters of James Joyce*, London : Faber Faber, 1975, p.174.

는 결혼의 악과는 끊임없이 진행되었다."[3] 주안과의 결혼이 어머니에 대한 루쉰의 존중과 굴복이라면, 결혼한 지 얼마 되지 않아서 집을 나가 멀리 떠나 나중에 쉬광핑許廣平(1898~1968)과의 결합은 모성권위에 대한 반항이다. 조이스 역시 어머니를 몹시 사랑했다. 그러나 그는 어머니가 신봉하는 종교에 굴복하는 것을 거절했는데, 심지어 어머니의 죽음 앞에서도 어머니의 유언을 받들기 위해 자신의 신앙을 포기하는 것은 거절했다.

가정과 세속 사회에 대한 반항으로 바다 건너 이국타향으로 떠났지만 그것은 정작 그들에게 신선함을 가져다주지는 못했던 것 같다. 오히려 멀리서 조국과 고향을 바라보며 그들은 혹심한 민족재앙과 전환시기의 답답한 분위기를 더 한층 깊이 인식하고 체험했다. 탈출은 어쩔 수 없는 그들의 고통스러운 선택이었는지 모른다.

어떤 의미에서 이는 기존 사회질서에 대한 그들의 대담한 반항이라고도 볼 수 있으며, 또 이들이 반역자의 신분으로 추악한 사회를 비판하는 데 새로운 시각과 공간을 제공한다. "다른 곳으로 탈출"한 루쉰은 약소국가의 국민으로서의 설움을 절절히 체감하고 자국민의 우매愚昧, 낙후와 도덕불감증을 똑똑히 꿰뚫어보고 "의학을 포기하고 문학에 종사"하는 중대한 결정을 내리게 된다. 그리고 자국민의 추한 근성을 밝히고 대중을 일깨우는 것을 일생의 임무로 삼았다. 중국 신문학의 최초 제1편이 되는 대중 언어 소설 「광인일기」의 작가로서의 루쉰은 창작 초기부터 특유의 사상의 심각성을 드러냈다. 「광인일기」 중

---

3   루쉰, 『열풍·에세이집 40』, 『루쉰전집』 제1권, 322쪽.

그는 "4000년"이나 줄곧 "인의도덕仁義道德"을 표방해온 역사를 형상화시켜 "사람을 잡아먹는" 것으로 빗대었다. 이는 오늘날까지 문학을 통하여 중국 역사인식을 보여 주는 데 있어서 가장 심각하고 가장 형상적인 결론이다. 문학 창작을 통하여 루쉰은 끊임없는 사고와 생명체험으로 이루어진 마음속 깊이 자리 잡은 사상인식을 하나하나 생생한 문학 이미지로 탄생시키고 이를 통해 중국인의 생존 상황, 심리성격과 역사 운명을 심도 있게 다루었다. 그리고 "병든 사회"와 "병든 사람들"의 아픔과 고통을 고발함으로써 사회적으로 "치료의 관심"을 불러일으켜 국민성을 개조하려는 목적을 달성하기를 희망했다. 루쉰이 자신의 문학창작에 부여한 임무는 문학으로 "국민정신의 불꽃"을 점화하고 문학을 통하여 "침묵하는 현대 국민의 영혼을 그려내"서 이를 계기로 국민간의 정신적인 장벽을 무너뜨려 소통하고자 하는 것이었다. "사방에 창문이 없는" "절대 부수기 힘든" "철의 방" 속에서 혼수상태에 빠진 국민을 일깨워 민족의 반성과 비판을 촉진하고자 했다. 루쉰의 의식 포커스는 가난한 국민의 물질적 차원의 빈곤이 아니며 일반적 정치경제차원의 억압과 착취도 아니었다. 수많은 농민을 포함한 국민 대다수의 하층 계층의 가난한 국민이 정신적으로 오랫동안 견디어 온 봉건전제와 가족예교의 박해와 심리적 변이였다. 예를 들면 『축복』에서 루쉰은 루 씨댁 넷째 나으리가 어떻게 경제적으로 상린서우를 착취하는지를 묘사하지 않았으며 상린서우의 경제적 어려움도 정면으로 묘사하지 않았다. 오히려 전편에 걸쳐 상린서우를 대표로 하는 빈곤층 국민들의 정신적 우매와 마비상태를 그려냈다. 『고향』에서 루쉰은 오랜만에 찾은 고향의 정겨운 모습을 그리지 않고 룬투가 자신을 "나으리"라고 부르는 소리에 묻어나오는 정신적 장벽을 묘사했다. 가장 심도 있는 것은 『아Q정전』이다. 아Q의 성격갈등을 통하여 루쉰은 국민성, 특히 국민의 추한 근성에 대한 고발과 생각을 한층 더 높은 단계로 끌어올려 "현대 중국인의 영혼"을 생생하게 표현하였으며 "국민의 약점"을 여지없이 폭로했다. 동시에 비극과 희극을 함께 섞어 거대한 예술적 감정 충격을 일으켜 중국인들의 마음에 커다란 쇼크를 안겼다. 루쉰의 문학창작 관념의 중심에는 사회의 정치경제 변동이 사람들에게 미치는 영향에 대한 사고가 아니라, 국민의 한 "사람"으로서 어떻게 오랜 봉건윤리도덕의 속박에서 벗어나 정신 해방과 영혼의 자유의 경지에 이를 수 있는가, 그리고 이를 어떻게 예술적으로 잘 표현할 것인가에 대한 사고가 자리 잡고 있었다.

바로 이러한 의미에서 루쉰의 창작은 문학이란 방식을 통하여 인간의 생존환경, 심리발전과 앞날의 운명에 대해 관심을 지니고, 인간의 정신적 귀의처를 모색하여 인간의 정신세계를 구축하는, 20세기 중국의 가장 걸출한 사상가로서의 그의 사상격정과 정신풍모를 집중적으로 체현했다.

루쉰과 마찬가지로 조이스의 제1부 단편소설집 『더블린 사람들』이 보여준 것은 역시 아일랜드사회의 정신사이다. 전편에 걸쳐 전환시기 사회생활의 암흑면에 대한 대담한 묘사가 가득하다. 예를 들면 「애블린」에서 작가는 시작하자마자 주인공이 처한 환경은 먼지가 가득 쌓인 곳이라고 밝혔다. 작가는 이것으로 사람을 질식케 하는 갑갑한 생존환경을 상징하려 했다. 또 「애러비」에 나오는 사내애는 부모가 없고 고모부와도 감정이 없고 통하는 바가 없다. 이는 친족 간의 친밀감의 상실을 의미하며 아일랜드 사람의 박한 인정과 무관심을 의미한다. 소설 창작 중 조이스는 더블린 사람들의 마비된 정신 상태를 무자비하게 비판하였으며 이를 전체 유럽 대륙의 정신적 위기와 엄혹한 현실의 축소판으로 규정했다. 조이스는 과감히 민족의 약점과 위기를 직시하였으며 자신의 반항정서를 과감히 직설할 수 있었다. 『어느 젊은 예술가의 초상』에서 그는 길, 소 그리고 어린이 세 가지 이미지를 형상적으로 조합하여 주인공에게 무관심한 환경과 종교적 억압, 폐쇄적이고 협애한 민족에 대한 반항과 투쟁을 그려냈다. 『율리시스』 중 스티븐의 눈을 빌어 무식하고 게으른 시민, 피비린내 나는 신문사와 광고, 틀린 철자 가득한 포르노 소설—이것이 바로 더블린—을 비판했다. 이것이 바로 예술가 스티븐이 배반하고 비판하고 구원하고자 하는 대상과 환경이었다.

당연히 루쉰과 조이스는 다른 점도 있다. 상대적으로 루쉰은 민족의 비애를 더욱 절실히 피부에 닿게 느꼈고 자신의 영혼을 통하여 시대의 무게감을 더욱 명백히 꿰뚫었다. 이에 반해 조이스는 조국과 고향을 좀 더 멀리 두고 초연한 태도로 그 시대와 사회 인생을 바라보았다. 이는 아마도 루쉰은 본토작가인데 반해 조이스는 이민 작가이기 때문에 나타나는 차이가 아니겠는가 싶다.

루쉰과 조이스의 비판은 모두 무자비하다. 그들은 인정사정없이 동포의 추한 면을 들추어내고 아픈 곳을 찔렀다. 지나치게 격렬한 그들의 말은 적잖은 사람들의 질책을 받았으며, 심지어 어떤 이는 그들에게 "조국을 폄훼"하고 "창작이 음침"하다는 죄명을 덮어씌웠다. 실제로 두 사람은 모두 피와 눈물이 있는 인간이며 무정하다기보다 너무나 감정이 넘쳐나는 사람이다! 바로 그들은 자신의 조국과 인민을 너무나 사랑하기에 "그들의 불행을 슬퍼하고 그들의 못난 점을 노여워"한 것이다. 버나드 쇼는 이런 비유로 조이스의 마음 씀씀이를 풀이했다. "아일랜드에서는 고양이가 아무 곳에나 대변을 보지 않게 길들이기 위해 고양이 코를 고양이 똥에 꾹 눌러서 뭉갠다. 이렇게 하면 길들여진다. 분명한 것은 조이스는 사람들에게도 똑같은 방법을 적용하였다."[4] 한편 루쉰의 소설 창작은 "십여 년 전부터 '계몽주의' 사상을 품고 있으며 반드시 '인생을 위한' 것이어야 하며 인생을 개조할 수 있는 것이어야 한다." 그러므로 "대부분 병태적 사회의 불행한 사람들 중에서 소재를 발굴하여 아픔과 슬픔을 밝혀내어 치료의 관심을 유발하고자 했다"[5]고 밝힌 바가 있다. 그 외에 "차가운 눈길로 뭇사람들의 손가락질에 응하고 머리 숙여 기꺼이 어린 아이의 소가 되리라"는 명언도 루쉰의 넓은 마음을 표현한 것이다.

조이스는 이런 말을 한 적이 있다. "모든 대작가는 먼저 반드시 그 민족의 작가여야 한다. 왜냐하면 그들은 모두 강렬한 민족적 감정을 지니고 있기 때문에 최후에야 비로소 국제적 작가가 될 수 있다."[6] 루쉰도 "창작의 뿌리는 사랑이다"[7]고 말한 바 있다. 필자는 조이스도 루쉰도 이 점을 해냈다고 본다.

---

4 James Joyce, *The Dictionary of Biographical Quatations of British and American Subject*, London Routledge & Kegan Paul, 1978, p.89.
5 루쉰, 『남강북조집·나는 어떻게 소설을 쓰게 되었는가』, 『루쉰전집』 제4권, 512쪽.
6 Patrick Rafroidi, *York Notes on Dubliners*, 베이징 : 세계도서출판사, 1990, 12쪽.
7 루쉰, 『이이집·소잡감』, 『루쉰전집』 제3권, 532쪽.

2. 고독자 - 세상사람 다 취했어도 나 홀로 깨어 있네

문화전환 시기에 문화 충돌로 인한 인간의 존재가치와 의미 탐구에 관한 주제는 현대인의 영혼 깊은 곳을 건드렸으며 그 시기 현대인 특유의 말할 수 없는 고독감과 적막감을 나타낸다. 현대 심리학자 융은 이 특징을 다음과 같이 기술했다. "지각知覺이 가장 현대적인 사람은 (…중략…) 그는 높은 고지에 혹은 세상의 가장 변두리에 서 있다. 그의 눈앞에는 미래의 심연深淵이 펼쳐져 있고 머리 위에는 높은 하늘, 발밑에는 이미 한층 원시적 안개로 뒤덮인 전체 인류의 역사가 있다. (…중략…) 확실하게 우리에게 현대인이라 불리는 자는 고독하다."[8] 루쉰은 문화전환시기에 선각자와 대다수 각성하지 못한 자와의 첨예한 대립의 존재를 깊이 인식했고 심리적으로 이것이 가져오는 비극적 느낌과 생존체험을 감내했다. 그의 마음속에는 문화적 충돌과 문화전환이 가져온 인생의 우환의식이 깊숙이 자리 잡고 있었다. 그리고 "내 너무 먼 길을 떠나 동반자를 잃어 홀몸이 되었네. (…중략…) 나는 부모의 나라에서 쫓겨났네"와 같은 고독과 적막을 견뎌냈다. 서방 현대주의 문학 곳곳에서 모두 공업문명 소외가 가져온 고독감, 적막감, 상실감을 느낄 수 있다면, 중국 현대문학에서도 역시 신문화 선구자들의 "꿈에서 깨어나니 갈 수 있는 길이 없는"[9] 그런 고독하고 막막한 심리와 정신적 특징을 느낄 수 있었다. 왜냐하면 이 자체가 현대인의 자아의식의 심화와 문화심리변화의 반영이며 여기에는 강렬한 현대적 색깔

8   융, 황기명 역, 『현대영혼의 자아 구원』, 베이징 : 공인출판사, 1987, 294쪽.
9   루쉰, 『무덤·노라는 가출하여 어떻게 되었는가』, 『루쉰전집』 제1권, 159쪽.

과 현대정신이 내포되어 있기 때문이다.

문학사상 비교적 높은 예술적 가치를 지닌 시대 전환시기의 작품들은 거의 모두 고독한 영혼을 담고 있다. 이는 위대한 천재는 고독한 탐구자다라는 말과 일치한다. 루쉰과 조이스는 모두 홀로 걷는 외로운 나그네였다. 그들은 누구에게도 그 어떤 계급에도 의존하거나 종속되지 않았고 시종 자신의 선명한 개성과 독특한 사상을 유지했다.

고독한 콤플렉스는 그들의 일생을 관통했으며 그들의 독특한 생명의 원천과 심리적 침전이 되었다. 예를 들면 조이스는 1904년 노라Nora에게 보내는 편지에 이렇게 썼다. "나의 마음은 전체 사회질서와 종교 — 가정, 공인 미덕, 사회계급, 기독교 교리 등을 모두 저지하고 있다. 나는 오직 방랑자의 신분으로 이 사회의 질서에 진입할 수밖에 없다."[10] 루쉰은 「「방황」을 말하다」라는 시에서 이렇게 썼다. "적막한 새로운 문단, 평온한 옛 전장, 그 사이에 한 병사, 창을 메고 홀로 방황하네." 『외침 · 자서』에서 루쉰은 자신의 고독한 심정을 거론하면서 이렇게 썼다. "끝없는 황야에 버려진 것처럼 할 수 있는 것이 없다. 이것은 어떤 슬픔인가? 나는 이 느낌을 적막이라 한다."[11] 고독은 거대한 바위마냥 그의 마음을 무겁게 짓눌렀다.

고독은 양날의 칼이다. 그것은 작가의 민감하고 취약한 마음을 괴롭히기도 하고 작가에게 영감과 예민한 생명의 깨달음을 선사하기도 하며 뚜렷한 주체 자각정신을 표현하게 한다. 루쉰과 조이스의 작품

---

10 Joyce Jams, Richard Ellmann ed., *Selected Letters of James Joyce*, London : Faber & Faber, 1975, p.174.
11 루쉰, 『외침 · 자서』, 『루쉰전집』 제2권, 49쪽.

에는 고독이라는 주제가 상당히 중요한 지위를 차지하고 있다.

우선, 그들은 모두 일련의 고독한 자의 이미지를 부각했다—이는 작가의 정신적 자서전이며, 사회와 인생에 대한 그들의 또렷한 인식의 심각한 결론이다. 루쉰의 「광인일기」 중 광인—"나"는 선각자의 안목으로 봉건사회의 "식인" 본질을 꿰뚫어 보고 "식인"사회와 그 인간들과 철저히 결별하려 한다. 이는 그가 맑게 깨어있는 각성자라는 것을 증명한다. 비록 주위 환경은 여전하고, 주변 사람들의 조소와 무관심한 태도는 그의 공포를 키웠지만 미래사회를 위하여 그는 여전히 "어린이들을 구하라!"고 크게 외친다. 루쉰은 이렇게 말했다. "생각건대 나는 이제 절박해도 입도 벙긋 못하는 그런 인간은 아니지만, 아직도 지난 날 그 적막 어린 슬픔은 잊을 수가 없다. 그래서 어떤 때는 어쩔 수 없이 몇 마디 고함을 내지르게 된다. 몇 마디 외쳐 적막 속에 질주하는 용사들이 더욱 용기를 내어 앞으로 나아가도록 위로나 되었으면 하는 바람이다."[12] 『상서』의 쥐성涓生은 쯔쥔子君을 잃었다. 비록 그는 여전히 격앙되어 앞으로 전진하지만 마음속의 "적막과 공허는 여전"하다. 『여와보천』의 여와女媧는 대중의 이익을 위하여 돌을 제련하여 하늘을 열심히 수리하였는데 이런 노고가 오히려 사람들의 냉대와 비웃음을 자아냈다. 샤위夏瑜는 진정한 혁명자이다. 그러나 그의 선혈은 폐결핵 환자의 "약"이 되었다. 민중의 무감각과 무관심은 마음을 얼어붙게 했다. 이 외에도 『주점에서在酒樓上』의 뤼웨이푸呂緯甫나 『고독자』의 웨이롄슈魏連殳는 모두 '5·4'운동의 퇴조 후의 지식인의 고독과 고민,

---

12   루쉰, 『외침·자서』, 『루쉰전집』 제1권, 49쪽.

방황을 보여주었다. 이런 무정한 운명에 희롱을 당하는 사람들에 대하여 루쉰은 깊은 연민과 비애의 감정을 품고 있었다. 그것은 그가 그 속에서 국민들의 비참한 생존상황을 보았기 때문이다. 이와 동시에 루쉰은 분명한 비판을 이어 간다 : 광인은 "4천 년 이래 때때로 사람을 잡아먹는 곳에 나도 그 속에서 오래 머물렀다는 것을 오늘에서야 알았다"고 자성했다. 웨이렌슈魏連殳는 자신의 심신을 자학, 자해하는 것으로 영혼의 추락에 대항하고, 쥐안성涓生은 쯔쥔子君의 죽음에 참회한다. 그리고 『들풀』 자체는 바로 루쉰의 영혼의 독백이며 그의 "절망에 반항"하는 심령의 여정을 보여준다. 조이스를 논하자면, 그의 저작은 바로 그의 심령사心靈史이다. 블룸Bloom은 많은 부분에서 조이스 본인의 모습이다─그는 마비, 질식된 삶을 참을 수 없었으며, 사랑을 갈망하고 진정한 인간의 삶을 갈망했다. 그러나 현실의 모순과 자신의 결함은 그의 앞길을 가로 막았다. 그의 영혼은 고통 속에서 표류하면서 자구自救적인 고난을 겪고 있었다. 기실, 일찍이 『더블린 사람들』에서 조이스는 "블룸"으로 고독한 자를 묘사했다. 예를 들면 『두 자매』, 『해후』, 『아라비아 전시회』는 각각 세 소년이 서술인으로 등장하여 주인공이 어린 시절에서 청춘기로 성장하는 과정을 그린다. 처음 작품에는 일관되게 복종을 강요하는 세계에 대한 곤혹과 회의를, 이어 주변 세계에 대한 공포로 학교와 책에서 벗어나려고 하지만, 한결같은 나약함으로 인해 고독의 우리를 탈출하지 못하는 것을 그리고 있다. 마지막으로, 소년은 세계에 대해 신심을 잃고 무한한 고통과 절망에 빠진다. 『율리시스』의 스티븐은 어머니의 사랑과 신앙을 잃었다. 몰리Molly는 가정의 행복을 잃었으며, 블룸은 어린 자녀를 잃었다─그들은 모두 고아이며,

낯선 세계를 마주하여 모두 고독과 공포를 느꼈으며, 모두 자신의 고향으로 돌아가기를 바랐다. 소설에서 조이스는 어머니의 망령에게 쫓기는 고통과 이로써 형성된 생명의 고독감을 묘사했다. 고독하고 고통스러운 영혼의 표류는 조이스 작품의 중요한 주제라고 말할 수 있다.

그 다음, 루쉰과 조이스는 모두 강렬한 죽음의식을 갖고 있다. 죽음의식은 고독한 심정을 가장 잘 드러낼 수 있기 때문이다. 그들은 죽음의 시각으로 인생을 관조하고, 독특한 이미지를 통하여 상징적인 수법으로 자신의 고독하고 복잡한 사상과 감정을 표현하는 데 능숙하다. 카뮈^{Albert Camus}(1913~1960)가 말했듯이 "한편의 좋은 소설에는 모든 철학이 이미지 속에 녹아 있다."[13]

루쉰의 작품은 "밤"의 이미지를 자주 활용한다. 이것으로 죽음의식과 고독한 심정을 잘 드러낸다. 그의 소설과 산문도 대개 "밤"을 배경으로 전개된다. 밤은, 루쉰이 "고독"이라는 주제를 발굴하는 전형적인 이미지가 되어 있다. 「광인일기」의 "나"는 깜깜한 밤에 오래 배회하다가 끝내 용기를 내어 지루한 밤의 장막의 한 귀퉁이를 걷어 올렸으나 오히려 불행히도 깜깜한 밤의 장막에 삼켜져버려 마지막에 "어린이를 구하라"라고 외쳐 본다. 『고향』의 "나"는 달밤의 사색에 잠기며 — 비록 사람과 사람 간의 장벽을 느꼈지만 여전히 희망찬 걸음으로 앞으로 나아간다. ……『들풀』의 "가을 밤"은 "하늘이 이상하니 높다. ……마치 인간 세상을 멀리 떠나가려는 듯이". 『그림자의 작별』에서 작가는 차라리 "홀로 멀리 떠나", "어둠에 침몰되어", "밤"의 어두움 속에서 "전적으로

---

13 장 폴 사르트르(Jean Paul Sartre) 평, 『구토』, 『문예이론 역작 시리즈』 제3집, 베이징 : 중국문련출판공사, 1985 참조.

자신에게 속하는" "그 세계"를 찾기를 원한다. 밤에 대한 묘사로 루쉰은 우리에게 "고독"한 이미지의 심미형태를 제공하였을 뿐만 아니라, 인생에 대하여 무한히 실망하면서도 집착하는 그 자신의 모순 심리와 "절망에 반항"하는 인생의지를 드러냈다. 이 외에 병을 낫게 하는 "약"으로서의 인혈만두, 미친 사람에 의해 불어 꺼진 "장명등", 무덤 위를 날아가는 까마귀 등의 이미지들도 모두 루쉰 작품에서 "죽음"의식을 보여준다. 이런 이미지를 통하여 우리는 진보를 추구하는 사람들은 모두 예수와 같은 수난을 겪었으며, 모두 무관심, 고독, 이해를 얻지 못하는 영혼의 고문을 견뎠다는 것을 어렵잖게 알 수 있다.

조이스 역시 "죽음"으로 정신의 마비, 영혼의 고독을 상징하는 데 능했다. 소설 『자매들』에서는 신부가 성찬聖餐 컵을 깨버린 후 혼자서 울적해서 외롭게 이리저리 헤매다가 끝내 묵묵히 죽어가는 것이 묘사되어 있다. 그러나, "나"는 신부가 "죽어가는 과정 중 장엄하고도 흉물스러운 모습", "완전히 총총히 깨어있는 것 같은데 오히려 바보처럼 웃는 듯" 한 것을 "보았다"―그의 정신은 이미 죽어 있었다. 『율리시스』에서 보여준 구름 한 점 없는 아침으로 시작하여 이어서 먹구름이 뒤덮이고 나중에 캄캄한 밤의 장막이 대지를 감싸는 장면, 이것은 인류가 문명으로 자신을 훼멸시켰다는 것을 상징한다. 『죽은 사람들』에서 "이 죽은 자들이 나고 자라서 살았던 세계는 녹아 사라지고 있다"는 문장은 더블린 사람들이 사는 게 사는게 아니며 고통 속에서 허덕이고 있다는 것을 암시한다. 이 외에 주의를 기울여야 할 점은 "눈雪"의 이미지가 항상 『죽은 사람들』의 풍경묘사에 등장한다는 것이다. 가브리엘은 눈을 무릅쓰고 모칸의 무도파티에 갔는데, 거기서 손님들이 수도사가 간밤에 관속에서 잠을 잔다는 식의 오싹한 얘기들을 나눌 때, 그는 "웰링튼의 기념비 위에는 틀림없이 반짝반짝한 눈 모자가 씌여져 있을 거야. 거기가 만찬상 옆자리보다 훨씬 편할걸!"하는 연상을 펼친다. 끝없는 설경을 마주한 가브리엘은 "용감하게 그 세계에 가야" 된다는 것을 깨달았다. 이것은 그가 전통을 벗어나서 용감하게 죽음으로써 거듭나기를 결심했다는 것을 의미한다. "눈"은 소설에서 한 해의 종결과 죽음을 의미하며, 당연히 만물의 소생과 함께 죽음을 통한 재생을 의미한다. 소설 마지막 부분에 묘사한 "아일랜드 전역에 눈이 내리고 있다"에서 망망한 하얀 설야雪野는 아마도 진정한 의미의 "무無"를 암시한다. 조이스는 한평생 가브리엘처럼 정처없이 표류하였지만 시종 조국 아일랜드를 그리워했다. 그는 자신이 조국에 있지 않았기 때문에 아일랜드에 대해 가장 큰 관심을 표현하려 하지 않았을까 생각된다. "그의 영혼은 천천히 잠들었다"는 마지막 문구는 전통의 속박에 일그러지고 무디어진 그의 영혼의 사망과 새로운 영혼의 탄생을 암시한다. 그러나 이전에 가브리엘은 전통의 테두리를 벗어날 생각을 전혀 한 적이 없었다. 그렇다면 무엇이 그를 각성하게 하였는가? 필자는 그것은 그의 죽음에 대한 깨달음—죽음은 아마 생존의 가장 아름다운 형식이 아니겠는가—에 있다고 본다.

   루쉰과 조이스 소설의 이미지를 종합해 보면 우리는 이런 것을 발견할 수 있다 : 그들이 보여준 죽음의 의식은 동공이상同工異曲(방법은 다르나 같은 효과를 내다)의 묘미가 있다—극히 진지하게, 음침하게 죽음을 대한다. 그러나 배후에는 여전히 삶에 대한 미련과 완연한 신생의 욕망을 내포하고 있다. 루쉰 소설 중 "무덤 앞의 꽃다발"이나 조이스

소설 중 "눈 온 후 새로운 생명"은 모두 사람들에게 죽음은 생명의 단순한 끝이 아니며, 특히 강자의 "죽음"은, 영혼이 끝내 육체의 한계를 탈출하여 무한한 생명의 우주시공 속에서 자유롭게 날아다니는 "대환희"[14]라는 것을 명시한다.

고독, 죽음은 인류생명의 시작이자 끝의 현상이다. 그러나 루쉰과 조이스에게 있어서 이에 대한 체험은 보통사람보다 더욱 깊고 강렬하다. 루쉰과 조이스는 모두 상처 받은 마음을 안고 사회와 인생의 길에 접어들었다. 어린 시절의 불행은 그들의 마음속에 영원한 그림자를 남겼다. 사회에 발을 디딘 후 민중의 무지와 무감각은 그들로 하여금 "모든 사람들이 다 취해 있는데 나 홀로 깨어있"는 비애와 고독과 외로움을 느끼게 하였으며, 인생의 황야에 내던져진 고독과 절망의 진통을 겪었다. 인생의 각종 액운의 잔혹한 희롱과 타격에 직면하여 루쉰과 조이스는 당연히 포기하지 않았다. 그 반대로 그들은 고독 속에서 더욱 완강하게 반항하고 자신의 생명의지와 정신력으로 매진했다.

3. 선구자 – 인생의 가치 탐구

루쉰의 작품 중 현실 인생에 대한 특유의 깨달음, 특히 인생의 고초에 대한 뼈저린 생명체험은 현실 인생, 사회역사에 대한 관찰을 통하여 전

---

14   "대환희"는 원래 불교 용어이다. 루쉰은 『들풀·복수』 중 인용하여 생명력의 완강함을 표현했다.

례없는 사상적 높이에 도달하게 했다. 동시에 오직 선구자만이 가질 수 있는 시대적 슬픔, 앞서 나가는 심리적 고독감을 깊이 나타냈다. 루쉰은 어떤 문예 이론적 개념이나 용어로 규정할 수 있는 작가가 아니라 진정으로 자신의 생명본질과 사상을 표현한 작가이다. 루쉰이 관심을 갖는 것은 세계의 근원 혹은 인간의 본질과 같은 추상적인 문제가 아니라, 인간은 어떻게 혹은 마땅히 어떻게 해야 가치가 있느냐라는 문제이다. 이런 문제에 대한 사색은 그의 현실 인생에 대한 관심과 그 속에 나타나는 인문정신, 인문이상을 더욱 더 잘 표현할 수 있게 한다. 때문에 루쉰의 문학작품을 읽으면 얻어지는 것은 사유의 쾌락과 논리의 만족이 아니라 심령의 떨림과 인생의 계시이다. 기억에 남는 것은 추상적 인생 도리가 아니라, 생사의 번뇌를 철저히 초월함으로써 드러나는 인생의 지혜임을 때때로 느낀다. "기실 땅에는 원래 길이란 것이 없었다. 다니는 사람이 많아서 길이 생긴 것이다"(『고향』)라는 인생계시, 그리고 시지포스Sisyphus처럼 거대한 바위를 산 정상까지 밀어 올리면 다시 원 위치로 굴러 내려오는 줄 뻔히 알면서도 변함없이 영원히 쉬지 않고 큰 바위를 힘들게 밀어 올리며 전진하는 인생의지이다. 보라, 앞에는 "무덤"이라는 것을 분명히 알면서도 여전히 포기할 수 없어 기어이 전진하려는 길손을, 그 역시 "나는 아무래도 가는 편이 좋을 것 같네!"(『길손』)라고 말하지 않았는가? "가는 것"에 바로 생명의 본질과 인생의 궁극이 담겨져 있고 연결되어 있다. 그래서 하이데거Martin Heidegger(1889~1976)는 이렇게 말했다. "가장 영원한 것에 대한 사유는 길이다" 비록 "기껏해야 밭들 사이의 오솔길에 지나지 않지만" 사유는 능히 "전야를 가로 지르고 쉽게 포기하지 않는다."[15] 쉬지 않고 영원한 길을 걷는다.

그렇다면 생명의 가치, 인생의 의미는 모두 그 속에 표현된다. 진정한 인생의 "길" 역시 그 속에 표현된다. 현대 중국인의 가치 확립 중 루쉰은 최초로 인생의 의미를 "인류"의 궁극점에 대한 추구로부터 인생의 과정 (예를 들면, "가Go"는 과정)에 대한 생명체험과 이상추구로 전향한 사람이다. 때문에 그의 문학창작에서 사상과 이미지는 단단히 결합되어 있으며, 현실 인생에 대한 본질적 반영과 주체의 인생본질, 존재의미에 대한 사색, 체험 및 예술적 표현은 단단히 결합되어 있다.

조이스도 마찬가지다. 1922년 2월 출판한 『율리시스』는 "의식의 흐름" 수법을 극단까지 끌어 올렸으며 서방 현대주의 문학의 경전이 되었다. 조이스의 뚜렷한 특징 중 하나가 바로 "의식의 흐름"의 수법으로 인생의 의미에 대한 탐구를 진행한 것이다. 조이스는 고대 신화 『오디세우스』에 나오는 트로이 전쟁에 참여하기 싫은 한 그리스 전사가 10년 걸려 집으로 돌아오는 이야기를 아주 좋아한다. "율리시스"는 오디세우스의 로마 이름이다. 그는 친구에게 오디세우스는 "가장 인간적인" "가장 완벽"한 인물이라고 말했다. 소설에서 조이스는 오디세우스를 평범한 인간으로 묘사하고 서사시적 전투를 평범한 하루의 인생 고난으로 묘사하면서 이로써 인생의 의미를 탐색했다. 소설에서 묘사한 1904년 6월 16일 더블린의 하루는 뭐 특별히 기념할 만한 사건이 없으며 평범한 일상생활 중의 평범한 하루였다. 소설 인물 중 한 사람인 레오폴드 블룸Leopold Bloom은 유대인이며 결혼하여 딸(아들은 유년에 요절) 하나를 두었다. 그는 어느 신문사의 광고 판매원이며 생활

---

15   하이데거, 가오위안바오(郜元寶) 역, 『인간은 시적으로 거주한다』, 상하이원동출판사, 1995, 39·48쪽.

이 밋밋하고 취미도 별로 없다. 모든 것은 그렇게 평범했다. 다른 인물인 스티븐 디달러스Stephen Dedalus는 미래의 작가이자 미술가로서 약간이름이 알려졌으며 스스로 대단하다고 여긴 사람으로 블룸과 선명하게 대조적이다. 바로 이런 평온한 생활의 묘사 속에 조이스의 인간 심리에 대한 관찰과 생명 의미에 대한 탐구가 드러난다 : 평온한 생활의 "예"와 "아니오", 그 속에 생명 여정 중의 "과정"과 "결과"의 의미가 담겨있다. "의식의 흐름"의 해설 속에 소설의 각 "종결"은 실제로 하나의 새로운 "과정"의 시작이다. 그것이 표현한 것은 인생의 불확실성in-determinacy과 인생에 대한 의미이다. 조이스는 그 특유의 방식으로 인생의미의 심층영역에 깊이 침투하였으며, 어떻게 유한한 생명 속에서 무한한 생명가치를 탐구할 것인가를 사람들은 반드시 진지하게 생각해야 한다는 것을 명시했다. 『율리시스』는 현대주의 문학이 확연히 드러낸 생명의식과 자아의식, 특히 현존의 모든 가치와 의미에 대한 회의를 선명하게 표현했다. 그리고 인성의 깊은 곳을 꼼꼼하게 살피고, 그것을 가상세계에 놓고 역설적으로 검토하는 것은 중요한 문화 심미 가치가 있다.

가치에 대한 탐색, 소외된 인간에 대한 억압을 반영한 것은 역시 모두 루쉰과 조이스의 창작에서 중요한 점이다. 그들 자신 특유의 역사, 현실, 인생에 대해 품고 있는 뼈저린 깨달음과 심각한 체험을 통해 그들은 온전하게 글로써 세상을 묘사했다. 유한한 역사를 초월하는 심리 투시로 가장 광범한 인생가치 탐구 위에 인류 정신의 해부분석을 통하여 인간의 생존, 발전과 운명에 관한 여러 명제를 암시했다. 문화전환 시기 두 문명의 충돌이 인간의 심리에 일으킨 요란과 소란 배후에는 인간 정신의 장벽, 심지어는 영원히 이해 불가능한 것과 구제불능이 숨어 있다는 것을 심각하게 드러냈다. 그 광범한 의의는 : 하나의 새로운 문명이 도래하기 전에 다수의 사람들은 실제로 이를 위한 충분한 심리준비가 되어 있지 않다는 것이다. 역사적 현상의 배후에는 여전히 오랫동안 변함없는 관습이 자연적으로 굳어진 문화심리성격이 있다. 이것은 인간과 사회, 역사와 문화가 인간의 마음속에 남겨둔 영원한 모순이다. 비록 그들의 소설이 역사 사건의 진실한 기록이나 역사 진상의 재현은 아니지만 역사에 대한 그들의 판단, 인간의 소외에 대한 적발, 인생가치에 대한 탐색은 전체 인류의 생존역사, 정신심리 및 운명에 대한 우화적 의의를 깊고도 자세하게 해석해준다. 바로 이런 의미에서 루쉰과 조이스의 문학창작은 모두 현대문화 범텍스트 중 가장 기본적인 어의語義내용과 연관되어 있으며, 전체인류에 대한 그들의 깊고 절절한 관찰과 내심의 깨달음이 응축되어 있다. 그리하여 이들의 텍스트는 서사적 측면에서 시작하자마자 유한한 표층서사의 의미범주를 뛰어넘어 서사와 상징적 비유의 이중적 기능을 갖게 되었으며, 그 가운데에서 전환기에 온 인류가 겪는 고통과 정신의 율동을 전달하여, 수천 년의 역사에 의해 형성된 '집단무의식'이 인류의 심리 속에 누적시킨 결과에 대한 세밀한 분석을 포함하고 있다. 동시에 이것은 역시 그들이 인생의 가치를 탐구하고 전시하는 일종의 독특한 방식이기도 하다. 이중에서 현대인의 생존상황 내지 인간의 해방, 정신의 자유는 모두 이런 정신의식의 투시 속에 깊이 내포되어 있다. 여기에 표현된 것은 인간의 정신세계로, 깊은 영역의 이름 지을 수 없는 비이성 의식이다. 현대 문학사상 루쉰과 조이스의 계시는 극히 심원하다.

루쉰의 비교문학관 및 중국 신문학에 대한 이론적 기여

근현대 중서문화의 충돌과 융합의 끊임없는 확대와 심화에 따라 20세기 중국 신문학 건설과 발전은 사실 폐쇄할 수 없을 정도로 진행되었고, 반드시 전체 세계문화와의 교류 속에서 자신의 변화발전과 전환의 계기를 얻어 진정한 의미의 글로벌 문학으로 성장해야 한다. 중국 신문화, 신문학 창시자의 일원인 루쉰은 근현대 중서문화의 충돌과 융합의 특정한 역사시기에 자신의 사상문화관념의 현대적 전환을 앞장서서 완성함으로써 "신사상, 신문화, 신도덕"을 크게 선도하였다. 그는 중국문학의 관념, 기능, 구조, 범례, 언어, 문제 등 일련의 문제들에 대하여 진지하게 검토하고 해석했다. 그리고 직접 창작실천에 뛰어들어 "문학혁명"의 실적까지 거둠으로써 중국 신문학 발전의 기본방향을 결정했다. 루쉰이 중국문학을 새로이 해석한 특징은 중국문학의 현대적 전환과 발전을 고립된 것으로 간주하지 않았다는 것이다. 그는 자각적으로 그것을 전체 세계문학의 발전과정이란 큰 틀 속에 합치고, 근현대 중국사회의 변천과 문화전환의 특정한 역사적 맥락에 놓고서 충분히 인식하고 논증하며 파악했다. 루쉰은 중국 신문학의 구축과 발전은 반드시 "세계의 대세를 꿰뚫어야"[1] 비로소 자신의 발전 기회와 광활한 전경을 얻을 수 있다고 인식했다. 구체적으로 말하면, 중국 신문학 구축에 대한 루쉰의 생각은 주로 두 가지 방면으로 나타난다 : 첫째, 근현대 서방문화를 참조하고 서방문화 중 합리적인 사상자원과 예술자원을 흡수하여 전통문학을 되돌아봄으로써 창조적인 가치전환을 진행한다. 둘째, 현대적 관념과 현대적 가치기준으로 세계문화와 문학발전 주류에 적응하는 중국 신문학을 구축하여 참신한 모습으로 세계문학의 역사무대에 등장하여 적극적으로 세계문학과의 대화와 교류에 참여할 수 있도록 한다.

두말할 것 없이, 루쉰의 생각은 광활한 문학시야를 보여주었으며 독창성 있는 비교문학관을 형성했다. 특히 두드러진 점은, 이런 넓은 비교문학 시야 속에서 "세계문학"이라는 전체관념을 얻어내고 나아가 이 전체관념을 자각적으로 운용하여 중국문학의 역사와 발전을 인식했다는 것이다. 그러므로 루쉰의 비교문학관의 가치취향과 심리 기점은 중국문학으로 하여금 낡은 구조체계로 되돌아 갈 수 있게 하는 요소를 흡수하기를 바라거나, 혹은 여전히 전통문학관념의 우위 심리 자세로 서방문학을 녹여 해체하려 하는 것이 아니다. 중국 신문학의 구축은 반드시 전체로서의 서방문학에 대하여 그 모든 역사과정과 관념체계를 자각적으로 탐구하고 중국문학이 갖고 있지 않은 신요소,

---

1   루쉰, 『무덤 · 문화편향론』, 『루쉰전집』 제1권, 베이징 : 인민문학출판사, 1981, 56쪽.

신구조, 신범례와 신개념을 선택 흡수함으로써 중국 신문학으로 하여금 세계문학과 대화, 교류할 수 있는 언어 권리를 가질 수 있도록 하게 하는 것이다. 동시에 전통문학에 대한 전체적 개조와 강력한 활성화를 진행해야 한다는 것을 강조한다.

　루쉰은 근현대 서방문화, 문학의 중국 신문학에 대한 영향에 깊은 관심을 갖고 깊이 탐구했다. 그는 중국 신문학의 구축이 단순한 문학 자체의 범주 안에 국한되지 않고, 중서문화의 충돌과 융합으로 필연코 문학자체의 변이와 전환의 메커니즘이 형성될 것이라고 생각했다. 그러므로 신문학의 구축과 발전은 문화 모계체계母系體系 속에서 신기능, 신구조, 새로운 범례를 얻어 일종의 새로운 메커니즘이 된다. 바로 이렇게, 신문학 구축에 대한 탐구에 있어서 루쉰은 항상 문학 현상을 문화 관조觀照의 차원에 끌어올려 문학이 문화 모계체계의 작용하에 상호 영향, 변이, 전환하는 규칙과 특징을 탐구하는 데에 능하다. 그는 중서문화 충돌과 융합의 발전추세는 전통문화의 언어 환경의 변화를 초래하고 문학의 구조적 대변동을 유발했다는 것을 인식했다. 사상문화의 이슈가 문학영역으로 확장되면 문학의 구축은 새로운 생성공간을 확보하게 된다. 그리하여 문화 모계체계의 접속점을 통해 루쉰은 비교문학의 방법을 자각적으로 운용하여 중국 문학의 전통, 역사를 곰꼼히 관찰하고 중국 신문학의 구축과 발전을 사색했다. 중국 신문학의 구축을 세계문학 발전의 주류에 편입해가면서 루쉰은 중서 양대 문화, 문학의 상호 영향 작용을 충분히 고려했다. 중서문화의 전통과 융합의 언어 환경 중 문학의 관념, 기능, 구조, 체계, 범례 등 여러 방면의 변화발전 규칙과 특징에 주의를 기울이고 문학의 영향력 있는 명제를 제기했다. 이와 동시에 루쉰은 또 비교문학의 원리를 운용하여 문학의 평행적 발전의 새로운 원칙을 제기했다. 즉, 신문학의 구축 과정 중 중서 두 문화의 충돌과 두 문학의 교류 영향이 초래한 문학 언어의 변화, 문학구조와 범례의 변이에 주의를 기울여야 할 뿐만 아니라, 동시에 같지 않은 두가지 형태의 문학이라도 모두 비교가능성이 있다는 특정 현상에도 주의를 기울여야 한다는 것이었다. 루쉰은 평행연구는 다른 나라, 다른 문화체계의 두 문학만이 비교 가능성이 있다고 보지는 않았다. 동일한 문화체계의 동일한 나라에서도, 그리고 동일한 문학 내에서 다른 문학 유파의 사조와 작품들도 심미이상, 풍격, 형태가 같지 않아 비교 가능성이 있다고 보았다. 여기에서 추론하여 루쉰은 또 문학과 예술의 다른 분야, 예를 들면, 음악, 무도, 회화 등과도 똑같이 비교가능성이 있으며, 그 목적은 이런 평행적인 비교가능의 대조를 통하여 문학 자체의 구조를 풍부하게 하고 문학의 발전을 추진하는 것이라고 밝혔다. 문학의 비교 명제를 제기하였는데, 루쉰은 비교문학의 이론에서 평행연구의 원리에 대하여 대담하고 고귀한 창조 혁신[2]을 이루었을 뿐만 아니라, 더 중요한 것은 신문학 구조체계를 한층 풍부히 하고 신문학 언어 권리의 획득에 대하여 건설적인 구상을 제공했다는 것이다. 특히, 루쉰은 비교문학과 세계문학, 국가문학, 삼자간의 관계를 변증법적으로 파악하고 비교문학의 방법과 정신을 운

2 　비교문학의 평행연구에 관하여 비교문학 영역에서 줄곧 주도적 지위를 점해 오던 프랑스학파는 비교문학의 연구범위를 오로지 단순한 영향연구에만 국한하고 평행연구는 소홀히 했다. 이 의미에서 루쉰이 평행연구의 비교가능성 원칙을 제출한 것은 깊은 의미가 있다. 루쉰은 "세밀한 비교를 거쳐야 자각이 생긴다"(『무덤·악마주의 시의 힘』)는 관점을 제기하여 평행연구의 비교가능성에 대하여 예리한 논평을 내렸다.

용하여 신문학 구축을 하더라도 세계문학의 전체관념 중 한 국가문학의 민족성, 지방색채의 보호와 구축에 대하여 영향을 미치지 않는다고 인식했다. 문학의 민족성과 지방색채의 독특성을 유지하면 다른 문학간의 소통과 교류에 더욱 영향을 끼칠 수 있으며 따라서 문학 자체의 함의를 더욱 풍부히 하고 문학의 전반적인 발전을 추진할 수 있다. 그러므로 루쉰의 비교문학관에서 문학의 영향성, 비교가능성, 민족성(지방색채)에 대한 관심은 각별히 두드러진다.

문학의 영향성에 관하여

루쉰은 문학의 상호 영향이 문학 자체의 발전에 유리하다고 인식했다. 그는 우선 19세기 유럽 각국 문학 간의 상호 영향을 고찰하고 이런 영향은 유럽 문학발전사상 거센 흐름을 형성하여 그 "여파가 러시아에 흘러들어 국민시인 푸시킨을, 폴란드에서는 보복報復시인 미키에비치(1798~1855)를, 헝가리에서는 애국시인 페퇴피(1823~1849)를 낳게 했다"[3]고 지적했다. 문학 간의 영향은 필연코 새로운 문학 탄생의 촉매제가 된다. 때문에 비교문학의 영향성 원리를 운용하여 루쉰은 외국문학이 중국 신문학에 미친 영향에 대하여 중점적으로 고찰했다. 그는 중국 신문학의 탄생과 발전은 바로 "서양문학의 영향을 받았기"[4] 때문이라고 밝혔다. 그것은 중국전통문학의 구조체계 내에서는 전체적인 신문학을 육성해내기 어렵기 때문이다. 이런 영향은 먼저 전통문학 구조

---

3   루쉰, 『무덤 · 악마주의 시의 힘』, 『루쉰전집』 제1권, 99쪽.
4   루쉰, 『차개정 잡문 · 『짚신』짧은 머리말』, 『루쉰전집』 제6권, 20쪽.

체계를 해체 전환함으로써 신문학의 탄생과 구축을 위한 공간을 확보했다. 루쉰은 "서양문학의 영향하"에 중국의 신문학은 시작단계부터 새로운 작가와 새로운 작품들이 많이 쏟아져 나왔다고 보았다. 예를 들면, 천조사淺草社의 창작 특징을 논술할 때 루쉰은 비록 그들의 창작 방향은 "예술을 위한 예술"이지만 "노력의 흔적이 보인다 : 외적으로 외국의 영양을 섭취하고, 내적으로 자신의 영혼을 파헤친다"라고 했다. 그들이 "섭취한 다른 나라 땅의 영양은 또한 '세기 말'의 쥬스다 : 이것은 와일드Oscar Wilde(1854~1900), 니체Fr. Nitzsche, 보들레르Cn. Baudelaire(1821~1867), 안드레예브L. Andreev(1871~1919)가 제공한 것이다"라고 지적했다. 뿐만 아니라 루쉰은 또 자신의 창작을 예로 들어 "『약』의 마지막에는 역시 분명히 안드레예브L. Andreev(1871~1919) 식의 음침함과 차가움이 남아 있으며"「광인일기」는 "오히려 고골리N. Gogol(1809~ 1852)의 울분보다 깊고 넓다"고 말했다. 근현대 서방문학의 영향은 중국 신문학의 구조형식에도 창조적 혁신을 가져오게 했다. 루쉰이 보기에 비록 초기 창작 때에는 기술상 "유치"하고 "종종 구소설의 수법과 어조가 남아 있"었지만 시종 "공통적으로 앞으로 나아가는 경향이 있었고" 후에 "외국 작가의 영향을 벗어난 후" 기교도 "좀 원숙해"졌고 "묘사도 좀 더 깊어"졌다.[5] 루쉰은 문학 간의 영향은 문학발전 중 보편적인 규칙을 띤 작용을 반영하며, 최종적으로는 인류 감정의 "소통"으로서 인류 피차간에 장벽을 없애고, 서로 관심을 가지게 하며, 동시에 역시 문학발전과 문학이 사회에 작용하는 "가장 공평하고 정직한 길"이라는 것을 인식했다. 때문

---

5   이상 인용문은 루쉰,『차개정 잡문이집 ·『중국신문학 대계』소설이집서』 문장을 참조 바람.

에 비교문학의 영향성 원리를 운용하여 문학발전의 규칙과 작용을 해석하고, 신문학을 건설함으로써 루쉰은 더욱 광활한 문학시야와 새로운 문학사유를 얻었다.

문학의 비교가능성에 관하여

루쉰은 어떤 두 종류의 문학이라도 모두 비교가능성이 있다고 여겼다. 단지 각자의 표현 형태의 차이가 있을 뿐 그들의 본질적인 함의는 일치하고 상통한 것이라고 인식했기 때문이다. 상호간의 영향 발생여부와 상관없이 두 종류의 다른 형태의 문학을 비교하면 모두 상호간의 차이의 근원을 발견할 수 있으며, 결국 상호간의 정합整合을 이루어낸다. 때문에 문학의 비교가능성은 실제로는 비교문학의 평행성 원리의 중요한 내용이다. 루쉰은 문학의 평행성 특징을 매우 중시한다. 그는 평행성 원리를 운용하여 중국문학의 발전을 자세히 관찰하면서 그 특징과 한계를 확실히 발견했다. 루쉰은 『악마주의 시의 힘』에서 굴원屈原과 바이런을 대표로 하는 서방 악마주의 시인들을 비교하면서 굴원의 한계를 지적했다. 굴원은 비록 "거리낌 없이 선인들이 감히 못하는 말을 할 수는 있지만" "대개 화려하거나 처량한 소리뿐이며 반항도전의 소리는 전편에 걸쳐 찾아볼 수 없으며 후세에 주는 감동이 그다지 크지 않다." "그러기 때문에 웅장하고 아름다운 소리가 우리의 귀청을 울리지 않는 것은 오늘만의 일이 아니다"라고 했다. 굴원의 한계에 대한 검토로부터 루쉰은 더 나아가 더욱 심도 있게 중국문학의 "감정을 다루는 데 치우친" 특징을 파헤치고 악마주의 시인들의 사상과 창작을 비교의 참고물로 삼아 중국 신문학의 건설과 발전에 교훈을 제공했다. 문학의 비교가능성을 통하여 루쉰이 상호간 영향관련이 없는 두 가지 이상의 문학을 비교연구의 범주에 넣은 것은, 실제로 비교문학 연구와 중국신문학의 구축을 위하여 광활한 천지를 개척한 것이며, 단일문학을 중심으로 하는 전통 골조를 타파하고 문학 간의 소통, 교류와 정합을 크게 촉진시킨 것이었다. 그 중에는 문학과 기타 예술분야 간의 "분야 간 정합"도 포함되어 있으며 나아가 문학의 어떤 문제에 대한 탐구를 본원의 차원까지 끌어올려 자세히 관찰하고 문학의 본질적 특징에 대한 인식을 심화시킬 수 있게 되었다. 예를 들면, 루쉰은 평행성 원리를 운용하여 신화, 소설을 연구하면서 새로운 인식과 해석의 공간을 얻었다. 소설의 기원에 있어서 그는 인도, 그리스, 중국의 신화에 대한 비교연구를 진행한 결과, 소설의 기원은 신화라는 것을 발견할 수 있었다고 말했다. 그는 "고대에는 소설과 시를 막론하고 그 요소가 항상 신화를 떠날 수 없다. 인도, 이집트, 그리스가 모두 그렇듯이 중국도 마찬가지다"[6]라면서 비록 "중국은 신화를 다룬 대작이 없지만" 소설은 신화시대에 이미 "싹"을 보이기 시작했다고 생각했다. 평행성 원리를 운용하여 소설의 기원을 탐구했다는 것은 실제 사회, 문화 발전에는 공통적인 시각이 있어 이로부터 이 세계의 문화, 문학 발전의 공동규칙을 밝혀냈다는 의미이다. 또 예를 들면, 중국 남북문화의 교류에 대하여, 화려한 문채文彩를 탄생시킨 초나라 문화와 초나라 문학에 대하여 연구했던 루쉰은 그 속에서 비밀을 발견했다. "『소

---

6   루쉰, 『중국 소설의 역사적 변천』, 『루쉰전집』 제9권, 303쪽.

騷』('離騷'를 지칭)는 역시 삼백편(시경을 지칭)의 영향을 받았다. 특히 당시 유세遊說의 풍이 널리 퍼졌으며, 이로 인하여 초나라의 풍속은 독특하고 웅장하다. 부賦와 대문對問(둘 다 일종의 文體)은 후세에 길이 영향을 미쳤다."[7] 루쉰의 이런 관점은 역시 평행성 원리를 운용하여 얻어낸 것이다. 당연히 문학의 비교가능성을 강조하는 것은 아무 목적 없이 한계성 없는 "광범위한 비교"나 간소화한 "억지 비교"가 아니다. 중요한 것은 비교문학의 의식과 관념을 갖고 문학발전 과정에서 출현한 각종 문제들을 큰 시스템 구조 속에 놓고 그 속의 비밀과 규칙적인 특징을 찾아내는 것이다. 이런 의미에서 루쉰의 비교문학관은 중국 신문학구축에 대한 일종의 이론적 기여를 했다.

문학의 민족성(지방색채)에 관하여

루쉰은 비교문학이 세계문학의 전체관념 위에 수립 되었지만 그 자체는 한 국가 문학의 민족성(지방색채)을 배제하지 않는다고 인식한다. 비교문학의 관념과 방법으로 각국 문학의 특징을 연구하면 각국 문학의 상이점 속에서 세계문학의 다채로움을 더 잘 발견할 수 있다.

현재의 문학도 마찬가지로 지방색채가 있는 것이 오히려 더 용이하게 세계적인 것이 되며 다른 나라의 관심을 산다. 세계로 진출하면 중국의 활동에 유리하다.[8]

---

7   루쉰, 『한문학사강요』, 『루쉰전집』 제9권, 376쪽.
8   루쉰, 『서신집 · 340419 · 천옌차오(陳煙橋)에게』, 『루쉰전집』 제12권, 376쪽.

문학의 민족성(지방색채)에 대한 강조는 루쉰에게 있어서 당연히 외래문화, 문학사조의 영향을 배척, 거절하는 방어적인 전략이 아니라 그것을 세계문학에 합류하고, 문학 전체의 번영과 발전을 촉진하는 중요한 경로였다. 루쉰 문학의 민족성 관련 논술에는 세 가지 중요한 관점이 있다. 첫째, 한 국가 문학의 건설과 발전에 있어서 반드시 "새로운 색깔로 그 자신의 세계를 그려낸 것이어야 하며" 그 속에는 민족의 "한결같은 영혼",[9] 즉 민족성이 담겨 있어야 한다. 그렇지 않으면 한 국가 문학의 구축과 발전은 자신의 특성을 잃게 되며 세계문학에 합류할 수 있는 평등 권리마저 잃게 된다. 때문에 민족성에 대한 강조는 바로 한 국가 문학 특성에 대한 존중과 보호이다. 둘째, 문학의 민족성(지방색채)을 강조하면 세계문학에 우뚝 선 민족문학의 개성 특징을 표현해낸다. 루쉰은 "내가 보기에 현재의 세계는 환경이 다르기에 예술상 반드시 지방색채가 있어야 하며 천편일률이 아니기를 바란다"[10]라고 했다. 가령 세계문학의 발전 자체가 마치 천만갈래 강물이 바다에 흘러 들어가는 것과 같다면 각국 문학은 그 선명한 민족 개성 색채로 세계문학의 바다에 합류하여 기필코 세계문학의 전체적 발전과 번영을 촉진한다. 때문에 문학의 민족성(지방색채)은 비교문학의 기본 이론을 구성하는 중요한 내용임과 동시에 한 국가의 문학을 구축하는 중요한 이념이기도 하다. 그것은 한 국가 문학의 독특한 화법 메커니즘과 세계문학의 대화와 교류에 참여하는 중요성을 강화했다. 루쉰이 문학의 민족성(지방색채)을 제창하는 의도는 매우 명확하다. 그 목

---

9   루쉰, 『이이집·타오위안칭(陶元慶)군의 회화 전람시』, 『루쉰전집』 제3권, 549쪽.
10   루쉰, 『서신집·331226·허바이타오(何白濤)에게』, 『루쉰전집』 제12권, 317쪽.

적은 새로 구축된 신문학이 세계문학 발전의 주류에 합류하여 장족의 발전 공간을 확보하는 것이다. 셋째, 문학의 민족성(지방색채)을 중시하면 문학의 예술적 미와 예술 표현력을 증강할 수 있으며 동시에 문학의 시야를 넓힐 수 있다. 루쉰은 회화를 예로 들어 이 문제를 거론하면서 "지방색채는 그림의 미와 힘도 증강할 수 있다. 자신은 그 지방에서 나고 자라서 눈에 익어 별것 아닌 것 같이 느껴지지만 타 지방 사람들은 아주 시야가 탁 트이고 지식이 늘어나는 느낌을 받는다. 그리고 풍속화는 학술상에도 유익하다."[11] 루쉰이 확신하는— 문학과 예술의 각 분야 간에 상통성과 비교 가능성이 있다는 이론에 의하면 이것은 그의 민족성(지방색채)에 관련한 또 하나의 통찰력 있는 견해이다. 또한, 그 중요성은 문학의 민족정신을 구축하고 문학의 민족개성 색채와 문학의 예술적 표현력을 강화함으로써, 신문학이 세계문학과의 대화에 참여할 수 있는 권리를 획득하는 중요한 보증임을 지적했다는 점이다. 비교문학 실천 중 루쉰은 또 비교문학의 매스미디어학 이론에 대하여 광범한 탐구와 진지한 실천을 진행했다. 매스미디어학 방면에서 루쉰은 문학 번역을 매우 중시한다. 그는 문학번역이란 "온 힘을 다해 정신적 양식"을 자국 국민들에게 전달하여 국민들의 시야를 넓히고 문화와 문학 간의 소통과 교류를 증진시키게 하는 것으로 보았다. 이런 목적하에 루쉰은 번역활동을 했다. 일찍이 의역意譯을 주장한 그는 "이방의 새로운 목소리를 구하여" 국민들에게 근대 서방문화와 문학을 번역, 소개함으로써 전통문화와 문학의 침체국면을 타파

---

11   루쉰, 『서신집 · 331226 · 뤄칭전(羅淸楨)에게』, 『루쉰전집』 제12권, 308쪽.

하려고 했다. 훗날 번역하면서 루쉰은 "직역"을 주장했다. "직역"에 대한 주장은 그의 초기의 "의역"과 상대적인 것이었다. 초기의 의역은 근대의 량치차오梁啓超, 옌푸嚴復 등을 대표로 하는 "계몽을 위한 번역"의 풍격과 방법을 계승한 것으로 대개 전방위적으로 근대 서방문화와 문학을 소개하는 데 편중하여 계몽의 목적을 달성하고자 했다면, 후에 제창한 "직역"은 문화전파, 교류와 문학영향, 소통(의 모범)을 목적으로 했다. 문화전파, 교류와 문학영향, 소통의 순수성을 확보하기 위해 후기의 번역이론에서 루쉰은 거듭 "직역"을 주장했다. 번역문은 가급적 원문에 충실해야 한다. 그는 "무릇 번역은 반드시 두가지 측면을 다 고려해야 한다. 한편 당연히 가급적 이해하기 쉽게 해야 하며 다른 한편으로는 원작의 멋진 모습을 잘 보존해야 한다"[12]라고 말했다. 비교문학의 각도에서 보면 루쉰의 "직역"은 일부 비평가들이 생각하는 그런 "기계적 번역", "생경한 번역"이 절대 아니다. 오히려 그것은 중국 비교문학의 시작단계에서 신문학의 규범 구축의 차원에 착안하여 "신뢰위주로 하는 것과 순조롭게 통한 것을 보조로"하는 번역 준칙을 강조했다. 루쉰은 "나는 오늘까지 '차라리 순조롭게 통하지 않더라도 신뢰'를 주장한다"고 밝혔다. 루쉰은 문학번역은 문학간 상호 영향의 중요한 매개로서 응당 원문의 내용과 형식에 충실해야 한다고 보았다. 그는 번역할 때 "새로운 내용을 수입할 뿐만 아니라 새로운 표현 수법도 도입했다"[13]고 말한다. 번역에서 외국문학의 내용과 형식을 가급적 모두 보존한다는 것은 단지 "이국의 정서만 보존"하는 것이 아니라

---

12   루쉰, 『차개정 잡문2집·"제목을 짓지 못하고" 초고(1~3)』, 『루쉰전집』 제6권, 352쪽.
13   루쉰, 『이심집·번역에 관한 통지』, 『루쉰전집』 제4권, 382쪽.

"원작의 멋진 모습들을 보존"하는 것이며 이것이 더 중요한 것이다. 이렇게 하면 서로 다른 형태의 문학의 교류와 소통을 강화, 촉진시킬 수 있으며 나아가 두 문화 간의 융합과 정합을 촉진할 수 있다. 이는 루쉰이 비교문학을 실천하는 데 있어서 매스미디어학 이론을 풍성하게 발전시킴과 동시에 중국 신문학의 독특한 구조체계를 창조적으로 구축했다는 데 그 가치가 있다고 해야 마땅하다.

루쉰의 비교문학관은 선명한 개성적 특징을 가지고 있다. 예컨대, 루쉰 비교문학의 실천 중심이 중외中外문화, 문학 간 상호관계와 영향을 연구하는데에 있다면 이는 비교문학관념과 방법으로 중국 신문학을 구축한 것이다. 즉, 전체적인 추세로 보았을 때 루쉰 비교문학관의 특징은 한결같이 중국신문학의 건설과 발전을 결합하여 중국적인 비교문학 이론체계를 구축한 것이라 할 수 있다. 루쉰은 자국문학과 해외문학의 내재적 연관성을 소통시켰으며, 자국문학으로 하여금 사회변천과 문화전환의 역사시기에 신속하고 적극적으로 세계문학 발전의 주류에 진입하여 세계문화의 대화에 참여하게 함으로써, 그 속에서 세계문학과 소통하는 화법을 찾고, 나아가 자국 문학에 활기를 불어 넣어 자신을 발전시킬 수 있게 했다. 구체적으로 말하면, 루쉰의 비교문학관은 근현대 중서 문화충돌, 융합의 특정 언어 환경 속에서 그 선명한 목적성, 독창성, 광범성과 깊이를 특징으로 한다.

루쉰 비교문학관의 목적성

중국 신문학 구축의 필요로 루쉰은 비교문학을 진행하게 되었는데 그 특징은 문학의 다문화 소통과 교류를 전문적으로 모색하여 구축된 신문학이 새로운 모습으로 세계문학에 적극적이고 주동적으로 참여하게 함으로써 중국 신문학의 독특한 가치와 의미, 정신을 진정으로 드러낼 수 있게 하려는 것이었다. 루쉰이 중국 신문학 구축에 비교문학을 제창한 것은 "외국의 좋은 규범을 채용하고 발전시켜 중국의 작품을 더 풍부하게 하는 한 가지 길(방법)"[14]이었기 때문이다. 그는 비교문학의 관념, 방법과 정신을 운용하여 중국 신문학의 구축을 진행해야 한다고 주장하고 응당 자각적, 주동적으로 서방문화, 서방문학의 합리적 자양분을 흡수해야 한다고 강조했다. 또한, "가급적 수입하는 한편, 다른 한편으로는 소화, 흡수해야 한다"고 주장했다. 루쉰의 목적은 아주 명확하다. 신문학 구축을 위하여 참고 체계를 제공하려면 "취금복고, 별립신종取今復古, 別立新宗"[15]하여 신문학으로 하여금 "외적으로 세계의 사조에 뒤처지지 않고, 내적으로 고유의 혈맥을 이어가는" 특징을 구비하게 함으로써 진정한 의미의 세계 문학으로 나아가게 해야 한다는 것이다.

루쉰 비교문학관의 독창성

루쉰의 비교문학관의 독창성은 문화의 접속점契入點, 특히 문화심미의 접속점을 통해 문학현상을 문화차원, 문화심미차원까지 끌어 올려 관조하고 파악함으로써 문학에 쌓여진 깊고 항구적인 문화와 심미정

---

14   루쉰, 『차개정 잡문·『목판화가 걸어온 길』머리말』, 『루쉰전집』제6권, 48쪽.
15   【역주】오늘의 것을 취하여 복고하며, 따로 신종(新宗)을 수립하다.

신 가치에 대한 이해와 깨달음을 얻게 해준다고 믿었다. 루쉰은 "예술의 진보는 다른 문화적인 작업의 협조를 필요로 한다"[16]라고 강조했다. 실제로 이는 신문학의 구축을 시대의 문화발전과 긴밀히 연관시킨 것이며, 인류의 정신문화 발전과도 연관시킨 것이다. 그러므로 신문학의 구축은 시대문화발전의 필연적 추세라고 볼 수도 있고, 인류정신문화발전의 전체 중 일부 요소라고 간주할 수도 있다. 따라서 전체 문화발전흐름 속에서 문학의 변화와 발전의 내재적 규칙을 파악함으로써 인류정신문화 좌표계와 전체문화구조 속에서 문학적 위치, 기능과 역할을 탐구해낼 수 있다. 중국 신문학의 구축과 발전에 있어서 루쉰은 비교문학의 실천을 통하여 신문학의 문화가치와 문화심미기능을 강조 하였으며, 이는 신문학으로 하여금 세계적인 문학으로 발돋움하게 함과 동시에 자체 발전의 광활한 공간을 얻게 했다.

루쉰 비교문학관의 광범성

루쉰의 비교문학관의 실천 의미가 중국 신문학 구축이라는 주제를 단단히 에워싸고 전개하는 것으로 표현되는 만큼, 그의 비교문학관은 일종의 광범위함을 특징으로 한다. 즉 루쉰은 항상 다른 형태의 문학, 문학과 기타 예술분야, 문학과 문화간의 내재적 연관의 소통에 능하다. "각종 문학은 모두 환경에 의하여 산생한 것이다. 그러므로 그들은 모두 서로 관련성을 갖고 있다"[17]라고 지적한 바 있다. 근현대 중서 문화

---

16 【역주】루쉰, 『차계정잡문·"구 형식의 채용"을 논함』, 『루쉰전집』 제6권, 24쪽.
17 루쉰, 『삼한집·오늘의 신문학 개관』, 『루쉰전집』 제4권, 134쪽.

충돌과 융합의 특정 환경 속에서 전통문학이 단일한 주도적 지위를 유지할 수 있는 우세 국면이 존재하지 않는다. 문화의 충돌과 융합은 문화발전의 대세 속에서 문학의 근본성질의 변화를 초래한다. 이런 정경은 비교문학의 관점으로 본다면 문학과 문화의 상호 연관의 충분한 긍정은 필연코 문학으로 하여금 문화충돌과 융합의 언어 환경 속에서 장족의 발전을 얻도록 함으로써 문학의 내용도 더 한층 심화되고 확장한다. 특히 문학과 기타 예술양식의 상호 연관과 소통은 문학으로 하여금 더 광활한 문화배경 속에서 자신의 발전의 새로운 접속점契入點과 신공간을 찾아내게 한다. 루쉰이 연환화連環畵의 예술 특성을 논술하면서 지적했듯이 "연환화는 도회圖畵의 한 종류일 뿐이다"라는 말은 문학에 시, 희곡, 소설이 있다는 것과 같은 말이다.[18] 문학과 기타 예술양식 간에 내재적 연관이 있다는 것을 승인함으로써 비교문학의 방법론상 견강부회의 X와 Y의 억지스런 비교 패턴을 타파하고 비교문학의 공간을 개척한 것이다. 그리고 자아갱신, 자아조정의 발전 기능을 갖게 했다. 이런 의미에서 루쉰의 비교문학관의 광범위함 역시 중국 비교문학의 발전 방향을 제시한 것이다.

루쉰 비교문학관의 심각성

루쉰의 비교문학관의 심각성이란, 평범하고 순수한 문학범주 내에 머무르지 않고 문학을 인간의 정신자유와 해방 추구라는 궁극목표와

---

18   루쉰, 『차개정 잡문·"구 형식의 채용"을 논함』, 『루쉰전집』 제6권, 24쪽.

결합시켜 문학 활동을 통해 민족영혼을 수립하여, 민족정신을 재수립하고 민족의 신문화를 재구축했다는 의미이다. 루쉰은 일찍이 "황금과 철만으로는 나라를 부흥하기에 부족하다"라고 단언했다. 나중에 또 "가장 핵심적인 것은 그들의 정신을 개조하는 것이며, 그때 이것을 잘 할 수 있는 것은 당연히 문예라고 믿었다"라고 명확히 밝혔다. 문학 활동을 통해 민족의 역사와 운명을 변화시키고, 국민성을 개조하자는 주장은 루쉰이 문학사업에 종사한 총체적 목표였다. 그의 비교문학관과 실천은 자연히 이 총체적 목표를 벗어나지 않았다. 그는 "중국인이 '세계인'의 대열에서 밀려나게 될" 우려로 고민에 잠겼고 사상적으로 매우 뚜렷하게 문학 방식을 통해 민족영혼을 재건하고, 민족정신을 재수립하고자 했다. 민족의 신문화를 재구축하려면 반드시 개방적 관념과 마음자세로 "세계의 대세에 합세"해야 하며 그 과정 속에서 거대한 "마음"의 공정을 진행해야 한다고 믿었다. 그래야 비로소 새로운 민족 이미지, 새로운 민족 문학을 만들어낼 수 있으며, 세계 민족의 숲, 세계 문화와 세계 문학의 숲에서 중요한 자리를 점할 수 있다고 생각한 것이다.

종합하자면 루쉰은 문학을 민족영혼, 민족정신의 현현顯現의 중요한 한 형식이라고 간주했고, 근현대 중서문화충돌과 융합의 언어 환경 속에서 그는 비교문학관의 거대한 가치와 의미를 충분히 표현했다. 루쉰이 보기에 비교문학의 관념과 방법과 정신을 운용하여 적극적으로 세계문학과의 대화와 교류에 참여하지 않는다면 중국신문학은 진정으로 자신의 언어 권리와 화법방식을 얻을 수 없었다. 그는 이것을 해내지 못하면 신문학은 "세계인"의 대열에서 밀려나 점차 위축되고 소멸할 것이라고 생각했다. 중국 신문학의 구축은 오직 적극적으로 세계문화와 문학 발전의 주류에 합류하여 문학을 전체 민족의 신생과 발전에 긴밀히 연관시키고, 문학의 사상문화계몽 역할을 충분히 발휘해야만 가능한 것이었다. 그래야 비로소 신문학은 진정으로 사람들의 마음속에 깊이 들어가, 현대화를 향해 나아가는 중화민족의 심리적 필요, 정신수요를 만족시킬 수 있었다. 이러한 의미에서 루쉰의 비교 문학관과 그 실천은 중국문학의 발전사상 시작의 의의를 갖고 있다. 루쉰은 중국신문학의 구축과 발전에 심원한 영향을 끼쳤으며 이론적으로도 중요한 공헌을 했다.

루쉰의 역사관과 역사소설의 창작이념

　루쉰의 역사소설 창작이념과 그의 역사관은 밀접한 상관이 있다. 정확히 말하자면, 루쉰의 역사소설의 창작이념의 생성은 역사관의 직접적인 제약을 받았다. 루쉰의 역사관의 본질적 특징을 파악하는 것은 역사소설 창작이념 검토의 전제조건이다. 역사에 대한 루쉰의 인식과 가치취향은 역사소설 창작이념의 예술 심미 구조에 깊은 영향을 미쳤다.

1.

　역사와 현실의 필연에 자각적으로 대면하는 것은 역사 "중간물"로서 지니고 있는 의식과 신분, 위치에 의해 결정된다. "중간물"로서의 역사사명과 가치취향은 그로 하여금 시종 역사와 현실 및 미래 발전을 유기적으로 연관된 전체로 간주하고, 역사, 현실, 미래를 삼위일체로 결합함으로써, 역사를 단지 이미 지나간 순수한 "과거"로 간주하지 않게 했다. 루쉰의 진정한 목적은 역사를 꿰뚫어 역사의 뿌리, 민족의 혼을 발굴해내어 역사를 살리고, 현실을 파악하여 미래를 전망하자는 것이다. 그는 "역사의 곳곳에 중국의 영혼이 씌여져 있고, 장래의 운명이 밝혀져 있다"[1]라고 말했다. 역사를 현재의 중요한 구성부분으로 간주하고 그 속에서 현실사건의 역사근원을 검토하여 역사원형proto-type을 캐내 미래발전의 길을 모색하는 것은 "역사와 현실의 필연에 자각적으로 대면하는" 루쉰의 역사관 구축에 중요한 특징 중 하나이다.

루쉰에게 있어서 역사는 현실의 거울로서 종종 현실사건의 각종 원형을 비추어 준다. 경서에 "감망왕배曒亡往拜"(보고 싶지 않은데 억지로 보는 것), "출강재질出疆載質"(외국을 나갈 때 선물을 가지고 가다)의 기재가 있는 점을 거론하면서 그는 "바보가 아니라면 역사를 조금만 읽어봐도 어떻게 얼렁뚱땅 얼버무리고 비굴하게 살아가는지, 어떻게 아첨하고 권력을 농락하여 사리사욕을 채우면서 대의명분을 내세워 명성을 절취竊取하는지 알 수 있다"고 지적했다. 역사는 현실을 가리키고, 현실은 역사의 연속이다. 그러나 이 연속은 단순한 시간의 이동이 아니라 내재적인 정신적인 연관을 갖고 있다. 루쉰은 이렇게 말했다. "역사책은 원래 지난날의 케케묵은 장부로서 급진적 용사와는 상관이 없다. 그러나 앞서 말했듯이 (…중략…) 우리 현재의 모습은 그때 그 모습과 얼마나 닮았는가? 현재의 어리석은 망동, 멍청한 사상들은 그때도 이미

---

1   루쉰, 『화개집·문득 생각나는 것 4』, 『루쉰전집』 제3권, 베이징 : 인민문학출판사, 1981, 17쪽.

있었고 결과는 다 엉망이었다."² 루쉰은 역사를 현실의 참고 대상으로 삼고 역사의 시공 속에서 역사와 현실을 연결시키는 일종의 필연적 특징과 문화유전의 특징을 발견했다. 그는 "옛 사람들이 했었던 일은 무엇이든지 오늘날 사람들도 모두 해낼 것이다. 옛사람들을 변호하는 것은 바로 자신을 변호하는 것이다. 하물며 우리는 중원의 귀족으로서 어찌 감히 '조상의 뒤를 이어가'지 않을 수 있겠는가?"라고 지적했다. 역사와 현실의 필연을 발견하는 것은 역사를 인식하고 현실을 파악하는 중요한 한 측면이다. 루쉰은 역사를 통하여 현실을 관조하고 현실사건을 기준으로 역사의 근원과 원형을 탐색하여 현실의 역사맥락을 꿰뚫어 보았을 뿐만 아니라 역사의 현실 재현도 되짚어 보았으며 미래도 추측할 수 있다고 보았다. 그는 "사학史學을 연구하기만 하면 수많은 '예로부터 있었던' 일들을 알 수 있다",³ "우리가 역사를 보면 과거에 근거하여 미래를 추측할 수 있다",⁴ "과거와 현재의 철석같은 사실을 근거로 미래를 추측하면 불 보듯 뻔하다"⁵라고 말했다.

역사를 현실과 미래의 하나의 동태적 발전과 내재적 연관의 전체로 간주한 것은 루쉰 역사관의 이성정신을 잘 표현한 것이다. 특정시기 반전통의 수요로 인해 역사를 대하는 루쉰의 태도가 한동안 아주 급진적으로 표현되기도 했다. 그는 청년들에게 "중국 서적을 ― 적게 ― 혹은 아예 읽지 말 것"을 권고했다. 그럼에도 불구하고 그는 역사와 현실을 연계하여 인식하고 파악했다. 그는 역사에 깊이 묻히면 "빠져들

---

2   루쉰, 『화개집·이것과 저것』, 『루쉰전집』 제3권, 139쪽.
3   루쉰, 『집외집습유·또한 "예로부터 있었다(古已有之)"』, 『루쉰전집』 제7권, 229쪽.
4   루쉰, 『화개집KS군에 답함』, 『루쉰전집』 제3권, 111쪽.
5   루쉰, 『남강북조집·『서우창전집』제목에 부쳐』, 『루쉰전집』 제4권, 525쪽.

어 현실 인생을 이탈"[6]하지 않을까 우려했다. 역사와 현실에 대한 루쉰의 이지적인 자세는 '5·4' 시기 "사상문화를 빌어 문제를 해결"하려는 흐름 속에서 루쉰으로 하여금 사상문화 측면에서 역사를 진지하고 꼼꼼하게 관찰하게 했고 모든 반전통을 단순한 유혈식의 "폭력혁명"으로 간주하지 않도록 했다. 루쉰이 보기에 신해혁명 후 중국이 "안으로 변화지 않는 여전"한 원인은 바로 봉건 대일통大一統(지역, 사상, 경제, 문화의 통일로 대통일보다 범위가 광범함) 사회의 사상문화의 뿌리를 근본적으로 건드리지 못한 데 있으며, "아직도 몇몇 옛 향신鄕紳들이 조직한 군정부이며, 철도주주는 행정 국장이고, 금융점포 주인은 군장비 국장이기 때문이다"[7]라고 지적했다. '5·4' 신문화의 영향 하에 루쉰은 전반적으로 반전통의 사상에서 출발하여 역사와 현실을 유기적인 전체로 간주하고 양자 간의 필연적 연관성을 발굴해냈다. 전반적인 반대와 비판의 방식으로 역사를 자세히 관찰하고 현실을 비판, 미래를 전망하기를 주장했다. 진정한 의도는 민족문화심리 차원의 철저한 반성 속에서 오랜 세월 동안 전체 민족의 심리 — 성격에 잠복해 있던 시대발전에 적응하지 못하는 민족 악습, 열등성을 끄집어내어 진지하게 비판함으로써 사상문화 차원에서 인간의 현대화를 솔선하여 실현시키는 데 있다. 특히 인간의 관념의 현대화를 실현하자는 것이다. 역사학자 황위런黃宇仁이 지적했듯이 : "중국은 대륙 성격이 농후한 국가이다. 서방국가처럼 현대사회의 데이터로 관리하는 것과 거리가 멀어서 부분적으로 개편하는 것은 더욱 어렵다". 유혈 "폭력혁명"

---

6 루쉰, 『화개집청년필독서』, 『루쉰전집』 제3권, 12쪽.
7 루쉰, 『조화석습·판아이눙(範愛農)』, 『루쉰전집』 제2권, 314쪽.

이 정권을 뒤엎을 수 있지만, 이 "큰 덩치"가 "일단 발동이 되면 옥석구분玉石俱焚(착한 사람과 악한 사람이 함께 화를 입다)의 가능성이 극히 높고 각자 각 사안에 대하여 내재적으로 공평하기 아주 어렵"기 때문에 "개혁은 필히 자체로부터 착수하여 문화와 교육으로 넓혀 나가야 한다".[8] 역사와 현실과 미래를 인식하고 파악하는 이성 자각을 얻어야 한다.

미국 과학자 마이어Ernst Walter Mayr(1904~2005)는 과학발전을 거론하면서 과학발전에서 가장 중요한 측면은 과학자 두뇌 속의 사상 발전이다[9]라는 예리한 견해를 제시했다. 기실, 역사와 현실의 필연에 직면하여 인간의 사상발전은 역사에 대해서 더 공정하고, 더 뚜렷하며 더 투철한 인식과 파악을 얻을 수 있는 중요한 보증이다. 이성적으로 역사와 현실을 자세히 관찰한다는 것은 사상으로 하여금 역사의 꽁무니를 쫓아 역사의 노예가 되라는 것이 아니라 정반대로 사상으로 역사를 꿰뚫어 보고, 역사 속에서 사상을 검증함으로써 역사를 복원하여 현실의 역사원형을 찾아내 더 정확하고 심각하게 역사를 해석하고, 현실에 대한 이해를 더욱 심화시켜 미래의 발전을 꿰뚫어 보려는 것이다. 루쉰은 바로 자신의 독립적인 사상견해에 근거하여 역사와 현실의 필연적인 연관성을 자세히 관찰하고, 그 연관성의 비밀암호코드를 풀어냄으로써 역사의 지향을 현재와 미래로 돌렸다. 그는 "옛 일을 떠올리는 감정은 종종 오늘을 위한 것이다"라고 말했다. 루쉰의 이런 식의 역사에 대한 인식과 파악은 "영사사학影射史學"(역사 사건과 인물을 빌어 오늘을 풍자하는 행위)을 하자는 것이 아니다. 왜냐하면 그것은 역사와 현실이 아무 관련

---

8   황위런(黃宇仁), 『"지속"과 "회합"』, 『독서』 12기, 1991 게재.
9   주샤오(朱曉), 『역사 연구의 공정』에서 인용, 『독서』 12기, 1991 게재.

이 없는 사안을 견강부회로 억지로 한데 엮어 "예로부터 이미 있었다"는 논증을 구하려는 것이 아니라 역사와 현실의 필연적 연관 속에서 현실의 역사적 "조상의 무덤"을 "파헤쳐"서 현실로 하여금 역사의 원래의 생태로 환원케 하여 그 본질적 특징을 드러냄으로써 역사와 현실에 대한 일맥상통한 인식과 이해를 심화시키기 때문이다.

루쉰의 역사관은 주체로서의 인간이 객체존재로서의 역사, 현실과 미래에 대하여 지니는 충분하고 투철한 이성인지와 심리체득을 나타낸다. 이성적으로 역사와 현실의 필연에 마주하면서 루쉰은 자신의 심중의 역사관을 드러냈다. 그가 보기에 역사의 인식과 현실의 파악을 통일하면, 역시 역사 책임감과 도덕적 통일을 이룰 수 있으며, 역사발전의 필연성에 대한 순응과 역사에 대한 인간의 주관능동성의 인식을 상호 통일할 수 있다. 두말할 것도 없이 루쉰 역사관의 거대한 가치는 역사와 현실과 미래를 연계하면서 진정으로 역사와 현실의 시공의 한계를 타파하였으며 역사, 현실과 미래 삼위일체의 내재적 연관을 소통하게 했다는 것이다.

2.

자각적으로 역사와 현실의 필연에 마주하는 역사관과 이성적으로 역사와 현실을 바라보는 인지태도에 기반하여 루쉰은 역사소설 창작을 통해 "고대와 현대를 섞어 어우러져 하나가 둘로, 둘이 하나가 되는" 예술심미를 표현하고자 했다. 그 목적은 역사소설 창작이 "재료들에 포함된 고인의 생활 속에서 자신의 심정과 딱 들어맞는 사물을 찾아냄으로써 그 고대의 이야기에 (…중략…) 새로운 생명을 주입하여 현대인과 연계를 갖게 되"[10]는 예술적 경지에 도달하게 하기 위해서이다. 다시 말하면 진정으로 역사를 살려서 역사의 현실화를 실현시킴으로써 예술목적을 달성하려는 것이다.

프레드릭 제임슨Fredric Jameson(1934~)은 "근본적으로 역사는 비서술적, 비재현적이다"[11]라고 말한 바 있다. 역사소설의 창작이념의 변화에서 말하자면 루쉰의 역사소설 창작이념은 일종의 예술심미의 창조혁신임에 틀림없다. 그 특징은, 역사적 사실에 근거하여 역사를 부연 설명하는 과거 역사소설들의 전통을 타파한 데 있다. 과거 역사소설은 대개 예술의 척도가 아닌 역사의 척도를 강조하면서 사실史實에 대하여 진실한 역사재현을 진행하고 역사소설을 "정사正史의 짜투리"로 간주, 역사의 틀을 벗어나서 소설을 창작하는 것을 반대했다. 역사적 사실史實과 예술적 허구의 관계를 처리함에 있어서 통상 역사소설은 단지 역사의 문학적 통속적인 전개로 간주되며 그 진정한 목적은 "정사의 보충"으로, 사람들에게 식후나 티타임에 일종의 역사 "가십거리"를 제공하려는 데 있다. 물론 이 가운데 작가의 허구도 있지만 이런 허구는 기본적으로 역사소설의 예술 수요에 기반한 것이 아니라 역사재현의 수요에 기반한 것으로써 역사의 자세한 사정까지 진실성 있게 부각시키려 하는 것이다. 예술적 허구구상은 종속적 위치에 처해 있으며 그 기능도 단지 소위 역사를 "시화詩化"하면서 역사의 세부를 풍부하게 하는 역할

---

10   루쉰, 『현대일본소설집 부록』, 『루쉰전집』 제10권, 221쪽.
11   프레드릭 제임슨(Fredric Jameson), 『정치적 무의식』, 코넬대학출판사, 1981, 82쪽.

만을 충당한다. 루쉰은 『삼국연의』를 예로 들어 이에 대해 비평했다 : 『삼국연의』는 "모두 진수陳壽(233~297)의 『삼국지』와 배송지裴松之(372 ~451)의 주해를 순서에 따라 배열하고, 중간 중간 평화平話를 채용하여, 추리, 연역하여 만든 것이다. (…중략…) 옛 역사에 의존해서 쓰기 어렵다." 이후 역사소설은 "수량은 많지만 (…중략…) 대개 『삼국연의』를 따라했는데 이에 미치지 못한다. 괜찮은 작품도 있지만 역시 역사 사실史實에 얽매이고 진부한 화법을 인습하는 우를 반복하여 글이 서툴고 과감한 서술에도 움츠린 모습을 보인다. (…중략…) 예쁘게 엮는데 역사를 이야기하는 병폐가 여기에도 있다."[12] 동시에 그는 완전히 역사적 사실을 외면하고 마음대로 사실史實을 허구하는 역사소설 창작에도 동의하지 않았다. 역사소설을 창작하기 전에 응당히 "문헌을 널리 고증"함으로써 역사소설의 예술창작도 "어느 정도" 역사적 "연고"를 갖추도록 해야 한다고 주장했다. 예를 들면, 루쉰의 역사소설 『출관出關』과 궈머뤄郭沫若의 역사소설 『함곡관函穀關』을 비교하면 양자 간의 역사소설 창작이념의 차이를 알 수 있다. 궈머뤄郭沫若의 노자老子의 행동에 대한 부분은 기본적으로 역사적 근거가 없으며 순수한 작가의 주관 억측인데 반해, 루쉰의 노자 이미지에 대한 부각은 역사 사실史實에 기본적으로 부합할 뿐만 아니라 작가의 주관적인 평가도 녹아 있어 역사인물의 현대적 인지가치와 심미가치를 비교적 잘 표현했다.

　　루쉰의 역사소설 창작이념의 예술심미 창조혁신의 최대 특징은 역사를 살리면서 창작주체의 역사에 대한 능동적 인식과 파악 능력을 높

12　　루쉰, 『중국소설사략』, 『루쉰전집』 제9권, 129쪽.

이고, 역사소설로 하여금 예술심미 방면에 예술표현의 자유성과 낭만적 서정적 특징을 지니게 하는 데 있다. 구체적으로 말하면, 루쉰은 역사 사실史實에 "새로운 생명", 다시 말하면 현대인의 인지와 예술적 심미감을 주입시켰다. 그 목적은 현대관념과 현대 가치기준, 심미의 수요로 역사와 현실을 자세히 관찰함으로써 역사가 예술심미 표현 속에서 진정으로 부활하게 하는 것이다. 루쉰은 역사소설을 "다량의 문헌을 고증함으로써 쓰인 언어에 근거가 있는" 것과 "약간의 연고만 취하여 마음껏 발휘"하는 두 가지 유형으로 나누었는데 자신의 역사소설 창작은 후자에 속한다고 밝혔다.[13] 그러므로 루쉰은 역사소설을 창작할 때, 사실史實을 그대로 옮기지 않고 역사소설의 예술적 심미의 수요에 근거하여 예술적 창작을 진행했다. 역사본질의 진실—역사와 현실의 정신이 비슷하거나 공통된 점을 따르며, 중요한 예술심미 기능 역시 재현성이 아니라 표현성에 치중한다. 예술심미 효과에서 루쉰은 독자와 역사사건의 공감을 강조하는 것이 아니라 독자에게 심각한 반성과 현실에 대한 비판을 진행할 것을 요구했다.

루쉰의 역사소설 창작이념은 현대 역사소설 창작의 비판적 합리주의에 대한 추앙과 역사에 대한 예술 심미적 표현의 이중적 특징을 보여준다. 비판적 이성주의에 대한 추앙은 역사소설이 역사 현실화 과정 중 응당 역사와 현실의 내재적 연관을 소통해야 하고, 역사와 현실의 일맥상통한 정신적 연계를 표현하도록 했다. 그리하여 독자들이 역사의 동태적 발전 속에서 역사와 현실의 단일한 한계를 돌파하여 인식의 시야

13　루쉰, 『고사신편서』, 『루쉰전집』 제2권, 342쪽.

를 넓히고, 전체역사와 현실 인생의 변화규칙을 전방위적으로 고찰하고 관찰하고자 했다. 특히 역사와 현실이 시공을 떠나 교착交錯하는 모순현상을 꿰뚫고 이성자각의 태도로 역사와 현실 인생을 인식하고 비판할 수 있도록 하여 그 속에서 역사와 현실에 대한 깊은 인지와 심리적 깨달음을 획득해야 한다는 것을 강조했다. 역사에 대한 예술 심미감을 표현하는 데 있어서 루쉰은 의도적으로 현대인의 인식, 관념, 감정과 가치기준을 녹여 넣어 예술창작에 있어 예술적 감정의 생동감과 형상의 감성적 체험을 표현하고자 하였으며 역사와 현실의 본질적 진실 그리고 내재적 연계를 나타내려고 노력했다. 때문에 역사소설을 창작할 때, 루쉰은 역사적인 사건의 구체적인 발전 맥락에 근거하여 소설의 틀을 짜거나 소설 시나리오의 전설성 혹은 인물의 역사적 진실성을 두드러지게 하는 것을 강조하지 않았다. 오히려, 역사 사건을 "자유자재로 발휘"하여 정황을 충분히 자세하게 묘사할 것을 주장했다. 이와 함께 그 속에 현대생활의 세부적인 모습과 현대인의 사상 감정을 유기적으로 침투시켜 역사를 살리고, 역사를 전복하며, 역사를 해체하고 현실을 대조하여 현실을 반성하고 비판하는 예술적 효과를 달성시키고자 했다. 여기서 역사적인 사건과의 연관성은 타파되고, 역사 인물의 행위의 진실은 해소되며 역사와 현실의 경계선도 취소되어 역사와 현실은 하나가 된다. 그것을 대체하는 것은 역사와 현실의 내재적 연관성의 비약성과 역사인물의 현대적 화법의 서술이다. 그 중에서도 특히 두드러진 것은 역사를 표현하면서 적잖은 현대인의 생활 언어, 세부적인 묘사와 인물형상을 직접 삽입한다는 것이다. 동시에, "능글 맞는" 예술수법으로 조롱하며 유머러스한 예술심미 효능을 발휘함으로써 현대인으로 하여금 펼쳐진 역사사건에 신속하고 유효하게 진입하여 현실과 역사의 거리를 좁히고, 현실과 역사에 대한 이중사고와 예술적 느낌과 깨달음을 전개할 수 있게 했다. 그 속에 등장하는 현대인의 언어, 예를 들면, "OK", "굿모닝", "유치원", "대학", "세익스피어" 등은 전통적 심미기준으로 보면 웃기는 장난으로 보일 수밖에 없지만 루쉰의 진정한 의도는 웃기려는 것이 아니라 현대인과 옛날 사람으로 하여금 "서로 마음이 통"하여 가벼운 대화 속에서, 그리고 일종의 묵계 속에서 광범한 예술적 상상을 이루어내도록 하려는 것이다. 이런 예술적 구상에 근거하여 루쉰은 역사소설 창작에 있어서 역사사건에 대한 추출은 응당 역사의 번거로운 세부적인 진실에 대한 직접적 묘사를 버리고 그 속에서 역사정신의 정수를 추출하여 역사소설 텍스트의 철리성哲理性과 시적인 상징적 예술적 기능을 두드러지게 할 것을 요구했다. 예를 들면, 역사사건(역사인물 포함)의 추출에 있어서 루쉰은 역사사건과 인물에 대하여 직접 묘사하거나 역사면모의 진실을 재현하는 것이 아니라 그 속에 내포된 "도道"(哲理)에 대한 추출을 중점적으로 진행했다. 예를 들면『비공非攻』,『출관出關』,『기사起死』,『채미采薇』 등은 모두 선진先秦시대의 역사인물과 사건에서 차용했지만, 이런 역사인물의 역사풍채와 역사사건의 진실한 면모를 표현하지 않고, 그가 대표하는 각 학파의 사상— 유가의 인의도덕, 도가의 청정무위淸靜無爲, 묵가의 비공겸애非攻兼愛 등을 이야기했다. 여기서 루쉰은 마음을 다하여 "희곡 비슷한 형식"과 "새로운 형식의 소설"[14]쓰기를 추구했다. 다시 말하면 역사소설 창작에

---

14   루쉰,『『소년별』(少年別) 역자부기』,『루쉰전집』제10권, 390쪽.

있어서 예술표현과 주관적 느낌의 표현을 중시하는 방식으로 역사와 현실의 정신적 연관성을 표현하고 역사사건과 인물의 문화적 우화적 의미와 현실을 지칭하는 의의를 뚜렷이 했다. 『기사』의 경우, 역사사건의 문화적 우화는 몽롱하지만 의미심장하다. 역사인물의 익살스런 표현 속에서 사람들은 역사와 현실의 정신변이현상을 인식할 수 있다. 『출관』에서 노자老子에 대한 "유약은퇴柔弱隱退"의 표현은 현실 사회를 회피하고, 인생을 도피하는 현상을 빗댄 것이다. 역사에 대한 이런 예술 심미화 표현은 예술창작의 상상력을 충분히 전개함과 동시에 창작 주체의 이성적 자각정신을 표현한 것이다.

즉 '옛과 지금이 섞여 버무려진' 가운데 "능글맞고" 가뿐하게 역사와 현실의 관련을 펼쳐 보일 때, 역사와 현실에 대한 정감이 아무런 제약없이 자연스럽게 흘러나오도록 내버려두지 않고, 이성의 여과를 거쳐 이성의 격정이 스며들기를 요구했다. 그리하여 그 예술심미 목적을 가진 역사소설이 창작 주체의 주관능동성을 충분히 발휘할 수 있어 가벼운 예술적 묘사 속에서 이성적으로 역사를 비판하고, 현실을 반성하게 한다.

루쉰의 역사소설 창작이념의 생성은 일종의 새로운 현대 역사소설 심미범례의 탄생을 상징한다. 이런 심미본보기는 전통 역사소설 심미모범에 대한 대담한 전복이다. 그 특징은 역사를 현실화하면서 역사와 현실에 대한 창작 주체의 심각한 인식과 사고를 강조한 것이다. 창작 주체에게 더욱 적극적이고 주동적인 참여 자세로 대상을 심도 있게 표현함으로써 역사소설로 하여금 더욱 새롭고 더욱 예술심미 표현력이 강한 방식으로 역사와 현실을 표현할 수 있도록 요구하는 것이다.

때문에 루쉰은 역사와 현실의 필연적 연계 속에 하나의 새로운 지렛대를 구축하여 역사와 현실 간에 가로놓인 큰 바위를 들어 올림으로써 시공을 뛰어넘어 역사와 심층 대화를 전개하려는 현대인들의 마음의 소리를 전달했다. 역사소설을 창작하는 예술실천 중에서, 루쉰은 역사를 '시화詩化'하여 역사의 풍운을 진실하게 재현하고 역사의 원래 모습에 따라 역사를 부활시켜 역사의 '시화' 추구로 나아가기를 더 이상 원하지 않았다. 대신 그는 역사의 '시화' 추구에서 돌아서서 역사적 사건과 인물, 분위기를 빌려 현실과 내재적으로 관련시켜 소통함으로써 창작의 주체의식이 충분히 발양됨과 아울러, 현대예술의 추상과 고전예술의 시의詩意, 특히 민간예술과의 자연스러운 결합을 통해 주제의 단순함과 사상의 심오함, 연상의 풍부함이라는 현대 역사소설의 예술적 심미특색을 이루는 데 중점을 두었다. 이와 동시에 역사를 표현하는 가운데 루쉰은 주체 이성의 자각적 정신으로써, 현대인의 가치척도를 이용하여 제멋대로 역사를 분해하고 왜곡하는 현상의 발생을 효과적으로 극복하고, 현대 역사소설로 하여금 역사에 대한 심오한 해석과 현실비판 사이의 심미적 장력을 유지하게 했다.

3.

루쉰의 역사소설 창작이념은 창작실천의 운용에서 성공을 거둠으로써 현대 역사소설에 새로운 창작의 길을 제공했다. 창작 면에서 루쉰의 역사소설 창작이념의 실천의미를 검토하면 "자그마한 연고만 취하고 자유자재로 발휘하여 한 편을 만드"는 낭만자유식의 역사소설 창작방법과 수사 전략은 정사正史의 속박을 받지 않고 독립적으로 역사를 인식하고, 역사를 해석하고 역사를 표현하고자 광활한 예술 공간을 제공했다. 또한, 그의 역사소설 창작은 예술규칙을 엄격히 준수하고 사실史實의 지나친 제약을 받지 않으며 역사와 현실 사이에 충분한 예술적 상상을 발휘하여 사실史實, 신화, 전설, 우화 등을 한데 잘 섞어 다채로운 역사세계를 그려냄으로써 역사와 현실의 상통점을 발굴하는 데에도 예술실천의 심미근거를 제공했다는 것을 쉽게 알 수 있다.

관련 있는 역사사료 성질과 범위, 표현된 역사내용의 형태에 따라 루쉰의 역사소설은 대체로 신화전설, 역사우화, 역사전설 등 3종 유형으로 분류할 수 있다. 소재 선택에 있어서 루쉰의 소재 선택은 분명 아주 넓다. 그는 전통 역사소설처럼 "사실史實에 얽매이거나 낡은 화법을 인습"하지 않았다. 동시에 루쉰은 역사소설의 창작은 응당 역사적 "근거"가 있어야 한다고 강조하면서 마음대로 역사를 꾸며내거나 해학적으로 풀이하는 것을 반대했다. 구체적인 창작실천을 통하여 루쉰은 역사소설 창작에 있어서 다음과 같은 세 방면의 개척적인 예술적 성취를 이루었다.

첫째, 역사소설 창작의 예술심미의 새로운 시각을 확립하고, 역사소설의 예술적 표현 공간을 넓혔다. 어떻게 역사심미의 방식을 통해 역사를 인식하고 역사를 표현할 것인가 하는 것은 줄곧 역사소설 창작 영역에서 논쟁이 끊이지 않은 문제였다. 중국 전통 역사소설의 창작은 도덕평가와 교화기능의 강화에 얽매여 역사를 재현하려면 반드시 윤리척도를 준수함으로써 역사발전의 도덕질서를 체현해야 한다고 강조했다. 작가의 주체적 심리와 느낌, 깨달음, 그리고 예술창작 재능의 발휘도 반드시 역사윤리의 틀 내에 엄격히 한정한다. 특정 역사시기에 전통 역사소설의 창작이 역사 재현방면에 상당히 큰 예술적 효과를 거두었다는 것도 틀림없다. 그러나 역사를 바라보는 시각의 끊임없는 변화와 확대 및 역사인식에 대한 수요와 예술심미관의 부단한 변화에 따라 역사소설 창작을 단지 단일한 역사재현과 윤리인식 범주에만 안주하게 하는 것은 실제로 역사의 진실을 완전히 재현할 수 없을 뿐만 아니라 역사발전의 기본 규칙을 정확히 인식하거나 파악하지 못하게 한다. 이에 대하여 루쉰은 『삼국연의』에서 조조에 대한 도덕평가를 예로 들어 전통 역사소설 창작에서 고인古人을 묘사할 때 "일그러지는" 현상을 비판했다. 루쉰이 보기에 역사소설은 현대인의 예술창작이다. 현대인의 역사에 대한 인식목적과 심리감수를 녹여 넣음으로써 현대인으로 하여금 역사소설 속에서 "자신의 심정과 딱 들어맞게 와 닿는 것"을 얻도록 한다면 역사에 "새로운 생명을 불어 넣을" 수 있다. "옛 서적에 있는 자그마한 근거"만으로 현실사건의 "조묘祖廟"(역사의 근원을 캐다)를 "파헤치"고, "자유자재로 발휘"하는 식의 역사소설 창작관점은 역사를 단지 일종의 단순한 인식 부호 혹은 윤리판단의 척도로 간주하지 않았다. 역사소설은 역사를 예술적 상상의 근거로 하여 역사와 현실의 일맥상통한 정신적 연관을 밝힘으로써 역사의 풍부함과 생동성이 지나간 역사 속에만 머물러 있는 것이 아니라 사람들의 마음속에 깊이 숨겨져 있으며 인성의 핵심 속에 깊이 숨겨져 있다는 것을 표명하는 것이다. 역사와 현실의 필연연계는 단지 시간상의 연결뿐만이 아니라 인성과 인간 심리와의 연결이어야 한다. 인간은 항상 역사와 현실의 주체이다. 역사와 현실의 급변하는 정세는 모두 인성과 인간 심리와 정신 변화의 반영이다. 역사소설 창작의 심미 시각을 인간에게 맞추고, 인성과 인간의 광활하고 복잡한 심리세계와 정신세계로 맞추면 필연적으로 역사와 현실의 광범한 연계 속에서 역사사실, 신화, 전설, 우화에서 광범하게 취재取材하게 되며 따라서 역사소설 창작의 예술표현 공간을 크게 넓히게 된다. 특히, 인간의 정신 상태를 고양高揚하고 상호 융합하여 예술적으로 역사를 표현함으로써 역사소설 창작은 단일한 윤리척도의 속박을 철저히 벗어나 새로운 역사와 현실을 관찰하는 시각에 진입할 수 있게 했다. 또, 역사와 현실정신의 필연적 연계를 통하여 충분한 예술인지와 심미적 상상을 전개하여 역사 본질의 진실에 대한 정신적 깨달음에 이르게 했다.

둘째, 전통 역사소설 창작의 표현수법을 혁신하고 역사소설 예술표현의 현대의식을 확대했다. 창작방법에서 말하자면 전통 역사소설 창작은 기본적으로 사실주의 표현수법으로 사실史實의 연의演義를 진행함으로써 역사재현의 진실성을 충분히 체현한다. 전통 역사소설의 창작은 대개 "구두口頭"로 하는 "역사 이야기"와 밀접한 관계가 있으므로 사실史實과 허구방면에 기본적으로 상관비례의 원칙을 엄수하는데, 예술허구의 한도와 역사사실의 비례를 "3 : 7" 좌우로 하며 특히 역사의 주체 골조는 예술허구를 주장하지 않는다. 역사소설 창작의 사명은 오로지 역사의 세부 방면에 예술적 허구를 통하여 역사를 환원하고 역사를 풍부히 재현하는 것이다. 예술허구의 심미기능은 오로지 역사의 세부를 풍만하게 하는 역할을 할 뿐이다. 루쉰은 전통 역사소설 창작은 "대개 역사상 큰 사건은 발휘할 수 없고, 세부에 들어가면 붙이고 꾸며 변려對句로 나타내고 시가로 증명하여 거기에 익살을 섞어 웃음을 자아내게"[15] 한다고 지적했다. 루쉰의 역사소설 창작은 더 이상 그렇지 않았다. 전통 역사소설 창작과 완전히 다른 창작이념에 기반하여 루쉰은 사실史實과 허구의 한도 원칙의 속박을 벗어나서 다른 길을 개척하여 역사 본질적 진실과 역사소설의 예술성 원칙을 준수하는 데서 출발하여 역사를 "서정적으로 묘사"했다. 그는 역사소설의 창작사상을 구축하여 역사와 현실을 연계하고 현대화법의 표현방식으로 역사의 본질, 특히 정신의 본질을 환원하고 살리는 것을 중시했다. 현대인으로 하여금 역사를 인식하면서 역사와 대화하는 평등한 권리를 얻고 나아가 충분한 예술적 느낌 속에서 역사의 본질 정신을 인식하고 파악할 수 있게 하려고 노력했다. 때문에 루쉰은 역사소설 창작의 표현수법에 있어서 자유로운 방식으로 역사를 표현하는 것을 매우 중요시했다. 가장 두드러진 것은 루쉰 자신이 표방하는 "능글맞은" 예술표현 수법이다. 이 "능글맞은" 예술표현 수법은 역사소설 창작에 운용되었는데, 그는 역사인지 중 윤리요인의 방해와 사실史實, 허구 사이의 간극을 해소함에 있어 아주 훌륭한 역할을 할 것이라고 보았다.

예를 들면, 과거와 현재가 비슷한 역사의 인지 중 과거 역사인물에게 현대인의 생활모습을 집어넣되 사람들에게 역사의 진실한 모습과 어긋난 느낌을 주지 않으면 현대인들은 자신의 익숙한 생활 속에서 더 쉽게 역사의 근본적인 형태를 이해할 수 있다. 또 예를 들면, 여와의 두 다리 사이에 옛날 의관衣冠을 한 작은 남편이 나타난다 해도 사람들에게

---

15   루쉰, 『중국소설사략』, 『루쉰전집』 제9권, 114쪽.

황당무계하다는 느낌을 주지 않으며 오히려 가벼운 유머러스한 예술 효과를 거둘 수 있다. "능글맞은" 예술표현 수법은 역사소설의 심미장력 구축방면에 매우 뚜렷한 현대의식의 특징을 지니고 있다. 즉, 충분한 주체 느낌의 방식으로 역사의 장벽을 해소하며 현실의 정신과 연계하여 소통하고 마음속의 역사를 표현해내는 것이다. 예를 들면, 『보천補天』은 여와가 "황토를 빚어 사람을 만들고" "오색 바위를 제련하여 하늘을 보수"했다는 신화에 근거하여 창작하였는데 그 창작의 최초 취지는 프로이트의 정신분석설로 "창조 — 인간과 문학 — 의 원인을 해석" 하려는 것이었다. 의도적으로 역사를 모방하기 위하여 신화나 우화를 선택하여 역사소설을 창작한 것은 분명히 아니다. 예술표현 수법 역시 역사를 해체하면서 더욱 큰 심미적 표현자유를 얻었던 것이다. 또 예를 들면, 『기사起死』에서 장자莊子에 대한 표현 역시 그 이미지의 진실을 재현하려는 것이 아니라 그와 현재 일맥상통하는 정신적 본질을 발굴하려는 것이었다. 이렇게 역사의 물리적 시공이 아닌 심리적 시공을 따르는 예술표현 수법의 심미가치와 의미는 역사소설 창작이란 역사사실, 자연형태의 진실을 애써 추구할 필요가 없는데 반해 예술의 감정과 법칙의 진실은 반드시 애써 추구해야 한다는 것을 강조하는 데에 있다. 예컨대, 루쉰 자신의 표현에 의하면 "(환멸은) 대개 거짓 속에 진실이 보일 때가 아니라 진실 속에 거짓이 보일 때 (생겨난다)"[16] 라든가 "옛날 사람을 더 진부하게 쓰지는 않았다"[17] 등과 같은 경우이다.

셋째, 역사소설의 자유유동적인 서정성 예술구조를 창조하여 역사

---

16   루쉰, 『삼한집 · 어떻게 쓸 것인가』, 『루쉰전집』 제3권, 24쪽.
17   루쉰, 『고사신편서』, 『루쉰전집』 제2권, 342쪽.

소설의 예술적 속성을 강화했다. 역사소설을 창작하는 데 있어서 역사사실의 규범을 엄격히 준수할 필요가 없다면, 역사를 표현하면서 역사소설에 새로운 형태의 예술구조를 어떻게 구축할 것인가는 역사소설 창조혁신의 관건이 된다. 루쉰은 "그냥 집어 와서" "자유스럽게 발휘"하는 방식으로 역사소설의 예술구조를 구축했다. 그 목적은 분명히 역사소설의 더 자유로운 예술구조를 구축하는 것이며 그 특징은 역사사실 구조의 속박을 벗어나 주체로서의 인간의 인지감정에 따라 유동적이고 자유스럽게 서정적인 역사소설의 예술구조를 구축하는 것이다. 때문에 루쉰은 역사소설 창작에 있어서 역사소설의 예술구조를 역사발전의 자연형태에 따라 구축하는 관례를 완전히 타파했다. 동시에 역사인물성격의 부각을 에워싸고 이야기의 발단, 발전, 고조와 결말을 조직하지도 않았으며, 역사사건의 시말, 혹은 사건발전의 일반 진행과정에 따라 예술구조를 엄격히 조직하지도 않았다. 역사를 인지하는 심리적 감정을 중시하여 역사소설을 조직하는 데 치중함으로써 역사소설의 자유유동적인 서정성 예술구조를 형성하고 역사소설의 예술적 속성과 심미성을 더욱 선명하게 했으며 예술표현에 있어서 자유의 역량도 크게 증강되었다. 이런 "유희"성 같은 예술구조는 기실 역사와 현실의 장벽을 뚫으면서 더 깊이 역사의 본질, 특히 인성의 핵심에 들어가 역사와 인성을 자세히 관찰할 수 있게 한다. 미학가 실러는 예술은 "감각의 자유 유희"라는 칸트의 견해에 대해 설명할 때, 인간의 본질을 '자유'라고 정의하면서, 이러한 자유는 인간의 감성과 이성의 조화·통일이며, 인간이 감성과 이성의 편면적 억압에서 벗어나기 위하여 심미적 특성인 유희로 전향하여 해방, 특히 정신적 해방을 획득함을 보여주는 표지라고 생각한다. 실러는 "인간은 오직 아름다움을 위하여 유희를 한다", 인간은 오로지 "충분히 인간이라고 느낄 때 비로소 유희하며, 유희할 때 비로소 완전한 인간이 된다"[18]라고 말했다. 마찬가지로 인간이 역사를 인식하면서 오로지 일반적 역사지식만 얻는 것이 아니라 더 중요한 것은 역사를 인식하면서 인식의 계발과 감정의 분발, 해방 그리고 역사의 예술심미에 대한 심령의 깨달음과 체험을 얻는 것이다. 루쉰은 역사소설의 예술속성에서 출발하여 표현성에 치우친 역사심리 시공의 구조를 역사소설 예술구조의 주도방식으로 삼았다. 이는 역사소설이 역사를 표현하면서 아주 쉽게 역사를 현실과 미래에 연결하게 하며, 충분하고 유효하게 역사를 살려 역사 소설로 하여금 현실발전의 살아있는 참고가 되게 한다. 이 자유유동의 서정성 예술구조 속에서 사람들은 더욱 역사의 미로에서 방향을 잃거나 본성을 잃지 않을 것이며, 역사와 현실의 필연적 연계 속에서 역사의 영혼을 포착하고 역사의 참뜻을 깨우쳐, 현실발전의 길을 탐색할 것이다.

---

18   실러, 『인간의 미적 교육에 대하여』, 쭈꽝첸(朱光潛), 『서방미학사』 하, 베이징 : 인민문학출판사, 1980, 456쪽.

영혼의 독백

『들풀』: 루쉰의 심령 시학

침묵을 지킬 때 나는 충실함을 느낀다. 입을 열려하니 동시에 공허함
을 느낀다.

—『들풀 · 제사』

1. 머리말

루쉰은 벗들에게 그의 철학은 『들풀』에 다 들어있다[1]고 말한 적이
있다. 그렇다면, 루쉰의 철학은 과연 어떤 것일까? 루쉰이 1924년 9
월 24일 리빙중李秉中에게 보낸 사적인 편지를 보면 그 일부를 알 수 있
다. 루쉰은 편지에서 이렇게 자신 내면의 모순을 솔직하게 드러냈다.

1 　이핑(衣萍), 『고묘잡담(古廟雜談)』 五, 『경보 · 부간』(京報 · 副刊) 제105호, 1925.3.31.

나도 자주 자살을 생각한다. 자주 살인도 생각한다. 그러나 다 허사다. 난 아마도 용사가 아닌가보다. (…중략…) 내 스스로 자꾸 내 영혼에 독기와 귀신기가 있는 것 같이 느껴진다. 나는 그것을 극히 증오한다. 그것을 제거하려 하지만 안 된다.[2]

자신의 영혼에 "독기"와 "귀신기"가 있다고 깊이 느끼고 그것을 제거하려고 하나 안된다. 이것은 얼마나 고통스러운 영혼인가! 1926년 11월 루쉰은 재차 "내 자신은 오히려 이런 오래된 망령을 등에 지고 떨칠 수 없어 괴로워하여, 때때로 사람의 숨을 막히게 하는 무거움을 느낀다. 사상 면에서도 역시 때로는 제멋대로이고 때로는 성질이 조급하여 장자莊子와 한비지韓非子에 중독되지 않았다고 할 수 없다"[3]라고 언급했다. "자살" 혹은 "살인"의 방식으로 자신의 영혼 깊숙한 곳에 들어가서 자아 해부와 반성을 하는 것은 루쉰 철학의 기본적인 패러다임이다. "어둠"과 "허무"의 시대에 "자살"과 "살인"은 인생의 부조리를 전제로 하였을 때 나타나게 된다. 허무는 인생에 가치혼란을 야기하고 생명의 궁극적 의미를 잃게 한다. 그러나 그것을 불러일으키는 것은 슬기로운 사람의 반항의지이며, 반항은 곧 사람을 도와 절망에서 탈출하게 하는 유일한 경로이다. 카뮈가 말한 것과 흡사하다. "나는 아무것도 믿지 않는다고 외친다. 모든 것이 황당한 것이다. 그러나 나는 적어도 나의 외침 자체를 의심할 수 없다. 나는 적어도 나의 항의를

---

2   루쉰, 『서신집·240924·리빙중(李秉中)에게』, 『루쉰전집』 제11권, 베이징 : 인민문학출판사, 1981, 430쪽.
3   루쉰, 『『무덤』뒤에 쓰다』, 『루쉰전집』 제1권, 285쪽.

믿는다. 황당한 경험의 내부에서 내가 얻은 첫 번째이자 유일한 진리
는 바로 반항이다!"[4] 때문에『시지프스의 신화』의 시작 편에서 카뮈는
"진정으로 엄숙한 철학문제는 단 하나뿐이다 : 자살이다. 삶이 경험해
야할 가치가 있는지 여부의 판단, 이 자체가 바로 철학의 기본문제에
답하는 것이다"[5]라고 강조했다. 그렇다, "자살"이나 "살인"이나 당연
히 법률 의미상의 판단과 평가가 아닌 철학적 함의에서 판별해야 하
며, 특히 생명철학 혹은 인생철학의 차원에서 인식하고 파악해야 한
다. "자살"과 "살인"은 루쉰의 철학 속에서 "참담한 현실"과 "참담한
인생"에 과감히 직면하는 생명의지와 인생태도이다. 그것은 그 자체
가 바로 생명의 내재적 의미와 존재가치를 탐구하는 것이기 때문이다.
루쉰이 자신에 대한 자아 해부와 반성에 매우 엄격했다는 것과 연결시
켜 그의『들풀』을 자세히 읽어 보면, 그가 왜 "영혼의 독백" 방식으로
자신의 마음의 여정과 정신의 여정을 표현하려 했는지 쉽게 알 수 있
다. 그 목적은 실제로 아주 명확하다. 그가 주장하는 생명의 철학적 이
치와 인생철학은 실제로 모두 하나의 원점에 기반한 것이기 때문이다
— 그것은 바로 "어둠"과 "허무"에 대한 "절망적 항전"[6]이다.

　루쉰의『들풀』에 수록한 작품 중 "서문"을 제외한 23편의 산문시는
"계몽주의"와 "인생을 위한" 창작목적을 안고 "멈출 수 없는" 기세로
"정말 부수기 어렵"고 "창문이 없는" "철의 방"을 향하여 큰 소리로 "외

4　알베르 카뮈(Albert Camus),『카뮈 작품선』제2권(프랑스어 버전), Groupe Gallimard,
　　1965, 419쪽.
5　알베르 카뮈, 두샤오전(杜小真) 역,『시지프스의 신화』, 시안 : 산시사범대학출판사,
　　2003, 1쪽.
6　루쉰,『양지서・4』,『루쉰전집』제11권, 20~21쪽.

쳐” “사회 치유”의 관심[7]을 불러일으키려 했던 예전의 「광인일기」 창작 때와는 많이 다르다. 『방황』 창작시 속표지에 인용한 굴원屈原의 시구 “수행의 길은 아득하고 험난하지만 끊임없이 탐구하리라”는 정신을 계승하여 “영혼의 독백” 방식으로 긴장한 성찰과 심령의 탐색을 진행한 것이다. 비록 23편의 산문시의 구상은 연관되어 있지 않고 형식 또한 다르지만, 그 철학적 함의와 정신은 일치하며 내재적 통일성을 지니고 있다. 즉 이 23편의 산문시, 그리고 1927년 4월에 보충하여 쓴 ‘제목에 부쳐題辭’를 더하여, 이 모두는 특정 시기의 루쉰의 생명가치세계와 의미체계를 온전하게 드러내주고 있으며, 독립적인 정신개체의 심령 정감情感, 의지와 인생철학 또한 온전하게 드러내주고 있다.

　　루쉰은 겸손하게 『들풀』의 “대부분은 폐허된 지옥같은 변두리의 창백한 작은 꽃이다. 당연히 아름답지 못하다”[8]고 말했다. 기실 “창백한 작은 꽃” 이미지의 우화적 의미는 풍부하고, 무한하며 아름다움 여부와는 관계없다. “영혼의 독백”의 표현방식으로서 “창백한 작은 꽃” 이미지가 직접 전달한 것은 루쉰의 심령 깊은 곳의 아직 “말하기 어려운” 무한한 함의이다. 루쉰의 『들풀』 창작은 다른 사람을 위해 쓴 것이 아니라 우선 자신을 위해 쓴 것이다. “영혼의 독백”의 방식으로 특정한 시기의 자신의 감회, 소회를 솔직히 드러내고, 1924년부터 1926년 사이의 특수한 의미를 지닌 마음의 여정을 표현한 것이다. 동시에 인생의 “가장 밑바닥” 시기를 만난 그의 생명형태와 정신의지를 보여준다. 바로 그가 『들풀』의 “서문”에서 언급했듯이 “나는 이 한줌의 들풀로 밝음

7　　루쉰, 『남강북조집·나는 어떻게 소설을 쓰게 되었는가』, 『루쉰전집』 제4권, 512쪽.
8　　루쉰, 『이심집·『들풀』영문역본서』, 『루쉰전집』 제4권, 356쪽.

과 어둠, 생과 사, 과거와 미래 사이에 벗과 원수, 인간과 짐승, 사랑하는 자와 사랑하지 않는 자 앞에서 증명하련다.” 바로 이런 차원에서 『들풀』을 세심하게 읽으면 우리는 그 속에서 진정으로 루쉰의 특색을 지닌 생명철학과 인생철학, 그리고 그가 일관되게 견지하고 고수한 “홀로 우뚝 서서 독립”한 인격을 어렵지 않게 느낄 수 있다.

2. 반항 – “암흑”과 “허무”를 향한 항전

> 우리 집 뒤뜰에서는 두 그루 나무를 볼 수 있다. 한 그루는 대추나무이고 나머지 한 그루 역시 대추나무이다.
>
> —『들풀 · 가을 밤』

『들풀』의 시작 편은 제목이 『가을 밤』인 산문시이다. 두 그루의 우뚝 서 있는 “가을밤”의 “대추나무”, 그 이미지의 특징이 두드러지게 표현한 것은 “견인불발”과 “반항” 혹은 “항전”의 의지이며 “가을밤”은 “암흑”과 “허무”의 상징이다. 어떤 이는 “우리 집 뒤뜰에는 두 그루의 대추나무가 있다”라고 하면 온전하게 뜻을 전달할 수 있지 않느냐고 하면서 루쉰이 언어 수사에 있어서 지나치게 간결하지 못하다고 지적했다. 이것은 분명 『가을 밤』 창작시기의 특정한 시대와 루쉰의 특정한 심정을 완전히 무시한 것이다. 루쉰은 여기서 일부러 유식한 척하고, 사람을 미혹시키려는 것이 아니라 “가을밤”에 우뚝 서 있는 두 그루의 “대추나무”의 첩구 표현방식으로 “가을밤” 같은 “암흑”과 “허무”

에 대한 "반항"의지를 반복하여 강조하려는 것이었다. 천성이 빛을 좋아하지만 어둡고 차갑고 깜깜한 "가을밤"에 놓여진 "대추나무", 이런 열악한 생존환경에서 살아남고 성장하려면 유일한 출구는 "항전", 바로 "반항"이다. 어둠에 반항하고 허무에 반항하며 절망에 반항한 것이다! 오직 항전, 반항만이 생존과 성장의 기회를 얻을 수 있는 것이다.

두말할 필요도 없이, "어둠"과 "허무"에 대한 반항은 『들풀』을 구성하는 선명한 주 색조이다. 『들풀』이 구성하는 세계에는 시종 두 가지 이미지, 두 가지 주제가 얽혀있다 : 하나는 "가을밤", "먼지", "엄동" 등과 같은 어둡고 차가운 색조의 이미지와 주제이며 다른 하나는 "대추나무", "길손", "이런 전사" 류의 굳센의 반항적 이미지(캐릭터)와 주제이다. 두 가지 이미지와 주제의 얽힘은 마치 베토벤의 『운명교향곡』 중 "운명 주제"와 "영웅 주제"의 얽힘과 같다. 가령 삼엄한 "운명" 주제가 강권, 전제, 폭정과 인간의 고난, 액운을 상징하고 이것들이 시시각각 사람들을 향하여 덮쳐온다면 "운명"을 마주하여, 특히 액운의 엄습을 맞이하여 "영웅"은 응당히 어떻게 해야 할 것인가? 운명과 타협할 것인가 아니면 운명에 항전할 것인가? 이것은 생명주체의 태도, 의지와 정신적인 굳센 의지에 달려있다. 액운이 덮쳐올 때 베토벤은 "운명의 목을 단단히 틀어잡고 절대로 나를 굴복시킬 수 없다!"고 외쳤다. 『운명교향곡』에서 삼엄한 "운명" 주제를 울려 퍼지게 하는 것은 온화하면서도 자신감 있는 "항전" 역량으로 충만한 "영웅주제"이다. 액운이 덮쳐올 때 "영웅"은 "반항의 검"을 들어 올리고 절대 굴하지 않고 "운명"에 항전했다. 마찬가지로 루쉰의 『들풀』 중 두 가지 이미지, 두 가지 주제의 얽힘이 전달하려는 심령의 의지는 자연스럽게 일종의

"항전"의 소리이자 "암흑"과 "허무"에 반항하는 정신이다:

그는 무물(無物)의 진(陣)에 들어갔다. 그를 보고 모두 그에게 머리를 끄덕였다. 그는 이 끄덕임이 바로 적들의 무기임을 안다. 피도 안 묻히고 사람을 죽이는 무기이다. 많은 전사들이 여기서 멸망했다. 마치 포탄처럼 용맹한 전사들이 힘을 써보지도 못하게 했다.

저 머리 위에 각종 깃발이 나부끼고 거기에 여러 가지 좋은 이름들이 수놓아져 있다: 자선가, 학자, 문인, 원로, 청년, 고상한 사람, 군자 (…중략…) 머리 아래에는 여러 가지 외투를 걸쳤다. 거기에 각종 좋은 문양이 수놓아져 있다: 학문, 도덕, 국수(國粹), 민의, 논리, 공의(公義), 동방문명…….

그러나 그는 투창을 집어 들었다.

—『들풀·이러한 전사』

"무물의 진"식의 "어둠"과 "허무"는 무겁고 삼엄하다. 어둡고 차가운 액운처럼 그리고 수시로 덮치는 "운명"의 유령처럼 사람의 심령의 대문을 두드리고 매번 사람의 영혼을 괴롭힌다. 그 상징적 의미는 황당한 존재의 불합리성이며 인생의 고독과 허무와 적막의 존재본질의 은유이기도 하다:

길손: 그렇습니다, 이건 저에게 좋을 것 없지요. 하지만 저는 기력을 많이 회복했습니다. 전 곧 길을 나서렵니다. 어르신, 어르신은 여기 오래 사신 것 같은데 혹시 저 앞쪽은 어떤 곳인지 아십니까?

늙은이 : 앞쪽? 앞쪽은 무덤이오.[9]

—『들풀·길손』

　　"무덤"의 이미지는 여전히 어둡고 차가운 색조로서 엄혹하고 삼엄하며 "죽음"의 상징이자 생명철학과 인생철학의 가치 탐구의 출발점이기도 하다. 비극철학가 쇼펜하우어는 "죽음은 철학에 영감을 가져다주는 수호신이며 그의 아름다운 신에 비유했다. 소크라테스가 철학의 정의를 '죽음을 위한 준비'라고 한 것은 이것 때문이다. 실로 만약 죽음의 문제가 없다면 철학도 아마 철학이 아닐 것이다"[10]라고 말했다. 때문에 "무덤"류의 "죽음"의 상징적 의미는 존재의 황당함과 불합리를 증명하는 동시에 하나의 새로운 인생명제를 사람들에게 던진다 : 하나의 낡은 질서가 전복되면 하나의 새로운 질서는 어디에 있는가? 답은 일시적으로 확정할 수 없다. 이런 인지할 수 없고, 확정할 수 없음으로 인한 심리적 초조감은 니체의 "신은 죽었다"가 초래한 정신상실의 과정을 겪는 것과 유사하다 : "가을 밤", "무물의 진", "무덤" 류의 "어둠"과 "허무"의 이미지는 시대의 허망함을 상징하고 있을 뿐만 아니라 동시에 특정한 시대에 인간에게 부여한 허망한 심리적 느낌을 깊게 함축하고 있다.

9　루쉰은 『『무덤』뒤에 쓰다』에서 "나는 오직 하나의 종점만 아주 확실히 알고 있다. 바로 무덤이다. 그러나 이건 모두가 다 안다. 누구의 인도도 필요 없다. 문제는 여기서 거기까지 가는 길이다. 그것은 당연히 한 갈래뿐 아니다. 나는 마침 어느 갈래가 좋은지 모르고 있다. 비록 오늘까지 때로는 아직도 찾고 있지만".

10　쇼펜하우어, 천샤오난(陳曉南) 역, 『사랑과 삶의 고뇌』, 베이징 : 중국화평출판사 1986, 149쪽.

내가 싫어하는 것이 천당에 있다면 나는 가기 싫소. 내가 싫어하는 것이 지옥에 있다면 나는 가기 싫소. 내가 싫어하는 것이 그대들의 미래의 황금세계에 있다면 나는 가기 싫소.

그런데 그대는, 바로 내가 싫어하는 사람이오.

친구여, 난 당신을 따라가고 싶지 않소. 난 머물고 싶지 않소.

난 싫소!

우―우―, 난 싫다고, 차라리 무지(無地)에서 방황하려 하오.

―『들풀·그림자의 고별』

오로지 "어둠"과 "허무"만이 "실존"인 황당한 존재를 마주하여 전사가 들어 올린 것은 "투창"이었다. 그 목적은 루쉰이 『『무덤』 뒤에 쓰다』에서 지적했듯이 "기어이 소위 정인군자正人君子라 자칭하는 자들을 며칠이라도 더 불쾌하게 하려고 (…중략…) 버티면서 그들의 세계에 흠집을 더 많이 내려고 한다"는 것이다. 『구걸자』에서 루쉰은 "구걸" 식의 존재를 반대하면서 "나는 보시하지 않는다. 보시할 마음도 없다. 나는 다만 보시자들에게 짜증, 의심, 증오를 안겨 줄 것이다"라고 선언했다. 만약 "구걸"해야 한다면 역시 "무소위無所爲와 침묵으로 구걸"한다. 『그림자의 작별』에서 루쉰은 값싼 "광명"의 유혹을 거절하고 차라리 몸 둘 곳이 없을 정도로 방황하여 "암흑"에 빠지더라도 진정으로 "완전히 나 자신에게 속하는" "그 세계"를 구축하겠다고 했다. 당연히 루쉰도 "절망 속에서 반항하는 자의 어려움"을 잘 안다. 그러나 그는 "반항"은 어떠하든 간에 "희망 때문에 전투하는 자보다 더 용맹하고 더 비장하다"[11]고 굳게 믿는다. 반항이 가져온 것은 생명의 격정이고,

갈망하는 것은 생명의 자유이다. 동시에 황당한 존재의 세계에 새로운 가치 신념과 행위준칙을 제공한다. 그것은 진정한 반항은 "파괴"이며, "세움ㅍ"으로 낡은 세계를 파괴하는 것이자 신세계를 창조하는 것이기 때문이다. 바로 이런 의미에서 루쉰이 "절망에 반항"하는 행동과 그것에 체현된 생명가치와 인생철학의 지향은 집중적으로 "암흑"과 "허무"에 대한 총체적 부정을 전달하려 하며, 동시에 자아구원식의 가치창조를 더 많이 표현하려고 한다.

> 호탕한 노래의 열광 속에서 추위를 먹고, 하늘 위에서 심연(深淵)을 보았다. 모든 눈에서 무소유를 보았고 아무런 희망도 없는 가운데 구원을 받는다.
>
> —『들풀·빗돌 글』

카뮈는 "허무주의는 단지 절망과 부정뿐만 아니라 주요하게는 절망과 부정의 의지와 소망이다"라고 말했다.[12] 자아구원식의 반항은 "어둠"과 "허무"에 더 많은 생명가치를 부여하고, "절망"에 처한 "용사"로 하여금 끊이지 않는 내적 신념의 강력한 지지를 얻게함으로 자아의 신생을 얻을 수 있도록 하는 데 있다.

그는 우뚝 서서, 이미 개조했거나 기존의 모든 폐허와 황량한 무덤을 꿰뚫어 본다. 깊고 넓은, 오래된 모든 고통을 기억하고, 겹치고 쌓인 모

---

11 루쉰, 『서신집·250411·자오치원(趙其文)에게』, 『루쉰전집』 제12권, 442쪽.
12 알베르 카뮈, 『카뮈 작품선』 제2권(프랑스어 버전), Groupe Gallimard, 1965, 467쪽.

든 웅어리진 피를 직시한다. 이미 죽은 것, 갓난 것, 곧 태어날 것, 아직 태어나지 않은 모든 것을 깊이 헤아린다. 그는 조화의 농간을 꿰뚫어 보고 있다. 그는 곧 인류로 하여금 소생시키거나 멸망하게 하려 한다. 이 조물주의 선량한 인민들을.

—『들풀·빛바랜 핏자국 속에서』

로맹 롤랑^{Romain Rolland}(1866~1944)은 『위인전』의 머리말에서 "내가 영웅이라 칭하는 사람은 사상 혹은 역량이 위대한 사람이 아니라 오로지 영혼이 위대한 사람이다"라고 말했다. 그는 베토벤이야말로 진정 위대한 사람이라고 믿는다. 그리하여 『위인전』의 제1편을 베토벤에게 바쳤다. 그는 베토벤의 말을 인용하여 "불행한 사람들이 그와 마찬가지로 자연의 방해를 아랑곳 하지 않고 인간다운 인간이 되기 위해 온 힘을 다하는 것을 보고 위로를 받기를 바란다"고 말했다. 기실 루쉰도 마찬가지다. "암흑"과 "허무"에 대한 반항은 그의 영혼을 광막하게 그리고, 또 심각하며 위대하게 했다. 그의 생명의 철학적 이치의 탐구와 그가 구축한 인생철학에서는 생명본원과 세계본질 따위의 현묘한 문제를 애써 다루지 않고 어떻게 하면 생명이 가치가 있겠는가, 인간이 어떻게 "암흑"과 "허무"에 반항함으로써 인생의 가치를 얻을 것인가 하는 문제를 다루었다. 또한, 그가 소설 『고향』에서 지적한 것처럼 "세상에는 원래 길이라는 게 없었다. 다니는 사람이 많아짐으로 말미암아 길이 생겼다." 카뮈는 시지프스가 "영원히 멈추지 않고" 바위를 산 정상으로 밀어 올리는 행위를 높이 평가한 적 있다. 그리고 시지프스의 반항을 일종의 인생가치 탐구의 방식으로 삼았다. 카뮈는 "정상을 정복하는 투쟁 자체가 인간의 정신을 충족하기에 족하다. 시지프스는 행복하다고 생각하는 것이 마땅하다!"[13]고 말했다. 카뮈는 우리는 반드시 시지프스의 생명은 행복하고 의미가 있음을 인정해야 한다고 여겼다. 생명의 의미는 바위를 정상까지 밀어 올릴 수 있느냐 없느냐에 있는 것이 아니라 영원히 멈추지 않고 "밀어" 올리는 과정에 있기 때문이라고 인식한 것이다. 기실, 루쉰의 "길손"이 "영원히 멈추지 않고" "가"는 것도 마찬가지다. "길손"은 종점에 도달할 수 있는지 여부는 개의치 않고 종점이 "무덤"인지, 아니면 "야생 백합 혹은 야생 장미"인지도 개의치 않는다. 그의 인생의 모든 의미는 "간다"는 "반항" 속에 있다.

생명의 의미와 인생의 가치 탐구를 "암흑"과 "허무"에 대한 항전으로 돌림으로써 루쉰은 진정으로 자신에게 속하는 사상 영역과 "홀로 우뚝 서서 독행獨行"하는 인격정신을 구축했다. 그가 보기에 "절망에 반항"하는 것은 인간의 기본 속성 중 하나이며, 인생은 "암흑"과 "허무"의 현실을 도피할 수 없다. "반항"을 통하여 인생 공동의 가치를 찾고 생명의 행위 준칙을 찾아내야 한다. "항전"으로 "암흑"과 "허무"에 반항하고, 그리고 그것을 합리적인 세계로 나아가는 일종의 방식과 경로로 삼는 것은 그 자체가 바로 하나의 새로운 인생철학을 구축하는 것이며 일종의 독립적 인격정신을 드러나게 함으로써 그 속에서 진정으로 자신에게 속하는 참신한 세계를 건립할 수 있기 때문이다 :

나 홀로 멀리 떠난다. 그대가 없을 뿐만 아니라 다른 어떤 그림자도 암흑 속에 있지 않다. 오로지 나는 어둠 속에 가라앉았을 때, 그 세계가

---

13   궈훙안(郭宏安), 『황당·반항·행복』, 『독서』 1기, 1987 게재.

모두 나에게 속한다.[14]

3. 성찰 - 마음 더욱 깊은 곳을 파고들다

> 그러나 나는 밝음과 어둠 사이에 방황하고 싶지 않소. 나는 차라리 어
> 둠 속에 묻히는 게 낫겠소.
>
> ─『들풀·그림자의 고별』

"암흑"과 "허무"를 향하여 항전함과 동시에 루쉰은 마음 깊은 곳에
서 한차례 깊은 성찰을 진행했다. "암흑"과 "허무"에 대한 항전이 생명
의 의미와 인생의 가치에 대한 탐구를 표현한다면 "반항" 자체가 곧
자유의 생명의지와 독립적 인격정신의 표현이다. 이런 의미에서 반항
은 일종의 고행, 일종의 무거운 짐이며 내심의 깊은 관찰과 긴장한 반
성이기도 하다. 왜냐하면 반항은 "운명"에 머리를 숙이거나, 타협하거
나, 순종하는 행동과는 정반대이며 전혀 어울리지 않기 때문이다.
『「무덤」뒤에 쓰다』에서 루쉰은 이렇게 썼다.

> 나는 확실히 때때로 다른 사람을 해부한다. 하지만 더 많이 자신을 무
> 정하게 해부한다.[15]

---

14   루쉰, 『들풀·그림자의 작별』, 『루쉰전집』 제2권, 166쪽.
15   루쉰, 『「무덤」뒤에 쓰다』, 『루쉰전집』 제1권, 285쪽.

비록 인생은 항상 각종 공격과 좌절을 만나 내심 또한 항상 살아있음의 고통에 젖어 있지만 "자아 해부" 식의 성찰, 더욱 마음의 깊은 곳으로 파고드는 "영웅"적인 행동은 정신의 탐색과 반성 속에서 인생의 지지역량을 찾았다. 그는 "절망에 반항"하면서 생명의 타락을 막아주는 가치자원과 정신역량을 얻고자 했다. 『들풀』에서 루쉰은 심령의 "자아 해부"식의 자성自省을 신생의 세례로 받아들이고 인격, 정신 승화의 지점으로 삼았다.

(…중략…) 어느 떠도는 혼 하나가 독 이빨을 가진 긴 뱀으로 변했다. 사람을 물지 않고 제 몸을 물어뜯더니 끝내 죽었다. (…중략…)

(…중략…) 꺼져! (…중략…) .

—『들풀·빗돌 글』

"유혼遊魂"이 "긴 뱀"으로 변하는 식의 "자아 해부"와 성찰은 "원죄" 의식의 "참회"와 유사하다. 루쉰은 "암흑"과 "허무"에 대항하여 이제까지 자신을 거룩한 "구세주"로 분장하지 않았으며 오히려 「광인일기」에서 자신에게 반문했다.

나도 본의 아니게 내 여동생의 살점 몇 점을 안 먹었다고 장담할 수 없다. 이젠 내 차례. ……사천 년간 사람을 잡아먹은 이력이 있는 나, 애초에는 몰랐지만 이제야 알겠다. 참된 인간을 만나기 어렵다는 것을!

이는 진정한 심령의 반성이며 투철한 영혼의 참회이다. 자신을 "죽음"의 경지에 몰아넣고 "절망에 반항"하면서 동시에 "반항"의 창끝을 자신에게로 돌렸다.

　　내가 비석을 에돌아 가보니 비로소 외로운 무덤이 보였다. 위에는 초목이 없고 이미 허물어졌다. 구멍으로 사체를 보니 가슴과 배가 다 갈라지고 안에는 심장과 간이 없다. 그런데 얼굴에는 전혀 슬픔과 기쁨의 흔적이 없고 연기처럼 몽롱하기만 하다.
　　(…중략…)
　　(…중략…) 맛을 알아보려고 심장을 후벼 스스로 먹기로 작심했다. 아픔이 혹독하니 본연의 맛을 어찌 알리오? (…중략…)
　　(…중략…) 아픔이 멎은 후 천천히 먹었다. 하지만 싱싱하지 않으니 본래의 맛을 또한 어찌 알리오? (…중략…)
　　(…중략…) 대답해라. 아니면 꺼져 (…중략…)

—『들풀·빗돌 글』

　　참회는 중국문화의 산물이 아니다. 그러나 루쉰의 "자아 해부"식의 성찰은 배타고 들어온 서방문화와 기능상에서 모종의 비슷한 점이 있다. 즉, 루쉰의 성찰은 일종의 "원죄"식의 반성의 맛이 난다. 인생의 가장 곤혹스러운 침체기에 루쉰은 존재의 자아 형상에 소외가 발생하고 "비아非我"가 생겨났으며, 마음 속 이상의 자아本我 속에 괴리가 생겼다고 깊이 느꼈다. 이는 영혼의 참회나 마음의 자성으로 자아의 소외를 해소하여 이상적 "나本我"로의 회귀를 실현해야 한다. 루쉰이 『들풀』에서 "영혼의 독백"의 방식으로 당시 "직설하기 어려운" 자신의 심령의 모순을 전달하고, 자신의 영혼을 포함한 모든 것을 반성한 것은 실제로 영혼과 육체의 갈등 속에 마음의 더욱 깊은 곳에 있는 소위, 종교에서 말하는 "속죄"식의 초월정신을 찾는 것을 드러낸 것이다.

만약 내가 아직도 이 밝지도 어둡지도 않은 "허망" 속에서 구차하게 살아가야 한다면 나는 다시 그 스러져 버린 애닯고 아득한 청춘을 되찾으련다. 그러나 내 몸 밖의 것이라도 무방하다. 몸밖의 청춘이 소멸이 되면 내 몸 속의 황혼도 시들기 때문이다.

(…중략…)

나는 부득이 이 공허의 어둠과 투쟁해야 한다. 설령 몸 밖의 청춘을 되찾지 못하더라도 아무튼 내 몸 속의 어둠을 몰아내야 하니까. 그러나, 어두운 밤 또 어디 있는가? 지금 별도 없고, 달도 없고, 웃음의 묘연함과 사랑스런 춤도 없다. 청년들은 매우 평안하고 내 앞에도 결국은 참된 어두운 밤이 없다.

절망이 허망한 것은 희망과 같다!

—『들풀・희망』

마음 깊은 곳에서 반성하는 가운데 "본아本我", "진아眞我"를 찾는 것은 현실 인생에 대해 상당히 엄숙하고 진지한 태도를 지니고 있음을 보여준다. 그것은 마치 『구걸자』에서 드러난 강자의 자태와 같다.

나는 그의 이 손짓이 딱 싫다. 그리고 그는 혹 벙어리가 아니고, 이것은 구걸하는 수단에 지나지 않을까 (…중략…) 나는 보시하지 않았고 보시할 마음도 없다.

나는 보시의 윗자리에 앉아 있다고 자처하는 사람들의 짜증과 의심, 미움을 살 것이다. 나는 무위와 침묵으로 구걸할 것이다.

성찰하는 가운데 루쉰은 자아의 양심과 타고난 지혜를 강조하고, 인생의 책임을 과감히 짊어지며, 중국 전통문인이 습관적으로 써먹는 겸손과 학문이 깊고 태도가 의젓한 방식으로 내면의 모순을 감추고 자아 이미지의 완벽함과 거룩함을 나타내려 하는 전통 등을 타파하고자 했다. 그는 "참담한 현실"과 "참담한 인생"을 직시하고, 처절하고 숭고한 운명의 충돌과 내면의 요동을 직시했다. 냉혹하고 엄준하며 비장한 영혼의 결투와 심리모순을 바로 직시하고, 평범, 우매, 마비된 심리 조화를 제거하려는 목적으로 "영혼의 독백"식의 성찰 속에서 고통스러운 심령의 세례를 완성하고 자아부정, 자아정화와 자아구원을 절실히 이루어냄으로써 독립적 인격정신의 부단한 승화를 이룰 것을 중시했다.

루쉰은 중국의 문인들이 "인생에 대하여 — 적어도 사회현상에 대하여 줄곧 직시할 용기가 없었다"고 맹렬히 비난한 적이 있다. 동시에 중국인은 "각 방면을 감히 직시하지 못하고 숨기고 속이는 수법으로 기묘한 탈출구를 만들어 놓고, 스스로 정도라 여겼다. 이것은 곧 국민성의 비겁, 나약, 게으름, 그리고 교활함을 증명하고 있는 것이다"[16]라

---

16 루쉰, 『무덤·눈뜨고 봄을 논함』, 『루쉰전집』 제1권, 241쪽.

고 비판했다. 반석같이 단단한 전통을 마주하여 루쉰은 개혁의 어려움을 깊이 헤아리고 있었다. 『노라娜拉는 떠난 후 어떻게 되었는가』에서 그는 다음과 같이 말한다. "애석하게도 중국은 너무 변하기 어렵다. 책상 하나를 옮기고 화로 하나를 새로 바꾸려 해도 거의 피를 흘려야 할 지경이다. 그리고 피를 흘릴지라도 꼭 옮기고, 바꿀 수 있을지도 모른다. 아주 커다란 채찍이 중국의 등에 내려치지 않으면 중국은 스스로 움직이려 하지 않는다."[17] 하지만 루쉰은 이것 때문에 겁을 먹거나, 물러서지 않고 자신을 포함한 영혼의 관찰 방식으로 자신과 국민, 현실 인생을 자세히 관찰했다. 그는 전통적인 "오일삼성오신吾日三省吾身"(나는 하루에 세 가지로 나 자신을 살핀다) 식의 성찰, 즉, 내면 모순과 곤혹을 포함한 모든 것이 잠재적으로 대립충돌하고 있는데 "숨김"과 "속이는" 심리로 평온하고 편안함 속에서 이를 해소하거나, 과실을 덮어 감추며 총명하고 사리에 밝아 자기 자신의 일을 잘 처리하여 자신의 몸을 잘 보존하면서 오로지 꽃이 피고 지는 것을 감상할 뿐 인간세상의 시시비비를 묻지 아니함으로써 "외부와 자신에 일희일비 하지 않는" 심리의 기쁨을 얻는 식의 것은 원하지 않았다. 그는 "길손"처럼 쉬지 않고 앞으로 "가"는 것을 선택하였으며 "가슴과 배가 다 찢어지고" "자신을 먹으려고 작심"하고 "자신의 몸을 삼키는" 것을 택함으로써 모든 내재적, 외재적 "암흑"과 "허무"와 항전 하면서 열심히 새로운 인

---

17   루쉰,『무덤 · 노라는 떠난 후 어떻게 되었는가』,『루쉰전집』제1권, 164쪽. 소설『머리카락의 이야기』에서 루쉰은 역시 이렇게 묘사했다. "아, 조물주의 채찍이 중국의 등에 닿기 전에는 중국은 영원히 이런 모습의 중국이다. 결코 스스로 털끝하나 변화시키려 하지 않는다!"

생, 새로운 정신경지를 개척했다 :

> 그리하여 광막한 광야만 남았다. 그 둘은 그 사이에서 나체로 칼을 움켜쥐고 마른 나무처럼 서 있다. 죽은 사람 같은 눈빛으로 이 길 위의 사람들의 메마름과 무혈의 대살육을 감상하면서 생명이 들끓는 극치의 대환희 속에 한없이 빠져든다.
>
> ―『들풀 · 복수』

두말할 것도 없이 루쉰의 성찰은 "영혼을 고문" 하는 식의 성찰이다. 마치 "절망에 반항"하는 의미처럼 "암흑"과 "허무", "참담한 현실과 인생"을 마주했다. 루쉰의 성찰은 모순 회피와 자아 조절의 심리 메커니즘을 구축하려 들지 않고, "자아"를 억제하는 내면충동의 인내로 자기변호, 자아해소를 하려고도 하지 않고, "항전"식의 "강인한" 정신으로 외부세계의 어둠과 내부세계의 추악함에 대해 강력히 반항할 것을 선택했다.

> 늙은이 : 그럼, 자네 좀 쉬게나
> 길손 : 하지만 전 그럴 수 없습니다…….
> 늙은이 : 자넨 아무래도 가는 편이 낫다고 생각하는가?
> 길손 : 네. 아무래도 가는 편이 좋습니다.
>
> ―『들풀 · 길손』

그렇다. 영원히 쉬지 않고 "가"는 것, 이것은 끊임없는 자아반성과 자아구원의 과정이다. 이 배후에는 거대한 정신역량, 인생의 지혜로 충만한 생명의 격정이 쌓여 있다. 만약 "길손"은 영원히 지칠 줄 모르는 사람, 용감히 운명의 도전을 받아들이는 사람이며 그 도전은 아마도 필히 실패하고 심지어 이로 인하여 필연코 절망하리라는 것을 깊이 아는 사람이라면, 이것이 바로 루쉰이 희망하는 새로운 인생경지와 정신품격이다.

그가 보기에 자신과 세계에 대한 인간의 태도는 인간 혹은 세계를 얼마나 체면 있고 완벽하게 묘사하는가에 있지 않고 인간이 어떤 방식을 택하여 인간과 대상(자신 포함) 간의 관계를 대하고 처리하는가와 어떠한 인생의 태도를 취하느냐에 달려있다. 비관, 낙관, 고통, 희열 이런 것들 모두가 인생의 원칙적인 문제인 것이 아니다. 오직 현실 인생에 집착하여 응분의 인생책임을 용감히 담당해야 만이 생명은 비로소 진정으로 가치와 의미를 지닐 수 있다. 그래서 루쉰은 말했다.

생명의 길은 진보하며 항상 정신이라는 삼각형의 빗면을 따라 위로 끝없이 올라가며 그 무엇도 막을 수 없다. (…중략…) 생명은 죽음을 두려워하지 않는다. 죽음 앞에서 웃고 춤추며 이미 죽은 사람을 뛰어넘어 앞으로 전진"하기 때문이다. 그러므로 루쉰은 "길이란 무엇인가? 바로 길이 없던 곳을 밟아서 만들어낸 것이다. 가시덤불로 뒤덮인 곳을 개척하여 만들어 낸 것이다.[18]

---

18   루쉰, 『열풍·생명의 길』, 『루쉰전집』 제1권, 368쪽.

그 당시 니체의 "신은 죽었다"라는 외침 한마디가 온 서방세계를 뒤흔들었다. 바로 이런 대담한 부정으로 니체는 "초인"식의 자유와 창조를 얻었다. 니체는 미친 사람의 입을 빌어 크게 외쳤다.

　　너희들에게 솔직히 말하지, 우리가 죽었어—너와 나! 우리는 모두 살인자야! 우리는 어떻게 이 일을 저질렀을까? 우리는 어떻게 바닷물을 몽땅 빨아들일 수 있을까? 누가 우리에게 해면(海綿)을 주고 지평선을 지워버렸는가? 그것은 현재 어느 방향으로 가고 있는가? 우리는 또 어느 방향으로 갈 것인가? 이 태양계를 멀리 떠나려는가? 우리는 전후좌우 방향으로 가고 있지 않다는 말인가? 우리가 끝없는 공허를 지나갈 때 방향을 잃지 않을 수 있는가? 우리가 숨 쉬고 쉴 수 있는 넓은 공간이 없단 말인가?[19]

생명의 "권력의지"로 모든 것을 재평가하고 참신한 "초인" 인격을 수립하기 위하여 니체는 비이성주의 심미방식으로 자신을 포함한 세계 본체를 꼼꼼히 관찰했다. 일본 유학 기간 루쉰은 니체사상의 영향을 받은 적이 있으며 니체의 "신에 가까운 절세絶世의 의지력의 초인" 학설을 크게 추앙했다. 이렇게 루쉰의 반항과 성찰은 니체의 외침처럼 국민을 뒤흔들었다. 그는 더 이상 자신의 인격을 "성인을 대변"하는 것에 의존하지 않고, 세계를 자신에 내화시켜 심령의 반성 속에서 자아조절의 심리평형을 얻으려고도 하지 않고, 자신을 "상처를 입은

19　니체, 위훙룽(餘鴻榮) 역, 『즐거움의 과학』, 베이징 : 중국화평출판사 1986, 139쪽.

늑대"에 비유하면서 묵묵히 자신의 상처를 핥으면서 "깊은 밤 광야에서 흐느끼며" "사막 같은" "옛 전쟁터"에서 "창을 둘러메고 홀로 방황"한다고 했다. 루쉰은 "무릇 인간은 그 사상 행위가 반드시 자기를 축으로 하며, 역시 자기를 궁극으로 한다 : 즉 자아본성의 절대자유를 실현한다"면서 이 기초 위에 "자기의 주관세계를 최상의 기준"으로 확립한다는 주장을 견지했다. 즉, 진정으로 "사상과 행동은 모두 외부세계를 벗어나 오직 자신의 내면세계에만 머무"르게 할 수 있도록 했다. 그리하여 "확신과 만족이 모두 여기에 달려 있다는 것이다. 이는 내면적인 빛을 점차 스스로 깨달은 결과라고 해도 좋을 것이다."[20] 루쉰의 이런 주체존재와 인생과정 자체에 대한 성찰은 강력히 생명의 가치를 탐구하고 인생의 가치관을 구축하는 생명격정과 숭고한 인격정신의 풍채를 드러냈으며 동시에 인생사색에 집착하는 그의 사상맥락을 충분히 나타낸 것이었다. 즉, 인간은 오직 용감히 자아와 현실과 인생을 직시하고 생명성장을 질식시키는 모든 정신적 권위와 울타리를 부정해야만, 비로소 진정으로 자신에게 속하는 생명자유의지를 수립할 수 있고 나아가 신생명의 무한한 창조력을 얻을 수 있는 것이다.

4. 초월 – 생명의 들끓는 극치의 "대환희"를 향하여

지나간 생명은 이미 죽었다. 나는 이 죽음에 대환희를 느낀다.

---

20   루쉰, 『무덤·문화편향론』, 『루쉰전집』 제1권, 53~54쪽.

　반항, 성찰, 부정, 초월은 언뜻 보기에 마치 이성주의의 선택과 자각의 과정과도 같다. 그러나 루쉰에게 있어서는 오히려 비이성주의의 선택과 자각의 과정이다. 이 점은 중국 전통문인들의 성찰의 길과 완전히 다르다. 전통문인의 성찰의 특징은 이성적으로 자아심리 조절을 선택하여 심리평형의 만족과 기쁨을 얻는 것이다. 루쉰이 비이성주의 자각을 선택한 것은 "나는 너무 멀리 떠나서 동행을 잃었네. (…중략…) 나는 스스로 자국으로부터 추방당하는 수밖에 없네"라는 식의 고독, 방황, 추방이며, 겪은 것이라고는 내면의 시련과 모순으로 몸부림쳐야 하는 고통이다. 오로지 추구한 것은 생명의 각성, 깨달음, 자유와 신생으로서 생명의 "들끓는 극치의 대환희"이다.

　모래 바람에 할퀴어 거칠어진 영혼, 그것이 인간의 영혼이기에 나는 이런 영혼을 사랑한다. 나는 무형무색의 선혈이 낭자한 이 거칠음에 키스하련다.

—『들풀 · 일각』

　소위 비이성주의의 자각은 생명의 생존상태, 의지의 정신과정 및 그 속에서 드러난 생명의 함의, 핵심과 인생의 가치 원점의 탐구와 발굴[21]을 강조하는 것이며 단순히 생명의 결과 혹은 인생의 최종결말만

21　비이성주의의 특징은 인간의 직감, 본능, 잠재의식에 대한 중시를 통하여 이성이 닿을 수 없는 인식영역을 다루는 것을 주장하므로 비이성주의의 사상학설은 통상적으

을 중요시 하는 것이 아니다. 루쉰의 반항, 성찰은 단순한 항전을 위한 반항, 성찰을 위한 반성이 아니라 인생의 황당함의 근원과 존재형식을 찾아내고자 하는 것이다. 비록 형이상학적 존재의 본원 혹은 인생 본질 같은 류의 순수한 철학 사고에 그렇게 열중하지는 않았지만 여전히 루쉰은 "땅의 불은 지하에서 운행, 폭주하는데 용암이 일단 분출하면 모든 들풀, 교목喬木들을 깡그리 태워버리는" 생명 원동력을 탐구했다. 루쉰은 자신의 영혼을 포괄한 인생의 부조리함이란 주체적 존재로서의 인간과 객체적 존재로서의 대상세계의 관계 속에 산생하며, 인간의 주관적 면만으로, 또한 단지 조물주의 일방적인 요인만으로 생겨나는 것이 아니며, 그것은 인간과 환경, 시대와 자아정신세계가 공동으로 작용하여 만들어 낸 결과라고 인식한다. 이런 관계는 본질적으로는 일종의 분열의 상태, 대립충돌 상태이다. 루쉰은 이를 입론하여 오로지 "개인 인격을 발휘"해야만 "인생의 가장 중요한 가치"를 확립할 수 있다고 주장했다. 만약 생명이 본래 의미가 없다면 용사는 "개혁으로 시작하여 반항을 근본 삼는 방식"으로 생명의 의미를 추구하며, 그 목적은 무의미한 생명본체에 참신한 자유의 생명가치를 부여하고 유한한 생명에 무한한 생명가치를 부여하는 것이다. 니체가 격한 심정으로 선언했듯이 "지금, 우리의 이 이상을 추구하는 모험자들은 그 용기가 신중함을 능가하여 배가 전복되는 위험을 추호도 개의치 않는다. 때문에 우리는 기타 일반인보다 건강하다. 우리는 미개발

로 "이성으로 잘 이해할 수 없는", "논리개념으로 표현할 수 없는" 함의를 지닌다. 비이성주의 사상학설은 현대 산업문명사회에 대한 일종의 인식과 반성이며, 인류 미래 발전에 대한 일종의 시대적 부름과 예언이기도 하다.

의 새로운 영역으로 나아가지만 아무도 그 한계를 알지 못한다. 거기에는 화려함, 의아함, 난제, 괴이함과 순결함으로 가득하여 우리의 호기심과 욕구를 굴레 벗은 말처럼 통제할 수 없게 한다."[22] 당연히, 루쉰 역시 '입인'사상에서 누차 강조했다. 즉, "내면적인 생활이 강해지면 인생의 의미도 더욱 심오해지고 개인의 존엄의 의미도 더욱 명확해져 20세기의 새로운 정신은 필연코 질풍노도 속에서도 세워질 것이며 강인한 의지력으로 활로를 개척해 나갈 것이다".[23]

루쉰이 보기에 개인의 삶이 존재의 황당함을 의식하게 되는 것은 자신의 존재가치를 의식하고 인생의 궁극적 의미를 획득하는 전제이며, 최종 곤경을 벗어나 자유의지를 획득할 수 있는 조건이기도 하다. 그는 독립적 "자아"와 인간의 "내면의 광명"(주체존재)을 일종의 자유의 존재라고 간주하며 이를 매우 중요시했다. 동시에 자유의 인간은 반드시 "형이상학적 필요"와 자신만의 신앙이 있어야 한다고 규정했다. 루쉰은 "향상을 바라는 민족이 상대적으로 유한한 현실세계를 벗어나 무한한 절대지상의 세계로 달려가고자 하는 욕망을 표현한 것이다"[24]라고 말한 적이 있다. 이성이 비록 인간을 도와서 존재대상의 표상과 규칙 특징을 인식할 수는 있지만 대상세계의 모든 것을 다 알 수는 없으며 특히 심령의 비밀암호를 풀어 낼 수 없고 인생의 정신신앙을 지탱할 수 없으며 대상세계의 궁극적인 원인도 해석할 수 없다. 그렇다면 이성의 이런 결함은 궁극적 가치에 대한 관심과 인생신앙으로

---

22 니체, 위홍룽(餘鴻榮) 역, 『즐거움의 과학』, 베이징 : 중국화평출판사, 1986, 295쪽.
23 루쉰, 『무덤·문화편향론』, 『루쉰전집』 제1권, 55~56쪽.
24 루쉰, 『집외집습유보편·파악성론』, 『루쉰전집』 제8권, 27쪽.

강력한 지지를 제공할 수밖에 없다. 때문에 루쉰은 종교의 특수 역할까지도 생각한 적이 있으며 "인간의 심령은 반드시 기댈 곳이 있어야 하며 신앙이 없으면 지탱할 수 없다. 종교의 역할은 끝이 없다"[25]고 생각했다. 이것이야말로 "땅의 불은 지하에서 운행, 폭주"하는 생명 원동력이며, 최종적으로 생명이 들끓는 극치의 "대환희"를 얻는 중요한 이치이기 때문이다.

프랑스 학자 토크빌Alexis-Charles-Henri Clérel de Tocqueville은 "인간이 신앙이 없으면 필연코 노역을 당하며, 자유를 누리려면 반드시 종교를 신봉해야 한다"[26]고 말했다. 생명의 가치와 인생신앙을 확립하면서 루쉰도 종교, 심미교육 등의 방식을 추앙한 적은 있지만, 기실 추앙하려는 것이 목적은 아니었다. 그의 의도는 명확하다. 종교, 미육美育과 도덕을 포함한 각종 방식을 통하여 더 한층 인간의 정신해방과 정신자유의 중요성을 강조함으로써 자유롭고 드넓은 정신세계에서 시종 생명의 활력과 인생의 진취정신을 유지하고, 강대한 인격역량을 유지함으로써 모든 세속적인 공리성을 초월하여 진, 선, 미의 추구를 최고 목적으로 한 것이다. 생명의지의 자유와 사상탐색의 순수성, 엄숙성, 신성성을 보증하고, 나아가 생명의 자각과 생명의 각오覺悟 과정 속에서 "자유의 정신, 독립적 인격"의 자태로 국민성 개조, 인성의 순결과 "인심향상"을 촉진할 수 있도록 하는 것이다. 루쉰이 보기에 이것이야말로 진정한 생명의 자각, 생명의 각성, 생명의 자유이고 "반역의 용사"이며, "이런 전사"의 생명형태와 인생의 자태이다.

---

25 위의 글과 같음.
26 토크빌, 둥궈량(董果良) 역, 『미국의 민주를 논함』, 상우인서관, 1988, 539쪽.

286 고독한 자의 외침

그리하여 그녀는 두 손을 하늘로 높이 들고, 입술 사이로 인간과 짐승의, 인간 세상에는 없는, 그래서 마땅한 단어가 없는 언어가 새어나왔다.

(…중략…)

이에 그녀는 고개를 들어 하늘을 향했다. 낱말 없는 언어도 침묵 속으로 사라지고 오로지 떨림만이, 햇빛처럼 퍼졌다. 그것은 공중의 파도를 삽시간에 선회하고, 바다 폭풍을 만난 듯이 용솟음쳐 오르며 끝없는 황야를 휩쓴다.

—『들풀·무너진 선의 떨림』

루쉰은 독립적인 인간, 자유스런 인간이 생명자각과 자유의지를 지니고, "향상"의 초월의식과 인생의 궁극적 신앙을 갖기만 한다면 무수히 많은 선택의 자유를 갖게 된다고 보았다. 동시에 진정한 의미의 정신해방과 심령자유도 갖게 되며, 심령의 평범함과 세속에 항거하는 독립인격을 갖게 된다고 생각했다. 마치 니체가 바라던 것처럼 "자유의 인성"은 곧 "결연히 인류의 모든 득실, 신구新舊, 희망, 정복과 승리를 짊어지고 그것을 몽땅 하나의 심령心靈에 집어넣으려 하며, 그리고 일종의 감각 속에 담아두려 한다. 이렇게 하면 인류의 전례 없는 행복을 달성할 수 있다"[27]고 본 것이다.

그렇다. 루쉰이 "무위無爲와 침묵"의 "영혼의 독백" 방식으로 신생명의 창조를 진행한 것은 암흑과 허무에 대한 절망, 운명에 대한 강력한 반항이다. 그래서 얻은 생명의 들끓는 극치의 "대환희"는 세상 사람들

---

27 니체, 위홍룽(餘鴻榮) 역, 『즐거움의 과학』, 베이징 : 중국화평출판사, 1986, 226쪽.

에게 그의 인생철학 이념을 전달해준다 : 생명의 의미, 인생의 가치는 모두 "반항"의 과정 속에 있다. 유일하게 자신을 해방할 수 있는 사상은 바로 이런 사상이다 : 자신의 한계와 미래의 결과를 인식하면서 개인의 인격 독립을 강조하고 정신해방과 심령의 자유를 추구하라.

5. 맺는 말

루쉰의『들풀』은 한 편의 정신사이며 특정 시기 루쉰의 마음의 여정이 표현된 것이다. 이는 심오한 "영혼의 독백"의 방식으로 루쉰의 드넓은 고독과 모순의 정신세계를, 그리고 현실과의 항전에 집착하는 그의 마음과 정신 상태를 시적으로 그려낸 작품이다. 이것은 무겁고도 우환을 가득 품은 영혼이자 자각과 자주의 영혼이기도 하다!『들풀』을 창작하면서 루쉰은 진지하게 자신을 반성하고 생명의 의미와 인생의 가치에 대해 엄숙한 사고를 펼쳤으며, 새로운 사상으로 인간과 운명, 인간과 세계, 인간과 인간, 인간과 자아의 관계를 파악했다. 인간은 마땅히 어떤 방식으로, 어떤 생존태도로 세계를 인식하고, 세계를 이해해야 하는가를 표명하였으며, 독립적 인격이상과 궁극적인 인도주의 소회를 심각하게 표현함으로써 수많은 사람들의 마음을 감동시켰다. 오늘날에 이르기까지 어떤 각도에서 루쉰을 다루고 그와 현대중국문화의 관계를 탐구하든 간에『들풀』은 필독의 경전이다.

루쉰의 잡문 창작을 논함

근현대 중국사회, 문화 전환 속에서 잡문은 일종의 정론성에 편중한 문체로서, 그 독특한 사상과 예술특성으로 인해 사상계몽을 위한 광활한 문화공간을 제공했다.

루쉰의 잡문은 현대중국역사와 문화, 사회의 "백과전서"라 불리며 잡문창작은 그의 일생을 관통한다. '5·4' 신문화운동의 고조시기는 물론, 중, 후기에도, 즉 그의 사상이 가장 성숙한 시기에도 대부분 잡문창작에 모든 심혈을 기울였다. 잡문은 루쉰의 신분을 밝히는 표지라고도 할 수 있다. 비록 훗날, 그는 시대적 병폐를 공격한 자신의 잡문이 "시대 병폐와 함께 멸망"하기를 희망한다고 거듭 밝혔지만, 사실은 오히려 루쉰의 잡문은 시종 사람들에게 사랑을 받았다. 또한 끊임없이 전환에 처해있던 중국의 사상과 문화, 문학 및 현대중국인의 사상과 심리에 중요한 영향을 끼쳤다.

루쉰은 잡문을 일종의 성형成型화된 문체로 귀결하기가 매우 어렵지만 그 존재는 깊은 현실적 기초가 있으므로 현실 요구에 기반한 것이라고 말했다. "우리가 미국의 '문학개론'이나 중국 모대학의 강의를 검색해보면 어디서도 Tsa-wen(잡문, 중국발음의 영문표기)이라는 것을 발견할 수 없다." 더 나아가 루쉰은 다음과 같이 말했다. 그러나 "중국의 근 몇 년간 잡문 작가들은 글을 쓸 때, 아무도 '문학개론'의 규정을 염두에 두거나 혹은 문학사상의 지위를 생각하지 않는다는 것을 나는 안다. 꼭 그렇게 써야겠다고 생각되면 그렇게 쓰는 것이다. 그렇게 쓰는 것이 여러분들에게 유익하다고 생각하기 때문이다."[1] 루쉰이 보기에 잡문은 현실요구에 응하여 생겨난 것이며 그 특징은 항상 짧고 예리한 형식으로 시대의 병폐에 일침을 가해 추악함을 비판하고 어두운 현실을 적발 폭로하는 것으로서 "비수"와 "투창"같은 것이다. 창작으로 말하자면 자유정신에서 근원한 이념의 추동驅動으로 잡문의 문체는 융통성 있고 다양하며 자유창조의 공간이 커서 가장 편리하고 빠르다. 자유롭게 작가의 사상 감정을 표현하고 사회, 역사, 문화 각종현상에 대한 직접적인 의견과 논평을 표현할 수 있다. 루쉰 역시 수많은 잡문 창작을 통해 호방하고 자유로운 창조력과 상상력을 펼쳤으며 자신의 사상, 감정을 마음껏 발휘하여, 중국의 사회, 역사, 문화, 문명에 대하여 "거리낌 없는" "사회비평"과 "문명비평"[2]을 감행함으로써 그의 사상 분발과 정신, 인격 풍채를 충분히 표현했다. 루쉰의 잡문은 사상 면이나 예술 면을 막론하고 모두 선봉적이었으며 모범적인 특징을 지니

1　루쉰, 『차개정 잡문이집·쉬마오융(徐懋庸) 『타잡집(打雜集)』 머리말』, 『루쉰전집』 제6권, 베이징 : 인민문학출판사, 1981, 291쪽.
2　루쉰, 『양지서·십칠·쉬광평(許廣平)에게』, 『루쉰전집』 제12권, 63쪽.

고 있다.

근현대 중국 문화와 사회의 전환과정 중 잡문이 중대한 영향을 갖는 까닭은 현대문화전파와 밀접한 연관이 있다. 바꾸어 말하면, 현대문화전파가 현대생활에 날로 심각한 영향을 미침에 따라 "비수"와 "투창"으로 불리는 잡문은 항상 그 첨예한 사상과 시대 병폐를 꼬집는 예술방식으로 역사, 문화, 사회와 현실 인생에 대하여 직접적인 의논과 비평을 전개하여 사람들의 광범한 관심과 호평을 받았다. 그리하여 잡문으로 하여금 진정으로 현대사회생활에 깊이 참여하여 독특한 "공공여론"과 사회문화 공간을 형성하게 함으로써 현대사회문화의 하나의 유기적 구성부분이 되게 했다. 잡문을 거론하면, 특히 루쉰의 잡문의 경우 사람들은 항상 '5·4' 시기의 『신청년』, 『어사語絲』, 『망원莽原』, 『경보부간京報副刊』, 『신보부간晨報副刊』과 20세기 30년대의 『맹아萌芽』, 『태백』, 『신보·자유담申報·自由談』, 항전시기의 『들풀』과 "고도孤島"시기의 『루쉰풍』 등을 연상한다. 이런 의미에서, 잡문은 현대성이 아주 풍부한 문체로 만들어지는 과정 중 이런 선명한 특징을 띠었다고 말할 수 있다 : 근현대 사회와 문화 전환과정 중 잡문은 현대작가와 현대지식인들이 처한 시대와 긴밀한 연계를 갖게 한 중요한 매개체이다.

잡문이 갖고 있는 이런 시대와 사회현실에 대한 민감성은 우선 현대지식인의 독립, 자유적 가치이념과 비판의 입장에서 근원한다. 루쉰에게 있어서 이 독특한 가치이념과 입장은 어느 조직, 어느 단체, 어느 계층에 속하지 않고 전체 민족과 인류, 사회에 속하며 동시에 개인, 개체, 민간의 신분과 입장에 근거한다. 특히, 개인, 개체와 민간의 독립, 자유의 비판 입장이야말로 루쉰의 잡문창작으로 하여금 비로소 사상의 순결성과 독립성을 유지하게 하였으며 불합리한 사회를 향해 힘찬 항쟁을 하게 했다. 취추바이瞿秋白는 루쉰의 잡감雜感을 일종의 '사회논문', "전투의 '탄약'"[3]이라고 높게 평가였는데 역시 루쉰 잡문창작의 선명한 사상과 예술특징을 보았기 때문이다. 그러나 지적해야할 점은 루쉰의 잡문창작은 단지 관념과 이론상의 투쟁 뿐 아니라 동시에 현대지식인의 영혼의 투쟁과 성찰의 특징도 지니고 있으며 고도의 자각성의 "황량함"과 "거침"을 지니고 있다는 사실이다. 그의 잡문은 독특한 것으로, 거리낌 없이 두려워하지 않고 덮으려고 하지 않는 "모래바람 속의 흉터"의 미학을 지녔다. 현대작가와 현대지식인의 걸출한 대표로서 루쉰은 잡문이라는 형식을 통하여 자유롭고 심도 있게 현대생활의 각 영역에 개입하여 급변하는 시대의 정보를 신속히 접수하고 반영했다. 시대적 병폐를 꼬집고, 적시에 정치적, 문화적, 역사적, 사회적, 윤리적, 도덕적 평판을 하면서 "사회비평"과 "문명비평"의 가치 입장을 전개, 현대 중국문화를 재건하여 새로운 가치관 체계를 구축하려는 현대지식인의 사명의식을 표현했다. 루쉰은 잡문의 독특한 "사회비평"과 "문명비평"의 기능, 효용과 독특한 사회 역할과 가치는 다른 문체가 갖고 있지 않는 것이라고 보았다. 잡문의 "비수"와 "투창" 같은 특징은 시대, 사회, 역사와 문화에 "감응하는 신경이자, 공수攻守의 수족"[4]이며 현대사회생활과 밀접한 상호 관련이 있으며 한 시대의 관찰자일 뿐만 아니라 한 사회의 평론자이자 현대문명의 전파자이기 때문이다. 루쉰은 잡문창작에 대하여 다음과 같이 상당한 자각과 자

---

3   취추바이(瞿秋白), 『루쉰잡감선집서언』, 상하이 : 상하이청광서국, 1933, 2쪽.
4   루쉰, 『차개정 잡문·서언』, 『루쉰전집』 제6권, 3쪽.

신을 갖고 있었다. "나의 잡문은 종종 하나의 코, 하나의 입, 한올의 털을 다루었지만 합쳐 놓으면 거의 이미지의 전체이다." "'중국 대중의 영혼'은 지금 내 잡문 속에 반영되어 있다."[5] 루쉰의 창작이념 중 잡문은 종종 시대 병폐에 대한 시의적절한 반응식 비평이지만 동시에 단순한 시사평론이 아니라 일종의 사상의 전시, 문화의 반성, 가치의 체현이다. 훗날 그가 지적했듯이 잡문창작 또한 다른 문체 창작과 마찬가지로 시대 병폐에 대한 비평으로써 전체 국민성의 개조, 민족 영혼의 수립의 차원으로 끌어올리기 위해 꼼꼼한 관찰과 인식을 진행했다. 그는 "역대로 극히 특별하고 중국인 성격을 대표하는 인물들을 택하여 한편의 중국의 '인물사'를 만들어야겠다"[6]라고 밝혔다. 바로 이런 특정한 의미에서 루쉰의 잡문은 현대중국사회의 "백과전서"일 뿐만 아니라 중국 국민의 문화심리, 행위준칙, 가치취향 및 국민성, 민심, 민속, 민풍, 민족영혼, 민의를 진실하고 생동감 있게 온전하고 심각하게 묘사한 평론이자 한편의 "살아있는" 중국의 "인간사"인 것이다.

　루쉰은 잡문이 "예로부터 있었던" 문체이며 줄곧 소위 "한漢이래 잡문은 여러 가지 이름이 있었다"는 설이 있다고 말했다. 류셰劉勰는 16종 문체를 잡문 범주에 편입시키고 그것을 "문장의 분파", "여유의 산물"로 간주했다. 루쉰이 보기에 잡문은 광의와 협의의 구분이 있다. 광의의 잡문은 "잡저雜著"에 해당된다. 즉 루쉰은 책을 편찬할 때 "오로지 작성된 연월로, 문체를 가리지 않고 여러 가지 종류를 한데 묶어서 '잡다'"한 느낌을 받게 되었다고 말했다. 협의의 잡문은 일종의 산문의 문

5　루쉰, 『준풍월담·후기』, 『루쉰전집』 제5권, 382쪽.
6　루쉰, 『준풍월담·서늘한 아침의 수필』, 『루쉰전집』 제5권, 235쪽.

체로서 좀 더 정확히 말하면 바로 루쉰이 말하는 "잡감雜感"이다. 루쉰은 "잡감"식의 잡문의 특징은 "짤막한 비평, 편하게 얘기하는 것 즉 소위 '잡감'이다"[7]라고 말했다. 가령 잡문이 일종의 "무체無體"(어떤 스타일이 없는 문장)의 문장이라면 그 최대 특징은 작가에게 비교적 자유로운 정신창조와 사상전달의 문화공간을 제공했다는 것이다. 『문화편향론』에서 루쉰은 "사상과 행위는 필연코 자기를 축으로 하고, 자기를 궁극으로 한다—즉 자아본성의 발휘를 절대자유로 한다"[8]고 지적했다. 잡문창작 중 그는 "자유", "민주", "과학"을 핵심가치로 하는 현대문명을 크게 창도唱導하고, 인간의 개성, 개체적 특징을 충분히 긍정했다. 현대 중국인이 진정으로 모든 내외재적 강제규범을 벗어나서 봉건윤리규범의 억압과 속박에 반항함으로써 "인간"의 자유와 해방을 이룩할 수 있기를 요구했다. 따라서 잡문창작 중 그는 "집단이 개인을 억압"하고, "개성을 말살"하고, "인간의 자아를 소멸"하는 전통문화사상을 격렬하게 비판했다. 루쉰이 보기에 오랜 봉건전제주의 문화의 속박아래 "중국인은 줄곧 '인간'의 지위를 쟁취하지 못하였으며, 기껏해야 노예에 지나지 않았다". 그는 전체 중국의 역사도 "노예노릇을 하려해도 할 수 없"었던 시대와 "잠시 노예자리를 지킨" 시대의 교체순환에 지나지 않으며 "한대漢代 이후 언론기관은 몽땅 '유학자'들이 독점했다. 송원宋元 이래 특히 심했다"[9]라고 인식했다. 전통문화관념은 사람을 윤리원칙의 등급제도에 근거하여 구분한다. "귀천, 대소, 상하가 있다. 자기가

---

7   루쉰, 『삼한집·서』, 『루쉰전집』 제4권, 3쪽.
8   루쉰, 『무덤·문화편향론』, 『루쉰전집』 제1권, 56쪽.
9   루쉰, 『무덤·나의 절렬관』, 『루쉰전집』 제1권, 122쪽.

다른 사람에게 능멸을 당할 수도 있고, 다른 사람을 능멸할 수도 있다. 자기가 다른 사람에게 잡아먹힐 수도 있고, 다른 사람을 잡아먹을 수도 있다. 한 등급 한 등급 통제하는 이 제도는 꿈쩍도 안 하며, 움찔하려고 하지도 않는다." 전체 사회는 "크고 작은 수많은 인육의 연회가 문명이 생긴 이래 현재까지 줄곧 베풀어졌으며 사람들은 바로 이 연회장에서 서로 먹고, 먹혔다".[10]

중국은 줄곧 '인간'의 지위를 쟁취하지 못하였으며 기껏해야 노예에 지나지 않았던 역사와 현 상태에 대하여, 특히 사회의 "약자"(즉 현실사회 중 지위가 없고, 억압을 받고 우매한 군중)의 고통에 대하여 느끼는 바가 있어 루쉰은 "입인" 사상에 기반하여 잡문을 창작하였으며 "인간"에 대한 사색, 특히 인간의 정신해방, 개성해방 등을 중심에 놓고 진지한 생각을 펼쳤다. 그가 보기에 현대 서방의 강대함은 "근원이 인간에 있다." 때문에 전체 중국을 근대의 낙후 상황에서 벗어나게 하려면 사상문화건설방면에 반드시 "우선 인간을 바로 세워야 한다. 인간이 바로 서야 모든 일이 가능하다. (…중략…) 국민들이 자각하여 개성을 발휘할 수 있으며, 흩어진 모래알들이 모여서 만들어진 나라가 자각하여 자주의 인간으로 구성된 '인간의 나라'가 된다. '인간의 나라'가 건립되면 전에 없이 웅대해져 천하에 우뚝 서게 될 것이다"[11]라고 생각했다. 이렇게 "입인" 방면에서 루쉰은 현대사회의 "진정한 지식계급"으로서 응당 이것을 사상문화계몽의 중요한 내용으로 삼고 국민의 사상각오를 불러일으켜야 한다고 인식했다. 지식인 계층은 "사회에 대

---

10   루쉰, 『무덤 · 등하만필』, 『루쉰전집』 제1권, 215~216쪽.
11   루쉰, 『무덤 · 문화편향론』, 『루쉰전집』 제1권, 56~67쪽.

하여 영원히 불만족하며, 영원의 고통을 감수해야 한다. 보이는 것은 영원한 결점이며 장래의 희생을 준비한다", "의견을 발표할 때, 무엇인가 생각나면 곧 무엇인가를 말해야 한다. 진정한 지식인계급은 이해관계를 따지지 않기"[12] 때문이다. 잡문은 현대지식인이 그의 시대와 현실사회에 밀접한 관계를 갖는 문체이다. 우선 응당히 "입인" 사상을 토대로 하여 "현실에 대한 비판" 태도와 정신으로 사회에 대한 현대지식인의 관심을 표현한다. "국민성 개조"라는 역사적 중임을 떠메야 하며 그 기본 임무는 부단히 현실 인생의 모순을 밝히고, 사상문화발전의 곤란을 드러냄으로써 현실세계와 관련된 모든 신화를 타파하여 중국의 전통적인 "고장 나면 고치고", "고치고 나면 또 고장 나는" 역사의 "악순환"을 타파해야 한다는 것이다. 루쉰은 진정한 지식인계급은 현실에 대해 대개 "불만"을 품는다. "불만은 향상의 바퀴"이다. "자만하지 않는 사람이 많은 종족은 영원히 전진하고 영원히 희망이 있다. 다른 사람을 탓할 줄만 알고 반성할 줄 모르는 사람이 많은 종족은 화를 당한다."[13] 사회도 역시 오직 이런 끊임없는 "불만"과 비판 속에서만이 진보할 수 있다. 루쉰이 보기에 "인간의 대우"를 쟁취하여 "진정한 인간"이 되기 위한 급선무는 "첫째 생존, 둘째 따뜻하고 배부르게 먹는 것, 셋째 발전"이며 이를 저해하는 것은 전부 비판해야 하는 것이다. 중국이 "세상에서 생존"하려면 "우선 인간을 바로 세워야 한다." 인간에게 요구하는 것은 개체의 정신독립과 자유이다. 동시에 루쉰은 중국역사의 "초안정"적인 순환을 타파하고 역사의 "악순환"을 벗어나

---

12   루쉰, 『지식인계급에 관하여』, 『루쉰전집』 제8권, 190쪽.
13   루쉰, 『열풍·수감록 61』, 『루쉰전집』 제1권, 359쪽.

중국역사상 미증유의 "제3모델의 시대"를 창조하려면 반드시 "입인"의 높은 사상차원에서 국민성을 개조하고, 민족의 영혼을 다시 만들어야 한다고 강조했다. 그렇게 함으로써 근대 중국이 전통문화의 폐단을 극복하고 "19세기문명의 폐단을 교정"하여 "깊고 장엄"한 "20세기 문명"[14]에 진입할 수 있게 해야 한다고 했다. 그러면 중국인도 일종의 새로운 형태의 현대인격으로 "세계인"의 반열[15]에 오를 수 있다고 주장했다. 때문에 루쉰은 잡문창작 중, 봉건전제문화의 오랜 속박과 억압, 특히 인간의 정신에 대한 속박과 억압 현상에 맞서 비판하고자 "인간"을 핵심으로 하는 민족문화 개조와 발전 주제의 끈을 단단히 부여잡았다. 그는 개체로서의 인간은 응당 개성이 선명한 독립, 자유의 인격과 의지를 구비해야 한다고 강조했다. 즉, "자신 나름의 독특한 견해를 지니고", "각자가 자신의 주인이 되며", "대중들의 시끄러움에 동조하지 않고", "풍파에 흔들리지 않는"[16] 개성화된 품격을 구비해야 한다는 것이다. "자유"는 모든 행위가 모두 내면의 자유로운 생각의 움직임에 근원한 것이지, 어느 계층이나 계급 혹은 집단의 "대변인"이 아니라는 것이다. 잡문창작을 통하여 루쉰은 비판의 예봉을 인간에 대한 노역과 억압에 돌리고 그 속에서 국민성을 개조하고, 민족의 영혼을 다시 만드는 빛나는 사상을 표현했다. 동시에 "자유"를 핵심가치 이념으로 하는 현대문명에 대한 추구와 창도를 최대한 표현했다. 여기서 우리는 루쉰에서 잡문창작 중 표현한 '입인'사상의 그 인격사상

14   루쉰, 『무덤·문화편향론』, 『루쉰전집』 제1권, 49·55쪽.
15   루쉰, 『열풍·36』, 『루쉰전집』 제1권, 307쪽.
16   루쉰, 『집외집습유보편·파악성론』, 『루쉰전집』 제8권, 25쪽.

함의는 이상 정치, 윤리 등 외재적 차원에 건립된 도덕 의존형 인격이 아니라, 인간의 주체성, 개체성을 고양한 현대문화의 새로운 독립인 격이라는 것을 알 수 있다. 이런 새로운 형태의 가치관념의 확립이야 말로 바로 20세기 중국의 걸출한 사상가 루쉰의 독창성이 가장 돋보이는 면모이다. 혼신의 힘을 다하여 인간의 이화異化의 근원을 탐색하고, 인간의 진정한 출구와 최종 귀착점을 탐구한 그의 사상격정과 정신풍채를 보여주는 것이다. 루쉰이 그의 잡문중에서 도달한 전대미문의 비판의 폭과 깊이는 바로 그의 '입인'사상과 가치이상에 근원한 것이다. 바꾸어 말하면, '입인'사상은 역시 바로 잡문이라는 이 "무체의, 자유체식" 특징을 통해 루쉰의 "호방하고 자유로운" 사상과 감정으로 하여금 통쾌하기 그지없는 표현을 가능하게 했다. 잡문의 형식을 통해 구애받고 얽매이지 않은 그의 창조력과 상상력이 발휘되었다. 바로 이런 의미에서 근현대 중국사회와 문화 전환과정 중 루쉰의 잡문창작은 이 독특한 문체에 선봉적 특질을 부여함으로써 가장 "현대성"을 띤 일종의 문체로 자리매김하게 된 것이다.

　루쉰은 잡문의 "사회비평"과 "문명비평"의 기능을 아주 중요시했다. 그는 잡문작가의 임무는 "유해한 사물에 대하여 즉각 반응 혹은 항쟁을 하는 것이다"[17]라고 했다. 잡문의 "비평(비판)" 기능은 시대 병폐에 대한 시대에 맞는 일침일 뿐만 아니라 현대문명에 대한 강력한 창도라고도 할 수 있다. 일찍이 문언문文言文의 글『인간의 역사』,『과학사교편』,『악마주의 시의 힘』,『문화편향론』,『파악성론』이나, 아

<hr>

17　루쉰,『차개정 잡문·서언』,『루쉰전집』제6권, 3쪽.

니면 '5·4' 신문화운동시기의 『나의 절렬관』, 『우리는 지금 어떻게 아버지 노릇을 하고 있나?』, 『노라가 떠난 후 어떤가?』 등의 수감식隨感式 문장을 막론하고, 교육, 도덕, 부녀해방을 논하거나 아니면 사회 개혁, 국민성 개조, 시국형세, 여자사범대학교 사건과 그에 따른 각종 현실평론―『"페어플레이"는 천천히 해야 한다를 논함』, 『쉬마오융徐懋庸 그리고 항일 통일전선문제에 관하여 답함』 등등을 막론하고 루쉰은 항상 "사회비평"과 "문명비평"의 가치척도를 잘 활용하여 당시사회를 평판하였으며 독자들로 하여금 일종의 현장감과 참여의 격정을 느끼게 했다. 현실투쟁의 수요로 루쉰은 비록 잡문체를 주요 비평방식으로 택했지만 글을 쓰면서 그는 자주 잡문창작의 각종 제한을 타파하고 개인지혜와 사상이 가장 듬뿍 담긴 역량으로 현대중국사회현실 발전에 대한 큰 관심을 표현했다. 잡문창작 중 루쉰은 밋밋하게 사건만을 다루지 않고 일상생활현상에 대한 사고로부터 논리추론을 전개하는 것을 중요시했으며, 오히려 자주 사람들이 경시하는 일상생활현상이나 상식으로 통하는 사회현상들에 착안하여 "사회비평"과 "문명비평"을 했다. 다시 말하면, 루쉰은 "숙지熟知"에서 "진지眞知"의 발굴과 이해를 전개함으로써 그가 비평하고자 하는 사회현상이 항상 일종의 진리의 자명성을 띠게 했다. 예를 들면, 루쉰은 만년에 상하이에 거주하였는데 상하이를 대표로 하는 도시문화에 대하여 열심히 그리고 자세하게 관찰했다. 잡문창작 중 그는 도시문화의 번잡과 혼잡을 대면하였는데 관건은 그 특성을 정확하게 분석하는 것이라고 밝혔다. 그는 도시의 문화특성을 포착하여 도시문명병에 대하여 비판했다. 그는 일부 도시인들이 소위 선진적인 물질문명을 이용하여 사람을 억압하고 노역하는 관념과 방법은 비판을 받아야 한다고 보았다. 『전기의 이로운 점과 폐단』에서 그는 도시 "문명인"이 과학기술수단을 이용하여 반대자들을 대하는 비열한 행위를 적발, 폭로하고 동시에 중서문화의 차이를 비교하면서 많은 선진문명이 중국에 들어오면 이상하게 변하는 현상에 대하여 반성하게 하고 중국문화의 낙후성과 진부한 관념들을 비판했다. 『놀고 먹다』에서 루쉰은 상하이라는 도시에서 소위 "'놀고 먹는' 것이 상하이에서는 일종의 광명정대한 직업"이라는 설에 대하여 비판을 가했다. 그 실질은 "정당한 직업에 종사하지 않고, 빈둥"거리는 것이며, 그 수단은 "사기", "협박"과 "도망" 3부곡이라고 비난했다. 루쉰은 도시에 존재하는 "빈둥거리며 놀고 먹는" 식의 사회상에 대하여 극히 불만을 표현했다. 『호언의 에누리』, 『웃돈 쓱싹하기』, 『식객법 폭로』, 『양복의 몰락』 등에서 루쉰은 상하이라는 도시의 인생 상황, 사회현상, 문화발전 등 각 방면에 대하여 치밀한 분석과 비판을 진행했다. 이런 "사회비평"과 "문명비평"에 집착하는 잡문창작방식은 사회현실의 일상생활현상에 대한 비평 중 더욱 깊은 사상침투력을 갖는다. 마찬가지로 사상관점의 논쟁에 반영되었듯이 루쉰은 또한 협애한 개인의 관점을 버리고 상대의 관점을 광활한 사상문화배경에 놓고 관찰, 인식, 비평했다. 예를 들면, 량스추梁實秋와의 논쟁 중 루쉰은 『"생경한 번역"과 "문학의 계급성"』이라는 문장에서 량스추梁實秋가 말하는 "보편적 인성"에 대한 반박으로 이렇게 썼다 ─"자연히 '희노애락은 인간의 감정이다.' 하지만 가난한 사람들은 절대 증권거래소를 운영하다가 손해 보는 고민이 있을 수 없으며, 석탄왕이 어찌 베이징의 석탄부스러기를 줍는 할머니의 고충을 알리오? 달동네 이재민들은 아마 난을 키우지 않을 것이다. 자푸賈府의 쟈오다焦大는 부잣집 나으리처럼 린따이위林黛玉을 사랑하지 않을 것이다.”량스추梁實秋를 “자본가의 ‘피곤한 앞잡이’”이라고 질책한 것도 악의적인 인신공격이 아니라, 량스추梁實秋의 관점이 실제로 사람과 사람 간의 계층, 계급의 차이성을 말살하고 자산계급의 대변인 역할을 했다는 점에서 지적한 것이다. 사람과 사람 간의 계급 차이는 일종의 상식이며, 의도적이든 아니면 무의식적이든 이런 계급성에 대한 홀시는 비평 받아 마땅한 것이기에 반박의 여지가 없는 것이다.

　루쉰은 “내 단점은 시사를 논하면서 체면을 살려주지 않고 병폐를 꼬집을 때 자주 유형을 취한다. (…중략…) 유형을 취하는 나쁜 점을 말하자면 마치 병리학의 그림처럼 하는데 가령 상처라면 이 그림은 모든 상처의 표본이 된다”[18]라고 말했다. 이것은 개인의 원한을 초월하는 잡문창작은 비록 표면적으로는 실명을 거론하는 “공격”, “질책”이지만, 실제로는 그가 반영하는 일종의 “사회상”을 가리킨다는 것을 말해준다. 즉 구체적, 개별적인 사람과 사건(“이것”)이 반영하는 사회본질의 특징을 가리킨다. 그중에 일종의 특수한 유형화 수법이 있는데 바로 취추바이瞿秋白가 발견한 것으로, 루쉰은 “개인 논전” 중 중요한 논적의 이름으로 하여금 대표적인 부호符號가 되게 한다. 예를 들면, 장스자오章士釗, 천시잉陳西瀅(1896~1970, 본명 陳源), “네 사나이” 등등은 모두 특정한 문화함의를 갖고 있다. 소위 “인물을 평가하고 세상사를 논하다知人論世”라는 루쉰의 잡문이 이토록 고도의 포괄적 개념을 갖게 된 것은 분명

18　루쉰, 『위자유서・서언』, 『루쉰전집』 제5권, 4쪽.

중국 역사와 현실 환경에 대한 그의 깊은 인식, 특히 중국인의 정신방면에 대한 깊은 인식과 관련이 있다. 루쉰은 항상 복잡한 사회현상 속에서 광활한 사상함의가 있고 개발가치가 있는 "사람"과 "사건"을 발굴하고 이것을 잡문재료로 삼아 시대, 사회, 역사, 사상, 문화의 광활한 시공에 놓고 깊이 해부했다. 또한, 비범한 사상 침투력으로 그 개별성, 구체성, 특수성을 극력 배제하고 쾌도난마식으로 신속히 본질에 파고들어 보편적 의미가 있는 전체적 포괄과 더불어 간결하고 포괄적인 명칭을 붙이고, "이것"을 "이런 유형"의 "표본"으로 격상 시키고 동시에 이미지와 구체적 특징을 유보하여 "개체"와 "유형"의 통일을 이루어 낸다. 예를 들면, 『"페어플레이"는 천천히 해야 한다를 논함』은 바로 린위탕林語堂(1895~1976), 저우쭤런周作人(1885~1966)이 "페어플레이 정신"을 주장하면서 "물에 빠진 개를 때리지 말자"라고 주장하는 관점에서 근원이 되었는데 구체적으로 겨냥하는 바가 있다. 그러나 루쉰은 여기서 "발바리개"라는 유형 이미지를 개괄해냈다―"녀석은 비록 개이지만 고양이와 아주 흡사하다. 절충, 공평, 조절, 반듯함이 가득하다. 다른 이는 모두 극단적이고 유독 자기만이 '중용의 도'를 터득했다는 듯이 여유로운 표정을 짓고 있다." "발바리개"라는 이 포괄적 개념은 아주 형상적이고 또 그 "표정도 신통하게" 중국사회 한 종류―類 사람들의 내재적 정신기질을 개괄해내어 신속하게 중국사회에 퍼져 이 종류의 사람들의 "공동적인 이름"이 되었다. 마치 하나의 "별명"을 얻은 것처럼 "지구의 끝에 도망가도 따라 다닌다." 이것은 루쉰이 잡문을 통하여 논전을 진행할 때 사용하는 일종의 기본 방법이다. 일단 논전 상대가 되면, 특히 잡문의 소재가 되면 루쉰이 자신에게 규정한 임무는 모모의 전면평가를 하는 것이 아니라, 모모의 일시, 어느 지점의 언행을 전형典型으로 삼고 해부하는 것이며, 그가 사용하는 방법은 "한 점을 공격하여 다른 것을 건드리지 않는다." 오직 보편적 의미가 있는 한 점만 골라잡고, 이점과 포용이 안되는 기타 개별성, 특수성을 의도적으로 걸러내고 그 속에서 일종의 사회 유형을 제련해 내는 것이다. 이렇게 루쉰의 잡문 속에 실명으로 거론 된 사람(천위안陳源, 량스추梁實秋, 린위탕林語堂)과 사건 등등은 실제 오로지 일종의 사회유형의 "대명사"이며 개인에 대한 "개관사정"(사람의 평가는 죽은 후에야 결정된다 — 기껏해야 논쟁중인 구체적 문제에 대한 시비판단일 뿐이다)이 아니다. 루쉰이 자신의 논전 잡문에는 "개인적인 적이 없고, 공적인 원수만 있다"고 말한 것은 바로 이 점을 강조한 것이다. 그가 독립적 비평을 진행하고 사적인 원한을 초월한 것 역시 하나의 선명한 창작 특징이다.

독립적인 비판정신은 루쉰이 잡문창작을 통하여 "사회비평"과 "문명비평"을 보여주는 영혼이다. 바로 이런 독립적 비판정신이 그의 잡문창작을 아카데미파와 다르게 하고, 일반적 사회비평학파 혹은 사상평론학파와도 다르게 한다. 그 특징은 자신의 독립적인 "사상"으로 자신의 독립적인 "느낌"을 표현하고 현대지식인 특유의 독립인격정신을 드러내는 것이다. 천두슈陳獨秀, 후스胡適, 린위탕林語堂, 천시잉陳西瀅, 량스추梁實秋 등 인사들도 모두 『현대평론』, 『독립평론』, 『우주풍』 등 간행물을 창간하고, 당시 사회의 각종 현상에 대하여 광범위한 평론과 비평을 진행했지만 루쉰의 잡문창작과는 달랐다. 그들은 대개 어느 한 영역에 국한하여, 어느 한 계층에 국한하여 모 계층의 특정사상을 전달하였지, 루쉰처럼 그렇게 "홀로 우뚝 서서 자기 생각대로 행"하거나 사회 여러 현상에 대하여 독립적으로 문화비평을 강행하지 못했다. 문명쇠락의 고통 앞에서 루쉰은 "암흑의 갑문을 떠받치는" 방식을 택하여 진지하게 자아반성을 하였고 그의 "독이獨異"(혹은 "特立獨行")와 "자신 나름의 품격"의 정신특색과 인격입장을 형성했다. 또한, 그는 "광폭"적인 사상발전을 이루어 동시대인들과 비교할 수 없는 선진 의식을 형성하였으며, 사상침투력이 듬뿍 실린 예리한 글로 잡문창작의 현대성과 독립성을 표현할 수 있게 했다. "승리의 순간까지 전투를 멈추지 않는" 독립적인 비판 정신을 표현하고, 근본적으로 중국 전통문화와 중국 사대부의 "서도恕道", "중용中庸" 전통을 타파하여 잡문창작의 비판성, 이질성을 집중적으로 체현했다. 구체적으로 말하면, 잡문창작은 그로 하여금 항상 현대문명의 사상고지에 서서 현대 중국이 처한 곤혹과 문제의 원인에 대하여 보다 똑똑한 인식을 가질 수 있도록 했다는 것이다. 현대지식인의 일원으로서 루쉰은 애증이 분명했다. 수많은 깨우치지 못한 수많은 자들의 "불행"에 대해 선각자로서 특유의 동정을 보내고, "전제자", "엘리트"로 자처하는 자들에게는 더없는 "증오"를 보냈다. 그는 시종 "함께 했으나", "속하지 않았던" 두 사회, 두 종류의 문화와 역사 속에서 "중간물" 신분으로 새로운 문화발전의 방향을 탐구했고, 그가 일관성 있게 추앙한 현대지식인이 마땅히 구비해야 할 "사상과 행위는 외부세계를 이탈하여 오로지 자신의 내면세계에만 머무는" 정신해방, 사상자유, 인격독립의 숭고한 품격을 획득했다.

독립적인 비판정신은 루쉰의 잡문창작으로 하여금 일반적 시사평론 범주를 초월하게 했다. 잡문창작을 통하여 루쉰은 사회 각종 현상에 대하여 "사회비평"과 "문명비평"을 했으며 항상 그 비판의 예봉을 인간과 인간, 심리 인간의 영혼에 조준했다. 바로 루쉰 자신이 고백했듯이 : "나는 좋지 않은 습성이 있는데 항상 표면상의 사실을 믿으려 하지 않고" 항상 "의심"을 품는다. 때문에 잡문 창작 중 루쉰이 가장 관심을 보이고 힘써 밝히려 한 것은 바로 사람들이 은폐하는 것, 심지어 자신도 완전히 자각하지 못하고 의식하지 못했던 심리상태였다. 예를 들면, 『"제기랄"을 논함論"他媽的"』에서 루쉰은 중국인들에게는 습관이 일반적인 것이 되었는데 그것은 이상하지만 이상하게 생각하지 않는 "국민욕"이라면서 그 배후를 밝힌다. 그는 봉건등급, 문벌제도가 만들어낸 변형된 비열한 반항 심리를 간파하고 다음과 같은 판단을 내렸다— "중국인은 오늘에 이르기까지 아직도 무수히 많은 '등급'이 있다. 아직도 문벌에 의존하고, 조상에 의존한다. 개조하지 않으면 영원히 소리 있는 혹은 소리 없는 국민 욕이 존재할 것이다." 루쉰은 국민 열등성의 비판에 집착한다. 예를 들면, 많은 극 애호가들이 "남우가 여자를 분장" 한 것을 보기 좋아하는 현상에 대하여 루쉰은 이런 분석을 내놓았다— "남자들에게는 '여자 분장한' 것만 보"이고, "여자들에게는 '남자 분장한' 것만 보인다". 이는 남자 같으면서 남자가 아니고, 여자 같으면서 여자가 아닌 예술이야말로 바로 "중국의 가장 위대한 영구적인 예술"이다. 이는 중용이란 도道아래 중국민족의 병적인 심리를 나타낼 뿐만 아니라 봉건적인 성 억압하의 성적 변태를 반영한 것이다. 『착복』에서 루쉰은 시작부터 "'착복'은 노비의 품행의 전부를 설명한다"고 지적하고, 이를 국민열등성의 차원으로 끌어올려 비판했다—"'착복'의 생활이 유복하다. 그렇게 되면 이 수단은 더 널리 퍼지고, 이 품격은 고상한 걸로 변하고, 이 행위는 정당하다고 인식되고, 이것은 국민의 능력이자 제국주의에 대한 복수로 간주된다. 솔직히 말하자면, 소위 '고등화인高等華人'이라 자처하는 자들도 어찌 이 틀을 벗어날 수 있겠는가."『양복의 몰락』은 당시 옛 복장을 회복하자는 소란에 대하여 문명비평의 각도에 치중하여 도시의 괴현상을 분석했다―"조화가 우리에게 부여한 허리와 목은 본래 구부릴 수 있는 것이다. 허리를 굽신거리는 것은 중국에서는 일상이다. 내키지 않은 것도 순순히 받아들여야할 판에 내키는 것은 자연히 더욱 순순히 받아들여야 마땅하다. 때문에 우리는 인체를 가장 잘 연구하여 자연에 순응하여 활용하는 사람들이다. 목이 가장 가느니 목을 자르는 것을 발명하고, 무릎관절을 구부릴 수 있으니 무릎 꿇는 것을 발명하고, 엉덩이 부위가 살이 많고 치명적이지 않으니 엉덩이 때리기를 발명했다. 자연을 위배하는 양복은 그리하여 점점 자연히 몰락했다." 이런 분석은 표면에서 속으로 예리하게 파고들어 정곡을 찌른것이다. 루쉰은 또 "추배식推背式"(반대로 추론하기) 사고방법을 제기했다. 즉, "정면문장을 반면으로 보기"이다. 이에 근거하여 쓴 일부 잡문, 예를 들면, 『소잡감小雜感』이 그것이다.

자칭 도적이란 자는 방비할 필요 없다, 반대로 말하면 오히려 좋은 사람이다. 자칭 군자란 자는 반드시 방비해야 한다, 반대로 말하면 도적이다.

사상의 예리함을 보여준다. 만년에 상하이에 정착하고 나서도 루쉰은 외국인이 쓴 두 권의 중국국민성 분석에 관련한 저작을 잊지 않고 있었는데 하나는 영국 전도사 스미스가 쓴『중국인 기질』이고, 다른 하나는 일본인 야스오카 히데오安崗秀夫의 소설에서 본『중국의 민족성』이다. 루쉰은 스미스가 말한 중국 국민성의 뿌리는 "체면面子"이라는 설에 매우 찬성하면서 비록 상하이는 대도시이지만 국민의 본성은 이 체면으로 인하여 현대문명의 영향을 받아도 달라진 것이 없다고 생각했다. 『"체면"에 관하여』에서 루쉰은 이렇게 분석했다——"각각의 신분마다 일종의 '체면'이란 것이 있다. 다시 말해서 소위 '얼굴臉'이다. 이 '얼굴'은 한계선이 있는데 이 한계선 밑으로 떨어지면 체면을 잃은 거다. '창피하다丢臉'라고도 한다. '창피함'을 두려워하지 않는 것은 '뻔뻔하다不要臉'고 한다. 한계선 위로 올라가는 일을 해냈다면 이는 곧 '체면이 선다有面子', 혹은 '면목이 선다露臉'고 한다."

「훗날 증거로 삼기 위하여立此存照 3」에서 루쉰은 "중국인은 결코 '스스로를 아는' 지혜가 '없'는 게 아니다. 다만 일부 사람들이 '스스로를 속이는' 데에 안주하면서 '남을 속이'려고까지 드는 게 결점"이라고 지적했다. 루쉰은 대도시 상하이에 살면서도 많은 사람들이 이것 때문에 진정으로 현대도시문명의 세례를 받지 못하였으며, 따라서 국민성 개조, 민족영혼의 재창조는 여전히 어렵고 긴 문명 프로젝트라고 보았다.

독립적 비판정신은 루쉰의 잡문 사유로 하여금 일종의 비규범화 특징을 띠게 했다. 그는 자주 통상적인 사고의 울타리를 벗어나 다른 길을 개척하고 참신한 아이디어를 구상하여 시국과 사회 각종 사조에 대한 비판방법을 창조해냈다. 예를 들면, 『위진 풍도·문장과 약·술의 관계』에서 루쉰은 사람들은 보통 혜강嵇康(223~262), 완적阮籍(210~263) 등을 거론하면서 항상 "그들이 예교를 훼손했다고 말"했다. 전통적 정통사상의 영향을 받아 거의 의심의 여지가 없는 정론定論이 되었다. 그러나 루쉰은 당시 사람들이 소위 "예교를 숭상 신봉"하는 것은, 기실 이것을 빌어 자기 잇속을 채우려는 것이라고 전혀 다른 독특한 분석을 제기했다 ─ 진정으로 예교를 신봉하는 착한 사람들은 이에 대하여 "불평이 극에 달하고, 속수무책이어서 급기야 예교를 거론하지도 않고 믿지도 않게 되었다." 그리하여 루쉰은 선대先代사람들과 다른 결론을 얻었다. 혜강嵇康, 완적阮籍 등의 예교의 훼손은 기실 표면적 현상일 뿐이며 그 잠재의식은 오히려 여기에 "너무 지나치게 빠져있다"고 지적했다. 루쉰은 현실을 이탈하여 풍월이나 다루고, 감성에 빠지고 혹은 대중에 인기영합하며, 아리송하게 한 무료한 문예창작을 멸시하여 "나는 풍월을 다루지 않는다"고 공개 선언했다.[19] 여러 장소에서 그는 상하이 십리양장十裏洋場(구 시절 상하이 조계구역) 의 도서 가게를 가득 메운 전문 풍월을 다룬 "한가한 책"에 대하여 극심한 혐오감을 드러내고 현실을 이탈한 소위 "제3종인"을 신랄하게 풍자했다 : "이런 사람이 된다는 것은 마치 자신의 손으로 자신의 머리카락을 들어 올려 지구를 떠나려는 것과 같다."[20] 동시에 일부 국민당 당국의 뜻을 좇아 "문화적 포위 섬멸"을 진행하는 문인들에 대하여 루쉰은 엄하게 꾸짖었다 : "그들의 유일한 특기는 유력자에게 모모의 작품은 루블화를 받고 쓴 것이라고 암시하는 것이다. 나는 전에 항상 문학가들은 손과 뇌를 사용하는 줄로만 알았는데 이제야 비로소 어떤 이는 코를 사용한다는 것을 알았다." 루쉰잡문의 이런 독특한 분석과 논단, 비평은 종종 독자들의 습관적인 사유에 도전으로 느껴진다. 그러나 찬찬히 음미하

---

19 루쉰, 『남강북조집·나는 어떻게 소설을 쓰게 되었는가』, 『루쉰전집』 제4권, 512쪽.
20 루쉰, 『남강북조집·"제3종인"을 논함』, 『루쉰전집』 제4권, 440쪽.

면 그 속에 내재된 사상의 심각성과 논리적인 설득력을 인정하지 않을 수 없다. 루쉰의 잡문은 왕왕 어떤 실험성과 선봉성을 띠고 있기에 루쉰의 잡문에 대한 독자들의 반응은 반드시 처음엔 생소하다가 점차 익숙해지고 나아가 내면으로 탄복하기까지의 과정을 겪게 된다. 루쉰 잡문의 "독특함"도 아마 이런 것이 아닐까?

독립적 비판정신은 또 루쉰의 잡문창작으로 하여금 "사회비평"과 "문명비평"을 전개하면서 현대지식인 특유의 공공배려를 드러나게 했다. 『유형有恒선생에 답함』에서 루쉰 자신은 여전히 "사회를 공격" 할 것이지만 방법에는 변화가 있을 것이라고 밝혔다. 인생의 풍상고 초를 겪은 후, 루쉰은 이미 왕년의 '5 · 4' 신문화운동시기처럼 그렇게 급진적이지 않고 자신만의 사회시사비평에 대한 독특한 전술을 만들어 냈다. 1935년 10월 4일 샤오쥔蕭軍(1907~1988)에게 보내는 편지에 루쉰은 "전투를 이어갈 것인가? 당연하다, 전투를 이어갈 것이다! 상대가 누구든 상관없다"라고 썼다. 이어서 그는 '삼전三戰' 주장을 제출했다.

독일의 프리드리히 대왕의 '밀집돌격'은 그때는 승전을 할 수 있었지만 현재 써먹기에는 적합하지 않다. 때문에 내가 취한 전술은 바로 개인전, 참호전, 지구전 — 하지만 나는 보병이 아니며, 포병(砲兵)인 당신의 방법과도 아마 다를 수 있다.[21]

---

21   루쉰, 『서신집 · 340831 · 샤오쥔(蕭軍)에게』, 『루쉰전집』 제13권, 225~226쪽.

보시다시피, 루쉰은 한편으로는 그의 일관성 있는 비평입장을 포기하지 않았으며 다른 한편으로는 도시의 시사時事에 맞추어 자신의 비평전략을 조정했다. 여기서도 루쉰의 시사에 대한 비평은 "정치평론가" 혹은 "시사평론가"의 신분으로 도시 공공장소에 출현한 것이 아니라 여전히 한 도시문화인, 한 현대지식인의 문화입장에서 시사비평을 전개하였으며, 현대지식인 특유의 "공공배려"를 체현했다는 것을 알수 있다. 바로 루쉰 자신이 말했듯이 지식인은 "사회에 대하여 영원히 불만족하며, 감수하는 것은 영원한 고통이며, 보이는 것은 영원한 결점이다." 때문에 루쉰이 창작한 잡문, 예를 들면, 『이이제이以夷制夷』, 『"우방이 놀라다"를 논함友邦驚詫"論』, 『문장과 제목』, 『산공대관鏟共大觀』, 『어두운 중국의 문예계의 현황』 등은 모두 독립적 지식인의 입장에 기반하여 전개한 "사회비평"과 "문명비평"이다. 만년에 상하이에 정착한 후, 루쉰은 전제주의의 "문화 포위섬멸" 반대, 무료한 도시 문인의 무료한 행위 반대를 자신의 중요한 일로 삼았다. 예컨대 국민당 당국의 도서와 신문 검사처의 임의 삭제 수정, 봉쇄하는 방법에 대하여 심한 불만을 표시했다. 그는 "출판계도 참 해먹기 힘들겠다. 다른 나라의 검사는 삭제만 하는데 여기서는 작가의 문장을 수정해 준다. 그 인물들은 원래 작가가 될 수 없어서 관원이 된 것이다. 지금은 오히려 문장을 수정하고 앉았다. 그걸 당한 작가가 어찌 원통하지 않겠는가?"[22] "금년에 설립한 출판물 검사처는 '문학가'가 꽤 들어있다. 그들은 비록 문장을 쓸 수는 없지만 금지할 수는 있다. 참 금지가 너무 심

---

22   루쉰, 『서신집·340831·유커(姚克)에게』, 『루쉰전집』 제12권, 511쪽.

해서 아무 말도 못 한다"[23]라고 풍자했다. 지식인의 공공배려의 문화 입장에 기반하여 루쉰은 문화전제주의를 극심히 증오한다. 이는 현대 지식인이 추구하는 "자유" 가치원칙을 위배하기 때문이다. 때문에 이 원칙을 위배하는 것이라면 당국이건, 동일 진영의 내부건 상관없이 루쉰은 상응한 비평을 제기했다. 예를 들면, 루쉰은 당시 상하이 도시 문단의 각종 현상들에 대하여 매우 투철하게 분석하여 『신보·자유 담』에 『문학 노점의 열 가지 비결『문탄비결십조文攤秘訣十條』을 발표했 다. 당시의 상하이에는 각양각색의 수많은 문인들이 집결했는데, 도 시 상업화가 날로 농후해져 가는 환경 속에서 문인들의 각양각색의 습 성들이 낱낱이 드러났다. 1934년 9월, 루쉰은 쉬마오융徐懋庸에게 보 낸 편지에 이렇게 썼다—"상하이의 문학 장은 상업의 장과도 같다. 역시 총칼로 겨루는 세계이다." 그는 또 일부 문인들이 자화자찬하고, 자칭 "문학가"라는 브로커 "문학가"들이 문호를 "재물을 받쳐 벼슬"하 는 수작에 대하여 모두 엄하게 꾸짖었다. 『각종 헌납 반』에서 그는 청 나라의 "돈으로 관직을 매수"하는 것부터 민국의 "돈으로 문학가 타 이틀을 매수"하는 것에 이르기까지 담화를 이어 가면서 양자는 별 차 이가 없다고 지적했다.

까놓고 말해서 자연히 돈이 있어야 된다는 것이다. 돈만 있으면 뭐든 지 쉽게 된다.

---

23   루쉰, 『서신집341231·류웨이밍(劉煒明)에게』, 『루쉰전집』 제12권, 629쪽.

『서序의 해방』에서 그는 문학가로 자칭하는 자에 대해 말한다. "자기가 먼저 문학가라고 결정한 그들은 유산이나 보조금이 좀 있는 자이다. 이어 자비로 서점을 오픈하고, 자비로 잡지를 창간하고, 자신의 글을 게재하고, 자신의 광고를 하고, 자기 맘대로 소식을 전하고, 자체로 아이디어를 낸다." 심지어 서문도 "자기가 다른 사람을 대신하여 자신의 글에 서문을 쓴다"면서 아예 "서문을 해방"시켜 다른 사람의 어투로 자기를 추켜세운다고 비난했다. 문호를 "토의하여 정"하는 현상에 대해서도 루쉰은 세밀한 분석을 했다. 소위 "토의하여 정"하는 원칙은 "상가商家가 원고를 인쇄한 후, 때마침 봉건이 득세하면 광고에 봉건문호라 하고, 혁명이 득세하면 혁명문호가 되는 거다. 그리하여 많은 문호가 책봉되었다"라고 밝혔다. 또 다른 "토의하여 결정하는" 원칙은 "몇 명의 시인, 몇 명의 소설가, 한 명의 비평가를 끌어들여 역할을 정하고, 무슨 회사를 하나 설립하고, 광고를 낸다. 저 문호를 타도하고, 이 문호를 추켜세운다. 결과적으로 항상 어느 정도의 문호를 만들어 낼 수 있다." 하지만 아무리 어떻게 "토의하여 결정"해도 그 "뿌리는 돈 장난"이다. 아무런 가치도 없다. 루쉰은 이런 류의 "문호"의 작품은 "나중에 책값이 말해준다. 원래가격의 20%, 오전五角에 한 무더기 살 수 있다"[24]고 말했다. 루쉰이 보기에 도시문인의 추함은 실제로 역시 바로 국민 열등성의 반영이다. 두말 할 것도 없이 만년에 루쉰이 전개한 문화비판 그 배후에는 여전히 그의 심각한 사상의 지지와 뼈저린 인생체험이 있었으며 중국의 사회, 역사, 문화와 현실 인생에 대한 깊

---

24   루쉰, 『준풍월담·문호 "상의하여 결정함"』, 『루쉰전집』 제5권, 378쪽.

은 통찰과 인지체득이 있었다. 그 특징은 역사와 문화의 깊은 곳에서 발굴하여 사회실천과 인생체험 각도에서 전면적으로 투철하게 사물의 본질적 특징을 파악하고 논술하는 것이다. 도시문화인으로서 루쉰이 만년에 잡문창작을 통하여 드러낸 문화비판방식과 화법방식은 현대지식인 특유의 "공공적"인 특징을 드러냈다. 그는 단지 객관적이고 지적인 서술과 전달만 진행한 것이 아니라 신문화의 가치와 의미를 뚜렷이 표현하려 했다. 독특한 "생각"과 "언어"로, 그리고 루쉰은 사회문화의 공공영역에 진입하였으며, 자신의 "생각"과 "언어"를 공공의 "생각"과 "언어"로 사회문화의 공공자원으로 만들었다. 사회문화공간에 몸담은 루쉰과 루쉰 사상 발전의 특징은 여전히 시대의 제한과 자신의 한계를 초월하고 항상 인간의 자유와 해방, 국민성 개조를 사고의 중심에 두고 끊임없이 민족신문화의 주체구조를 탐구하여 이로써 민족해방과 사회발전의 전경을 전망한 것이라고 말할 수 있다.

루쉰은 자신의 잡문은 "내가 겪은 것, 생각한 것, 말하고자 하는 것을 아무리 천박하고 극단적이라 하더라도 붓으로 다 적은 것뿐이다"라면서 "좀 자랑하자면 마치 슬프고 기쁠 때의 노래와 울음처럼 그때는 이걸 빌어 울분을 토하고 감정을 토로했을 뿐이다"[25]라고 말했다. 분명, 루쉰의 잡문창작은 선명한 정감情感적 특징을 지닌다. 모든 객관적 "사람"과 "사건"은 반드시 모두 루쉰의 주관심령(사유, 감정, 심리 등등)의 여과, 굴절을 거쳐서 비로소 잡문창작의 소재가 된다. 때문에 루쉰의 잡문에 등장하는 "사람"과 "사건" 및 그것이 형성한 독특한 "사

---

25   루쉰, 『화개집속편·서언』, 『루쉰전집』 제3권, 183쪽.

회상"은 이미 더 이상 순수한 객관성을 띠지 않고, 순수한 현실생활의 반영이 아닌 루쉰의 주관적 감수가 녹아있는, 그의 주관 감정적 판단이 침투된 사회현상이다. 주객체의 일종의 새로운 예술융합이며, 그 속에서 루쉰이 보고, 생각하고, 느끼고, 사랑하고, 미워했던 것을 느낄 수 있으며, 그의 정감―심령의 "노래와 울음"이 울린다. 이것 역시 바로 루쉰 잡문의 예술적 매력이며 선명한 시화詩化 예술특징을 체현한 것이다. 예컨대『류허전을 기념하다記念劉和珍君』에 이런 구절이 있다.

40여 명의 청년들의 피가 내 주위에 넘친다. 나는 숨이 막혀 보이지도 들리지도 않는다. 거기에 무슨 말이 필요한가?

늘 미소 짓던 류허전은 확실히 죽었다. 이건 진짜다. 그녀의 시체가 증명한다. 침착하고 용감하고 우애넘치는 양더췬(楊德群)도 죽었다. 그녀의 시체가 증명한다. 오직 똑같이 침착하고 용감하고 우애넘치는 장징수(張靜淑)만이 아직 병원에서 신음하고 있다.

참상은, 이미 나를 눈뜨고 볼 수 없게 만들었다. 유언비어는 이미 더는 귀를 열고 들을 수 없게 만들었다. 내가 무슨 할 말이 더 있겠는가? 쇠망한 민족이 왜 말없이 조용한지 나는 알았다. 침묵, 침묵이다! 침묵 속에서 폭발하지 않으면 침묵 속에서 멸망한다.[26]

---

26 루쉰,『화개집속편·류허전(劉和珍)을 기념하다』,『루쉰전집』제3권, 275쪽.

루쉰은 선명한 주관정감을 그의 잡문창작에 주입하여 산문의 소박함과 대구對句의 화려함과 기세를 형성시켰다. 그야말로 노래로 말하면 "소리도 좋고 감정도 잘 살린"격이다. 펑쉐펑馮雪峰(1903~1976)은 루쉰의 잡문은 시와 정론의 결합이며, 시적 정취와 시적 성질은 루쉰 잡문창작의 기본원소로 기타 잡문작가와 구별되는 것을 구성하는 예술품이라고 밝혔다. 사실상, 루쉰 잡문의 시화詩化예술표현은 정론뿐 아니라 사론史論과 수감록隨感錄에도 나타나며 그 특징은 시화詩化한 감정, 사상을 유기적으로 창작 속에 침투시키는 것이다. 시화예술은 루쉰 잡문창작 중 두 가지 기본형식을 드러낸다 ― 하나는 언어의 형식으로서 잡문언어의 시적정취를 두드러지게 나타낸다. 예를 들면,『성무聖武』,『하삼충夏三蟲』,『소잡감』,『꽃이 없는 장미 2』,『불』,『밤의 송가夜頌』,『반하소집半夏小集』 등은 시적인 언어로 잡문의 사상 감정 표현을 더욱 세련되고 간결하게 하면서도 사상역량을 더욱 풍부하게 했다. 다른 하나는 정감의 형식으로서 애증이 분명한 정감표현을 통하여 주관정감으로 하여금 잡문의 글속을 맴돌며 솟아나게 했다. 예를 들면,『즉 작은 것에서 큰 것을 보다即小見大』,『전사와 파리』,『다른 한 불씨를 훔친 자』,『나폴레옹과 Edward Jenner』 등의 글들은 모두 그의 선명한 주관을 표현하여 내재적 충격력이 가득하고 부드러움과 강함을 겸비한 정감 리듬을 조성하여 잡문창작으로 하여금 선명한 서정과 표의表意(ideography)의 예술효과를 갖게 했다.

　루쉰잡문의 시화예술에는 또 한가지 큰 특징이 있는데 바로 풍자예술의 운용이다. 그 특징은 최대한 잡문 특유의 예술장력을 표현한 것이며, 그의 형이상학적 생각과 뛰어난 지혜로 하여금 자유롭게 말하는 가운데 곳곳에서 풍자예술의 위트를 두드러지게 했다. 루쉰 잡문의 풍자예술은 직접적, 공격적 비평이 적지 않지만 더욱 더 잘 보이지 않는 곳에서 위트있게 반짝인다. 특히 그가 엄격한 도서와 신문 검사 체제 하에 처해 있을 때 그의 풍자예술은 더욱 기민성을 띤다. 그가 말했듯이 "좀 위급한 시기다 싶으면 일부러 아리송하게 얘기한다." 이런 류의 풍자예술의 운용을 루쉰은 주로 세 가지 상황에 자주 사용한다. — 첫째는 반어법을 자주 쓴다. "사회비평"의 논쟁 중 특히 많이 쓰며, 혹은 상대의 창으로 상대의 방패를 공격하거나, 혹은 완전한 "추배도推背圖"식의 풍자로 틀린 말을 맞게 말하고, 맞는 말을 틀리게 말했다. 두 번째는 은유로서 "약점을 잡는" 최상의 방법이다. 논적의 약점을 찾아내 유효한 풍자비평을 한다. 예를 들면, 소위 "자유인", "제3종인"에 대한 풍자비평을 매우 잘해서 정곡을 찌른다고 말할 수 있다. 셋째는 적절한 비유식의 암시로 고대를 빗대어 오늘을 풍자하고 오랜 전제 역사의 전후 단계의 유사성을 이용하여 현실에 대한 비평의 "금지구역"에 진입한다. 예를 들면, 진사秦史, 위진사魏晉史와 명청사明淸史를 얘기하는 것 등, "소리 없는 중국", "케케묵은 가락은 이미 끝났다", "물에 빠진 개를 호되게 때리다", "양다리 걸치다" 등 류의 비유식 암시는 사물 혹은 현상의 전형성을 뚜렷하게 하기 위한 것이며, 도형화로 논리추리를 대체하려는 취지로 더 많은 비유가 논증 과정의 수요需要로 등장한다. 『문예와 정치의 기로』라는 제목의 강연에서 루쉰은 "정치가는 그에 반항하는 의견을 가장 싫어하고, 사람들이 생각하려 하고 말하려고 하는 것을 가장 싫어한다"라고 하면서 원시부락과 동물세계의 예를 들어, 원숭이의 우두머리가 어떻게 하라면 그들은 어떻게 해야 하며, 부락의 추장이 죽으라면 죽는 수밖에 없다고 말했다. 또『지식계급에 관하여』란 글에서 루쉰은 똑같이 이 비유를 썼지만 그 속에서 다른 의미를 취하여 사상자유가 전제정체專制政體를 전복하는 데 있어서 독특한 역할을 한다는 것을 증명하려 했다. '제3종인'을 반박할 때, 그는 "이러한 사람이 되려는 것은 마치 자신의 손으로 머리카락을 들어올려 지구를 떠나려는 것과 똑같다. 떠날 수가 없으니 초조하겠지만, 누군가가 머리를 가로저어 그에게 들어 올리지 말라고 했기 때문은 결코 아니다"라고 말했다. 풍자예술의 운용은 루쉰의 평론에서 수많은 사상의 불꽃이 튀어나게 하였다. 또, 풍자예술의 성공적인 운용은 루쉰의 잡문을 극히 생기 넘치게 했으며, 그 독특한 사상지혜뿐만 아니라 독특한 예술 장인의 마음匠心도 드러나게 했다.

루쉰의 잡문은 거대한 사상가치 뿐만 아니라 거대한 예술심미가치도 지니고 있다. 위다푸郁達夫(1896~1945)는 루쉰의 잡문을 높게 평가했다. "그의 수필 잡감을 말하자면 전례 없고, 후세사람들이 절대 따라할 수 없는 작품을 제공했다. 우선 그 특색은 깊은 관찰력, 예리한 언변, 교묘한 비유, 간결한 문필이다. 또 어느 정도 유머러스한 기분까지 솔솔 감돌아 독자들이 독주를 마셔도 죽음이 두렵지 않는 듯한 처절한 맛을 느끼는 것이 이상하지 않다."[27] 루쉰 잡문의 자유, 독립적 비판정신, 현실전투에 집착하는 정신과 엄준하고 예리하며 심각하면서도 유머러스한 풍자적 예술풍격은 모두 중국 현대 잡문창작에 심원한 영향을 끼쳤으며 중국현대문학 발전사상 숭고한 지위를 차지하고 있다.

---

[27]   위다푸(郁達夫),『루쉰의 위대함』,『루쉰회고·위다푸가 루쉰전편(全編)을 말하다』, 상하이 : 상하이문화출판사, 2006, 111쪽.

민족문화심리의 개조와 재건

루쉰과 당대문학의 내재적 연관

루쉰은 독일 철학가 쇼펜하우어의 말을 빌려 이렇게 말했다.

> 인간의 위대함을 가늠함에 있어서 정신상의 크기와 체격상의 크기는
> 완전히 상반되는 법칙이 적용된다. 후자는 거리가 멀수록 크기가 작아
> 지며, 전자는 오히려 더 크게 보인다.[1]

그렇다, 루쉰은 비록 일찍 이 세상을 떠났지만 민족의 위대한 문화
위인으로서 그의 사상, 학설, 정신은 세월이 흐름에 따라 후세에 미치
는 영향이 갈수록 커졌다. 시간적으로는 루쉰과 당대 문화사조는 아
무런 연관이 없지만 사상, 정신, 의식관념에 있어서 루쉰과 당대 문화
사조는 밀접한 연관이 있다. 루쉰이 당대 문화사조에 미친 영향의 폭

---

[1] 루쉰, 『화개집전사와 파리』, 『루쉰전집』 제3권, 베이징 : 인민문학출판사, 1981, 38쪽.

과 깊이를 살펴보면 우리는 이런 연관성의 초점을 발견할 수 있다. 그것은 바로 민족문화심리의 개조와 재건의 차원에 루쉰과 당대 문화사조는 내재적 연관이 있다는 것이다.

1.

근현대 중국사회가 오랫동안 봉건전제통치와 외래 침략의 이중 억압을 받고 있는 상황에, 루쉰은 현실과 역사에 대한 집요한 사고를 개진해 나갔다. 그 가운데 최초로 "중국인은 줄곧 인간의 대우를 받아본 적이 없으며 기껏해야 노예에 지나지 않"았다는 사실을 발견하여 「광인일기」에서 "식인"의 형상으로 중국 봉건사회의 "식인"적인 역사를 표현했다. 그리고 루쉰은 결정했다 : "입인"을 이상목표로 인간의 해방을, 특히 인간의 정신자유와 해방을 핵심으로 하는 사회해방과 민족해방을 추구하고, 온 힘을 다하여 인간의 운명과 생존상황에 관심을 기울여 인간의 소외의 근원과 전체민족과 인류의 출구를 탐색했다. 루쉰의 의식 중심에는 외재적 사회정치와 경제 변동이 아니라 인간의 주체성의 확립과 인간 해방과의 관계가 자리 잡고 있다. 루쉰의 이런 사상의식은 그의 문예사상에 깊은 영향을 미쳤으며 그의 모든 문학창작활동은 항상 "입인"—인간의 발견, 인간의 해방 추구라는 주제사상을 에워싸고 전개했다. 루쉰은 누차 다음과 같이 반복하여 강조했다.

나는 여전히 십여 년 전의 계몽주의를 품고 있으며 반드시 인생을 위하여, 그리고 인생을 개량해야 한다고 생각한다.[2]

문학의 방식을 통하여 인간을 발견하고, 인간의 해방을 추구하던 루쉰은 문학의 독특한 역할을 발견했다. 『외침·자서』에서 그는 말한다.

우리의 가장 중요한 일은 그들의 정신을 개조하는 것이며 이에 적합한 것으로 나는 당연히 문예를 꼽았다. 그리하여 문예운동을 주장하게 되었다.

그는 문학은 인간을 발견하고, 인간의 영혼을 빚어내는 중요한 수단으로서 민족문화심리구조의 개조와 재건의 역사사명 속에서 독특하고 숭고한 임무를 띠고 있다고 보았다. 문학은 생동적인 이미지, 격앙된 감정, 깊은 현묘한 이치로 낙후되고 경직된 민족문화심리를 향해 귀청을 뚫는 외침소리를 냄으로써 마비된 상태의 인간들을 각성하게 하는 사회개조의 거대한 힘인 것이다. 이런 생각에 근거하여 루쉰은 문학을 창작하는 데 있어서 농민을 포함한 하층민의 정치경제적 억압과 착취보다는 정신적 해독을, 사람들의 물질적 생활상의 빈곤보다는 정신상의 고통과 병든 모습을 표현하는 데 치중했다. 루쉰은 가장 박해를 심하게 받은 인물들 ― 농민과 부녀자와 지식인을 택하여 묘사하면서 그들의 정신적 질고와 심리적 소외현상을 그려냈으며 병든 사

2   루쉰, 『남강북조집·나는 어떻게 소설을 쓰게 되었는가』, 『루쉰전집』 제4권, 512쪽.

회와 인생을 적발 폭로하는 데 치중했다. 예를 들면, 루쉰은 소설 창작에서 하층 빈민의 물질생활의 빈곤을 단지 간단하게 말로만 설명하고, 그들의 정신적인 고통을 집중하여 표현했다. 예컨대 소설 『약』에서 단지 "바느질 꿰맨 자리가 다닥다닥한 겹이불"이라는 것으로 화라오취인華老栓 일가의 쪼들리는 살림을 암시하였으며 그들을 정면으로 묘사한 것은 정신상의 우매함이다. 『고향』에서 가장 사람 심금을 울리는 것은 룬투閏土의 가난이 아니라 "나으리"라고 부르는 호칭 속에 드러난 정신적 마비이다. 부녀형상에 대한 부각도 루쉰은 역시 이런 맥락으로 진행했다. "크고 작은 무수히 많은 인육 잔치" 속에서 부녀는 비참한 약자로서 정신적으로 받은 박해가 가장 심각하다. 『내일』의 단쓰單四 아주머니, 그녀의 불행은 과부로서 아들을 잃은 것뿐만이 아니다. 더욱 중요한 것은 정신적인 고독과 공허다. 『축복』의 심각성도 마찬가지로, 루쉰은 샹린祥林아주머니가 봉건 신권神權하에 느끼는 정신상의 공포에 치중하여 묘사했다. 『이혼』속의 아이구愛姑는 그렇게도 굳세어 호락호락하지 않지만 그러나 루쉰은 냉정하게 그녀의 언행을 꿰뚫어보고 영혼 깊은 곳의 약점을 발견하여 그녀가 정신적으로 당한 고통이 다른 사람과 조금도 다르지 않다는 것을 설명했다. 루쉰은 마찬가지로 지식인의 정신적 고통과 정신적 위기를 밝히는 데도 치중했다 ─ 신해혁명 중 전투영웅도 시종 고독의 운명을 벗어나지 못하고 거대한 봉건전통의 억압 하에 한 마리 파리처럼 "자그맣게 한 바퀴 돌고 제자리로 돌아와 의기소침하여 무고한 생명을 허비하고 있으며"(『술집에서』) 심지어 전에 증오, 반대했던 모든 것을 스스로 실행하면서 진정한 고독자, 실패자가 되었다(『고독자』). '5·4' 고조시기 용감하게 봉건 가정을 박차고 나온 청년 지식인도 마지막에는 이상적 목표를 상실하고 사회와 경제적 억압을 못이겨 결국 사랑도 의지할 곳도 잃고 비애의 심정을 안고 옛 가정으로 돌아가는 수밖에 없었다.(『상서』) 여기서 알 수 있듯이 인간의 발견, 인간 해방을 추구하는 루쉰의 문예사상은 바로 '5·4' 신문학이 이끈 "인간의 문학"의 집중적인 체현이며 동시에 '5·4' 신문학의 최고 성취를 대표한다.

루쉰의 이런 문예사상은 당대 문예사조에 깊은 영향을 미쳤다. 여기서 말하는 당대 문예사조는 주로 신시기(1976년 이후) 이후의 문예사조를 가리킨다. 금방 알 수 있듯이, '문혁'이 종식된 후, 신시기문학의 최초 단계 역시 인간에 대한 발견을 통하여 곧바로 평범한 인간의 피와 눈물의 진정眞情, 전체 민족의 생존상황이라는 출발점을 향하여 회귀하기 시작하였으며, 스스로 발전하는 여정을 시작했다. 신시기 문학의 초기 작품, 예를 들면, 류씬우劉心武(1942~)의 『반주임』, 루신화盧新華(1954~)의 『상흔』, 팡즈方之(1930~1979)의 『내부 간첩內奸』 등은 의식적이든 무의식적이든 모두 약속이나 한 듯 인간의 발견, 고난으로 인민을 깨우치는 것, 극"좌"노선이 인민에게 가져온 심각한 재난 등의 고발을 창작의 중심으로 삼았다. 『반주임』은 박해 받은 두 어린이를 통하여 특히 셰후이민謝惠敏식의 정신마비를 보여주었다. 사상과 영혼이 모두 경직된 전형을 부각시켜 민족문화심리구조의 깊은 곳을 건드리고 극"좌"노선의 인간의 정신에 대한 파괴를 드러냈다. 『상흔傷痕』은 중국인이 가장 중요시하는 혈연관계가 "문혁"중 정치적 극"좌" 사조에 의하여 무정하게 일그러진 사실을 가지고 민족정신의 깊은 곳의 상처를 그려냈다. 『내부 간첩』은 간첩으로 몰린 티엔위탕田玉堂의 애국정신을 분석을 하면서 친구를 팔아 부귀영화를 구하려 하지 않는 그의 성격을 묘사했다. 익살스러우면서도 정직하고, 양심과 의리를 지키는 인격정신을 묘사하였는데 역시 문학창작의 초점을 민족문화 심리구조에 맞추고 인간의 존재가치를 발견하는 민족정신의 실질적 함의를 탐구했다.

재미있는 것은 신시기 문학 초기에 인간의 발견을 통해 인간이 고통당하는 정신적 근원, 심리적 근원, 사회적 근원을 탐색하면서, 모두들 똑같이 농민, 부녀자, 지식인 이 세 부류의 중요한 이미지를 택하여 전형적으로 형상화했다는 점이다. 가오샤오성高曉聲(1928~1999)이 부각한 농민 이미지 리순다李順大와 천후안성陳奐生은 거의 루쉰의 아Q, 룬투閏土식 인물의 재현이다. 리순다李順大의 천성은 마치 모든 것을 순순히 받아들이는 것인 듯하다. 자신에 대한 자책마저도 전통관념의 제약을 받은 것이 가득하며 성격상, 심리상 우매한 정신적 특징을 드러낸다. 그가 40년 동안이나 집을 짓지 못한 것은 사실 그가 줄곧 정신적인 마수에서 벗어나지 못한 데 있다. 천후안성陳奐生은 더욱 아Q의 판박이 같다. 그는 목석처럼 말수가 적고 성격이 내성적이다. 식량을 분배받고 뜨거운 눈물을 훔치는 것, 시장에 가서 기름 끈을 팔고 난 후 자족하는 모습, 소파 베게수건에 대하여 분노하여 복수한 모습, 여관에서 숙박비를 지불하고 나서 우승한 듯한 심리, 현위서기의 관심을 받았다는 생각에서 자고자대自高自大하는 모습, 이 모든 것은 서 있는데 습관이 되어 있어 감히 앉지를 못하는 노예의 형상이다. "잠시 노예 자리를 확실히 지키는 것"이 최고의 소원인 농민의 전형을 생생하게 표현한 것이다. 이런 농민 성격 이미지에 대한 묘사에서 알 수 있듯이 신시기 문학은 왕년의 루쉰의 중국 농민에 대한 인식과 표현을 출발점으로 하여 인간에 대한 발견, 인간의 정신적 질고를 탐색하는 사상적 진행과정을 개시한 것이다. 중국 부녀자 이미지에 대한 묘사에서 신시기 문학은 그녀들에게 지워진 인습의 무거운 짐과 비참한 운명에 대해서도 깊은 사고를 펼쳤다. 장셴張弦의 여성 이미지는 희극 인물이 거의 하나도 없다. 최고의 행운아도 역시 "운명의 빨간 줄을 벗어나지" 못하고 전통 멍에의 무게를 경감 받을 수 없었다. 장제張潔(1937~)의 여성시리즈 소설은 지식인 여성의 한 차원 높은 정신적 갈증을 중점적으로 표현하였는데, 중국 부녀자가 정치경제적으로 남성과 평등해도 정신적 인격적으로 독립과 평등을 진정으로 이루었다고 말할 수는 없음을 암시하고 있다. 또한, 민족심리의 타성은 여전히 민감하고 자존하는 여성을 심각하게 억압할 것이라는 것을 사람들에게 드러냈다. 이외에 민족문화심리탐색의 또 다른 한 중요한 측면으로서 신시기 문학의 인간에 대한 발견은 인간의 정신질고를 탐색하고 중국 지식인에 대한 특수한 문화심리기질의 재발견과 심도 있는 발굴이라 하겠다. "돌아온 세대"(대표 인물은 왕멍王蒙(1934~), 장셴량張賢亮(1936~2014), 리궈원李國文 (1930~), 충웨이시從維熙(1933~) 등)라 불리거나, 아니면 "사고하는 세대"(대표인물은 지식청년 작가 등)라고 불리거나, 아니면 "새로운 세대의 작가"(홍펑洪峰(1959~), 쑤퉁蘇童(1963~), 위화餘華(1960~), 천란陳染(1962~) 등)로 불리거나 막론하고 모두 자아를 깊이 반성하는 방식으로 인간의 영혼을 해부하고, 알게 모르게 전통적 인격이상을 최후의 정신보호벽으로 삼고 마음속 깊이 잠복해 있는 구제와 독선, 불굴과 불변의 전통문화성격을 발굴하여 드러냈다.

당대 문예사조의 신시기의 각종 표현은 옛날에 루쉰이 제창했던 것과 놀라울 정도로 유사하다. 이것은 간단한 중복이 아니라 루쉰 문예사상의 신시기의 논리적 재현이며 심층 문화심리구조상 영향을 끼친 결과이다. 가령 루쉰이 문학 활동에 종사할 때는 전체 민족의 생존상태와 정신 상태를 반성하는 방식으로, 어떻게 민족정신을 강화하고, 어떻게 민족문화심리를 개조, 재건해야 하는가 하는 방식으로 문학창작을 탐색했다면, 신시기에는 일단 닫혔던 대문이 다시 열리면서 중서문화가 재차 충돌하고 민족영혼은 분열의 진통에 시달리면서 인간의 재발견, 인간해방이라는 시대사조의 출현과 더불어 민족문화심리를 깊이 발굴하고 개조, 재건하려는 문학사조가 불가피하게 다가왔던 것이다. 그러므로 루쉰의 옛날의 인식과 신시기의 논리적 재현은 당대 문학사조와 내재적 연관성을 유지하는 하나의 중요한 사실이다.

2.

인간의 발견을 통하여 소외된 현실의 인간 정신에 대한 파괴현상을 밝힌 루쉰은 또 전체 민족문화심리구조를 모색하는 차원에서 민족영혼의 내부 투쟁 상황을 그려냄으로써, 문학의 형식으로 국민성 개조라는 위대한 공정을 이루었다. '환등기 사건'을 계기로 루쉰은 국민의 마비된 정신상태 속에서 오랫동안 자연스럽게 습관으로 굳어버린 문화심리구조 제약의 메커니즘을 발견했다. 그는 분노하며 말했다. "중국의 바보, 나쁜 바보는 의학으로 어찌 치료가 가능하겠는가?"[3] "무릇

둔하고 약한 국민은 체격이 아무리 건장하고 튼튼하더라도 아무런 의미가 없는 전시 재료나 구경꾼 밖에 될 수 없다. 얼마간 병들어 죽어도 불행하다고 생각할 필요 없다." 그리하여 "현대적이고 침묵하는 국민의 영혼"을 묘사하였는데 집중적으로 "국민의 약점을 폭로"하는 것이 루쉰 문학창작의 한 중심이 되었다. 『아Q정전』에서 아Q의 모순된 성격심리를 부각하여 아Q '정신승리법'의 각종 특징을 표현했으며, 아Q '정신승리법'과 전체사회를 지배하는 전통사상, 문화심리구조와의 연계 및 농민 소생산자의 낙후, 폐쇄, 보수, 연약한 역사지위와의 연계를 진지하게 드러냈다. 아Q의 '정신승리법'은 또한 중국이 근대 사회의 급격한 변동에 적응하지 못한 산물로, 민족자존심과 자신감을 상실하여 민족의 낙후와 노역당하는 운명에 안주하고 은폐하는 민족정신의 병듦, 즉 국민성의 약점을 의미한다. 루쉰은 중국역사, 문화, 사회현황에 대한 진지한 연구 중 아Q의 '정신승리법'이야말로 중화민족의 각성과 진흥에 있어서 가장 엄중한 장애 가운데 하나라고 밝혔다. 그는 국민 영혼을 해부함으로써 중화민족이 자아비판—이는 바로 민족의 위대한 각성의 표지—하는 여정을 표현했고, 이런 뚜렷한 비판정신을 통하여 민족 부흥의 희망을 찾으려 힘썼다.

의심할 바 없이, 루쉰 문예사상의 생성과 발전은 "인간"이라는 근본적인 문제, 특히 인간의 발견, 인간의 각성이라는 정신발전의 단서를 단단히 틀어쥐고 전개되었으며, 국민의 열등성에 대한 폭로, 비판과 개조의 진행, 봉건의식 잔재하의 민족영혼 및 근대 기형 형태에 대한

---

3   쉬서우창(許壽裳), 『내가 알고 있는 루쉰』, 7쪽.

깊은 발굴 등의 경향을 나타낸다. 바로 이런 차원의 심각한 함의 속에서 당대 문예사조의 발전은 루쉰이 예전에 확정한 방향을 따라 행진함으로써 전체 당대문학이 진지한 사상의 깊이를 드러내게 했다.

다시 "인간"이라는 주제로 회귀한 후, 당대 문예사조는 민족문화심리구조에 대한 재인식과 자각적인 개조와 구축을 신성한 사명으로 삼았다. 신시기 문학창작은 시작하자마자 바로 민족의 심리상태의 각 방면에 대하여 심각한 투시와 스캔을 진행했다. 예를 들면, 쟈핑아오賈平凹(1952~)의 『경박浮躁』, 장웨이張偉의 『고선古船』은 민족문화심리를 깊이 있게 드러내어 밝혔으며 사람들에게 형상적으로 알렸다 : 오랜 전통문화관념의 영향과 제약으로 인해 전체 사회생활 메커니즘은 여전히 엄중한 종법 혈연관계의 인신종속 요소를 지니고 있으며 가족이익을 대표하는 일부분 기층정권은 아직까지도 현대화의 진행과정을 방해하고 있다. 작가는 만약 민족문화심리의 심층 구조 속에서 발굴하지 않으면 소위 개혁은 낡은 전통구조 속에서 할 수밖에 없다. 기껏해야 어느 특정 집단, 특정 계층의 "영웅"의 분투(예,『경박』중 진꺼우金狗의 행동)를 대표하거나, 심지어 백성을 위하여 폭력에 맞서던 것이 살인강도로 변하는 무협식 항쟁(예,『경박』중 레이다쿵雷大空 이미지의 부각)으로 나타날 것이다. 또 예를 들면, 정이鄭義(1947~)의 『오래된 우물老井』은 쑨왕취안孫旺泉, 자오챠오잉趙巧英과 두안시핑段喜鳳의 애정 갈등과 끊임없이 물을 찾아 우물을 파는 노정老井촌의 투쟁을 통하여 민족문화심리의 약점을 깊이 있게 묘사한 것들이다. 신시기 작가들은 민족문화심리 약점을 만들어 낸 메커니즘은 전통적인 인륜을 핵심으로 하는 문화관념 속에서 항상 독립적 개체의 희생을 대가로 인간이 응당히 가져야 할 권리, 지위, 가치와 존엄을 등한시 했다는 것을 똑같이 발견했다. 그러므로 인간의 자유와 자각적 창조 본질은 말살되고 대다수 사람들은 자기의 주체성을 상실하여 비인간으로 소외된다. 때문에 신시기 작가들의 붓끝이 민족영혼의 내면을 다룰 때 필연적으로 예전의 루쉰처럼 민족문화심리의 약점에 대하여 높은 관심을 보이고 이를 심각하게 표현했다. 이러한 현상은, 당대의 문예사조가 민족문화심리의 개조와 재건을 이끌어나갈 때, 민족문화심리 중 약점의 형태를 깊이 파헤치지 않으면 안 된다는 것을 우리에게 보여준다. 루쉰이 당시에 탐색했던 궤도를 벗어났다면, 틀림없이 민족문화심리구조에 대한 문학적 표현의 사상적 깊이와 너비에 영향을 미쳤을 것이다.

이데올로기 등의 다른 방식, 이를테면 철학이나 역사학, 윤리학, 정치학 등의 방식이 아니라 문학이란 방식으로 민족문화심리의 심층구조 요인을 드러낼 경우, 문학은 그 생동적인 형상과 진실한 감정으로써, 집단무의식과 누적된 민족문화심리구조 중 상대적으로 안정된 요인을 간직할 수 있을 뿐만 아니라, 나아가 민족문화심리의 내부 구조와 기능에 대응하는 형식으로써, 인간의 정신 깊은 곳의 심리구조의 잠재의식과 무의식층을 꿰뚫어 민족문화심리의 개조와 재건을 진행할 수 있기 때문이다. 베른스키는 "그 어떤 의미에서도 문학은 항상 민족의식, 민족 정신생활의 꽃과 열매이다"[4]라고 말했다. 곧 문학은 항상 한 민족의 의식, 정신 상태와 심리적 본질, 즉 민족성을 표현한다는 것이다. 루쉰이 문학의 방식으로 민족영혼의 내부 투쟁을 표현하

---

4   베린스키, 량쩐(梁真) 역, 『베린스키의 문학을 논함』, 베이징 : 신문예출판사, 1958, 78쪽.

고 국민성을 개조하려는 것은 문학의 이 특성을 따른 것이다. 때문에 문학의 방식으로 인간을 발견하고, 인간의 해방을 추구하고, 국민성을 개조함으로써 루쉰은 더욱 깊은 차원에서 민족문화심리의 본질적 특징을 발견할 수 있었다. 그는 "민족 근성이 만들어진 후 좋건 나쁘건 개조는 극히 어렵다"[5]라고 말했다. 이런 상대적으로 안정적인 민족문화심리는 많은 부정적인 효과를 가져왔다. 루쉰은 "우리의 고인古人들은 또 어렵기 그지없는 하나하나의 문자를 만들어냈다. 많은 사람들이 오히려 이걸로 말을 못하게 되었고, 게다가 고훈古訓의 높은 장벽 때문에 더욱 그들로 하여금 생각조차 못하게 했다." 그리고 또 이것은 "사람과 사람사이에 높은 벽이 생기게 하여 각각 분리시켜 여럿의 마음이 합치되지 못하게 했다"라고 말했다. 그가 보기에 이런 상황은 국민 심리성격상 두 가지 특징을 조성한다 : 첫째, 열정이 없고 마비되었다. "큰 바위 밑에 깔린 잡초처럼 묵묵히 생장, 시들고, 고사한다."[6] 둘째, 오성悟性이 없고 심지어 아첨하고 히스테리적이다. 예컨대 "약자에게 화풀이 한다."[7] 국민의 이런 심리성격구조는 바로 전통문화관념의 부정적 영향하에 형성된 노예적인 심리이다. 전자는 노예 심리이고 후자는 노비심리이다. 루쉰은 문학창작 중 국민 열등성에 대하여 격렬하게 부정하는 자신의 정서와 사상경향을 이미지 묘사를 통해 표현했다.

---

5   루쉰, 『열풍·수감록 38』, 『루쉰전집』 제1권, 313쪽.
6   루쉰, 『집외집·러시아어 번역본 『아Q정전』머리말 및 저자 자서전 요약』, 『루쉰전집』 제7권, 81쪽.
7   루쉰, 『무덤·잡다한 추억』, 『루쉰전집』 제2권, 22쪽.

당대 문학사조는 루쉰이 개척한 국민성 개조의 방향으로 나아갔고 동시에 문학을 통한 민족문화심리구조의 전시는 다양한 국면을 나타냈다. 즉, 한편으로는 루쉰의 전통방법을 직접 이어받아 민족문화심리 약점에 대한 폭로와 비판에 치중하여 개조와 재건의 목적을 달성하고자했다. 예를 들면, 가오샤오성高曉聲의 농민 이미지 부각이다. 리순다李順大)의 노예식 복종 사상, 천후안성陳奐生의 아Q식의 "자아해탈"은 모두 부정의 방식으로 민족영혼의 내부 투쟁을 투시한 것이다. 다른 한편으로는 이 기초 위에 다차원, 다방면으로 민족문화심리의 당대 형태의 풍부함을 표현했다. 예를 들면, 신시기 문학은 "의식의 흐름" 소설, 몽롱시에서 뿌리 찾기 문학(예, 모옌莫言(1955~)의 『붉은 수수밭』, 한샤오궁韓少功(1952~)의 『아버지, 아버지, 아버지』), 선봉 탐색문학(예, 류쒀라劉索拉(1955~)의 『당신은 다른 선택이 없어요』, 쉬싱徐星(1956~)의 『무주제 변주』) 등이 있었다. 그리고 이후 신세대 작가 등은 인간 정서의 비논리적이고 비이성적 부분에 착수하여 인간 정신을 전면적으로 풍부하게 표현했다. 또한, 민족영혼 내부 투쟁의 궤적을 서로 다르게 표현하면서 민족문화심리구조의 깊은 약점을 다루려 했다. 이외에 전통과 현대화의 충돌 속에서 민족영혼의 투쟁을 묘사한 것도 있다. 장셴량張賢亮의 『녹화수』, 『남자의 반은 여자』, 루유路遙(1949~)의 『인생』 등은 모두 각각 이 각도에서 주제를 선명하게 표현했다. 장융린章永璘의 형상과 그 내재적 정신의 변화는 인간의 존재의미, 인간의 자아가치와 잠재능력의 근본성 문제를 건드리면서 지식인을 대표로 하는 민족영혼의 내부 투쟁의 궤적과 민족문화심리 개조, 재건의 주제사상을 표현했다. 『인생』의 가오쟈린高加林은 쥘리앵식의 개인분투로 토지(전통의 상징)의 속박을 벗어나려 했다. 비록 실패로 끝났지만 전통적인 농민의 영혼을 향하여 회의를 나타내는 경향을 드러낸다.

때문에 당대 문예사조는 민족영혼내부의 격렬한 투쟁을 전시하는 방식으로 루쉰이 개척한 민족문화심리의 개조와 재건 사상의 물결 속에 합류하여 루쉰 정신을 계승하고, 루쉰 정신을 발양했다. 끊임없이 루쉰의 전통을 초월하면서 자기 발전의 광활한 공간을 확보했다. 민족영혼의 내부 투쟁을 묘사하면서 동시에 인간의 가치, 존엄, 권리와 존재의미, 운명상황에 대하여 다차원, 다방면적인 사고와 탐구를 더 깊은 차원에서 진행하는 창작의 주조류를 유발시켰다.

3.

루쉰 문예사상의 형성은 전통문학의 문화형태에 대한 초월이 틀림없으며, 문학이 민족문화심리 개조와 재건의 거대한 공정을 완성하는 마음의 여정을 구성했다. 새로운 문학관념, 형태, 형식, 언어와 화법방식으로 전환하는 새로운 출발점도 구성하였으며, 진정으로 전통과 현대사이에 분명한 경계선을 그었다. 따라서 중국 신문학의 빛나는 여정을 열고 독특한 정신문화 풍모를 드러낸다.

루쉰 문예사상의 본질적 특징을 깊이 탐구해보면 쉽게 알 수 있는 바, 문학이 표현하는 사회현상에 대한 그의 파악은 늘 민족영혼의 사상층면을 맑게 깨어 살펴서 그것을 문화의 단계, 미학의 단계로 끌어올려 관조하고 표현해냈다. 또한, 그 가운데에서 문학 내부의 구조 속에 간직되어 있는 심오하고 안정되며 항구적인 것, 그리고 민족문화 심리구조형태로써 나타난 인류문화정신과 심미가치를 탐구하고, 문학과 인류정신 활동, 인간의 주체적 창조활동 사이의 내재적 연관을 탐구하여 인간의 관심사에 대한 문학의 궁극적 가치와 의미를 두드러지게 한다. 루쉰은 문학창작활동을 통해 인간을 발견하고, 인간 해방을 추구하며 민족영혼의 내부 투쟁을 모색하는 주제사상에 따라 "영혼의 깊이"를 잘 드러내면서 민족문화심리를 개조하고 재건하고자 했다. "현대적이고 침묵하는" 국민영혼을 그려낸 『아Q정전』에서 아Q의 모순된 성격을 부각시켜 아Q 영혼 깊은 곳에 잠복해 있는 민족 열등성을 성공적으로 표현했다. 소설에서 묘사한 아Q가 사형 전에 보았던 "그의 영혼을 물어뜯는" "늑대의 눈"과 그가 최후에 살려달라고 외치는 세부적인 장면은 실제로는 무시무시한 역사적 경고와 문화제시文化提示이다 : 민족영혼과 정신을 "물고 뜯어" 없애는 "야생 늑대식"의 한 차례 진정한 혁명이 없으면 전체 민족은 "영겁윤회"식의 "대단원大團圓"의 운명의 속박을 벗어나기 어렵다. 루쉰은 도스토예프스키의 "인간 속에서 인간을 발견하라"는 문학명제를 매우 찬성하면서 "아주 깊은 영혼 속에는 잔혹 따위는 없으며 자비는 더구나 없다. 그러나 이 영혼을 사람들에게 드러내는 것은 높은 의미의 사실주의자이다"[8]라고 지적했다. 인간들 속에서 인간을 발견하고, 영혼을 관찰하면서 영혼의 심각성을 드러낸 루쉰은 문학방식을 통해 민족문화심리를 개조하고 재건함으로써 이중 함의를 얻었다 : 첫째, 민족영혼을 재건하고 국

---

8   루쉰, 『집외집·『가난한 사람』짧은 머리말』, 『루쉰전집』 제7권, 104쪽.

민성을 개조하는 이성주의 사상체계를 구축했다. 둘째, 문학의 형식을 통하여 현대인의 뼈저린 인생의 고독감, 적막감, 심각한 우환의식을 성공적으로 전달해냈다. 따라서 뚜렷한 이성자각정신과 문화자각 의식을 얻었으며 전체 중국현대문학으로 하여금 세계문화와의 대화, 교류의 언어 권리와 방식을 얻게 했다. 그러므로 루쉰의 창작은 전체 중국사회에 대한 심각한 호소이며, 민족 생존환경의 변화에 대한 강렬한 외침일 뿐만 아니라, 문학에 생명 가치, 생명 형식을 부여한 일종의 문화형태의 캐리어이다. 세계문화교류, 세계문학대화에 합류하면서 문화의식 자각의 문학발전에 심각한 의미를 나타낸 것이라고 말할 수 있다.

당대 문예사조는 "상흔문학", "반사문학反思文學", "개혁문학"의 몇 단계를 지나고, "뿌리 찾기 문학" 후, 정치와 윤리의 차원을 초월하기 시작했다. 더욱 광활한 문화시야와 깊숙한 배경 속에서 현실역사에 대해 총체적인 문화심미 관조와 파악이 가능하게 되었으며, 문화반성과 비판 속에서 차츰 문학으로 하여금 자신으로 회귀하게 하여 당대문학이 성숙, 심화하는 방향으로 발전하는 추세를 보였다.

"뿌리 찾기 문학"을 출발점으로 하는 당대 문예사조의 발전은 다소나마 민족문화의 정신적 핵심과 응어리를 건드렸으며 자각적으로 민족문화심리구조의 깊은 곳을 향하여 파고드는 창작의 총체적 추세를 체현했다. 특히 중서문화가 신시기에 다시 충돌, 융합하였는데 이는 많은 작가들로 하여금 약속이나 한 듯이 광활한 문화시야 속에서 문학을 문화심미의 심층 영역으로 이끌었다. 당대 문화사조에는 많은 유파가 출현했다. 예를 들면, 뿌리찾기파, 현대파, 선봉파 등등이다. 그러나 그 문학창작의 핵심을 깊이 연구하면 하나의 예외도 없이 모두 문화심층구조로 나아가며 민족문화심리구조를 대표로 하는 인류정신의 비밀과 정신의 비밀을 발굴하는 창작추세를 나타낸다. 뿌리찾기파의 묵직함이나, 현대파의 의기소침이나, 선봉파의 조롱을 막론하고 이들이 표현한 것은 여전히 문화충돌로 인한 민족영혼의 투쟁이다. 아청阿城의 작품은 표면상 그렇게도 평온하고, 왕이성王一生(『棋王』)은 정식 시합과 순위를 전혀 개의치 않는 노장철학의 초연의 태도를 보이지만, 그 속에 깊이 숨겨져 있는 것은 바로 문화충돌로 인한 현대인의 고독하고 적막한 마음이 아니겠는가? 쉬씽徐星, 류쒀라劉索拉의 작품은 비록 의기소침하지만, 리밍李鳴(『당신은 다른 선택이 없어요』)이 깊은 잠에서 깨어나지 않는 것과 자賈교수에 대한 경멸은 솔직하게 말하면 바로 소위 신성한 윤리규범에 대한 경멸과 조소이다. 이들 창작은 모두 '상흔문학', 심지어 문학이 정치윤리에 종속되었던 훨씬 오랜 전통을 초월하면서, 문화심미의 의미에서 생명의 본질과 영원한 가치에 대해 탐구하는 창작의 노력을 보여주고 있으며, 아울러 루쉰의 창작에 유지되어온 내재적 정신과 일치되어 있는 바, 즉 문화충돌로 인해 일어난 인생의 우환의식이 영혼 가운데에 깊이 숨겨져 있음을 잘 드러내주고 있다. 당대 문예사조는 "뿌리 찾기 문학"에서 정치윤리 차원을 초월하기 시작하여 문화차원, 문화심미차원으로 나아갔으며 이는 여전히 루쉰 정신과 내재적 연관을 유지한 결과이다. 루쉰이 예전에 문학관조文學觀照를 돌파구로 선택하고 여기서부터 국민문화심리에 대하여 개조와 재건을 진행하여 문학창작에 깊이 들어간 것은 바로 문학은 문화심미라는 더욱 깊고 넓은 종합적 차원에서 현실역사의 심각성과 전체적 파악에 대한 규칙적 특징을 체현해야 한다는 것을 똑똑히 간파했기 때문이다. 부호符號 동물인 인간이 문화를 창조했다고 카시러가 강조했듯이 문화는 인간에게 속하는 문화이며 인간의 외화外化이다. 인간을 에워싸고 인간의 주변을 부채모양으로 일체 정합하는 것처럼 루쉰은 문학을 문화차원, 문화심미차원으로 이끌었으며 문학창작으로 관념의식이나 예술형식, 기교와 화법방식에서 모두 심각한 변혁을 일으켜 문학의 입각점을 부단히 상승하게 했다. 또한, 사람들로 하여금 현실역사에 대한 문학의 묘사를 통하여 망망 대천세계 속의 인간의 영혼의 비밀을 보게 하고, 문학의 독특한 가치와 역할을 명시하여 중국문학의 새로운 형태를 창조하게 했다. 당대 문예사조가 문화차원, 문화심미차원으로 나아가는 것도 기본적으로 루쉰의 방향과 일치한다. "뿌리 찾기 문학" 이후 당대 문학창작의 관심은 얼마나 많은 지역문화풍속의 이상적인 경관을 제공하였는가, 얼마나 많은 서방 현대파, 포스트모더니즘 정신의 이상적인 상태를 제공하였는가에 있는 것이 아니라, 당대중국사회와 시대의 수요에 적응하면서 중서문화의 재충돌, 융합의 역사적 기회 앞에 민족영혼의 재건, 민족문화심리구조의 재건을 애써 노력함으로써 세계조류에 몸을 담고 온 민족의 고난, 각성, 변천과 강대한 정신적 궤적을 기록하고, 온 민족의 생존환경을 반영하여 사람들의 광범위한 관심과 공감을 일으키는 것을 기대하는 데 있다.

　루쉰은 문학을 문화차원, 문화심미차원으로 이끌면서 20세기 중국 문학발전을 구축하는 방향을 열어 사람들에게 문학이 민족영혼을 탐색하고, 민족문화심리를 개조하며 재건하는 원대한 전경을 보여 주었다. 당대 문예사조는 루쉰이 개척한 방향을 따라 문화차원, 문화심미

차원으로 나아가면서 당대문학 창작으로 하여금 민족영혼을 재건하고, 민족문화심리구조를 개조하고 재건하면서 부단히 심화하는 방향으로 발전했다. 세계문화 및 세계문학과 교류하고 대화하는 방향으로 발전하게 함으로써 문학의 주류가 90년대 내지 다음 세기의 도래를 맞이하는 과정에서 부단한 심화와 확장을 이루도록 촉진했다. 한 세기 남짓 고달픈 탐색을 거쳐 21세기는 필연코 온 중화민족의 궐기의 세기가 될 것이며, 중화민족이 세계 역사무대에서 더욱 큰 역할을 발휘할 것이라고 예언할 수 있다. 문학은 민족문화심리의 일종의 중요한 표현형식이자 한 시대, 한 민족정신의 가장 민감한 표현영역으로서 필연코 가장 먼저 온 민족 궐기의 강력한 메시지를 전달할 것이다. 그러므로 이런 의미에서 루쉰은 당시 문화충돌 속에서 확립한 인간을 발견하고, 인간 해방을 추구했다. 민족영혼을 재건하고, 민족문화심리구조를 개조, 재건하는 기본 주제는 문화반성과 비판정신을 널리 알리는데 여기에는 여전히 깊은 의미와 영향력을 지니고 있다. 당대 문예사조와 문학창작 주류는 루쉰이 개척한 방향을 따라 전진하면서 필연코 인류문명의 정화精華를 흡수하여 더욱 눈부신 빛을 발할 것이며 진정 새로운 역사시기에 더욱 깊은 차원으로 인간 해방, 특히 인간의 정신자유와 해방을 탐구하는 샛별이 될 것이다.

사이버문화전파에서 '루쉰 현상'

　사이버시대에 접어들어 루쉰은 사이버문화전파에 있어서도 줄곧 사람들의 관심을 샀다. 이는 루쉰연구가 진정한 의미의 민간화, 대중화의 단계에 들어가기 시작했다는 것을 의미한다. 루쉰이 사이버에서 넓게 전파되면서 기존의 루쉰 이미지의 부호지칭, 의미지향과 문화적 함의는 모두 일련의 변화를 가져왔다. 인터넷의 가상성, 리얼타임성, 인터엑티브성, 은폐성과 개방성은 모두 루쉰에 대한 대중의 재인식, 재 정위定位, 재 부각 등에 새로운 도전을 가져왔으며 동시에 사이버시대에 진입한 루쉰연구에 새로운 과제를 제시했다.

　사이버문화전파에서 이뤄지고 있는 루쉰 현상에 대하여 어떻게 학문적인 탐구를 할 것인가는 응당 루쉰연구계에서 중요하게 다뤄져야 한다. 문화전파를 보여주는 미디어학 원리의 특징은 "한 심령心靈이 다른 한 심령에 영향을 미칠 가능의 모든 과정"이며, "일련의 메시지를 전달하는 신호가 내포하고 있는 내용에 대한 셰어링"[1]이다. 루쉰은 문화전파의 대상으로서 인터넷을 통하여 넓게 인터액티브하고 개방적으로 전파되면서, 이런 "셰어링sharing" 속에서 전파주체와 접수주체 모두 루쉰에 대해서 재인식하고 주체측면의 충분한 상상과 재창조를 부여한다. 전파과정은 시종 루쉰에 대한 인정과 배척의 문화심리가 쌓여 있으며 그 전파의 적응성과 자유스러움은 상당히 크다. 사회문화심리분석의 각도에서 보면 사이버문화전파 중 루쉰 현상을 탐구하는 것은 과거 루쉰 인식의 단순한 의식형태 자리 매김定位과 영향에서 벗어나 진정으로 사람들 마음속에 루쉰의 지위와 가치를 인식하고 파악하는 데 도움이 된다. 특히, 민간 여론의 방향과 결합하여 한 세대 문화위인으로서의 루쉰의 역사적 공적과 가치를 더욱 깊이 인식하고 파악할 수 있다.

1.

사이버문화전파는 대중전파속성과 특징을 지니고 있다. 대중전파는 점차 모여 축적되는 여론과정이며, 일정한 사회환경 속에 존재하며, 광범한 영향을 발생한다. 데니스 맥퀘일Denis McQuail(1935~) 등은 대중의 "전파 과정은 실제로 무한하다", "사회의 하나의 결합부분이다"[2]라고 밝혔다. 인터넷의 보급과 사이버 언론의 자유로[3] 말미암아

---

1   윌버·슈람(Wilbur·Schramm) 외, 룽윈(龍耘) 역,『언론학개론』, 베이징 : 신화출판사, 1984, 53쪽.

2   데니스·맥퀘일(Denis·McQuail) 외, 주젠화(祝建華)·우위이(武偉) 역,『매스커뮤니케이션이론』, 상하이 : 상하이역문출판사, 1987, 23·46쪽.

3   여기서 말하는 언론자유(freedom of speech)는 법률용어가 아닌, 대중언론학의 전

아무에게나 모두 인터넷이 제공하는 BBS, QQ, MSN, EMAIL 그리고 채팅방 등의 방식으로 자유롭게 자기의 의견을 발표할 수 있다. 개인 대 그룹, 개인 대 개인, 그룹 대 그룹, 그룹 대 개인 등의 방식으로 대화하고 교류할 수 있으며, 홈페이지. 제작, 웹사이트 개설을 통하여 정보를 대외적으로 발표, 전파할 수도 있다. 인터넷의 발달은 대중문화전파의 커다란 편리를 가져왔다. 인터넷은 시간과 공간의 제한을 타파하여 사람들로 하여금 문화와 언어의 장애를 뛰어넘어 다문화교류 Cross-cultural communication를 할 수 있게 한다.

사이버문화전파의 신속한 발전은 루쉰이 대중문화전파의 대상이 되는 넓은 교류의 플랫폼을 제공했다. 부정확한 통계에 의하면 세계적으로 유명한 Google 검색엔진으로 "루쉰"(간자체와 번자체 중문 검색, 영문과 기타 언어의 검색은 불포함, 시간은 2004년 7월 28일 이하 동일)을 검색하면 검색 조건에 부합되는 항목이 약 334,000건(그림 불포함, 이하 동일)이나 된다. 국내 유명한 "sohu" 검색엔진으로 검색하면 검색조건에 부합하는 항목이 133,825건, "baidu" 검색엔진으로 검색하면 검색조건에 부합되는 웹페이지가 951,000건이나 된다. 보다시피 인터넷에서 루쉰의 화제는 상당히 널리 퍼져있다. 주의해야 할 점은 많은 루쉰 관련의 웹사이트나 웹페이지의 건립, 제작, 선포는 정부나 상관조직의 행위가 아니라 민간의 자발적 행위, 개인 행위라는 점이다. 이것은 사이버문화전파에서 루쉰의 영향력이 상당히 크다는 것을 설명한다. 민간인 개인의 사이버문화전파는 루쉰의 대중문화가치가 견실

문용어이다.

한 사회기초가 되어 있다는 것을 설명한다.

　사이버문화전파 중 루쉰 현상을 깊이 연구하면 사이버 교류 플랫폼의 구축이 사람들에게 이 20세기 가장 걸출한 사상가이자 문학가의 정신세계에 들어가는 데 편의를 제공했다는 것을 쉽게 알 수 있다. 인터넷은 마음대로 루쉰작품을 다운로드하는 데 빠른 서비스를 제공할 뿐만 아니라 마음대로 루쉰을 평론하는 게시물을 발표하기 위한 교류와 소통의 장을 제공했다.[4] 네티즌들의 게시물 내용을 분석해 보면, 종합적으로 루쉰에 대한 존경과 찬양의 감정을 표현했다. 적잖은 네티즌들이 루쉰에 대한 자신의 인식과 결합하여 루쉰 및 그의 정신에 대한 인정을 나타냈다. 아이디가 '조몽롱鳥朦朧(cryo---)'이라는 네티즌은 이렇게 썼다.

　　그(루쉰을 지칭)는 하느님이다! 진정한 문인, 사상가이다!

4　예를 들면, "신어사(新語絲)" 웹사이트(http://www.xys.org/pages/luxun.html, http://www.xys.org/xys/classics/Lu-xun/Introduction.txt)에서는 마음대로 다운로드 할 수 있는데, 인민문학출판사가 1981년에 출판하고 교정한 『루쉰전집』 색인을 제공한다. 그리고 황금 서옥(書屋)−루쉰(http://goldnets.myrice.com/author/3/20297.html) 아래 란(欄)을 개설했다. 작품 리스트 : 상세소개, 전문열독링크 검색(搜) 서평구(書評區) 루쉰 문집−조화석습(朝花夕拾), 나의 평론, 서평일람(書評一覽), 루쉰 문집−방황, 나의 평론, 서평일람 등. "역서고(亦書庫)" 웹사이트(http://www.shuku.net : 8000/novels/Luxun.html)에서는 『루쉰전집』의 전문 및 관련 평론문장과 저작이 들어있다. 국외의 경우를 예로 들면, 싱가포르의 "입지망(立地網)"(http://www.lidicity.com)에서는 멀티미디어 전파방식으로 쉬후이민(徐惠民)이 1973년 창작한 라디오 극본 『루쉰전』을 그림과 소리(음악)를 덧붙여서 인터넷에서 방송한다. 적잖은 웹사이트가 루쉰 작품과 평론에 관련된 온라인 열독을 지원하고, 포럼 혹은 방명록을 제공하여 교류를 돕는다.

아이디가 'aiai'라는 네티즌은 이렇게 썼다.

> 중학시절 우리는 루쉰의 문장을 아주 싫어했다 ― 시험 점수를 특히
> 많이 차지하고 어렵고 난해하기로 유명하다. 나이가 점차 들어서야 비
> 로소 나의 생활 속에서 그의 글이 의혹을 풀어주었는데, 그가 없으면 안
> 된다는 것을 알았다. 바로 그가 나의 눈을 밝히고 '독립된 사상, 자유의
> 정신'을 견지하게 했다. 우리의 생활에 그가 빠져서는 안 된다 ― 비록
> 그의 날카로움은 우리를 아프게 하지만.[5]

이런 익명으로 글을 올리는 네티즌들은 언론자유 방면에서 아무런
간섭도 받지 않는다고 말할 수 있다.(일부 인위적으로 삭제된 게시물 제외)
대중문화전파의 각도에서 분석하면 이런 자발적인 언론은 민중의 마
음속에 차지하고 있는 루쉰의 진정한 지위를 깊이 반영했다고 말할 수
있다. 언론학은 대중문화전파 속에서 명성과 영예를 지니고 있는 전
파대상으로 항상 민의를 대표하고, 일종의 마음의 소리를 반영하며,
사람들에게 전파대상에 대해 더 많은 태도변화를 유발한다고 인식한
다. 미디어학자 쉬안웨이보는 이렇게 지적한다.

> 만약 전달자가 청중의 마음속에 강연제목의 전문가이거나 혹은 강연
> 을 통해 자신을 선전하거나 이익을 도모하려는 것이 아니라면, 전문가
> 이면서도 객관적이지 않은 전달자보다 미디어(전파)의 효과를 훨씬 더

---

5   거타오(葛濤), 『사이버 루쉰』, 베이징 : 인민문학출판사, 2001, 4 · 37쪽.

잘 불러일으킬 수 있다. 만약 전달자가 이 두 가지를 겸비하면 — 권위도 있고 신뢰도 가능하다면 더욱 큰 효과를 거둘 수 있다.[6]

루쉰이 차지하는 대중의 마음속의 지위는 분명히 "강연을 빌어 자기선전을 하거나 이익을 도모하려는" 자들이 만들어낸 것이 아니다. 가령 정부 측 선전은 종종 선명한 정치적 의도가 담겨 있지만, 민간의 언론이 표현한 감정과 의견은 종종 모종의 외재적 명령을 받지 않는 진정한 감정과 명철한 견해이다.

사이버문화의 인터액티브 성격은 서로 다른 관점의 공방에 광범위한 플랫폼을 제공했다. 사이버시대에는 그 어떤 문화현상도 모두 사이버 대토론을 유발할 가능성이 있다. 예를 들면, 사이버에서 전개하는 루쉰의 평가에 관한 문제는 서로 다른 관점의 인터액티브식의 교류를 위한 자리를 제공했다. 국내외에 꽤 큰 영향력이 있는 웹사이트(특히, "강국포럼"이 개설되어 있는 것) "인민망人民網"(http://www.people.com.cn)의 "관점칼럼"에는 "루쉰의 오늘의 의의"라는 란이 있으며, 각각 "루쉰을 부르다", "루쉰을 해독하다", "루쉰을 응용하다", "루쉰을 그리워하다"라는 네 가지 서로 다른 전문 주제로 루쉰에 대한 인터넷의 각종 평가를 모아 대중들에게 루쉰에 대한 평가 참여를 하도록 풍부한 자료와 근거를 제공한다. 그리고 루쉰을 폄하하는 현상에 맞대응하여 작가 천춘陳村은 국내에 유명한 문학성 종합 웹사이트 "용수하榕樹下"(http://www.rongshuxia.com)에서 『나는 루쉰을 사랑한다』라는 제목의 글을 발표하여 자신의 견해를 솔직히 밝혔다.

---

6   쉔워이뷔(宣偉伯), 『메스컴, 정보와 인간 — 언론학개론』, 홍콩해천서루(海天書樓),
      1987, 226쪽.

나는 루쉰과 관련되는 글을 좀 썼다. 예컨대,『누가 루쉰을 미워하나』 그리고『먼저 루쉰 선생님 욕하는 것을 보겠다』이다. (…중략…) 문학은 거울이어서 아둔함과 지혜스러움, 정직과 심술의 바르지 못함을 비추어 낼 수 있다. 루쉰은 곧 거울이다. 다른 거울과 같지 않는 점이라면, 이 거울 앞에는 소인이 너무 많다는 것이다. (…중략…) 내가 보기에 루쉰은 작가다. 작가는 본래 그의 작품을 읽으라고 하였지, 당신이 그의 작품을 빌어 자기 개인 일을 하라고 존재하는 사람은 아니다. 나는 그를 읽고 또 읽기를 원하며, 그 어떤 이론도 떠올리지 않고, 그가 죽은 후 억지로 덮어씌운 그 몇 가지 위대함을 생각하지 않는다.[7]

한때 인터넷에 널리 퍼졌던 왕쒀王朔(1958~)의『내가 생각하는 루쉰』에 대해 많은 네티즌들이 자신의 의견을 발표했다. 아이디가 "쉬꽌난許冠楠"인 네티즌은『내 안중의 루쉰』이란 제목의 글을 발표하여 "루쉰은 영원히 음미하고 기념할 만한 위인이다. 비록 그가 여전히 우리와 멀리 떨어져 있지만 그에 대한 나의 존경을 금할 수 없으며, 특히 홀로 싸우는 그의 용기에 경의를 표했다. 혁명의 선구자로서 그는 중화를 구원하고, 민족을 진흥케 하는 중임을 떠맡았다. 사상가로서 그는 힘써 변혁하여 구문화, 구사조의 잔재를 제거하려 했다. 중국의 문인으로서 그는 다른 사람보다 더욱 예민하고 똑똑하게, 중국은 어두운 방 속에 감금되어 있으며 속수무책으로 방관하고 있다는 것을 인식했다. 이런 것들은 그에게 있어서 너무나 큰 고통이었다. 하지만 그는 완강하게 견

---

[7] http://www.rongshuxia.com.

디어 내고 여전히 꿋꿋이 포복 전진했다. 비록 오늘날까지도 여전히 그를 좋아한다고 말할 수 없지만, 내 마음과 인민들 마음속에 있는 루쉰의 무게는, 그리고 중국과 세계에서의 그 지위는 변하지 않고 대체할 수 없을 것이다".[8] 사이버 공간상에서 "중학생들이 루쉰을 읽어야 되나 말아야 되나"에 대한 토론 분위기도 아주 뜨겁다. 적잖은 네티즌들이 이에 대해 자신의 견해를 밝혔다. 어떤 이는 "중학생이 루쉰을 읽으면 사회를 부정적으로 보기 쉽다"고 보고, 어떤 이는 중학생도 루쉰을 읽어야 한다고 하면서 "현대문학을 배우면서 루쉰을 모르면 마치 당시唐詩를 배우면서 이백李白(701~762), 두보杜甫(712~770)를 모르는 것이고, 고전소설을 읽으면서 홍루몽을 읽지 않는 것과도 같다 했다. 하물며 중국인의 정신 발전상 루쉰에게는 기타 걸출한 인물로 대체할 수 없는 의미를 지니고 있지 않는가? 이 외에도 루쉰은 문체, 언어 등 여러 방면에 모두 독특한 기여를 했다. 어떤 글을 선택하여 어떤 사상과 방법으로 루쉰의 가치를 이해하도록 중학생을 인도하느냐 하는 것은 탐구할 만한 과제이다. 그러나 이는 루쉰 작품을 없애는 것과는 별개의 문제이다"[9]라고 지적했다. 인터넷이 제공한 교류 플랫폼을 통하여 여럿이 이성적으로 관심사를 토론하는 것은 문화전파에 있어서 상당히 유리하다. 윌버·슈람(1907~1987)은 전파는 순수한 개인행위가 아니며 어느 한 사회조직의 일방적인 일도 아니라고 지적했다. 어떤 문화내용이 일단 전파가 되면 상응한 사회영향효과를 갖게 되며 게다가 대중문화전파활동의 침투력은 종종 사회의 각 계층, 각 구석구석까지 미치며 일으키는 사회 효과는

---

8   http://www.fz.shtu.edu.cn.
9   http://www.hangzhou.com.cn, http://www.zjonline.com.cn.

광범하고 심지어 사회변혁을 초래한다. 그것은 "정보 상황의 중대한 변화, 전파의 중대한 연루는 항상 어느 한차례의 중대한 사회변혁을 동반하기"[10] 때문이다. 이로부터 보면 사이버문화전파를 통하여 루쉰에 대한 토론과 평가를 그리고 루쉰에 대한 감정을 표현하는 데 대한 대중들의 참여를 잘 알면, 대중 마음속의 루쉰의 진정한 위치를 알 수 있다. 아이디가 'forgold'인 네티즌이 「나는 루쉰을 사랑한다」라는 제목의 글에서 말했듯이 "루쉰은 줄곧 나의 우상이었다. 그는 굴할 줄 모른다. 무릇 그가 반대하는 것은 다 말하고, 찬동하는 것도 추호도 숨기지 않는다. 그는 대쪽 같은 성격에 보국 열정으로 가득하다. 하늘이여 다시 정신을 차리시어 인간 세상에 더 많은 루쉰 같은 사람을 내려주소서".[11] 통상적으로 말하면 사이버 세계의 루쉰은 왕왕 진실한 루쉰 그 자체이다. 그것은 환원이 될 수도 있고, 전복이 될 수도 있고, 신격화 될 수도 있고, 폄하될 수도 있는 전파대상이다. 바로 이런 민간화법 및 대중 감정의 진실한 표현은 사이버시대에 들어선 루쉰연구가 이제 민간화 추세를 드러내고 있다는 것을 반영한다. 사이버문화 전파에서 루쉰 현상이 반영한 민간성의 인지이념과 연구방법, 가치취향 등은 정부측 혹은 아카데미식의 그런 개념에서 출발하여 사전에 정해진 결론으로써 논리적 추리를 도출하는 식의 연구와는 다르다고 말할 수 있다. 루쉰 인식에 대한 가장 소박한 감정에서 출발한 사이버 문화 전파의 "루쉰 현상"은 "다시 루쉰에게로 컴백"의 목소리를 전달하고 있다.

---

10 윌버 슈람(Wilbur Schramm) 외, 룽윈(龍転) 역, 『언론학개론』, 베이징 : 신화출판사, 1984, 38쪽.
11 거타오(葛濤), 『사이버 루쉰』, 베이징 : 인민문학출판사, 2001, 30쪽.

2.

하지만, 대중문화전파의 중요한 대상과 내용으로서 루쉰은 결국 대중들에게 어느 정도로 진정하게 전달되었는가? 혹, 사이버의 가상세계에서 루쉰의 이미지도 어느 정도 가상화가 존재하지 않았겠는가? 가령, 가상세계가 인간의 양면성을 더욱 뚜렷하게 드러낸다면 사이버문화전파에서 루쉰의 이미지는 진실한 가치가 있었겠는가? 루쉰의 가치가 민간에서도 전복되고 해체되는 현상이 발생할 수 있는가? 미디어학의 각도에서 보면 대중문화전파에 있어서 어떤 현상도 기실 모두 구축과 해체의 두 가지 효능을 갖고 있다. 미디어학 창시자의 한 사람인 폴·자라스펠드Paul·Lazarsfeld(1901~1976)와 그의 조수 로버트·머튼Robert·King·Merton(1910~)은 대중문화전파가 일반적으로 세 가지 기능을 가지고 있다고 밝혔다. 즉, 지위를 수여하는 기능(개인, 단체, 정부에게 영예를 부여하여 그들의 사회적 지위를 향상시킴), 사회준칙의 실행을 촉진하는 기능(사회준칙을 벗어나는 경향을 적발하여 대중으로 하여금 사회준칙을 재차 천명하고 실행하게 한다), 정신을 마비시키는 소극적 기능(날로 증가하는 대중 전파물은 무의식 중에 사람들의 정력을 사건에 적극적으로 참여하던 것에서 소극적으로 사건을 인지하는 데로 전환시킨다)[12]이 그것이다. 사이버시대 대중들이 사이버전파를 통하여 루쉰에 대한 인지감정을 전파하는 것은 어떤 의미에서 말하면 다원화된 가치지향 혹은 가치세계에서 여전

---

12 폴·라자스펠드(Paul·Lazarsfeld) 외, 『매스컴의 사회적 역할』참조. 중국사회과학원 신문연구소, 『언론학(소개)』, 베이징 : 인민일보출판사, 1983, 157~183쪽에서 발췌.

히 "신앙결여"가 존재하는 상황하에 루쉰이 민간에서 일종의 정신적 부호(정신신앙) 혹은 인생신념 부호로서 널리 퍼지고 있다는 것을 의미한다.

사이버문화 전파상의 루쉰 현상을 살펴보면 민간에서 루쉰 정신을 인생신앙표지로 하려는 목소리가 상당히 크다는 걸 알 수 있다. 적잖은 네티즌들이 게시물에 자발적으로 이런 뜻을 내비쳤다. 예를 들면, "루쉰기념관" 웹사이트(www.cycnet.com)의 "민족혼 방명록"에는 이런 글이 남겨 있다.

선생님, 제가 이렇게 호칭하도록 윤허해 주십시오. 그대는 제가 유일하게 선생님이라 칭할 만하다고 생각하는 사람입니다! 초중학생 때부터 국어 교과서에서 선생님의 글을 배웠었는데 그때는 글에 대한 이해가 너무 부족해 어렵게만 느껴졌습니다. 고등학교 때 우연히 전문을 구입하게 되어 몇 번이나 읽었는지 모릅니다. 짬만 나면 읽어서 선생님 글의 의도와 감화력의 힘을 알게 되었습니다. 대학시절이 곧 끝나는데 그 책은 줄곧 간직하고 있습니다. 때로는 몸에 지니고 있지 않을 경우, 학교 도서관에 가서 읽습니다. 지금까지 벌써 6년이 넘었지만 그 책을 접은 적이 한 번도 없습니다. 저는 선생님의 대작을 몹시 소중히 여기고 위대한 사상가, 혁명가와 문학가이신 선생님을 경애합니다! 경의를 표합니다, 위대한 선생님!"

낙관(落款) : 루쉰에게 바침.

주제 : 군자, 작성자 : 란펑링(藍風鈴)

시간 : 2004-07-30 21 : 04 : 21

이와 유사한 게시물은 인터넷에 널려있다. 아이디가 "위중따^{於仲達}"라는 네티즌은 「루쉰이 우리에게 남긴 망망한 어두운 밤」이라는 제목의 글에서 이렇게 썼다.

나는 신앙이 없는 시대에 태어났다. 이미 정해진 생활의 패턴이 존재하지 않아 신앙의 추락은 사람을 고독하게 한다. 사람이 살아서 무슨 의미가 있을까? 막연함뿐이다. 아무도 왜 사는지 모른다. 아마 그냥 살기 위해 사는 거다. '속죄'를 위하여? 나는 기독교를 믿지 않는다. '인민'을 위하여? 이건 허튼소리라는 거 누구나 다 안다. '행복'을 위하여? 쇼펜하우어는 '인생은 고통이다'라고 벌써 얘기했다. '가치'를 위하여? 세계 자체가 아무런 가치가 없다. '인류'를 위하여? 인류가 가고 있는 '문명'의 길이 바른 길인지 누가 증명할 수 있는가. (…중략…) 아마 정말로 그 세속적인 '유물'주의자들처럼 물질만 믿고 신앙을 거론하지 말아야 하나보다. 그럼 말해보세요, 내가 평생 물질만 추구한다면 그 또한 무슨 의미가 있는지? 나는 누구도 답해줄 수 없다고 믿는다. 신앙은 맞고 틀리고의 문제가 아니라 오로지 믿느냐 안 믿느냐의 문제이다. 밤의 장막이 드리워졌다. 암흑은 여전히 대지를 뒤덮는다. '길손'은 다친 다리를 끌고 비틀비틀 앞으로 갔다.[13]

문화전파와 사회문화심리의 분석에서 보면 문화위인에 대한 민간의 이런 자발적인 숭배심리는 일종의 신앙추구, 가치탐구의 표현이다.

---

13   http://www.21ren.net.

신앙을 추구하면서 진정으로 생명의 의욕을 지니고 있어야만 비로소 인생의 가치에 대한 호소를 드러낼 수 있기 때문이다. 바로 프랑크^{С.Л.}^{Франк}가 지적했듯이 "생명의 가치를 탐구하는 자체가 바로 '생명으로 하여금 의미를 갖게 하는' 것이며, 바로 생명의 의미를 제시하고 가져온다. (…중략…) 생명으로 하여금 의미를 갖게 하는 시도는 오로지 초세계를 통하여, 유혹을 벗어나서, 초세계의 영원한 존재 속에 자신을 확립해야만 비로소 실현가능하다".[14] 세속문화가 강한 중국사회에서는 보통 "초세계"의 피안의 신을 구축하는 것을 제창하지 않는다. 그러나 인터넷이 구축한 가상세계는 어느 정도 세속생활에 젖어있는 사람들에게 이런 "초세계"의 가능성을 제공했다. 사이버 가상세계에서 드러난 문화위인에 대한 숭배 심리는 비록 그 속에 모종의 성숙하지 않은 요소가 섞여 있을 가능성이 있지만 전달한 인지감정만은 진실하고 솔직하다고 할 수 있다.

사이버문화전파가 많은 폐단을 만들어냈다는 점도 의심할 바 없다. 각종 전파부호가 얽히고설킨 가운데 형성된 민간의 비이성 정서에는 역시 루쉰을 전복, 해체하는 현상이 존재하며, 적잖은 공허함, 무질서, 심지어 무료한 정서 분출 등 문제가 존재한다. 거타오^{葛濤}가 선별 편집한 『사이버 루쉰』 책에는 비교적 전형적인 개별 안건들이 열거되어 있으며, "비속화", "친밀화", "혼융"과 "장난"으로 구분하여 총결하고 이에 대하여 진지하게 탐구했다.[15] 단지 언어로 보면 사이버 언어가

---

14 프랑크(С.Л.Франк), 쉬펑린(徐鳳林) 역, 『러시아 지식인과 정신적 우상』, 상하이 : 학림(學林)출판사, 1999, 232~235쪽.
15 거타오(葛濤), 『사이버 루쉰』, 베이징 : 인민문학출판사, 2001, 197~210쪽.

독특하고 작풍이 활발하긴 하지만, 사용상 매우 멋대로라는 특성을 보여준다. 각종 언어부호의 잡동사니, 예를 들면 I 服了 U(너 대단하다), 我 T 你(내가 너를 걷어찬다) 같은 류, 이상한 글자, 틀린 철자(수없이 틀린 글자), 이것도 저것도 아닌 구어, 사투리, 국민 욕 등도 널렸고, 어떤 구절은 완전히 문법이 엉망이고, 문장부호를 남용하거나 아예 쓰지를 않고 임의로 단어들을 쌓아 놓은 것 등등, 이런 극히 개성적이고 한어 문법을 무시하는 표현은 확실히 사이버문화전파 속에서 루쉰 이미지에 어떤 혼란을 초래했다. 하지만 이런 정서적 장난 속에서 오히려 민간인들이 생각한 루쉰에 대한 진실한 태도를 엿볼 수 있다. 사이버 가상세계에서 기실 진정으로 주의를 기울여야 할 점은 이런 루쉰에 대한 장난이 아니라 오히려 사이버문화전파에서 루쉰을 비난하는 현상에 대하여 진지한 사고를 해야 한다는 것이다. 인터넷을 통하여 발생한 대토론과 민간의 태도는 바로 당대 사회의 가치관 재구축에 대한 재사고와 새로운 가치체계에 대한 재선택을 진실하게 기록하기 때문이다.

현재 중국사상문화계에서 루쉰을 비난하는 것도 역시 사이버문화전파의 일종의 현상이 되어 있다. 역사적 인물로서 다른 견해가 있는 것은 정상적인 현상이다. 그러나 이런 비난현상을 통하여 사람들에게 생각하게 할 점은 응당히 : "왜 루쉰을 비난하려 하는가? 비난받은 루쉰은 진정한 루쉰인가?" 이런 것이어야 한다. 솔직히 지난날 우상화 운동 중 루쉰은 종종 신격화되어 일부 사람들의 반감을 샀다. 우상화 운동 중에 드러난 루쉰은 당연히 진실한 루쉰일 수 없다. 루쉰을 신으로 모시는 것을 비난하는 것은 당연한 일이다. 그러나 비난이 일종의 정신현상, 문화현상이 되어 나타난 루쉰과 관련된 토론은 현재 중국

사상문화계의 가치상식과 전체 사회문화심리의 경박하고 비이성적인 경향을 드러내준다.

20세기 90년대에 들어서서 한 줄기 "혁명에 고별"을 선언하는 신보수주의 사조가 역시 인터넷을 통하여 만연하였다. '5·4'운동에 대하여 반성하면 안된다는 것이 아니라 반성의 전제는 전통에 대한 반성 위에 놓여져야지 전통에 대한 간단한 인정으로의 회귀는 아니다. 바로 이런 신보수주의 파도 속에서 본래 루쉰 정신의 승계자로 자처하던 일부 지식층 엘리트들은 '5·4' 신문화운동이 중국문화의 단절을 조성했다고 질책하기 시작했다. 이런 사조의 영향 하에 루쉰도 자연히 비난을 받았다. 물론 인터넷에서 일부 사람들이 루쉰을 변호하기에 고심하면서 루쉰에게서 전통요소를 애써 발굴하고 심지어 그를 전통의 승계자로 꾸미기도 했다. 그러나 바로 리씬위李新宇(1955~)가 지적했듯이 "이런 변호는 사실상 이미 근본적으로 루쉰을 부정한 것이다. 그것은 전통의 비판을 떠나서 루쉰이 있을 수 없고, 급진주의를 떠나서 루쉰이 있을 수 없기 때문이다".[16] 이외에 사이버에서 루쉰에 대한 해체도 출현했는데 마찬가지로 역시 포스트모더니즘의 문화도전에서 오는 메시지일 뿐이었다. 가령, 사이버 자체가 바로 대중이 즐기는 장소라면 포스트모더니즘이 추앙하는 깊이와 평면화는 숭고한 가치지향을 회피하고 사이버문화 전파를 빌어 널리 퍼지게 한 것이었으며 모종의 인성의 비이성부분에 대응하여 민간의 비이성적인 정서분출의 욕구를 만족시킨 것이었다. 때문에 사이버문화전파 중 루쉰을 비난,

---

[16]　http://www.cycnet.com에서 발췌.

해체하고, 전복하는 현상은 어느 정도 루쉰의 민족정신으로서의 합리와 합법성에 대한 질의를 초래했다. 이것은 응당 루쉰연구계가 진지하게 사고해야 할 관건이 되어야 한다.

3.

『양성만보羊城晚報』의 조사에 의하면 51.47%의 사람들이 인터넷의 출현은 매개체로부터 그 내용에 이르기까지 한차례의 철저한 혁명이라고 인식했다. 이것은 그 전례 없는 개방성, 자유성, 참여성으로 인해 문화발전에 가늠할 수 없는 영향을 미쳤다. 사이버문화전파가 일으킨 충격에 대하여 어떤 사람은 극히 높은 희망을 품고 이를 "신문명의 호각"이라고 받아들였다. 그러나 또 어떤 사람은 이를 문화재난의 전조라고 간주한다. 그러나 부인할 수 없는 것은 전례 없는 대중이 광범하게 참여하는 문화전파시대가 왔다는 것이다. 루쉰이 인터넷을 만나게 된 것은 그가 대중문화전파대상으로서, 그리고 중국 현대문화의 일종의 정신표지로서 필연적으로 가야할 방향이다. 비록 사이버문화전파 중 루쉰에 대한 사람들의 재인식은 일부 문제점을 드러냈지만, 멀리 내다보면 여전히 혼란 속에서 희망을 볼 수 있다. 인터넷은 루쉰의 가치와 의미에 새로운 확인을 부여하고, 새로운 전파방식을 제공함으로써, 루쉰 정신의 보급성 전파에 한차례 심각한 혁명을 가져왔다. 사이버문화전파의 루쉰 현상에 대한 학문적인 의미상의 안내와 탐색, 규범이 필요하다. 그럼으로써 사이버 가상세계에서 루쉰 정신에 대한 선양 발전을 새로운 고도로 끌어올리고, 그로 하여금 제단에서 내려와 평민들 속으로 진입하게 하여 진정한 의미의 대중문화정신으로 자리매김 할 수 있게 되는 것이다.

광범위한 사이버문화전파는 루쉰에 대한 사람들의 인식을 더욱 개방적으로 만들었다. 인터넷은 루쉰을 물리와 심리세계에서 신속히 퍼지고 뻗어나가게 함으로써 거의 하루아침에 문화전파의 모든 장벽을 허물고 완전히 새로운 개방적 태세를 취했다. 이런 개방성은 과거 전파자 중심의 관념을 타파하고 일련의 중심언어의 권위를 해체하였으며, 엘리트문화에 대한 민중의 "통로장벽"도 타파했다. 전자텍스트의 셰어링은 문화전파의 독점성을 뒤엎고 문화전파의 공공 공간을 최대한도로 대중에게 열어서 대중의 목소리를 전달했다. 이외에 사이버문화전파는 정보갱신의 속도를 아주 크게 가속화시키고 전파의 자원도 전례 없이 증가시켜 풍부하게 했다. 루쉰은 사상문화유산으로서 인터넷에 안착하여 대중이 이런 문화유산을 접촉하고 공유하는 가장 신속한 텍스트가 되었으며 사람들에게 풍부하게 읽을 수 있는 인상과 느낌을 심어 주었다. 텍스트의 수량이 방대할 뿐만 아니라, 동시에 각종 텍스트가 내포한 풍부한 사상관념의 다원화된 병존과 그들의 상호충돌로 인한 정신적 충격 역시 문화전파대상으로서의 루쉰을 널리 퍼지게 했다. 서로 다른 가치관이 인터넷을 통하여 표출되어 "대중들의 떠들석"한 모습이 형성됨으로써 루쉰에 대한 사람들의 인지는 더욱 민간적이고 다양화되고 대중적인 방향으로 발전했다. 사이버문화전파는 루쉰과 그의 정신에 있어서 그의 본성을 잃지 않게 하였을 뿐만 아니라, 오히려 사람들로 하여금 새로운 형식, 새로운 품질을 더하게 하여 더욱 다원화한 인식을 하게 했다.

사이버문화전파의 대중전파 속성은 왕왕 사회문화를 전례 없는 폭과 속도로 신속히 확장, 촉진하여 사회문화의 발전 추세에 심각하게 영향을 미친다. 동시에 대중전파는 또 사회전통문화, 사회가치관념, 도덕준칙 등을 전달하며 이런 것들은 모두 사회문화심리의 방향을 은연 중에 제약한다. 때문에 루쉰을 사이버문화전파의 중요한 내용으로할 때, 이에 대하여 유효한 가이드라인과 상응한 규범을 진행해야 한다. 사이버 문화전파 중 여론 마켓팅을 강행해서는 안 된다. 그러나 사이버문화전파의 특징에 근거한 것, 예컨대 "공개토론 의사일정 안배" 같은 방식을 통해, 윌버·슈람 등이 제창한 "매개체가 사람들에게 어떻게 생각할 것인가를 설득하기에는 매우 어렵지만, 무엇을 생각할 것인가를 설득하기에는 성공적이다"[17]라는 효과를 달성할 수 있다는 것이다. 현재, 사이버문화전파 중 루쉰에 대한 민간의 언론은 아직 일반적 감성차원, 정서적 차원에 머물러 있으며 경전성經典性이나 권위성이 떨어진다. 비록 일부 학자들이 인터넷에 언론을 발표하고 심지어 웹사이트를 전문적으로 개설하여 "루쉰채널"[18]을 주관하고 있지만 전체적으로 보면 영향력에 한계가 있다. 그러므로 사이버문화전파 방식을 빌어 사이버 평론을 진일보 강화시켜 권위성, 경전성과 영향력을 갖도록 해야 한다. 미디어학 각도에서 보면 사이버문화전파는 통합

---

17 윌버·슈람(Wilbur·Schramm) 외, 룽윈(龍耘) 역, 『언론학개론』, 베이징 : 신화출판사, 1984, 276~277쪽.
18 예를 들면, 장멍양(張夢陽) 선생님은 "sohu" 웹사이트(http://sohu.com)에서 "루쉰채널"을 주관.

조정기능이 있다. 사이버문화전파의 루쉰 현상에 대하여 학문적인 가이드를 진행하면 전파 효과가 더 한층 증강될 것이며, 동성同性에 대한 인정이 눈에 띄게 향상이 될 것이다. 또한, "사람들로 하여금 일종의 '동체관同體觀' 경향이 생겨 전파자와 자신을 일체로 간주하게 한다".[19] 사람들은 전파를 통하여 진정으로 루쉰의 경전적 가치를 알아갈 뿐만 아니라 전파자가 설정한 "스케줄"(학리화의 루쉰 탐구)에 근거하여 자신의 인지를 수정하고 전파내용에 대한 중요성을 조절한다.[20] 그러므로 학문적인 가이드와 규범을 강조하면 사이버 루쉰의 전파와 평가는 더욱 건강하고 경전적인 방향으로 발전할 것이다.

인터넷이 날로 보급되는 시대에 사이버문화전파는 이미 사회문화 전파의 중요한 방식으로 자리 잡았다. "장애 없는" 교류와 소통을 통하여 사이버문화전파는 은연 중 전체 사회의 가치관의 형성과 발전에 영향을 미친다. 사이버시대에 접어들어 사이버문화전파의 대상으로서 루쉰은 "반짝 효과"가 아닌 일종의 "일상 상태"가 될 것이다. 그것은 사이버 루쉰 현상의 출현은 사이버문화전파 자체가 만들어낸 것이 아니라 학술계와 민간이 공동으로 관심을 갖고 추진한 결과이며, 그것이 동반한 것은 현재 중국사회의 가치의 보편적 상실로 인하여 나타난 일종의 문화현상이며, 일종의 가치탐구, 가치 재구축의 문화전파 현상이기 때문이다. 격정의 찬미나 아니면 무료한 저주 혹은 의도적

---

19 肯 · 阿 · 納奇拉什維裏(Ш.А.Надирашвили), 진추가오(金初高) 역, 『선전 심리학』, 베이징 : 신화출판사, 1984, 86쪽.
20 데니스 · 맥퀘일 등은 대중전파중의 "스케줄 설정"은 대중의 인지에 깊은 영향을 미친다고 본다. 데니스 · 맥퀘일(Denis · McQuail) 외, 주젠화(祝建華) · 우위이(武偉) 역, 『매스커뮤니케이션이론』, 상하이 : 상하이역문출판사, 1987, 84~85쪽.

인 전복, 해체를 막론하고 이런 "웅성웅성"하는 식의 문화전파는 바로 사이버민주정신의 체현이다. 질책, 봉쇄 일변도는 근본적으로 아무 소용이 없다. 일종의 여론의 생성은 실제 일종의 민의를 반영한 것이며 심지어 일종의 사회문화발전의 추세이다. 존 스튜어트 밀^{John Stuart} ^{Mill}(1806~1873)은 다음과 같이 지적했다. "어떤 의견이 정확하기만 하다면 비록 한 두 번 심지어 여러 번 묵살되어도 유유히 흐르는 세월 속에 통상적으로 항상 누군가가 부단히 그것을 다시 발견해낸다. 어느 한 차례의 재현이 때마침 유리한 상황을 맞아 운 좋게 박해를 피하고 두각을 나타내어 충분히 지속된 후에는 그것을 누르려는 일체의 노력이 다시 시도된다."[21] 여론의 생성은 부단히 모이고, 발전변화하는 과정이다. 그것이 주류의 여론이 될 수 있는지 여부는 여론 자체가 진정으로 사회의식의 보편적 가치를 대표하는지의 여부에 달려있다. 루쉰은 현대중국의 걸출한 사상가, 문학가로서 그의 사상과 언행은 어느 정도 현대 중국사회의식의 보편적 가치를 대표한다. 때문에 인터넷의 진일보한 발전에 따라 사이버문화전파는 반드시 루쉰을 더욱 새롭고 더욱 전면적으로 인식할 수 있게 할 것이다. 또한, 민중들로 하여금 더욱 깊이 이 민족의 문화위인을 알게 하고 그의 사상을 깨닫게 함으로써, 사이버문화전파에서의 루쉰 현상이 새로운 역사시기 루쉰연구에 있어서 하나의 성장점이 되리라고 믿는다.

---

21 존 스튜어트 밀(John Stuart Mill), 쉬바오쿠이(許寶騤) 역, 『자유론』, 베이징 : 상우인서관, 1963, 30쪽.

현대 '입인'사상의 창시자와 실행자

루쉰과 '입인'사상의 가치와 의미

⁓⟡⟐⟡⁓

　만약, 중국전통의 '입인'사상이 주로 도덕적 이상을 토대로 하여 세속적인 생활에 도덕적 인격의 가치를 지지했다면, 루쉰의 '입인'사상은 주로 "인간" 자체의 존재적 가치와 의미를 토대로 하였으며 20세기 인류문화발전의 주류에 부합하는 현대성을 특징으로 한다. 중국전통의 '입인'사상, 예를 들면, "인자仁者는 자신을 세우고자 한다면 다른 이를 도와 바로 잡아 세워줘야 하며, 자신의 영달을 쟁취하고자 한다면 다른 이의 영달도 도와야 한다"[1]는 공자의 사상은 도덕본체영역에 "숭고"한 도덕이상을 중요시하고, 규범화된 인류질서를 강화하고 현실 속의 관계를 조화롭게 하며 세속생활에 충분한 논리적인 입지를 부여한다. 그러나 이러한 도덕적 이상을 토대로 구축한 '입인'사상, 그 실질은 왕권의 '국가'[2]의지를 빌려 인생실천과 인격창조를 진행한다

1　공자, 『논어』 『옹야』; 양보쥔(楊伯峻) 역, 『논어역주』, 베이징 : 중화서국, 1980, 65쪽.

2　【역주】여기에서 일반적인 국가의 의미보다는 가정의 의미와 기능을 포함하고 있는 형

는 특징을 드러내고 있다. 결국 인간의 세속생활과 정신생활의 거리를 시종 벌이지 못하여 가치의 중립성을 유지하기 어렵고, 특히 도덕이상과 정치이데올로기가 밀접히 연관되어 '도덕의 이데올로기화' 현상이 각별히 두드러짐으로써, 총체적인 정신초월 위치에 있어서 시종 '인간'의 가치중립과 척도로써 생명의 궁극적 의의를 모색하고 독립적 인격을 수립하며 세계의 인식·개조라는 웅대한 포부를 실현할 길이 없게 하며, '성인을 대변'하고 '제왕을 대변'하는 종속형 인격과 인생의 피지배성이라는 특징을 더욱 더 많이 드러내게 만든다.

　루쉰의 '입인'사상은 시종 "인간"에 대한 사고 중심을 "인간" 자체의 배려에 놓고 인간을 재발견하며, 인간을 긍정, 존중하고 인간의 존재가치, 생존의미와 발전 전망을 탐구하는 현대인문 이념을 나타낸다. 특히, 루쉰은 인간의 정신해방과 개성해방, 정신자유에 대한 사고를 추구했다. 그는 "노예노릇을 하고 싶어도 못하고", "잠시 노예자리를 지킨" "초안정"적인 중국역사의 순환을 타파하여 미증유의 "제3모델의 시대"를 창조하려면 반드시 '입인'사상의 차원에서 국민성을 개조하고 민족의 영혼을 재주조하여 현대중국으로 하여금 전통의 짐을 버려야 한다고 생각했다. 그리고 "19세기 문명의 병폐를 고치"면서 "깊고 장엄한" "20세기 문명"에 진입하여 일종의 새로운 인격으로 "세계인"의 대열에 어깨를 나란히 할 수 있게 해야 한다고 인식했다. 루쉰이 보기에 근대서방의 강성함은 "근원이 사람에게 있다", 전체 중국이 근대 이래 낙후된 상황을 벗어나려면 마땅히 문화건설방면에 "인간을

　태의 국가를 말하고 있음.

바로 세우는 것이 급선무이며, 인간이 바로 서야 만사가 가능하다"는 것을 인식해야 한다고 보았다. 이렇게 되면 "국민들이 자각하여 개성이 확장되어, 모래로 이루어진 나라가 인간의 나라로 바꾸어질 것이다. '인간의 나라'가 세워지면 전례 없이 강대해져 세상에 우뚝 서게 될 것이다".[3]

현대 '입인'사상의 가장 뚜렷한 특징은 인간의 현대화이다. 특히 인간의 관념의 현대화, 혹은 인간의 사상과 정신의 현대화를 추구함으로써 인격을 전통의 의존 종속형에서 현대의 독립형으로 인격전환을 완성하는 것이다. 알렉스 인켈스^{Alex Inkeles}는 다음과 같이 말했다.

> 한 나라가 현대화로 발전하는 과정 중 인간은 하나의 기본적 요소이다. 오직 그 나라 국민들이 현대인이고 국민들이 심리와 행위상 모두 현대인의 인격으로 전환되었을 때, 그 나라의 현대정치, 경제와 문화 관리국의 직원들이 모두 현대화 발전에 상응한 현대성을 획득하였을 때, 비로소 그 국가를 진정으로 현대화된 국가라고 칭할 수 있다.[4]

사람은 단연 문화구성 중 가장 핵심적이고 가장 적극적인 요소이다. 인간의 현대화가 한 국가와 민족과 문화현대화의 기본 성질을 결정한다. 루쉰이 보기에 "입인"은 단지 인간을 사회의 물질문화의 억압 속

---

3   루쉰, 『무덤·문화편향론』, 『루쉰전집』 제1권, 베이징 : 인민문학출판사, 1981, 57쪽. 【역주】 본래 56쪽인데 57쪽으로 저자 잘못 기입.
4   알렉스·인켈스 외, 인루쥔(殷陸君) 편집·번역, 『인간의 현대화』, 성도 : 사천인민출판사, 1985, 8쪽.

에서 해방 시키는 것뿐만 아니다. 더 관건인 것은 인간으로 하여금 정신노역과 속박에서 벗어나 개성 해방과 인격의 독립, 주체의식의 자각을 얻을 수 있게 하는 것이다. 루쉰은 현대 '입인'사상의 주요취지는 곧 "각자 자신의 주인이 되고", "내가 비로소 내가 되는"것이며, 목적은 최종적으로 "대중의 깨우침"을 달성하여 "중국도 우뚝 서는" 민족 부흥의 이상을 실현하는 데 있다고 강조했다. 루쉰은 인간의 현대화를 자신이 광범하게 진행했던 '사회비평'과 '문명비판'의 가치출발점이자 기본 척도로 삼았으며, 이 가운데에서 인간의 정신해방과 정신자유의 추구를 궁극적 목표로 하여 인간해방, 민족독립, 사회발전에 관한 문화 청사진을 마련했다. 루쉰의 '입인'사상은 더 이상 정치, 윤리 등 외형적인 본보기의 도덕인격 호소가 아니라 인간의 주체성과 개체성을 고양하고, 선명한 현대문화 각오를 지닌 인생가치의 호소이다. 그는 시종 인간의 개성, 개체성을 '입인'사상의 기점으로 삼고 인간의 "사상행위는 필연코 자신을 축으로 하며 자신을 궁극으로 한다 : 즉 자아개성의 발휘를 절대자유로 간주한다"는 것을 강조하고, 개성, 개체성은 인간이 모든 내외재적 강제성 규범을 벗어나는 내재적 정신동력이라고 밝혔다. 그는 "다수가 개체를 억압하고", "개성을 말살하고", "인간의 자아를 소멸하는" 중국 전통문화 사상을 격렬하게 비판하면서 개체로서의 인간은 응당히 개성이 선명한 독립 인격의지를 구비해야 하며, "자신의 독특한 견해를 갖고", "자신의 주인이 되며", "대중에 묻히지 않고", "세파에 흔들리지 않는" 개성품격을 구비해야 한다고 주장했다. 오로지 이렇게 해야만 인간은 비로소 거대한 세속과 대결하는 가운데 사상의 순정과 정신의 고결을 보증할 수 있기 때문이다. "자아"에 대한 고도의 관심을 통해 루쉰은 일련의 인간의 주체성, 주체의식 자각성에 관한 사상학설을 이끌어냈다. 그는 인간의 "주관적 심령세계는 객관적 물질세계보다 중요하다"고 인식했다. 인간의 "정신생활이 강하면 인생의 의미가 더욱 깊어지고 개인존엄의 취지도 더욱 뚜렷해진다."[5] 그는 인간의 주체성, 주관성을 인간의 개성, 개체성과 유기적으로 융합하는 것을 견지하며, 그 가치지향은 바로 이 "자아"가 충분히 인간의 존재가치와 의미를 깨닫는 것이라고 보았다. "현실세계의 물질주의와 자연계의 울타리를 걷어내고 본연의 정신세계로 진입"하며, "사상과 행동이 외부세계를 이탈하여 오로지 자신의 내면세계에 머무는"[6] 정신해방과 정신자유를 실현할 수 있기를 요구한 것이다. 바로 이런 차원에서 루쉰은 또 탁월한 개체의 역사상의 특수한 역할을 강조했다. 그는 니체의 "위대한 천재", "위대한 철인" 사상을 매우 추앙하였으며, "검 한 자루가 그의 권력이며, 국가법률, 사회도덕 따위는 모두 경멸하"는 바이런의 정신을 좋아했다. 그는 개체의 탁월성과 사회와 인생에 대한 특수한 역할은 마땅히 인간의 현대화의 하나의 구체적 지표여야 한다고 보았다. 이런 탁월한 독립인격은 "반역의 용사", "진정한 용사"의 전제가 되어야 한다. 일단 인간이 현대적인 사상전환을 완성하자면 진정으로 "감히 참담한 현실"과 "참담한 인생을 직면"해야 하며 자각적으로 인성人性의 추악한 침식을 막아내고 사회의 책임을 짊어져야 인생의 사명을 완수할 수 있다. 루쉰의 이 같은 사상은 비록 니체의 영향을 받았지만 그러나 그는 니체처럼 탁월한

---

5   루쉰, 『무덤·문화편향론』, 『루쉰전집』 제1권, 55쪽.
6   위의 책, 55쪽.

개체와 대중을 결코 대립시키지 않았고, 수많은 무지몽매한 자들에 대해 사상계몽을 진행하여 "입인"을 목표로 하여 자신의 무지에 대한 초월을 실현하게 하려 했다. 루쉰은 여기서 일종의 새로운 윤리법칙을 수립했다 : 탁월한 개체목표로 깨어나지 못한 수많은 사람을 인도하고 개조하여 그들로 하여금 현대사상문화의 부름 하에 자체의 각성과 각오를 얻고, 국민성 개조, 민족영혼 재주조의 역사적 중임을 떠맡게 했다.

루쉰은 현대 '입인'사상의 창시자이며, 동시에 용감히 실천하는 실행자이다. "사회비평"과 "문명비평"에 관한 잡문창작이나 상상, 허구적인 소설 창작을 막론하고 그는 모두 자각적으로 현대 '입인'사상을 관철했다. 잡문창작에서 그는 봉건사회를 "인육"의 "주방"과 "연회"에 빗대었다. 소설 창작에서 "인의도덕"의 역사를 "식인"으로 형상화시켜 빗대었다. 이것은 오늘에 이르기까지 중국현대문화 범 텍스트 어의語義 중 전통도덕의 부정적 특징을 가장 심각하고 가장 독특하게 형상화시킨 것이다. 루쉰이 이런 높이의 사상차원에 도달할 수 있었던 동력은 그가 시종 인간에 대하여 관심을 가졌던 것에 있다. 이는 특히 인간의 개성, 개체성, 주체성, 인간의 존재가치, 의미와 발전전망의 탐색에 관심을 기울였던 것과 밀접한 연관이 있다. 정신 척도상 루쉰의 '입인'사상은 적극적으로 인간의 가치와 잠재능력을 발굴하고, 인간의 주관능동성을 발휘하게 하여 인간에게 더욱 많은 자유선택과 자유창조를 부여하는 인생철학의 특징을 나타낸 것이다. 이와 함께 그는 인간과 현실의 소외근원을 탐구하였으며 인간의 진정한 출구와 최종 귀착점을 탐구하는 사상격정과 정신풍채가 넘쳐났다고 말할 수 있다.

후기

　루쉰은 필자가 가장 좋아하는 중국작가이다. 1982년 필자는 산뚱山東대학에 입학하여 쑨창시孫昌熙(1914~1998)선생을 모시고 대학생 신분으로 공부하면서 중국현대문학사를 배웠는데 선생께서 지정해주신 연구 작가는 루쉰이었다. 선생은 누차 필자에게 중국현대문학을 연구하면서 루쉰을 제대로 연구하지 않으면 아직 입문도 못한 것이나 다름없다고 말씀하셨다. 졸업 후 비록 여러 분야의 일에 종사하였지만 시종 선생의 이 말씀을 잊지 않았으며 줄곧 루쉰의 저작을 신변에 지니고 시간만 나면 읽었다. 필자의 루쉰에 대한 전반적 느낌은 한마디 말로 다 할 수 없다는 것이다. 선구자로서 루쉰은 혹시 이런저런 결함과 한계가 있을 수 있다. 그러나 기타 현대중국 작가와 다른 점은 그는 진정으로 자신의 독특한 사상인식, 독특한 심리체득, 독특한 정신품격이 있는 작가라는 것이다. 그는 시종 현대 중국사회에 매달려 끊임없이 "사회비평"과 "문명비평"을 진행했다. 그리고 문학창작을 통하여 마음 속 깊이 숨겨 두었던 반복적 사고와 생명체험을 거친 사상인식을 하나하나 살아 숨 쉬는 문학이미지로 둔갑시켜 "침묵하는 현대 국민영혼"을 그려냈다. 이로써 중국인의 생존상황, 심리성격과 역사운명을 표현하고, "병든 사회"와 "병든 사람들"의 질고를 밝혀 사회의 "치료의 관심"을 불러일으키고자 했다. 그는 여전히 "창문이 없고" "부수기 힘든" "무쇠 집" 속에서 혼수상태에 빠져있는 국민을 깨우고, 민족의 자아반성과 비판을 촉진하여 국민성개조와 민족영혼의 재개조의 목적을 달성했다. 바로 이렇게 루쉰의 글은 사상적 깨달음, 인생의 이상과 더불어 현대중국인의 심령 속에 파고 들어 20세기 중국문화, 문학의 경전이 되었다. 경전이 경전인 이유, 그 가치와 의미는 바로 : 시공, 지역과 문화의 한계를 초월하며 영원히 때와 장소의 각종 요인의 간섭을 받지 않는다는 데 있다. 사람들은 일시적 가상에 미혹될 수 있다. 그러나 진정으로 마음을 다잡고 경전을 읽고 경전의 정수를 인식하고 파악하기만 한다면 곧 심령心靈의 계시, 사상의 계몽, 정신의 각성을 얻을 수 있으며 최종적으로 무지를 벗어나서 문명에로 나아갈 수 있다.

필자는 루쉰연구에 입문한지 30년 가까이 되지만 천성이 우둔하여 아직 감히 이렇다 할 성과를 냈다고 말할 수 없다. 그저 루쉰 저작을 읽고 연구한 자그마한 인식과 체득을 기록하여 학술논문과 논저로 만든 것뿐이어서 이를 모아 출판할 생각을 해본 적이 없었다. 거타오葛濤 선생의 세심한 기획과 추진으로 인해 필자는 그 동안 루쉰 저작을 읽고 연구 체득한 것을 하나로 모아, 루쉰의 사상, 정신, 인격, 학설, 창작에 대한 인식과정을 스케치 할 수 있는 기회가 생겨서 대단히 감사하다고 생각한다. 설명을 드려야 할 부분은 서로 다른 시간대에 쓴 단편 논문들을 모아 놓았기 때문에 어떤 단락이나 인용문과 해설에서 중복을 면하기 어렵다는 점이다. 이번 선택과 편찬 과정 중 가급적 제목과 입론이 가까운 논문의 선택을 피하여 많은 중복을 피하려 했다. 또한, 루쉰 선생님께서 제창한 "어린 시절의 작품을 후회하지 않는다"는 원칙을 따라 옛날 편집상의 분명한 착오와 틀린 글자, 그리고 일부 기타 논문과 중복된 것을 빼고는 모두 원래 모습 그대로 유지했다. 특히 과거의 입론과 논술에 대해서는 아무런 수정도 하지 않고 가급적 원래 모습을 유지하도록 하였으며 루쉰에 대한 옛날 필자의 인식을 나타내고 실사구시적 학술이념을 반영하고자 했다.

필자

2013년 초봄, 서호에서

역자 후기

 『중국 루쉰연구 명가정선집』은 2013년 중국에서 커다란 주목을 받으면서 출간되었으며 한국의 루쉰연구자들도 2년 전부터 번역을 추진해왔다. 이 총서는 중국의 쑨위스孫玉石, 쳰리췬錢理群, 왕푸런王富仁, 양이楊义 등 10명의 루쉰 전문 학자들이 참여한 야심찬 저작으로 중국 루쉰연구의 100년사를 한눈에 볼 수 있다. 본 저작들은 20세기 루쉰연구성과의 풍성한 수확으로 중국루쉰연구의 학술수준을 대표할 뿐만 아니라 중국인문학자가 형성한 중국학파의 수준을 체현한 것이다.

 이 정선집의 출간은 90년대 중국에서 루쉰에 대한 관심과 영향력이 식어가고 있을 때, 루쉰의 정신가치를 다시 생각하게 하는 계기가 되었다는 점에서 큰 의의를 갖고 있다. 본서『고독한 함성』의 저자 황졘 또한 루쉰의 정신가치를 새롭게 자리매김해주었고 넓은 문화좌표를 갖게 했다고 평가받았다. 왕웨이동이 언급했듯이, 그는 "루쉰의 정신가치를 중국근대이래 문화변천의 배경하에 동과 서, 신과 구, 전통과 현대의 시공좌표 속에 놓고 파악하였다". 주저자 스스로도 밝혔듯이 이 저작은 '현대성의 시각'으로 루쉰이 처한 현대전환기 시기의 사상, 문화측면의 중대한 공헌을 깊게 연구한 결과물이다. 저자는 '반성', '선택', '성찰', '비판', '탐심', '창조', '영향', '계시' 등을 중심으로 하여 루쉰의 중외문화에 대한 비판과 계승, 신문화, 문학의 창조와 영향 등을 집중적으로 파악하고자 한다. 그는 루쉰 사상의 독특함을 진정으로 인식하려면 그의 내심의 긴장성과 모순, 복잡성을 인식해야 한다고 주장한다. 루쉰의 다의多疑(의심이 많음)와 우울, 고독한 심리기질과 성격 특징을 인식하려면 20세기 중국의 다변화와 혼란, 변화의 시대에 처한 언어적 환경을 성찰해야 하며, 그래야 비로소 그의 사상의 심오함과 독특함, 정신세계의 광대함을 발견할 수 있다고 강조한다.

이와 같은 시각으로 저자는 "사상문화각도에서 루쉰의 고독한 일생은 모두 중국을 위하여 현대화를 추진하고 중국신문화를 구축하기 위해 함성을 지른 것이었다"고 서술한다.

그러나 역자에게는 저자가 루쉰의 현대정신과 사상을 강조한 나머지 루쉰의 전모를 파악하는 데 소홀했다는 느낌이 들었다. 루쉰의 인간적인 면모나 불완전한 부분을 객관화시켜 주었더라면 21세기 독자들에게 보다 더 생동감 있는 작가로 현현할 수 있지 않았을까, 번역하면서 드는 생각이었다. 또한, 루쉰의 순수 작품보다는 잡문 위주로 분석하였다는 점과 니체의 사상 중 초인사상에만 중점을 둔 점 역시 아쉬웠다.

저자는 반복과 강조로 논지를 분명하게 전개해가는 데 탁월한 면이 있었다. 그중 특히 역자에게 가장 인상 깊었던 장은 「전환 시기의 가치 탐구−루쉰과 조이스의 문화 간(문화 교차)의 비교」와 「사이버문화 전파에서 '루쉰 현상'」이다.

가정의 곤궁과 민족의 병약함에 대한 감수성은 루쉰과 제임스 조이스가 인성에 대해 냉철하고 예리한 통찰력을 갖게 되는 결정적인 것이었다. 신구 전환시기의 불안정하고 마비상태에 처한 사회환경은 두 대가들에게 전통과 억압에 반항하는 저항의 정신을 길러냈다. 저자는 그들이 인정사정없이 동포의 추한 면을 들추어내고 아픈 곳을 무자비하게 찔렀으며 "죽음"으로 정신의 마비, 영혼의 고독을 상징하였고 능했음을 포착할 뿐만 아니라, 그들 모두 일련의 고독한 자들의 이미지를 갖고 있음을 부각했다.

「사이버문화전파에서 '루쉰 현상'」은 루쉰에 대한 최근의 수많은 독자들의 생각을 분석적으로 데이터화하여 잘 보여주었다. '루쉰'은 오늘날에도 여전히 유효하며, 민중들 속에 들어와 새롭게 자리매김한 루쉰정신을 잘 제시해준 것으로 평가된다.

본서의 원문은 본래 4편 24장으로 구성되어 있다. 분량이 많고 중복이 심하여 본서의 전편을 모두 번역하기에는 무리였다. 저자와 협의하여 원문의 60퍼센트만 번역하였다. 가독성을 높이기 위한 것도 있었지만 중복을 피하기 위한 목적이 컸다.

저자 역시 후기에서 밝혔지만 여전히 중복된 부분이 눈에 띈다. 중요한 문장을 강조하다 보니 중복이 불가피했을 것이다. 또한 한 주제를 놓고 집중적으로 연구한 글이 아니라 그동안 썼던 여러 편의 논문을 합쳐 편집했을 때 발생한 문제이기도 하다.

본서의 경우, 문장이 만연체이다 보니 문맥을 파악하는 데 애로사항이 있었고 각주의 오류와 인용문의 각주 생략도 적지 않았다. 이 부문은 저자와 상의하여 모두 교정하였다. 그 밖에 외국학자, 외국인 이름, 외국작품명, 외국지명 등 외래어를 번역하는 데에도 어려움이 있었다.

그럼에도 불구하고 2000년대 중국 '루쉰연구 현황'과 '루쉰의 현대정신의 현시顯示'를 엿볼 수 있다는 점에서 역자는 본서의 번역 의의를 찾을 수 있었다.

끝으로 『노신전집魯迅全集』(중국인민출판사)에 나오는 원문의 번역은 한국판 『루쉰전집』(그린비, 2010~2018)을 참고하여 일부 수정 번역하였으며 일일이 출처를 밝히지 않았음을 밝힌다. 행여 있을 오역과 오류들은 모두 역자의 역량 부족임을 밝히는바, 눈 밝은 독자의 질정을 바란다.

2021년 5월
엄영욱